교육상생의 길을 찾아 확장한
김영효 자서전

자갈밭을
새로 가는
사람

자갈밭을
새로 가는
사람

2024년 1월 17일 처음 펴냄

글 김영효
펴낸곳 (주)우리교육
펴낸이 신명철
편집 윤정현
영업 박철환
경영지원 이춘보
디자인 최희윤
등록 제 313-2001-52호
주소 03993 서울특별시 마포구 월드컵북로 6길 46
전화 02-3142-6770
팩스 02-3142-6772
홈페이지 www.urikyoyuk.modoo.at

ISBN 979-11-92665-55-9 03810

교육상생의 길을 찾아 확장한
김영효 자서전

자갈밭을 새로 가는 사람

우리교육

몸으로 쓴,
마르지 않는 샘물 같은 삶의 이야기

이종태(건신대학원대학교 대안교육학과 석좌교수)

김영효 선생님의 원고를 읽고 나서 한동안 허공을 바라볼 수밖에 없었다. '어떻게 이런 삶이 가능할까?'라는 경이로움과 '난 왜 이렇게 살 수 없었을까.' 하는 부러움이 긴 여운으로 남았기 때문이다.

"주어진 대로 살았다."

초고 첫머리의 제목이다. 처음엔 그저 그런 느낌이었지만, 글을 다 읽고 난 뒤에야 비로소 이 말의 의미가 깊게 다가왔다. 그것은 별생각 없이 대충 살았다는 뜻으로 해석될 수도 있지만, 김 선생님의 삶에서는 정반대로 어떤 조건과 여건에서든지 최고 최적의 길을 찾는 방법이자 지혜였고, 결국 세상을 꿰뚫는 철학이었다.

주어진 대로 산다는 것은 현실에 맞게 행동한다는 것이다. 행동할 때 비로소 문제의 실마리가 보이고 결국 풀리기 때문이다. 그래서 그는 이렇게 말한다. "배움을 머리로 이해하는 것을 멈추고 실제로 행동으로 옮기지 않으면 쓸모없는 지식이 된다. 도리어 아는 것이 병이 된다." 흔히, 나를 포함해서 공부깨나 했다는 사람들이 왕왕 빠지는 함정이다.

김영효 선생님은 교육자이시다. 평생 교사로, 교육운동가로, 대안학교 교사로 살아오셨다. 그 길은 치열했고, 정말 탁월했고, 때론 경이로웠다. 과장이 아님은 이 책을 몇 쪽만 넘겨도 알 수 있으리라. 그럴 수 있었던 비결은 바로 '현실에 맞는 행동'이었다. 교사들은 대개 자기가 배운 것을 바탕으로 하여 가르치려고 한다. 그러나 번번이 그러한 시도는 실패한다. 학생이라는 현실이 거부하기 때문이다. 김 선생님의 교육은 철저하게 현실에서 시작한다. 그 결과 그는 교육운동이나 대안교육 현장, 나아가 건강이나 일상적 생활에서 누구도 흉내 내지 못하는 길들을 만들었다. 따라서 이 책은 자서전이나 생애사라기보다 삶과 교육의 길을 다시 생각하게 만드는 책이라고 할 수 있다.

이 책은 물 흐르듯 써 내려갔기에 술술 읽힌다. 그러나 곳곳에 소(沼)가 있어 발길을 멈추지 않을 수 없다. 무심한 듯한 표현과 일화들이 교육의 본질을 되새겨보게 만들기 때문이다. 선생님의 삶과 지혜를 이처럼 남들보다 먼저 접할 수 있는 행운에 감사드리며, 진심으로 교육과 삶의 길을 모색하는 이들에게 일독을 권한다.

세속에 묻혀 사는 도인

박종택(전 전교조 전남지부장)

이 자서전을 읽기 전, 평소에 저자를 생각하면 두 가지가 떠올랐다.

하나는 "저 선생님은 팬티만 입혀 사하라사막 한가운데 던져 놓아도 살아올 사람이다!"는 것이다. 그만큼 강한 체력과 무언가를 해결해내는 온갖 재주를 겸비해 있기 때문이다. 도대체 선생님이 못 할 일을 찾는 것이 더 어려울 지경이었으니 말이다.

또 하나는, "저 선생님은 세속에 묻혀 사는 도인이다!" 거의 평생을 채식, 눈에 띄지 않는 옷차림, 마을을 떠나 숲 근처의 오두막집 거주, 이에 더하여 범상치 않은 인상 등이 이러한 느낌을 주기에 충분하였다. 옛말에도 "진짜 도인은 시정에 묻혀 산다."는 말이 있는데 꼭 이에 합당한 경우라 하겠다.

글을 계속 읽어가면서 내가 이제껏 알고 있던 저자는 당신의 아주 적고 피상적인 일부분이었음을 알게 되었다. 저자는 훨씬 더 깊었고 넓었고 헤아리기 힘든 존재였다. 나는 사람을 알아보는 눈이 아주 흐렸고 무디었다. 이것은 솔직한 심정의 표현이다. 저자는 결코 범상한 사람이 아니었다.

이번 이 자서전을 읽는 일은 나에게 매우 의미 있고 재미난 일이었다. 적어도 나에게는 웬만한 소설을 읽은 것보다 훨씬 더 흥미진진했다. 그래서 나는 글의 첫 쪽부터 마지막까지 차근차근 곱씹어보며 정독하였다. 책 읽기를 무척 좋아하는 나도 근자에 이르러서는 책 한 권을 잡으면 처음부터 끝까지 다 읽는 경우도 있지만, 군데군데 읽어가곤 한다. 그런데 이 책은 아니었다.

저자는 운동선수나 체육 교사는 말할 것도 없고, 정상적인 생활이 거의 불가능할 것 같은 신체적 고통과 한계를 극복하고, 뛰어난 선수와 체육 교사가 되었다. "아, 사람이 이렇게 반전하는 경우도 있구나!"는 느낌을 받았다. 시련과 고통은 그것에 패배한 사람을 위축시키지만, 그것을 극복하고 이겨낸 사람에게는 커다란 축복이고 비약의 토대가 될 수도 있음을 정확하게 확인시켜 주는 사례라 하겠다.

이번에 이 자서전을 읽어보니, 선생님은 교육운동이 태동하여 힘차게 작용하기 훨씬 전부터 이미 선구적으로 학교현장의 비교육적 부정과 불의와 모순에 대해 발언하고, 저항하고, 개혁을 촉구하고 있었다. 특히 혼자 교육감을 직접 찾아가서 항의했다는 것은, 나와 같은 심약한 사람으로서는 상상할 수 없는 일이었다. 군대 이등병이 사단장을 찾아가 대드는 것과 비슷한 경우라 하겠다. 어떻게 해서 그러한 용기 있는 행동이 가능했을까? 이것은 연구과제다.

이 책은 저자의 개인적 삶의 역정을 보여주기도 했지만, 이제는 까마득히 잊혀 가는 전교조 전남지부의 역사를 다시 상기해볼 수 있게 해준다. 어떤 곳에서는 크게 웃음이 나왔고, 어떤 곳에서는 감탄

했고, 어떤 곳에서는 탄식을 금할 수 없었다. 특히 '전국교직원노동조합 출범과 해직' 부분은 중요한 대목이라 생각된다. 왜냐면 전교조 결성 전후의 전남과 전국 상황, 그리고 해직 국면, 해직 이후의 온갖 대정부 투쟁사업이 박진감 있고 절절하고 구체적으로 기록되어 있기 때문이다. 물론 당시에 나도 필자와 똑같은 상황에 있었고, 필자와 함께 대부분의 집회, 사업, 운동에 참여하고 있었으나, 기억 속에 남아있는 것은 벌써 희미해지고 아주 소략하다. 이 기록은 전남 전교조 운동에 대한 역사적 기록을 넘어서, 당시 생생한 현장을 오감으로 느끼게 하는 자료로서 의미가 매우 크다 하겠다.

저자는 매우 다양한 측면과 자질을 겸비한 사람이었으므로 무언가 한두 가지로 규정하거나 이해하기 어려운 사람이다. 그러나 그중 빼놓을 수 없는 면이 있다면 대단히 창조적이고 모험적이며 실험적인 사람이라는 점이다.

그는 어떤 어려운 상황이나 난관을 직면할 때면 기존의 방식, 관례, 한계에 머무르지 않고, 무언가 새로운 시도, 해결책, 방향을 생각해내고 과감하게 실천해서 돌파구를 찾아내곤 하였다. 나를 포함한 대다수 교사는 그냥 있는 듯 없는 대중을 따라 사는 것이 대세였다면, 저자는 다른 부류의 사람이었다. 문자 그대로 저자는 정말 살아있는 사람이었다. 이 점 놀랍고 존경스럽다. 저자의 말 한 구절 직접 들어보자.

"많은 불가능은 해보지 않아서 불가능한 것이지 실제로 불가능해서 불가능한 것은 아니다. 도전의 두려움이 불가능을 만든 것이다."

청람중 시절은 정말로 매우 독특하고 흥미로운 부분이다. 교직에 있던 대다수 교사에게 들을 수 없는 희귀한 경험과 사례를 들을 수 있는 부분이기 때문이다. "세상에, 이런 학교에서 이렇게 다양하고 기상천외한 교육 활동을 해온 선생님이 있었단 말인가?" 하는 의문이 들 내용이다.

물론 청람중 자체가 특별한 대안학교이고 교육과정과 내용도 일반 학교와 다를 것임을 짐작하고 있었지만, 이렇게 구체적인 내용을 만나보는 것은 처음이다.

각종 체험활동, 교사·학생·학부모가 함께 민주적으로 토론하여 결정하는 과정, 방황하고 빗나가는 학생들을 끝까지 포기하지 않고 이해하고 응원하는 교사의 심성과 태도 등은 말 그대로 감동적이었다. '인간 김영효'의 본 모습, '교사 김영효'의 자질과 저력을 볼 수 있는 사례들이 많다. 이 대목에서 나의 교직 생활을 돌이켜보며 자못 부끄러움을 느끼지 않을 수 없었다. 아마, 나뿐만이 아닐 것이다.

저자는 여러 가지 역할과 책임을 충실히 완수하였다.

자식의 역할, 부모의 역할, 교사의 역할, 교육운동가의 역할, 지역사회 활동가의 역할, 그리고 대안적 사회의 시민으로서 역할 모두를 말이다.

가세가 기울어져 가는 가정의 아들로 태어나서 가정을 안정시키고 정성껏 노후 부모님을 모시는 자식의 역할을 잘했다. 두 자식을 잘 키우고 돌보아 독립적이고 믿음직한 성인이 되도록 가르쳐 부모의 역할을 잘 완수했다. 재직했던 여러 학교에서 학생을 가르치는 교사로서, 그리고 주변 교사들의 모범을 보이는 전범으로서 역할을 잘하였다. 전교조 초창기부터 전남지역 교육운동의 핵심 활동가로서 역할을 충실히 하였다.

퇴직 후에도 그냥 물러나 쉬지 않고 지역사회 활동가로서 다양한 역할을 하고 있다. 지금 눈앞에 몰락하고 있는 자본주의 사회에 대한 대안적 세계의 시민으로서 몸소 생태적이고 친환경적인 삶을 살아가고 있다. 아, 한 사람이 이런 여러 가지 역할을 골고루 잘할 수 있다는 것은 자못 경이로운 일이라 생각된다.

물론 저자가 이러한 남다른 삶을 성취하며 살아올 수 있었던 배후에는 남에게 말 못 할 여러 어려움과 시련을 끝없는 이해와 인내와 희생으로서 내조해준 부인이 있었기에 가능했을 것이다.

"이름도 성도 모르는 그대여, 존경의 마음을 보냅니다!"

이 글을 읽으면서 어느 순간부터 나의 삶이 부끄럽다는 느낌이 들었다.

솔직히 나도 나름의 이상과 목적을 가지고 일생을 살아보려 노력해왔다고 생각하고 있었다. 그러나 저자의 인생역정을 보니 비교할 수 없이 단순하고 초라한 삶이었다. 이 글은 여러 가지로 나를 반성하고 성찰하게 해주었다. 매우 고마운 글이다.

당신의 마법에 우리는 행복합니다

전성희(명지전문대 문예창작과 교수)

인연의 시작이 언제였을까? 김영효 선생님을 처음 뵌 것이 2005, 6년경쯤일 것이다. 당시 선생님께서는 순천에 살고 계셨고 순천의 한 중학교에 근무하고 계셨다. 기이한 인연으로 방학을 맞은 딸들과 함께 전교조 전남지부장을 지내셨다던 선생님 댁을 방문했다. 워낙에 선생님 본인께서 자연 그 자체인지라 집이라고 해야 비바람 피할 정도였지만 딸들이 그곳에서의 시간을 무척 즐거워했다. 베개도 이불도 없는 불편한 잠자리인데도 불평 없이 자는 딸들을 보면서 신기하기까지 했다.

선생님의 텃밭은 향기로운 깻잎과 풋고추, 가지, 상추들로 그득했다. 그것들은 농약도 주지 않고 솎아내지도 않아서 생명력이 강한 것들만 살아남아 자신들의 향을 마구 뿜어내고 있었다. 우리는 더운 여름 고봉밥에 선생님 표 쌈장과 생명력의 절정이었던 쌈들을 볼이 미어지도록 옆 사람에게 눈을 흘기며 먹었다. 또 선생님 댁의 묵은지는 손수 담가 묵혀둔 것이라 별나게 맛있었다.

밤이 되면 모깃불을 놓고 선생님의 굵은 저음의 목소리를 들으며 가물가물 졸다 쓰러지듯 방으로 들어가 잠을 청했다. 큰딸은 잠을 쫓아가며 끝까지 선생님 이야기를 놓치지 않으려고 밤을 새우다시피 했다. 새벽 동이 터오기 시작하면 늦은 밤까지 이야기의 꽃을 피우셨던 선생님께서는 잠도 주무시지 않았는지 구수한 된장찌개를 끓이시면서 "아그들아! 일어나 아침 먹자."라고 우리를 재촉하셨다. 선생님은 잠도 없으신가 보다.

그때 우리는 선생님의 마법에 걸려들었던 것 같다. 그 마법은 딸들이 한참 자랄 때까지 계속되었다. 방학이거나 심지어 방학 때가 아닌데도 막내딸의 생일에는 학교까지 쉬면서 선생님 댁에 갔다. 그 사이 선생님께서는 순천에서 장흥 지역으로 발령나 이사를 하셨고 우리는 장흥 안양면의 집에도 찾아갔다. 마치 무엇에 홀린 것처럼 선생님과 그 집이 그리워 시간만 나면 풀방구리에 쥐 드나들 듯, 반찬단지에 고양이 발 드나들 듯 이런저런 핑계를 대며 선생님 댁을 드나들었다.

장흥의 선생님 댁에 가면 가끔은 선생님께서 여기까지 왔으니 별난 것을 먹어 보자며 텃밭의 진수성찬을 포기하고 수문해수욕장 부근의 식당에서 바지락 칼국수와 열무김치나 바지락 비빔밥을 사주셨다. 이 글을 쓰는 순간에도 코끝에 그때 바지락 무침에 뿌려졌던 참기름의 향이 아련하다.

날이 활짝 갠 날 밤에는 수문해수욕장 방파제 끝으로 우리 가족을 선생님의 수박색 이스타나에 태워 데리고 가셨다. 어찌나 별이 많은지 방파제 끝에 돗자리를 펴놓고 나란히 누워 반짝이는 별들을 바라보며 황홀해했다. 방파제 끝에서 이스타나를 돌려 나오는 선생님의 운전 신공은 우리를 조마조마하게 하기도 했고 롤러코스터 마냥 재미있게 하기도 했다. 그 이후 선생님의 수박색 이스타나는 딸들에게 드림카였다. 서울에 올라와서도 달리고 있는 수박색 이스타나를 발견하면 딸들은 "선생님 오셨다 따라가자!"며 반가워했다.

선생님께서 삼비산에 혼자 집을 짓고 계실 때였다. 늦가을의 어느 날, 구들 놓는 날이라는 얘기를 듣고 서울에서 온 식구가 내려가 함께 장작을 때면서 연기가 새 나가는 곳을 찾아냈다. 그리고 연기가 빠져나가는 곳을 찾으면 저수지 주변의 진흙을 갖다가 뭉쳐 연기 새는 구멍을 막는 공사를 했다. 초등학교 저학년의 막내딸은 고사리 손으로 진흙을 주무르고 연기 새는 틈에 뭉친 진흙을 철떡철떡 바르면서 깔깔거렸다. 일이 끝나고 난 후에 보니 진흙을 많이 뭉치느라 손이 쥐어지지 않았다.

어느 해인가는 신년을 선생님 댁에 가서 지내려고 후배 가족과 함께 장흥 선생님 댁에 갔다. 그날 먹은 굴 떡국은 맛있게 먹었던 떡국 중에 손에 꼽힐 정도다. 부엌 밖 화덕에 장작을 피워 가마솥을 걸고 사모님께서 손수 끓여 주셨다. 우리 식구까지 여덟 명에 선생님과 사모님, 열 명이 먹을 떡국을 끓여내느라 열악한 산골 살림에 얼마나 번거로우셨을까? 선생님께서 담근 김장김치에 굴 떡국을 먹으며 우리는 행복하게 새해를 시작했다.

어찌 이 글에 쓴 것만으로 선생님에 대한 기억의 모두라고 얘기할 수 있을까? 이후 선생님께서 퇴직하고 나서 가셨던, 상생과 조화를 꿈꾸셨던 그 길이 존경스럽다. 공립 대안학교를 위해 헌신했던 길은 누구나 갈 수 있는 길이 아니었다. 선생님의 학생들을 사랑하는 마음이 컸기 때문에 하실 수 있었던 일이다. 지금은 여전히 지역사회에 헌신하시면서 구들 놓는 사람으로 텃밭을 일구고 산기슭에 살고 계신다. 딸들이 외국에서 돌아오면 그 집으로 갈 것이다.

이번에 책을 내신다고 하시는 바람에 선생님의 원고를 읽게 되었다. 읽으면서 전에 내가 알고 있었던 선생님은 빙산의 일각에 불과했다는 생각이 든다. 나와 우리 가족에게는 정말 정답고 부드러운 분이시라 딸들은 큰 삼촌같이 생각한다. 그러나 이번에 그 부드러움 뒤에 숨겨져 있었던 유년 시절과 성장하며 겪으셨던 어려움과 고통을 비로소 보았다. 선생님께서는 시련이 오면 피하기보다는 정면으로 승부를 하셨다.

누구보다 강하지만 누구보다도 자애로운 선생님! 선생님을 만나면 마법에 걸린 것처럼 내가 순해지는 것을 느낀다.

이제 딸들이 멀리 외국에 있어 자주 찾아가지는 못하지만, 우리가 늘 그리워하는 선생님, 가고 싶은 집이 장흥에 있다. 그곳에 살고 계신 마법사 선생님!

우리 가족들에게 선생님은 언제나 남쪽 산기슭에서 살고 계신 마법사다. 부족한 것을 부족하게 느끼지 않게 하는 마법을 부리면서 자연과 조화롭게 살고 계시다. 그리고 지역의 어린 학생들에게 한없는 사랑을 나누시는 선생님. 선생님의 글을 읽으며 다시 한 번 어떻게 살 것인가를 생각한다.

김영효의 힘

김경형(영화감독/동갑내기 과외 하기, 라이어, 우주의 크리스마스)

2006년이었던 것 같다. 한미 FTA가 추진 중이었고 선행 옵션으로 한국의 스크린쿼터 축소가 기정사실화되고 있었다. 곤혹스러운 상황이었다. 영화계가 전폭적으로 지지했던 노무현 정부가 주도한다는 것이 그랬고, 스크린쿼터 축소에 반대하는 영화인들의 행동이 한미 FTA 반대 대오 맨 앞줄에 영화인들 스스로를 세워놓게 된 상황 또한 그랬다. 실제로 영화인들 사이에서는 '스크린쿼터 축소엔 반대하지만, 한미 FTA에는 반대하지 않는다.'는 자가당착적인 입장이 나오기도 했다.

당시 한국영화감독조합(D.G.K)의 일원이었던 나는 〈스크린쿼터와 한미 FTA〉라는 문건을 만들어 내부 교육과 함께 외부 특강 사업을 진행했었다. 각 지역과 단체에서 요청이 있었고, 갈 수 있는 감독들을 보내 특강을 진행했다. 소화하기 힘들 만큼 많은 요청이 있었다. 그러면 내가 직접 가는 경우도 있었는데, 전교조 전남지부에서 요청이 있었을 때도 그런 경우였다. 갈 수 있는 감독이 없어서 내가 가야 했고,

거기서 김영효 선생님을 만났다.

특강을 마치고 밥을 먹는 자리였다. 많은 선생님이 함께했는데, 당시 나는 선생님들 앞에서 강의를 한다는데 주눅이 들어 밥 먹는 자리에서도 겸손하게 앉아 있었다. 김영효 선생님은 내 맞은편에서도 오른쪽으로 두어 자리 건너 앉아 계셨던 걸로 기억한다. 그러니 직접적인 대화를 많이 나누거나 하진 못했다. 그럼에도 나는 선생님에게서 강렬한 인상을 받았다. 우뚝한 콧날과 부리부리한 눈매와 여유 있는 미소, 단단해보이는 체격과 몸 전체에서 울려 나오는 듯한 목소리. 천성이 사교적이지 않은 나로선 그런 경우가 별로 없는데, 서울로 돌아와서 선생님에게 연락을 취했다. 전화번호도 몰라서 특강을 요청한 다른 선생님을 통해 연락처를 받았다. 김영효 선생님과의 인연은 그렇게 시작되었다.

그 후 아내와 아이들을 데리고 여러 차례 선생님을 뵈러 내려갔다. 순천에 계실 때도 장흥에 계실 때도. 가물가물 내려앉는 눈꺼풀을 참아내며 선생님이 낮고도 웅장한 목소리로 하시는 이야기들을 듣던 깊은 밤의 추억, 아이들과 함께 선생님이 구들장을 놓던 추억, 마당에서 분방하게 자란 나물과 잡곡밥을 맛있게 비벼 먹던 추억. 그 밖에도 많은 추억이 쌓였고 아이들은 불쑥 자라 성인이 되었다. 선생님을 알게 된 연수에 비해 만난 횟수는 많았다고 할 수 없다. 내가 내 삶의 현장에서 견뎌내야 하는 일들이 선생님이 지향하는 삶과 결을 달리하는 부분도 많았다. 그럼에도 선생님과의 추억들은 그 무엇보다 풍성하게 느껴진다. 늘 궁금했었다. 시작부터 여태까지 나를 이끈 게 어떤 힘이었을까.

선생님의 글을 읽으며 알게 된다. 김영효라는 사람이 가진 힘. 내가 선생님을 처음 보았을 때 느꼈던 그 이끌림은 이미 여러 차례 삶의 굴곡들을 통과하며 다져진 선생님의 공력이 단단해져 있을 때였고, 그래서 그 풍모가 내게 거부할 수 없는 매력으로 다가왔던 모양이다. 그것은 아마 일관된 태도로 삶을 대해 온 사람만이 터득 가능한 힘일 것이다. 살아보면서 나는 그것이 얼마나 성취하기 힘든 경지인지 알게 되었다. 큰 사람이다, 김영효라는 사람은.

선생님과 함께 있으면 나는 늘 내가 작다고 느끼면서도 초라하다는 생각은 한 번도 들지 않았다. 커다란 나무의 넉넉한 품 앞에서 우리가 굳이 그런 생각을 하진 않는 것처럼. 김영효라는 사람이 가진 또 하나의 힘이다. 크고 단단하면서도 위압하지 않는 존재감. 그래서 선생님이 그 많은 아이들을 품에 안을 수 있는 건지도 모른다. 선생님의 목소리에서도 느껴진다. 낮은 목소리. 다정하고 친절하지만, 그 뒤에는 폭포가 감추어져 있을 것 같은 음성. 그 힘. 그리워진다.

선생님의 글도 그렇다. 감상이나 감정이 배제된 덤덤한 기록들인데 나는 오히려 더 큰 감정을 느끼게 된다. 선생님은 의식하지 않았을 것이다. 그게 그의 일관된 태도였으니까. 하지만 선생님을 조금이나마 경험한 나에게는 이 덤덤한 소리의 배면에 깔린 묵중한 폭포가 느껴진다. 내가 미처 몰랐던 선생님의 이야기 행간 행간에 배어 있는 김영효라는 사람의 일관된 태도. 그것은 영웅의 풍모다. 나는 다른 표현을 찾기가 어렵다. 삶의 순간순간들을 뚜벅뚜벅 돌파해 가는 걸음에 선생님이라고 해서 고통과 회한이 없었을까. 굳이 드러내지 않을 뿐, 흔들리지 않을 뿐이지 않았을까. 진정한 용기란 그런 것이 아닐까.

역시 선생님이다. 이 글을 통해 나를 또 일깨우신다. 김영효 선생님. 감사합니다. 곧 뵈러 달려가겠습니다. 강건하시기를 빕니다.

발로 뛰는 큰 일꾼, 김영효 동지!

조창익(전 전국교직원노동조합 위원장)

형님! 세월이 쏜살같다더니 딱 맞는 말이네요. 교련탈퇴투쟁으로 1988년 일로여중에서 청계중으로 강제전보당해 가보니 키가 장대 같고 눈이 부리부리하신 형님이 계셨습니다. 역사의 격랑 속에서 형님과 함께 자연스레 1989년 전교조 해직 동기가 되었습니다. 노조 건설 투쟁 기간 중에 일어난 가슴 아픈 사연들이 물밀 듯 밀려오는군요. 제가 명동성당에서 단식을 하고 있을 시기쯤 형님은 경찰에 잡혀 얼굴에 복면이 씌워진 상태에서 지금까지 어딘지도 모를 곳에서 고초를 겪으셨고, 광주 형님 집에도 사복경찰 눈을 피해 몰래 밤에만 드나들어야만 했던 기막힌 세월이 있었습니다.

탈퇴 무효 선언을 했던 선생님들의 눈물을 아직도 기억합니다. 형님 글씨로 된 탈퇴 각서 원본을 아직도 제가 간직하고 있는데 빨간 인주가 박혀 있는 문서에 신고의 세월이 또렷하게 각인되어 되살아납니다. 청계중 4명의 해직 동지 중 준승 형, 재술 형은 먼저 하늘나라로 가셨고, 장형이신 영효 형님과 막내인 저만 남아 먼저 가신 두 동지들의 못 다한 몫까지 챙겨야 한다고 다짐하는 날이 많아졌습니다.

돌이켜보면, 중학생 어린 제자들이 네 명의 해직교사를 내놓으라며 수업을 거부하고 운동장에 모이고 경찰들이 정문을 막아서자 학교 뒷산을 통해 목포대 광장으로 모이고 이내 광주-목포 간 도로로 나가는 행진이 조직되었던 장면들이 MBC 등 언론을 통해 세상에 알려지게 되었던 장한 역사가 있었습니다. 제자들이 고맙기도 했지만, 다칠까 봐 조마조마했던 그 시절이 새삼 애틋하게 되살아옵니다.

발로 뛰는 큰 일꾼! 김영효 동지!

1990년 비합 시절, 조직 활성화를 위한 전남지부장 선거 투쟁 당시 갑자기 혜성처럼 등장한 김영효 후보를 응원하는 팀에서 만든 로고송 제목입니다. 당시 합창단을 만들고 연주자들을 조직하고 지인을 통해 MBC방송국 녹음실에서 녹음을 했었지요. 가는 곳마다 노래를 틀었고 많은 동지들이 함께 불렀던 그 로고송! 오로지 군부독재 탄압을 이겨내고 조직 활성화를 향한 우리의 축제였던 그날의 선거투쟁! 발로 뛰는 큰 일꾼, 김영효!! 과연 그러하였습니다.

예상을 뒤엎고 당선이 되자 1991년 격동의 세월 속에서 조직복원과 합법성 쟁취투쟁의 임무를 수행하기 위하여 지부장 김영효 동지는 예의 그 큰 발로 조직의 구석구석 발품을 팔았습니다. 작은 승용차에 침구를 싣고, 요리도구도 싣고 현장으로 달려갔습니다. 행사장에 가서 마이크 잡고 말하고 광주 사무실로 돌아오는 일정이 아니라 현장에서 총각 선생님이나 후배들 자취집에서 함께 자기도 하고 그것도 어중간하면 그냥 포니2 작은 차 속에서 침낭 덮고 잠을 자는 등 요즘 말로 차박을 하기도 했습니다.

비가 철철 내리는 어느 날, 민가도 없는 곳에서 차가 멈추어 서버리는 바람에 차 속 침낭에서 잤는데 허리가 안 펴져서 혼이 났던 그 기억 속, 김영효 동지의 성실한 발품은 고스란히 조직의 자산이 되었습니다. 엊그제 1989년 해직교사 원상회복과 대학무상화평준화 쟁취 일인 시위를 하던 중, "그런데 지금 생각해보면 그때가 제일 행복했던 시절이었던 같아!"라고 회상하시는 모습을 보면서 당신의 그 순수하고 맑은 영혼이 새 세상을 배워버린 그때 그 시절, 우리의 몸부림. 그것이 그 자체로 새로운 교육이고 새로운 하늘이고 새로운 땅이 되어버렸던 그 해방의 공간에서 우리는 다시 태어나길 반복했던 것 같습니다.

형님! 1988년 우리 만난 날부터 34~5년을 지나고 있는 지금까지도 영효 형님은 그야말로 발로 뛰는 큰 일꾼이십니다. 교단에 있을 때도 교단을 떠나서도 여전히 그 큰 발로 세상 구석구석 그늘진 곳 향해 성큼성큼 걸어 다니시는 키다리 아저씨이십니다. 그런 김영효 형님, 김영효 동지와 함께한 세월이 자랑스럽습니다.

대안학교에서 정년퇴임을 하고서도 구들장 장인이 되어서 벌어들인 작은 소득으로 어려운 환경에서 직업계고에 진학한 제자의 입학금과 생활비를 지원하는 모습은 아무나 흉내 내기 힘든 숨겨진 아름다운 일화입니다. 일생의 삶의 철학이 그러하였기에 가능했던 미화는 너무나도 많습니다. 조직 활동으로부터 생태환경, 발 건강, 몸 살림, 마을 교육 공동체, 지역연대 등등 끝없이 이어지는 생명력은 지속 가능한 운동의 전범이 되고 있으며 인간 김영효 선생님의 삶에 대한 존엄한 가치와 역동성을 더욱 빛나게 해주고 있습니다.

본 자서전은 김영효 동지께서 칠십여 성상 인간과 교육과 역사의 대지에서 그 큰 발로 뛰어온 위대한 투쟁의 기록입니다. 도그마에 갇히지 아니하고 내부의 영성을 응시한 결과 거침없이 쏟아져 나오는 한 인간의 진실과 마주하는 기쁨과 감동이 너무도 큽니다. 희생과 헌신으로 신산의 세월을 넘어서느라 함께 고생하신 형수님께 존경과 감사의 말씀을 드리고 싶습니다. 형님의 오늘은 형수님의 어제가 있었기에 가능했습니다. 형수님, 애쓰셨습니다. 고맙습니다.

형님! 언제 고이도 섬 집, 형님께서 여러 날 고생하셔서 놓아주신 황토방 구들장에서 함께 하룻밤 주무셔야지요? 준비해 놓을 터이니 언제라도 오셔요! 형님! 귀한 자서전 출간을 진심으로 축하드립니다. 그리고 내내 건강하시길 빕니다. 고맙습니다.

2023년 12월 눈 발 날리는 첫날에 올립니다.

들어가며

    어릴 적에는 집이 끼니 걱정은 안 할 정도로 살아서 그냥 노는 것에 열중하고, 하고 싶은 것에 자유롭게 살았던 것 같다. 할머니 밑에서 살았던 것도 그런 조건에 적당했다. 중학교 졸업 무렵 갑작스럽게 집안이 어려워진 상황을 알고서야 퍼뜩 정신이 들어서, 고심 끝에 집안 반대를 무릅쓰고 실업계 학교를 선택한 것이 아마도 내 삶에 대한 첫 도전이고 책임감이었던 것 같다.

    고등학교 때 걱정했던 대로 집안 사정이 어려워졌다. 혼자 독립해서 세상과 맞부딪치며 배고픔을 경험하고 막노동을 하기도 했다. 몸은 좀 힘들었어도 견딜 만했던 것 같은데 건강을 잃으면서부터는 전혀 다른 세상을 경험하게 됐다. 타고난 체력을 가진 덕에 건강은 전혀 걱정할 바가 없어서 더 그랬을 것이다. 경제적인 어려움과 건강까지 잃은 탓에 세상을 포기할 마음까지 먹었는데, 다행히 인연을 만나 다시 희망을 찾고 방황을 끝냈다. 이후 건강을 잃지 않으면 언제나 기회가 있고 희망이 있다는 강한 신념을 갖게 됐으니까, 나로서는 전화

위복(轉禍爲福)의 돈으로 살 수 없는 큰 경험을 한 것이다.

모두를 잃었던 경험은 다시 시작하는 삶에 큰 자양분이 되었다. 어떤 삶을 살아야 하는가에 대한 물음을 일찍 시작하게 된 것이, 이후 살아가면서 항상 나를 일깨워주게 됐으니까.

망설이거나 두려움이 없이 무슨 일이나 적극적으로 나서는 사람으로 변한 것도 그 때문이다. 깨지고 넘어져도 다시 일어설 수 있는 준비를 항상 하며 살아서 두려움이 없었던 것 같다. 교육운동을 시작해서도 해야 할 일이라면 적극적으로 나서야 한다는 생각으로 활동했고, 혁신교육, 대안교육이라는 새로운 도전을 두려워하지 않고 앞장섰던 것도 그 때문이다.

퇴직 후에도 쉬지 않고, 지역에서 '마을학교' 활동을 하는 것도 그런 연장선인 것 같다.

그러다 보니 주변에서는 나더러 '자갈밭을 새로 가는 사람'이라고 한다. 적절한 표현이다. 뒤돌아보면 내가 부족하여 다 하지 못한 것은 있지만 부끄럽거나 후회스러운 것은 거의 없다. 거침없이 살다 보니 주변 사람에게 부담이 되는 경우도 많았을 것이다. 언젠가 한 후배가 내 곁에 있으면 항상 일이 많아 부담스럽다는 말을 농담 삼아 했는데 아마도 진심이었을 것이다.

나이도 있고 하니 이젠 쉴 때가 되지 않았느냐고 주변에서 말을 하지만 에너지가 소진되지 않는 한 뭔가 계속할 것 같다. 자연과 더불어 산 생활은 나에게 에너지를 공급하는 근원이다. 항상 오감을 열 수 있고 마음에 평정심을 잃지 않게 일깨워주는 곳이니까.

다분히 주관적인 생각을 옮겨 놓은 글이 많아 이해가 가지 않은 부분이나 동의하지 않는 생각이 있을 수 있을 것이나 세상 모든 사람의 얼굴이 다 다르듯이 삶 역시도 마찬가지라 양해하고 봐주시길 바란다.

2024년 1월 5일

장흥 어디에서 김영효 씀

차례

성장 과정

벌떡 교사의 교직 생활

정년퇴직, 자연의 품으로

가족의 의미

성장 과정

그냥 놀기 좋아하고 호기심은 많았지만,
공부는 별 취미가 없었다.
실패하고 갈팡질팡 방황하며
인생을 배워갔다.
어둠이 가장 깊을 때가 새벽이 오는 시작이다.
이때면 닭이 홰를 친다.

성장과 학창시절

나는 어렸을 적 집안 어르신들로부터 집안에 "장사 났네."라는 말을 많이 들으며 자랐다. 하지만 자존감은 별로 높지 못했다. 4남 1녀 형제 중 위로 두 분 형님을 두고 중간인 셋째지만, 그 힘 때문에 힘든 일은 모두 나에게 돌아와서 그랬던 것 같다. 아버님께서 4대 독자 집안 종손이었기에 큰 형님은 날 때부터 귀한 대접을 받았던 것 같다. 그래서 큰 형님은 궂은일에 항시 열외였고 둘째 형님은 체격이 나보다 작고 힘도 약하니 당연히 힘든 일은 내게로 와, 골격 크고 힘센 것이 별로 반갑지 않았으리라.

둘째 형님은 대신 머리가 좋으셨다. 당시 IQ 검사로 150이 넘었다. 두 분 형님 모두 머리 좋고 공부도 잘하니 그에 못 미치는 나는 자존감이 없어서인지 힘 잘 쓰는 것이 별로 자랑스럽지 못했다. 공부 잘하는 것이 최고였던 시대, 지금도 별반 차이는 없지만, 그 시대는 '개천에서 용 나왔다!'는 말이 자주 회자되고 기술이나 예능은 천시 여겼던 시대였다.

종손 집이라 한 달에 한 번 이상 제사를 모시니 힘쓸 일은 자주 있었다. 제사 때는 떡을 하는데 떡메를 치는 일은 거의 내 몫이었다. 그래도 떡 시루에 붙은 풀때기와 떡을 자를 때 나오는 고물 등은 먼저 먹을 수 있어 위안으로 삼았지만, 머리 좋은 것보다 몸 건강하고 힘 잘 쓰는 것이 더 큰 재산인지 몰랐던 어린 시절이었다. 그래서 형들하고 종종 다툼이 있었다. 내가 없을 때 어른들이 형님들께 무슨 일을 시켜도 큰형, 작은형, 나에게로 내려오니, "왜 나한테 다 하라느냐."라고 주먹다짐까지 가기도 했다. 무력으로는 중학교 때 벌써 큰 형님까지도 이길 정도였으니까….

국민학교 시절은 집 살림이 궁핍하지 않아 산으로 들로 돌아다니며 놀았던 기억밖에 없다. 동네에서는 딱지치고 줄넘기하고 친구들과 힘겨루기 등등. 다른 친구들과 조금 다른 점이 있었다면 집안 어르신들의 권유로 붓글씨 연습을 일찍부터 시작했고 손재주가 좋아 이것저것 만들고, 부수고, 파기를 즐겨 했다. 나중에 이런 것들이 내 인생에 많은 영향을 미쳤다. 국민학교 3학년 때 벌써 학급 환경정리를 도맡아 하기도 하고 4학년 때는 전국미술 실기대회에 가서 입상하여 신문에 이름이 실리기도 했다. 친구들 초상화를 그려주기도 하고 도장도 파주는 등등 나름대로 자부심을 가지면서 중학생이 되기 전까지는 틈나는 대로 열심히 연습했다.

호기심이 많아 귀한 물건이었던 시계와 트렌지스터 라디오를 분해했다가 다시 조립하지 못하여 혼나기도 했다. 일찍이 할머님과 생활했던 관계로 내가 하고 싶은 것을 마음대로 했던 것 같다. 중학교 들어가면서 상황이 바뀌었지만….

국민학교 6학년이 되었을 때 담임선생님 호출을 받았다. 일과 후에 보충수업을 할 것이니 남으라 했다. 관내 1류 중학교 합격을 위해 우리 반의 명예를 걸고 열심히 공부하라는 것이다. 나 외에도 일곱 명 친구들과 함께였다. 당시에는 중학교부터 입시가 있어서 일류 중학교에 몇 명 합격을 시키느냐로 학교에서는 보이지 않는 치열한 전쟁이 벌어졌던 시절이었다.

6학년 담임교사들은 모두 학급에서 우수한 아이들을 뽑아 무료로 당신들 집에서 밤늦게까지 공부를 시켰다. 과외 공부를 시작하고 두 달 정도 지났을까, 문제가 생겼다. 한 친구 시험 성적이 항상 우수하게 나오는 것이다. 그때는 시험을 수시로 봤다. 우리는 서로의 실력을 너무 잘 알고 있는데 우리 그룹에서 중간 이하인 친구 하나가 항상 시험 점수가 좋게 나오는 것이다.

치맛바람이었다. 그 친구 어머니가 수시로 담임선생님을 찾아오시는데 어떤 친구가 봉투 건네는 것을 봤다는 것이다. 예민한 시기인 우리를 분노케 했다. 결국은 내가 앞장서서 몇 친구들과 함께 과외 수업을 거부하게 됐고, 몇 친구들은 눈치를 보며 남았지만….

교사에 대한 최초의 반항이었고 훗날 내가 교사가 되었을 때 이 경험은 나에게 중요한 나침판이었다.

중학교 입시에서 제일 좋다는 학교는 떨어지고 두 번째 학교에 들어갔다. 공부보다 노는데 더 관심을 가졌으니 당연한 결과였다. 여전히 놀기 좋아하고, 그림 그리고 만드는 취미는 여전했는데 집안에서 문제가 생겼다. 중학생이 됐으니 그런 취미들은 그만 접고 공부해야 한다는 것이다. 아무리 생각해도 나는 공부에 적성이 아니라, 그림을 못 그리게 화구 등을 감춰 버리는 할머님과 숨바꼭질이 계속되었다. 아버님이라도 집에 오실 경우, 피하거나 핑계 대기에 급급했다. 하지만 할머니는 무섭지 않고 아버님은 평소 같이 살지 않은 관계로 좋아하는 것을 멈추지 않았다.

운동선수 생활

중학교 1학년 치열했던 학교체육대회가 끝나고 체육 선생님의 부름을 받았다. 핸드볼부에 들어오라는 권유였다. 체육대회 핸드볼 경기에서 키가 크고 힘이 좋아 골을 가장 많이 넣었던 관계로 불려간 것이다. 거기에는 나 말고도 체육대회에 많은 활약을 했던 다른 일곱 명 친구들이 있었다. 당시에는 선생님의 말씀은 지상 명령이나 다름없어서 일곱 명 친구와 함께 운동을 시작하게 됐다. 운동은 스파르타식으로 상시 몽둥이질이 끊이지 않았고 힘들었으므로 얼마 지나지 않아 일곱 친구는 하나둘 모두 그만뒀다. 하지만 나는 끝까지 버텼다.

지기 싫어하는 기질과 끈기가 있었던 모양이다. 그럴 수밖에 없었던 것이 우리 외 다른 선수들은 초등학교에서 선수 생활을 하고 중학교에 특기자로 들어왔던 터라, 중학교에 와서 뒤늦게 시작한 우리는 따라가기가 어려울 수밖에 없었다. 다른 친구들이 하나둘 그만두는 것을 보면서도 그만두기보다 어떻게 하면 따라잡을 수 있을까를 고민하며 얻은 결론은 노력뿐이었다.

새벽과 밤중에 나만의 운동 프로그램을 만들어 연습했다. 이 훈련은 중학교 졸업하기까지 지속했다. 새벽에는 달리는 운동, 밤에는 힘을 기르는 운동을 더 하니, 몸에 무리가 오고 날마다 아침이면 코피가 터졌다. 운동한다는 내 고집을 못 이기셨던 할머님께서는 이를 보자 학교에 쫓아와 항의하기에 이른다. "우리 손자 죽겠다." 학교에서는 난감해졌다. 학교까지 쫓아오셔서 말리는 것을 보고, 보통 방법으로 안 되겠다 싶어 가출이라는 강수를 두었다. 가출 일주일 만에 할머니께서는 포기하시고, 집에 들어오라셨다.

노력과 더불어 신체적인 조건이 좋으니 실력은 일취월장 늘어, 3학년 올라가면서는 팀 내 최고의 선수가 되어, 중학생으로 고등학교 선배들과 훈련을 했다. 유일하게 나만 했던 것은 실력도 실력이지만 아마도 양 팀 감독끼리 뭔가 있었던 것 같다. 3학년 1학기를 마치는 시점에 진로를 고민하기 시작했는데 운동선수로서 성공하려면 지방보다는 수도권으로 가야겠다는 생각을 먹고, 마음을 결정하면 행동으로 옮기는 기질대로 타지 고등학교로 진학하려니 생활비를 대주라고 집에다 요구했다. 의외로 식구들의 강한 반대에 직면했다.

당연히 반대하리라 생각했었지만 그 이유가 학비를 대 줄 수 없다는 집안 사정을 듣는 순간 정신이 번쩍 들었다. 집 형편이 어떻게 돌아가는지 전혀 모르고 살았던 철없던 시기였다. 당시에는 운동선수를 하면 자칫 깡패가 될 것이라는 사회 통념이 우리 집에도 작동한 것이기도 했겠지만, 이 일 이후로 진로가 급작스럽게 바뀌어 실업계 학교를 지원하게 됐다.

짧은 만남과 긴 인연(부끄럽지 않은 삶)

중학교 2학년 때 귀중한 한 분 선생님을 만났다. 운동선수를 하면서 힘들어할 때 따뜻한 격려와 어려움을 이기는 지혜로운 말씀을 가끔 해주셔서 많은 도움과 의지가 되어주었던 분이다. 고등학교 진로를 정할 때도 내 판단이 가장 중요함을 일깨워주셔서 장롱 속 아버님 도장을 훔치면서까지 실업계 학교를 지원하게 됐다. 고등학교 2학년 시절 학교와 심한 갈등을 겪고 있을 때 선생님 소식을 듣게 되었는데, 병을 얻어 학교를 그만두고 어렵게 사신다는 것이다. 수소문하여 사시는 곳을 찾아갔다. 방림동 허름한 주택 단칸방에서 사모님과 함께 장식용 탑을 조립하고 계셨다. 얼굴 혈색도 말이 아니고….

너무나 달라진 모습에 충격을 받았는지, 돌아서 나오는 발에 힘이 풀려 휘청거렸다. 아무래도 그냥 지나칠 수 없어 며칠 후 다시 찾아갔다. 탑 조립이라도 도와드려야 할 것 같았다. 앉아서 탑 조립을 하려는데, 선생님께서 밖으로 나오라고 부르신다. "네 이놈, 네 눈에 내가 불쌍하게 보이느냐? 내가 몸 간수를 잘못해서 건강을 잃었고 그래서 학교를 그만뒀고 먹고는 살아야 하니 내가 할 수 있는 일을 하고 있을 뿐이다. 무슨 일을 하느냐가 중요하지 않다. 부끄럽지 않게 사는 것이 중요하지. 나는 지금 조금도 부끄럽지 않다. 네 앞감당이나 잘해라. 다시 찾아오지 말고." 당시에는 정색하고 하시는 말씀을 거역하기 힘들어 쫓겨나왔지만, 그 말의 깊은 뜻은 헤아리지 못했다.

아마도 당신의 삶에 시간이 얼마 남지 않음을 아시고 마지막 남은 힘을 모아 내게 남기고 싶었던 한마디 말씀이셨던 것 같다. 이후 삶

속에서 힘들고 벽에 부딪칠 때쯤이면, 그때마다 가슴 저 깊은 곳에서 마치 큰 종소리처럼 울려온다. "부끄럽지 않게 살고 있냐?!!!"

학교를 포기하다

　실업계 고등학교 시절은 험난했다. 운동을 포기하고 기술을 배워 어려운 집에서 빨리 독립하려고 선택한 것인데, 운동선수를 하면 장학생으로 학교 다니게 해주겠다는 유혹을 뿌리치지 못한 것이 화근이었다. 그만두고 싶을 때 그만둘 수 있게 해준다는 조건을 걸고 운동을 다시 시작했다. 중학교 때 합류했던 고등학교에서는 난리가 났다. 나는 한참을 도망 다녀야 했다. 아무튼 1학년 때부터 주 공격수로 활약하면서 조금 자리를 잡아가는가 싶었는데, 2학년이 되면서 위태롭게 이어지던 형님 사업에 문제가 생겼다. 사업이 완전 파산 상태가 되면서 큰형님은 큰집으로, 작은형님은 학교를 그만두고, 나와 동생들은 허허벌판 교도소 근처(각화동) 팔리지 않은 집으로 가야 하는 지경에 이르렀다.

　고민이 시작되고 결국 집을 나가 독립해야겠다는 결심을 해 보따리를 쌌다. 처음에는 자취하는 친구나 후배의 신세를 지면서 살 궁리를 했는데 답은 뻔했다. 경제활동이 나에게 주어진 과제였다. 다행히 당시에는 막노동 일은 많이 있었다. 대표적으로 농촌에 전기 보내기 사업이 한창이라 여기저기 야산에 철탑을 세우는 공사가 진행되었는데 당시는 장비가 없이 모두 인력으로 산봉우리까지 모래, 시멘트, 자갈 등을 날랐다. 나무로 만든 통(현장에서는 질통)에 담아서….

산 아래에서 보조 감독이 질통에 모래를 오삽(사각으로 생긴 큰 삽)으로 10삽을 담아주면 상당한 무게가 된다. 어림잡아 30키로 정도 되는데 비 온 다음에는 물기까지 더해져 더 무겁다. 한 번 올라가면 감독 도장이 찍힌 50원짜리 딱지를 하나씩 받고, 일 끝나면 그 종이 수대로 임금을 받는다. 그래서 좋은 점이 있다. 힘들면 중간에 일을 마치고 딱지 수만큼의 돈을 받아 가면 되기 때문에 인근 동네 사람들도 많이 달려들었다.

아마도 인부를 구하기 쉽도록 그렇게 했으리라고 생각된다. 그런데 이 일이 그렇게 만만치 않다. 무거운 짐을 지고 산에 오르기 때문이다. 시골에서 지게질은 많이 했다는 사람들도 며칠 계속하면 견디지 못하고 그만두는 경우가 많았다. 몇 번 오르내리다 보면 이내 보조 감독이 뜨는 삽을 보면서 '모래야 제발 좀 흘러내려라.' 빌게 된다. 하지만 모래는 좀처럼 흘러내리지 않는다. 숙달된 감독의 삽질은 흘러내리는 모래를 용납하지 않았다.

박정희 대통령 덕도 봤다. 지방 시찰이라도 있으면 지나는 길 주변 모든 집과 담장에 페인트칠을 해야 했다. 갑작스런 공사라 칠을 칠할 인부가 절대적으로 부족했다. 궁여지책으로 하는 방식이 평수를 재서 칠한 만큼 성과급으로 보수를 주었다. 이 방법으로 부족한 칠 인력을 확보했다. 나처럼 초짜도 일거리가 있는 것이다. 어려서 붓을 잡았던 관계로 다른 사람들보다 손이 빨라 그럭저럭 일당이 됐다. 덕분에 페인트 일도 배우고…. 아무튼 사정이 이러니 운동을 더 지속할 수 없었다. 학교에 운동을 그만두겠다고 통보를 했는데 학교에서는 안 된단다. 그만두려면 지금까지 받은 장학금을 모두 변상하고 다른 학교로 전학 가란다. 특기자 아닌 일반 학생으로 합격을 했으니까 장학금은 몰라도 전학은 말이 안 되는 것인데, 당시에는 몰랐다.

경제적으로 얼른 독립하기 위해서는 운동보다는 수업에 들어가 자격증을 따서 취업 나가는 것이 최선이었고, 한편으로는 생활비를 벌어야 하는 상황이라 운동을 하면 알바 뛰기가 힘에 부쳤고 시간을 내기도 어려웠다. 그런데도 학교에서는 이유나 내 형편은 전혀 고려하지 않은 채 막무가내로 운동만 하라는 것이었다. 쫓고 도망 다니는 일과가 반복됐다. 감독 교사에게 운동하라고 교실에서 멱살 잡혀 끌려나오기를 몇 번 하다 보니 자연히 반항심이 생겼다. 운동 시간이 다가오면 교실을 빠져나와 학교 밖으로 도망갔다. 당시에 빠구리라 해서 문제 학생들이 하는 행위였다. 자연히 문제아가 되고 말았다. 교과 선생님들에게도 찍히고….

어느 월요일 아침, 기다리고 있었던 감독 선생님에게 덜미를 잡혀 전교생이 모여 있는 운동장으로 끌려갔다. 당시에는 월요일이면 어김없이 애국 조회란 이름으로 전교생이 운동장에 모여 조회를 했다. 훈화란 이름으로 교장 선생님의 잔소리가 꼭 있었고…. 구령대 위로 끌어 올리더니 다짜고짜 주먹과 발길질이 들어왔다. 아마도 빠구리 치고 교사 말 안 듣는 놈은 이렇게 된다는 것을 전교생 앞에서 본때를 보인 것인데, 그렇지 않아도 나도 불만이 많았던 터라 나름대로 반항을 했다. 무수한 주먹과 발길질에도 반걸음도 물러나지 않고 뻣뻣이 버텼다. 때리는 사람이 지칠 때까지….

이런 광경을 학생들뿐만 아니라 직원 조회를 마치고 나오던 교사들도 모두 보게 되면서, 이 일을 기화로 교사들 모두 포기한 학생이 되고 말았다. 마지막 체벌 수단도 통하지 않으니 포기했던 것 같다. 지나간 일이지만 어떤 선생님도 내가 왜 그리 반항하고 도망가는지에 대해 묻지 않았다. 운동하지 않고 도망가고 수업 빠지는 행위에 대한 질책밖에 없었던 것이 가장 큰 문제였던 것으로 생각된다.

3학년 1학기가 되면서 학교 포기를 결심했다. 첫째 학교와 갈등으로 학교에 남아서 할 일이 별로 없다고 생각해서다. 둘째는 하루라도 빠른 경제적인 독립이 필요해서였다. 무작정 상경하여 적당한 일자리를 찾았지만 쉽지 않아 결국 막노동판을 전전하며 먹고 살기에 급급한 생활이 이어졌다. 학력을 우선하는 사회 분위기와 한편으로 지역 차별까지 더해지면서 돈을 벌어야겠다는 목표는 공염불에 불과했다.

어쩌다 대학교로

돈을 벌어보겠다고 여기저기를 기웃거리는 시간이 길어지면서 지쳐 가던 무렵, 두 군데 대학에서 체육특기자 입학 제안이 들어왔다. 잠시 망설이다가 대학으로 방향을 잡았다. 특기자 혜택으로 대학을 다니면 최소한 생활만 해결하면 되기에 큰 부담이 없었으므로….

대학에 가는 것으로 방향을 정하고 다시 아르바이트를 시작했다. 처음 시작한 것은 연탄배달이었다. 당시 연탄배달은 직매점이 생기기 전이라 연탄공장에서 직접 연탄을 받아 리어카에 싣고 동네방네 돌아다니면서 '연타~안띠~쇼!'라고 외치던 시절이다. 공장에서 18원에

받아다가 가정으로 배달하면 한 장당 3원을 남길 수 있었다. 100장이면 300원이 남았다. 언제라도 공장에 가서 떼다가 팔면 되니까, 어느 시간에도 구애받지 않는 내 형편에 맞아 좋았다.

단골집을 잡고 수첩에 하루 소비량을 확인해 놓으면 언제쯤 배달하면 되는지 알 수 있었다. 40집 정도 확보하니 생활비를 충당할 정도 벌이가 됐다. 연탄을 싣고 돌아다니는 것은 사실 별로 힘들지 않았다. 정작 힘든 것은 연탄을 쌓아야 할 곳이 대부분 허리를 펴고 들어갈 수 없는 계단이나 등 좁고 낮은 곳이었다. 키 큰 내가 허리를 구부리고 많은 양의 연탄을 옮겨 쌓으면 허리에 무리가 오곤 했다.

연탄배달을 하다 원수는 외나무다리에서 만난다고, 고등학교 때 무차별 폭력을 가했던 선생님을 마주친 것이다. "연탄 띠세요." 하고 어느 집 대문을 들어섰는데 삐걱 방문을 열고 나오는 이가 그 선생님이다. 눈이 마주치고 잠시 서로 얼음이 되었는데, 선생님 표정이 '말 안 듣고 멋대로 하더니 꼴좋다.'라고 읽혀졌다. 갑자기 내 안에서 불덩이 하나가 쳐 올라왔다. 허름한 옷과 얼굴에 검은 연탄 칠을 하고 리어카를 끌고 있었으니 한심하게 보였으리라. 나도 모르게 내 입에서는 "지금 나는 아주 떳떳하게 잘 살고 있고 앞으로도 부끄럽지 않은 삶을 살 것이니 두고 보쇼!" 하고 쏘아붙이고 나왔다. 대학 초기에 고비를 넘는데 연탄배달이 큰 도움이 되고 있었는데, 어느 날 친구 집 앞 전봇대에 쇠고랑을 채워 보관했던 리어카가 없어졌다. 누군가 쇠고랑을 절단해 훔쳐 간 것이다. 허탈했다. 단골집을 확보하여 겨우 숨 돌리게 됐는데….

리어카가 없어 연탄배달을 할 수 없어 궁여지책으로 선택한 게 마른 생선장사다. 양동시장에서 마른 생선들을 도매로 떼다가 집들을 돌아다니면서 팔았다. 일부는 지인들에게 강매하다시피 맡기기도 했다. 하지만 생선장사는 별로 재미를 못 봤다. 외상으로 줬던 곳에서 떼어먹기도 했기 때문이다. 어찌어찌 리어카를 마련할 돈이 만들어지자 생선장사를 끝냈다. 하필 여름철이라 연탄배달이 안돼, 새로 산 리어카에 수박을 싣고 다니며 수박장사를 했다. 김장철에는 남평에 사는 친구에게 부탁하여 배추밭을 샀다. 김장할 배추를 주문받아 밭에서 배추를 가져다 배달해 이문을 남겼다. 그럭저럭 배추 장사는 돈이 조금 됐다. 친구가 좋은 배추를 연결해줘서….

보관과 재고 문제로 안정되지 못해 고전하고 있는데, 한 학교에서 핸드볼 선수 지도를 해달라는 제안이 들어왔다. 당시에 광주, 전남에 초등학교 팀이 30개 이상이어서 지도자가 부족했다. 내가 제일 잘할 수 있는 일이라 두말없이 하기로 하고 지도를 시작했다. 지도한 학생들이 좋은 결과를 가져오니 점차 대우도 좋아지고 안정된 수입이 들어오게 됐다. 당시에 소년체육대회가 과열되었다. 이후 88올림픽 유치가 확정되면서 소년체전 전남도 대표팀을 맡으며 반년 정도 숙식과 월급 형태의 수입이 고정되었다. 거기에서 생활비를 지출하고도 통장에 돈을 조금 모았다.

모든 것을 다 잃고

내가 학교 다니는 학생인지, 운동선수인지, 지도자인지 잘 구별이 안 되는 뒤죽박죽인 생활이었다. 선수 지도 역시도 성적이 나와야 했으니까 가볍게 대할 수 없었다. 몸을 혹사하고 있었는지 종종 허리에 통증이 오기도 했지만 무시했다. 건강만큼은 자신했으니까….

1973년 가을 전국대회에서 상대 선수 반칙으로 허리에 큰 충격을 받았다. 그때 다친 통증으로 일어날 수 없을 정도였다. 지방 대학병원에서 심각하다는 판정을 받고 서울 세브란스 병원으로 옮겼는데, 청천벽력! 수술을 하더라도 몸을 다시 쓰기 어렵다고 했다. 운동선수로는 사형 선고를 받은 것이다. 수술 성공률도 낮고 수술이 잘되더라도 운동을 하지 못한다고 하니 치료를 포기하고 내려왔다. 이후 민간요법 등 여러 좋다는 치료를 해봤지만 허리 통증은 차도가 없었다. 암담했다. 당장 먹고 사는 것부터 대책이 없으니 할 수 없이 산으로 들어가 어느 절에 몸을 의탁했다. 절에서는 누구나 먹여주고 재워준다 해서….

살길이 막막하니 피난처로 절을 선택한 것이다. 이 절에서 생각지 않은 전통 수련인 단전호흡이란 인연을 만났다. 그 절에 한 행각 스님이 오셨는데, 하루는 나를 불러 도움이 될 것이니 배워보라 하면서 가르쳐준 게 단전호흡이다. 머무는 동안 3개월 정도 날마다 불러 가르쳐 주셨다. 당시에는 허리 아픈데 숨쉬기가 무슨 도움이 될까 회의가 들었지만, 어른이 가르쳐주시는 거라 토를 달지 못하고 배웠다. 6개월 정도 지났을까? 몸에 변화가 느껴졌다. 마비된 왼쪽 다리에 감각이 느껴지고 허리 통증도 조금씩 누그러지는 것 같았다. 한 가닥 희망을 찾게 된 것이다.

그리하여 그때부터 걷는 운동을 시작했다. 조금이라도 회복하려면 운동이 필요할 거라는 생각에서다. 하루에 5분, 5분에서 10분으로 조금씩 시간과 거리를 늘려가면서 몸을 살폈다. 그런데 어떤 날은 몸이 훨씬 편하고 어떤 날은 통증이 왔다. 가만히 살펴보니 어떻게 걷느냐에 따라 몸에 다르게 나타나는 것을 알아냈다. 이렇게 저렇게 걷기 처방을 지속하면서 나에게 맞는 더 좋은 걸음을 찾아냈다. 이 경험이 후일 걸음법에 대한 책을 쓰고 '걸음전도사'가 되는 밑천이 됐다.

산이라는 좋은 환경, 건강한 절 음식과 적절한 운동이 몸이 스스로 치료할 수 있도록 도와줘 자연치유를 경험한 것이다. 절 생활 8개월 만에 희망을 부여잡고 다시 세상으로 나왔다. 우선 생계를 해결해야 했으니 선수 지도를 다시 맡았다. 내가 제일 잘할 수 있고 보수가 괜찮았으니까. 그렇게 생활에 급급하면서 학교는 다니는 둥 마는 둥 시간이 지나갔다. 1976년 다시 병이 악화하여 거동이 어렵게 됐다. 조금 좋아지니 무리한 것이 병을 다시 불러온 것이다.

주변의 권유로 몇 군데 용하다는 의원을 전전했지만 별 효과를 보지 못하고 다시 가까이 있는 무등산으로 올라가 산속 생활을 시작했다. 예전 경험을 되살려서 자연 치료를 선택한 것이다. 처음에는 텐트를 치고 생활하다가 다음에는 산에 움막을 짓고 살다가, 인가에 방을 얻어 생활하기도 하면서 광주 시내까지 오가면서 생활했다. 당시에는 무등산이 공원화 사업 전이라 인가들이 몇 군데 있었다.

목포에 있는 뼈를 전문으로 치료하는 곳에서 치료받아보라는 권유가 있어 목포로 내려갔다. 내 몸 상태를 보시더니 100일 뜸을 뜨면서 치료하자고 했다. 방을 마련하여 뜸 치료를 시작했는데 일반 뜸보다 훨씬 큰 엄지손가락 크기 쑥 뭉치를 피부에 직접 올리고 불을 붙인다. 처음 며칠간은 살을 태우는 정도의 아픔이었는데 날이 갈수록 고통이 더해졌다. 같은 곳에 계속 뜸을 지피니 살이 조금씩 녹아 들어가면서 그 열기가 몸속으로 들어가는 것이다. 마치 몸속에 끓는 쇳물을 붓는 것 같은 고통이다. 척추 마디마디마다 50군데가 넘는 곳을 한꺼번에 불을 붙이고 입에는 나무 막대기를 물려 놓는다. 고통에 이를 악물다 보면 이빨이 상하니 그래야 한다는 것이다. 처음 막대기를 물라고 할 때 설마 했는데, 이건 장난이 아니다.

일주일을 넘기면서부터는 속이 뒤끓는 열기가 식기까지 2시간 이상 온 방을 빡빡 기다시피 해야 고통이 끝났다. 등줄기로 살이 녹아 흘러내리고 손가락 한 마디 깊이로 구멍이 파이고, 피부 데는 것과 비교되지 않는 고통을 경험했다. 누워 자지도 못하고 엎드려 자는 것도 상당히 불편했다. 그렇게 백일을 견뎠는데, 퇴원하고 나오는 날 이 분 말씀이 견디기 힘드니까 2~3일 간격으로 하루 정도 쉬어가며 뜸을 뜬단다. "40년 동안 뜸을 떴는데 너처럼 100일을 쉬지 않고 뜬 사람은 없었다." 나 같은 놈은 처음이고 독종이라는 거다.

나는 얼른 끝내고 싶기도 하고 다 그렇게 하는 것인 줄 알고 견딘 것인데, 아무튼 등에 50개가 넘게 난 뜸 자국이 너무 흉해서 여름에도 상의를 벗지 못하고 살았다. 지금도 그 자국들이 선명히 남아있다. 마치 훈장처럼. 그 외에도 주변에서 권하는 여러 민간요법을 처방했다. 썩은 시궁창 냄새가 나는 두더지를 달인 물도 30마리 넘게 마셨고, 뱀술이 좋다 해서 뱀을 잡아 담근 사주도 여러 병 담가 먹기도 했다. 몸을 살려야겠다는 생각밖에 없었다.

'건강을 잃으면 전부를 잃는 것이다.' 내 삶에 가장 큰 화두가 되었다.

다시 경기장으로

1977년 1월 12일 움직일 수 있을 정도 몸이 회복되어 겨울 훈련 중인 대학 선수 숙소를 찾았는데, 이게 무슨 일인가? 선수 숙소가 초상집이 되어있었다. 1차 겨울 훈련을 마치고 휴가를 갔는데, 전라북도에서 온 선수 2명이 휴가 중 임실로 놀러가다 교통사고로 목숨을 잃었단다. 숙소 분위기는 어수선했다. 장례를 치르고 학교 관계자들과 이야기를 나눴다. 사망한 두 선수가 팀에 중심이 되는 중요한 선수들인지라 선수층이 얇은 지방팀 사정에서는 팀 유지가 어려워 팀 해체를 고려해야 한다는 의견까지 나왔다. 난감한 분위기였다.

이후 어쩔지언정 우선 분위기를 바꾸고 남은 선수들 훈련은 해야 하지 않겠냐고 제안을 하고, 내가 무보수 트레이너를 하겠다 자청했다. 일단 내 의견이 받아들여져 짐을 싸 숙소로 들어갔다. 학교 분위기를 전하고 떠난 사람은 떠났지만 남은 우리는 어떻게 해야 현명한 것인가? 운동선수라는 게 팀이 없어지면 불쌍한 신세가 되는 게 아닌가? 살아남기 위해서는 더 많은 땀을 흘려야 하지 않겠는가? 답은 뻔했다. 마음들을 추스르고 훈련에 힘을 쏟았다.

그런데 훈련하면서 아무리 머리를 쥐어짜도 2명이 빠진 공백을 메울 답이 안 나왔다. 2월 말 중학교 때 같이 운동을 했던 선배가 찾아왔다. 군대를 마치고 복학하러 온 것이다. 이 선배도 형편이 어려워 특기자 혜택이 절실히 필요한 상태라 팀에 대한 고민을 같이하게 됐다. 한 자리는 선배가 들어가면 될 것 같은데 나머지 한 자리를 채울 선수가 남은 선수 중에서는 안 보였다. 끙끙 앓고 있던 차에 선배가 "네가 들어가 뛰면 어떻겠냐?"고 전혀 생각지 못한 제안을 해왔다. 트레이너를 하면서 꾸준히 몸을 만들고 있었지만, 선수로 시합을 뛸 수 있는 상태는 아니었으니까. 내 회복 속도를 보면 시즌에는 후보 선수 수준 이상으로 올라오지 않겠느냐고, 선배는 계속 날 설득했다.

선수가 경기장에 들어가면 적당히는 없음을 너무 잘 알고 있었기에 무리하여 다시 몸에 이상이 생긴다면? 거의 4년 가까이 고생하여 이만큼 겨우 회복시켰는데 다시 걷기도 힘든 이전 상태로 돌아간다는 것은 상상만으로도 끔찍했다. 위험을 무릅쓰고 선수 등록하여 특기자 혜택을 받아 학교를 졸업한다? 아니면 지금 이대로 몸을 회복시키는 시간을 더 길게 갖는 게 맞지 않는가? 어느 선택을 하던 결과는 내가 모두 책임져야 하니 누구에게 물어 상의할 수도 없었다. 지나고 보니 인생을 살아오면서 중요한 선택을 해야 할 지점이었다. 젊음의 힘이었을까? 여러 날을 숙고한 후, 도박(?)을 선택했다.

학교에 올라가 감독 교수를 만나 선수 등록을 하고 시합을 뛰겠으니 혜택을 줄 수 있겠느냐고 했다. 아무리 위험 부담을 갖을지라도 규정이 있으니 따로 혜택을 줄 수 없단다. 그러면 일단 선수 등록을 해서 시합을 뛰고, 그 결과가 나오면 혜택을 받겠다고 했다. 결과가 나오지 않으면 학교를 포기하고…. 여기서 결과란 전국대회 4강 이상의 성적을 말한다.

3월 개강을 하고, 학과장이 불러 학교 인근에 있는 교수 사택을 찾아갔다. 고맙게도 사택 사랑채가 비어있으니 나더러 사용하라셨다. 당시 나는 달방을 전전하며 살고 있었는지라 고마운 배려였다. 넓은 방이 생겨서 합숙이 끝난 선수들과 의논했다. 전력이 약한 우리가 살길은 훈련뿐이니 더 많은 훈련 시간을 확보하려면 잠을 여기서 자고 새벽 운동을 지속하자. 말이 상의지 선배가 하자는데 후배들이 토를 달 수 없었다.

전력이 약한 부분을 훈련으로 만회하고자 했던 것인데, 야구 김성근 감독이 SK팀을 정상으로 끌어올릴 때 엄청난 양의 훈련을 소화해내서 만들었던 것과 같은 방법이다. 불도 들어오지 않는 관사 방에서 (난방 비용이 없으니까) 서로 체온에 의지하며 잠을 자고 꼭두새벽부터 강도 높은 훈련을 소화해냈다. 한참 높은 선배와 몸도 성치 않은 선배가 솔선해 뛰니 불만이 있더라도 말하지 못했을 것이다. 신입생 후배와는 7년 차였으니까….

연중 가장 큰 대회인 종합선수권대회 출전

나름대로 충실히 시합에 대비했다지만 워낙 전체적으로 약한 전력이라 다른 팀들의 경계 대상에는 들지 않았다. 첫 경기를 마친 후 우려했던 상황을 맞았다. 내 왼쪽 다리에 마비 증상이 온 것이다. 모두 내 몸 상태를 알고 있는지라 다른 선수로 교체하자고 한다. 주사위를 던진 나로서는 몸을 돌볼 상황이 아니라고 판단하고 냉정히 따져봤다. 내가 코트에 있는 것과 나오는 경우 수를…. 시합장에서 같이 뛰면서 경기를 조율하는 것도 중요하고, 부상 중임에도 같이 뛴다면 다른 선수들의 투지는 배가 될 것이라는 결론을 내렸다. 후배들에게 "나는 죽더라도 경기장 안에서 죽겠다."고 선언했다. 심리적인 부분을 중요하게 생각한 것이다.

대회 내내 결승전까지 7경기를 단 1분도 교체하지 않고 뛰었다.

다음 경기부터는 밀려오는 통증을 막아내기 위해 병원에 가서 강한 통증 억제제를 투여해달라고 사정했다. 아마도 마약 일종으로 기억한다. 허리에 일종의 복대를 두르고, 그것도 부족하여 한의원에 가서 금침을 꽂고 경기장에 들어갔다. 통증은 다스릴 수 있지만, 마비 증상은 어쩔 수 없어 왼다리를 절뚝거리면서 뛰었다. 경기 후에 약효가 없어지면 극심한 통증이 밀려왔다. 밤에는 경기를 뛰지 않는 후배들이 장시간 마사지를 해주었다. 한 경기 한 경기 치열한 사투를 벌였다. 마지막 결승전은 국가대표 4명을 보유한 국내 최강팀, 후배들 얼굴에는 여기까지 올라온 것으로도 만족하다는 표정이 읽혔다.

하지만 나는 6경기를 치르는 동안 얻은 게 있었다. 대회 전에는 중하위권 정도의 전력이라고 생각했는데, 한 팀 한 팀 이겨 올라오면서 본인들도 모르게 자신감이 많이 생긴 것이다. 강한 훈련 덕으로 우리 팀은 아직 체력에 여유가 있었다. 보통은 6경기 정도 치르고 나면 체력이 많이 고갈된다. 이 점을 잘 살리면 결승전도 멋지게 치를 수 있겠다고 판단되었다.

선수 전원을 불러 모았다. 내일 경기를 우리가 이길 수 있는 이유가 있다. 첫째 상대 팀은 국가대표 선수가 4명 있으니 우리보다 유리하다. 두 번째는 저들은 장신팀이고 우리는 단신 팀이다. 세 번째는 저들은 선수 모두 개인기가 뛰어나고 우리는 그에 못 미친다. 네 번째는 저들은 매 경기 쉽게 이기고 올라왔고 우리는 매 경기를 힘들게 올라왔다. 마지막으로 아무도 우리가 저들과 정면 승부를 선택할 것으로 생각하는 사람이 없을 것이다. 일반적으로 약팀이 강팀을 만났을 때 정면으로 부딪치면 쉽게 무너지기 때문에, 정면 승부를 피하고 지연 전술을 쓴다.

작전은 이랬다.

첫째 체력을 바탕으로 강한 압박 수비를 한다. 선수들은 본능적으로 자기 공격 위치가 있다. 강한 압박 수비는 보통 수비 범위를 벗어나 더 넓은 공간을 뛰어야 하기 때문에 체력을 많이 소모시켜 아무나 하지 못한다. 공격하는 선수들 리듬을 뺏는 전술이다.

둘째 선수 모두 전반전에 경고 하나씩 먹는다. 이건 심리전이다. 거친 수비를 만나면 상대는 흥분하게 된다. 흥분은 조직력을 무너뜨리고 개인플레이를 하게 만든다. 저들은 개인기가 좋으니까.

셋째 상대가 쉬지 못하게 계속 속공 전술을 펼친다. 이건 체력이 우위에 있는 우리가 펼치는 최고의 무기다. 설사 초반에 득점에 밀리더라도 상대 체력을 고갈시키면 후반에 승부를 걸 수 있다.

이 의외의 전술이 적중하여 당시 무적이라는 팀을 무너뜨렸다. 경기 결과는 18:16 두 골 차 승리였다. 결승전에서 내가 넣은 득점은 4골이다. 대회 내내 절뚝거리며 뛰었으니 상대적으로 나에 대한 경계는 느슨했다. 슛 기회가 쉽게 생겼다. 핸드볼 선수들 슛은 왼발로 점프를 하여 슛을 하는 게 보편적인 방법인데 나는 왼발을 제대로 쓰질 못하니 꽂발을 딛거나 서서 상대 수비 사이 틈 사이로 슛을 했다. 필드를 뛰는 선수 6명을 18점으로 나누면 한 선수 당 3골을 넣으면 제

몫을 한 것으로 볼 수 있다. 한몫 이상을 한 것이다. 수치상으로는 그랬다.

지방에서 성인 단체 종목 우승은 매우 어려웠던 시대라 지역에서 성대한 환영식도 치르고 덤으로 선수대표로 TV에 출연도 했다. 팀 해체 이야기까지 돌았던 미운 오리 새끼가 효자가 돼서 돌아온 것이다. 경기 중 독한 약 처방으로 한 달 가까이 고생하기는 했지만….

그 후 매년 한두 차례 전국대회 우승으로 이어져, 핸드볼이 학교를 대표하는 운동이 됐다.

우승이라는 결과를 가져온 힘은 어디서 나왔을까?

팀 해체 위기에 직면한 절박함이 선수들을 강하게 자극하지 않았는가 싶다. 선수들은 합숙을 통해 전력을 높이지만 우리는 합숙 기간보다 합숙하지 않을 때 더 많은 것을 쌓았다는 생각이다. 불도 들어오지 않는 찬 방에서 서로의 체온에 기대어 잠을 자고 배고픔은 라면을 함께 끓여 먹으면서 이겨내는 등 서로를 의지하고 믿음을 키우고 똘똘 하나로 뭉친 그 힘이 좋은 결과로 이어지지 않았을까?

라면을 함께 끓여 먹게 된 계기는 단순했다. 하숙집 도시락으로는 배가 고프니까 모두 학교 근처 라면집에서 라면을 사 먹었다. 계산해 보면 라면 1개를 가게에서 사 먹는 값으로 우리가 끓이면 2개로 불어나니까, 학과장 사택으로 점심시간이면 대부분 모여 함께 라면을 끓이게 된 것이다. 나는 점심을 따로 준비하지 않고 라면 물만 끓여 놓으면 되니까. 각자 도시락에서 밥 한 숟갈씩 내 밥그릇에 덜고, 대신 라면은 2배로 먹는 것이다.

주말에 막노동으로 번 일당으로 쌀 두 되와 김치 한 봉지를 사, 일주일을 버티는 식의 내 궁한 살림살이를 돕겠다는 의미도 있었다. 지금 생각해도 그때 후배들이 고맙다. 만족스럽지 못했을지라도 마음 따뜻한 밥상이었다고 기억한다.

밤에 배가 너무 고플 때는 학과장 댁 부엌에 몰래 들어가 숭늉 주전자에 담긴 불어터진 밥알들을 긁어먹기도 하면서 허기를 달래기도 했던 시간이 그렇게 끝나고 있었다.

많은 것들이 한꺼번에 풀렸다.

휴학 아닌 휴학 상태였던 대학 졸업장을 받았고 심한 갈등으로 불편한 상태였던 학장과 교수님들과도 자연스럽게 화해가 되고, 학장은 얼마나 좋았던지 집에 따로 초대해 환대를 해줬다. 명품으로 가득 찬 옷장을 열고 "네 체격이 나하고 비슷하니 이 옷 중에 네 맘에 든 옷을 골라 입어라." 사양했지만 계속 권하니 할 수 없이 넥타이 하나를 들고 나왔다.

이후로도 걸음 운동 처방과 산 생활은 이어졌다. 조금 좋아진 듯 보이다가 재발하기를 반복했다. 일상에서도 쪼그려 앉는 자세가 되지 않아 변 보는 일이 어려웠다. 궁여지책으로 주머니에 항시 줄을 담고 다니면서 화장실 문고리에 묶고 그 줄을 잡고 변을 보았다. 그때는 좌변기가 없었으니까. 머리를 감을 때도 문제였다. 머리 감을 시간 동안 허리를 굽히는 동작을 버틸 수 없으니 목에 수건을 두르고 목을 최대한 숙이고서 감았다. 연례행사처럼 1년이면 병증이 한두 차례 재발했는데 짧게는 20일에서 길게는 한 달 이상 바른 자세로 오래 서 있거나 걷기가 불편하니 수업을 할 때 의자 신세를 많이 졌다. 잘 모르는 사람 눈에는 체육선생이 의자에 앉아 수업한다고 오해를 살 만했다.

이런 상태라 끊임없이 내 몸에 처방을 지속했다. 재발하지 않기까지 대략 15년이 걸렸다. 그래서 지금도 몸이 무얼 원하는지 항시 귀 기울이며 살아가고 있다.

순위고사

어둡고 긴 터널을 지나, 졸업장은 얻었으니 이젠 진로를 정해야 했다. 나를 어여삐 봐주셨던 학과장님이 "광주 시내 사립학교에 가고 싶으면 말해라. 내가 추천을 해주겠다."고 제안했다.

두 학교에서 사람 추천 요청이 들어와 있는데 내가 가고 싶다면 우선하여 추천해주겠단다. 사립학교는 내 적성에 맞지 않을 것 같아 망설였다. 연말에 내년 순위 고사가 있다는 믿을 만한 소식을 듣고서 "저는 공립학교로 가렵니다."라고 정중히 거절했다. 내 성격과 기질을 잘 아시는지라 다시 두말하지 않으셨다.

문제는 순위 고사다. 지금으로 말하자면 '임용고사'와 같은 시험인데 시험을 치러 성적순에 따라 자리가 나면 발령을 낸다. 따라서 상위 순위를 받으면 발령을 받지만, 순위가 뒤에 있으면 발령받지 못한다. 더구나 이듬해부터는 국립대학 졸업생들이 나오니 사립 출신들의 공립 발령은 마지막이나 다름없었다. 대학 다니는 동안 강의를 제대로 들은 과목이 하나도 없는 나로서는 난관이었다.

시험을 준비하는 사람이 주변에 여러 명 있었는데, 대부분 문제집을 가지고 문제를 푸는 방식 공부를 하고 있었다. 충장로에 있는 대형 서점에 갔다. 문제집 하나를 손에 들고 곰곰이 생각해봤다. 강의를 제대로 들은 적 없는 내가 문제를 푸는 방식으로 시험을 준비하는 게 적절한지를…. 결론은 아니었다. 문제집을 내려놓고 다른 책들을 뒤적이다 눈에 들어오는 책이 있었다. 교직과목 석사과정 논문집이었다. 에라 교직과목에 대한 전체적인 개념이라도 똑바로 이해하는 것이 내게 더 나을 거라는 생각에 그 책을 들고 나왔다. 600쪽에 가까운 두꺼운 책이라 한번 읽는데 처음에는 3일 걸렸다.

무조건 읽었다. 잘 이해가 안 가는 대목은 색연필로 표시해 가면서, 두 번 세 번 읽다 보니 앞뒤 문맥으로 연결되어 색연필로 표시한 곳들이 하나, 둘 지워져 갔다. 두 달 정도 지나니 전체적인 맥락이 머리에 들어오고 이해가 안 가는 부분들이 거의 사라졌다. 중요한 부분은 후배에게 녹음기를 빌려 녹음을 했다. 15분 정도 분량이어서 시험날까지 귀에 리시버를 꽂아 반복하여 들었다. 시험은 전공과목 절반, 교직과목 절반으로 출제되어 이를 합산하여 등수를 정하는 방식이다.

마음 졸인 시험이 끝나고, 내일 발표를 기다리고 있는데, 학장에게서 전화가 왔다. "너 합격했더라 아주 좋은 점수로. 처음에는 성적이 너무 좋아 네가 아닌 동명이인인 다른 사람인 줄 알았는데, 인적 조회했더니 네가 맞더라. 축하한다."

문제 푸는 시험으로 사람을 평가하고 줄 세우기를 하는 것이 얼마나 황당한 것인가?

벌떡 교사의
교직 생활

자신이 스스로 선택한 자유와 행복,
성취감을 맛봐야 신바람이 난다.
고로 구경꾼이 아니라 일꾼이 되어야 한다.
구경꾼은 금방 병이 들고 시들기 때문이다.
내가 하고 싶은 절실한(절박함과 다른)
일을 해야 생각이 다양해지고 깊어진다.
그리하면 길이 보이게 된다.
시작이 반이다.
하지만 시작이 쉽지 않다.

첫 발령지의 벌떡 교사

'이제 고생 끝이다.'라는 생각과 '열심히 하면 문제될 게 없을 것'이
라는 소박한(?) 꿈을 갖고 완도 군외중학교로 향했다. 바닷가에 자리
한 그리 크지 않은 14학급 규모 학교였다. 3월, 정신없는 하루들이 지
나간다. 14학급 학교라 체육 교사가 두 명 배치됐는데, 두 사람 모두
신규발령이라 교장 선생님께서 나더러 주임 교사를 하라셨다. 덕분에
학교 적응하는 게 배로 힘들었다.

바로 옆자리에 미혼인 미술과 여선생님이 계셨는데, 이 분도 이 학
교가 초임이었다. 그런데 이 선생님 표정이 너무 어둡다. 무슨 근심이
있는지 물어봤더니 학교 환경정리란다. 학교 환경정리는 대부분 글씨
를 써야 하는데 회화를 전공한 본인은 글씨가 영 아니어서 대책이 서
지 않는다는 것이다. 당시에는 교육청에서 연초에 학교 순시를 겸해
환경정리 심사를 했다. 새 학기 시작하면서 할 일도 많은데 환경정리

는 학교 관리자나 교사에게 큰 부담이었다. 옆자리 처녀 선생이 고민에 빠져있는데, 그것을 그냥 지나칠 수 있는 총각 선생은 아무도 없을 것이다. 즉시 필요하다는 글씨를 써 드렸다. 그렇게 해서 학교 환경정리에 관여하게 됐는데, 이를 교감 선생님에게 들켜 버렸다.

나를 불러 아예 학교 환경정리를 몽땅 나한테 하란다. 내 수업은 본인이 다 해주겠고, 수업시간에 환경정리를 하라는 것이 마음 내키지 않아 수업 외 시간에 하겠으니 내 수업 걱정을 하지 마시라 했다. 은근히 걱정되는지 3월 안으로 다 마칠 수 있겠냐고 한다. 교육청에서 4월에 환경정리 심사를 하러 오니까.

이렇게 돼서 저녁 시간에도 학교에서 미술 선생과 함께 야간작업이 시작되었다. 종종 교감 선생이 격려(?) 차 들리고 날마다 푸짐한 야식과 간식거리가 나오고, 그때 환경정리는 좀 복잡했다. 아마도 교육청 심사에 더 잘 보이려고 그랬을 것이다. 스티로폼과 종이를 칼로 도려내 글씨를 만들어 붙이기도 했다. 대부분 글씨는 붓글씨로 쓰고…. 내가 할 수 있는 분야여서 어려움 없이 틈틈이 학급 환경정리까지 돕기도 하면서, 3월이 다 가기 전에 학교 전체 환경정리를 마쳤다. 여기까지는 아무런 문제가 없었는데, 3월 말 교감 선생이 기안지 한 장을 들고 와 이대로 기안해 올리라 하신다. 내용을 보니 체육과 물품 기안인데 금액이 예상과는 다르다. 시중가보다 20~30% 더 비싸다. "교감 선생님 가격이 맞지 않습니다." 확인하여 기안 올리겠다고 했더니 표정이 굳어지면서 그냥 이대로 하란다.

참 순진했다. 업자와 이미 결탁하여 가격을 정해 놓고 얼마 정도 봉투를 받기로 이미 짜 논 각본이라는 걸 얼른 눈치채지 못했다. 장

시간 교무실에서 실랑이가 벌어지고, 선배 교사 한 분이 조용히 나를 불러냈다. 현관 앞에서 자초지종을 설명한다. 미리 업자와 가격 등을 정해 놓은 것이니 교감 선생이 원하는 대로 따르면 문제없다는 것이다. 어이가 없어 반문했다. 다 이렇게 하느냐고 물으니 그렇다고 한다. 부아가 치밀어 올랐다. 이런 부정을 학교에서 당연하게 받아들인다는 것은 아니라고 생각해, 내가 생각하는 가격으로 기안지를 작성해 교감에게 결재를 올렸다.

기안지를 보는 교감 표정이 굳어지면서 "왜 시키는 대로 안 해?" 딱 한마디 말과 함께 빨간 싸인 펜으로 사선의 줄을 그어 버린다. 다시 같은 내용에 기안지를 작성하여 가지고 갔다. "문제가 있으면 무엇이 문제인지 알려주십시오." "지방이라 값이 당연히 비싸다. 업자와 다 이야기되었으니 그대로 해." "아무리 그래도 가격 차이가 심한데요?" 다시 실랑이가 일어나고 양보를 하지 않자 또 기안지에 붉은 사선이 그려진다. 그러면서 결재를 미루고. 며칠 지났을까? 교감이 부른다. 손님이 왔으니 만나 보라는 것이다.

여기서 나를 찾을 손님은 없는데? 밖으로 나가봤더니 지역 업자다. 아마도 업자에게 나를 설득해보라 하신 것 같다. 좋은 게 좋은 것 아니냐면서 섭섭지 않게 나에게도 인사를 하겠단다. 기어이 폭발하고 말았다. 멱살을 잡아 패대기를 치려다 참고, 점잖게 말했다. 다시는 이런 용무로 학교를 찾으면 참지 않겠다고 쫓아 버렸다.

이 일로 교감 선생님과는 완전히 틀어져 버렸다. 다시 원안대로 기안지를 올리고 싸인펜으로 긋고, 3번째 긋는 것을 보고, 다음 주 월요일 직원회의 석상에서 불쑥 일어나 폭탄 발언을 했다. "업자하고 결탁한 물품 구입이 옳은 것인가? 모든 학교가 다 이런가? 어느 선생님이든 답변해주십시오!" 교무실 분위기는 그야말로 얼음이 되고, 나는 교무실 문을 박차고 밖으로 나왔다. 그 길로 교장실로 직행했다. 교장 선생께 그간의 정황을 알리고 교장 선생님이 결제를 해주십사 했다. 교장 선생님도 교감 선생의 그런 전횡을 못마땅하게 생각하고 계셨던지, 나에게 물었다. "끝까지 싸울 것인가?" "네 그럴 것입니다." 단호하게 대답했다. 더는 묻지 않으시고 소신껏 하라는 격려(?)까지 해주셨다. 그리하여 교감 결재가 없는 기안을 통과시키고 교감이 요구했던 가격에서 30% 정도 저렴하게 구입했다. 이 일로 교감과의 사이는 최악이 되고 학교 일 사사건건 시비를 걸어왔다. 이대로는 학교생활이 너무 피곤할 것 같아 기회를 기다렸다.

봄 소풍날, 뒤풀이에 술을 마시고 교감 관사로 쳐들어가 다짜고짜 허리띠를 잡고 밖으로 끌고 나왔다. 허리춤을 잡고 체중 90키로가 넘는 교감을 몇 번이나 들었다 놨다 했다. 그래도 분이 풀리지 않아 학교 뒷산으로 끌고 가려고 하니 겁이 났던가 용서를 구한다. 다시는 괴롭히지 않겠다고… 이후로 교감 선생 갑질은 사라지고, 반면에 교장 선생님 신임을 듬뿍(?) 받고 평온했다.

교장 선생님 왈 "근무 외 시간에 남교사들이 여교사들과 함께하면 안 된다. 단 김영효 선생은 예외로 한다. 여선생들은 퇴근시간이 늦으면 김선생에게 부탁해서 동행해라."

섬에 갇혀 사는 관계로 젊은 처녀, 총각 선생님의 염문으로 물의를 종종 일으켜서 벌어진 해프닝이다. 더구나 학교 숙직실에서 생활하고 있었으니 자연스럽게 여선생님들 퇴근길 호송을 많이 했다.

내 교직 생활에 학생에 대한 시각을 달리하게 일깨워 준, 한 제자를 만난 곳이 이 학교다. 부임하자마자 학생부장 박 선생님이 부르시더니 "여기 아이들은 매우 거칠고 말을 잘 안 듣는다. 말썽부리는 놈은 가차 없이 매로 다스려라. 뒷감당은 내가 다 할 테니." 지역 사람이고 경력도 많으신 분이 말씀하신지라 그분 말씀대로 책상 옆에 매를 대기 시켜 놓고 지냈다.

실제로 교무실에 학생을 부른 다음 나에게 이놈은 몇 대 때려 보내라 하시곤 했는데, 어느 날 박 선생님이 한 학생을 끌고 왔다. "이놈은 선배를 폭행했으니 크게 혼을 내서 보내라." 하셨다. 선배를 때렸다니 내 생각에도 괘씸한 놈이라 매를 든 손에 힘을 더 주고 때렸다. 보통 몇 대 맞고 나면 "선생님 잘못했습니다!" 하고 용서를 빌어야 하는데, 이놈은 반응이 없고 도리어 눈빛이 더 험상스러워졌다. 잘못을 뉘우치는 표정이 영 아니다. 왜지??

때리던 손을 멈추고 아이를 데리고 밖으로 나왔다. 밖에서 조용히 물었다. "왜 잘못했다고 하지 않느냐?" 대뜸 "선배 아닌데요." "그게 무슨 말이야? 너는 일학년이고 그 아이는 3학년인데." "제가 2년 쉬고 들어왔으니까 선배 아니죠." 틀린 말이 아니었다.

자기 말을 차분히 들어주니 술술 속 얘기를 털어놓기 시작했다. 홀어머니하고 둘이 살고 있으며 2년 쉰 것은 집이 너무 어려워 다니지 못한 것이란다. 그렇지 않아도 2년이나 아래인 애들과 어울리는 게 쪽팔린 데, 선배라고 깝죽대니 성질이 나서 패 버렸다는 것이다. 나도 모르게 웃음이 나왔다. "그랬구나. 그렇지만 그 애가 네가 쉬고 학교 다닌 줄 모르지 않을까?" "그건 나도 모르지요." "거봐 네가 모르면

개도 너를 모르겠지, 뺏지 보고 당연히 후배로 알았겠지." 녀석이 머리를 긁적였다.

이런 일도 있었다. 토요일 오후 다들 집으로 가는데 나는 쉬고 싶어 학교에 남았다. 따르릉 학교 전화벨이 울린다. 박○○ 선생님이다. "학생들이 동국민학교에서 도박 축구 한다고 신고가 들어왔으니 빨리 가서 단속하게." 학교 자전거를 타고 동국민학교로 달렸다. 말 그대로 아이들은 축구경기를 신나게 하고 있었다. 응원하는 아이들도 많았고, 한창 신나게 경기를 하는 중이라 단속을 못 하고 지켜보고 있는데, 응원하던 아이들이 알아보고 "선생님 오셨어요." 인사를 한다. 어라 이게 뭐지? 단속하러 왔는데, 피하지도 않고 도리어 반기네. 궁금해서 물어봤다. "지금 무슨 경기 하는 거냐?" "지는 동네가 공 값무는 경기요." 나도 모르게 웃음이 터졌다. 도박이 맞기는 하네. 당시는 볼이 귀한 시대라 배구공이나 그냥 고무공이든 아무 볼이라도 있으면 차고 놀았다.

하지만 아이들은 가죽으로 된 진짜 축구공으로 축구를 하고 싶었던지라, 결국은 비싼 진짜 축구공을 장만하기 위해 동네 대항 축구시합이 벌어지게 된 것인데, 이게 와전되어 도박하는 것으로 오인된 것이다.

시합에 들어가든 안 들어가든 자기 동네 팀이 경기에 지면 그 동네 아이들 모두 공 값을 나눠 물어야 하는 덤터기를 쓰니, 동네마다 이길 팀을 짜느라 진즉부터 나대니 어른들 눈에는 마치 큰 도박을 준비하는 것으로 보인 것이다.

나도 함께 손뼉 치며 응원에 가담했다. 근데 여기서 흥미로운 광경을 목격했다. 2년 늦게 학교 다니는 장○○ 학생이 낀 팀이 경기하는데, 아 글씨 이놈이 팀 주장으로 경기장 안에서 경기를 조율한다. 학교에서 선생님들은 문제라고 하는데 경기장 안 선수들은 지휘하는 장○○ 아이의 손짓에 따라 일사불란하게 움직인다. 아이들 눈빛에는 장○○에 대한 깊은 신뢰를 담고 있었다. 선생님들은 문제라고 하는데 아이들 세계에서는 영웅인 것이다. 이 차이는 무엇인가??? 큰 깨달음을 안고 돌아오는 길, 자전거 페달을 밟는 다리에 힘이 절로 들어간다.

이후 학교에서 아이들이 볼을 사용하고 싶다면 언제라도 대여해줬다. 대신 책임자를 두고서, 나중에는 장○○ 학생에게 창고 열쇠를 맡기고 볼 관리권을 줬다. 누구에게나 공평하게 대여해준다는 조건으로….

학교가 쉬는 휴일에도 걱정 없이 볼을 차게 해줬다. 그러면서 종종 상담 아닌 상담도 하면서 장○○와 나는 돈독한 관계를 유지하며 지내게 됐다. 운동 기능과 눈치도 있고 해서 운동부 시합 때는 후보 선수 자격으로 같이 다녔다. 장○○는 어머니 원대로 중학교 졸업장을 무사히 땄다.

'아이들을 볼 때는 아이들 눈높이에 맞춰 봐야 보인다.'

1980년 인사발령 통지

올림픽 꿈나무 육성 교사로 지명되어 무안지역으로 근무지를 옮겨야 한다는 것이다. 무안에 꿈나무 선수들이 있으니 그 지역에 가서 선수 지도를 하라는 요지다. 군사정권이 88올림픽을 유치하고 성석을 내기 위해 각 시도에 종목별로 1명의 교사를 지명하여 꿈나무 선수 지도를 하게 한 제도인데. 어찌 보면 영광이랄 수 있지만, 본인의 희망과는 별개로 취한 조치였다. 어떻게 된 일인가 문의를 하니 광주, 전남에서 내가 지명됐고 많은 혜택(?)을 받을 거란다. 이동 점수에 상관없이 이동도 할 수 있고, 잘 지도하면 승진 등에도 도움이 될 거라나….

핸드볼 꿈나무 선수들이 무안지역에 여러 명 있었다. 그런데 소속 학교가 사립학교라 그 학교로는 발령을 내지 못하고 출장 등으로 그 선수들을 지도하라 했다. 지금으로 보면 순회교사(?)라고 해야 할까? 그 선수 중에 4명이 88올림픽에 뛰고 금메달을 목에 걸기도 했다. 장흥군 유치면이 고향으로 올림픽을 3번이나 뛴 문○○선수는 내가 집까지 찾아가서 운동을 권유하고 무안으로 데리고 갔던 학생이다.

승진 포기 교사

88 꿈나무 육성 특기 교사로 지명받은 후 주변의 체육 교사로부터 부럽다는 인사를 많이 받았다. 타 교과 선생은 이해하기 어려운 부분일 수 있어 조금 설명을 하자면 승진에 필요한 점수를 쉽게 딸 수 있는 조건이 만들어진 것을 축하한다는 것이다. 먼저 특기 교사는 점수

와 관계없이 발령을 받는 특혜가 주어지는 것이고, 두 번째로는 승진에 필요한 연구 점수를 따기가 쉬웠다. 체육과는 도 대표 선수를 육성하거나 전국체전이나 소년체전에서 메달을 획득하면 연구 점수가 나오는 것이다.

이런 제도는 군사정권이 엘리트 선수를 양성하여 국위를 높인다는 명목으로 체육 지도자들을 독려(?)하기 위한 유인책으로 시작한 것이다. 정권에 잘 보이기 위해 혈안이 되어있던 교육 관료들은 정권의 입맛에 맞춰 특히 소년체전(88 꿈나무 선수) 성적을 올리기에 급급했다. 당시에는 각 시도 교육계 수장인 교육감은 임명제였다.

이러한 과열 경쟁으로 어처구니없는 일들이 교육현장에서 벌어졌다. 한 가지를 말하자면 도세도 약한 충북이 소년체전 종합 우승을 6년 연속한 사례다. 어떤 방법이 동원됐는가 하면 중학생 선수를 초등학생으로 둔갑시키고 고등학생은 중학생으로 내려서 소년체전에 출전시킨 것이다. 당연히 좋은 성적이 나온 것이다. 호적을 바꾸고 주소지를 옮겨 이런 부정을 들키지 않도록 관, 민이 합동으로 공모해 만들어 낸 작품이다. 이 부분은 내가 직접 현지에 조사간 적이 있었는데, 주소지에 그 학생이 없고 동네 사람들도 모르는 학생이라 했다. 시골 작은 동네에서 도 대표 선수를 모른다는 것은 말이 되지 않지만 모두 모르쇠로 일관하니 추적할 방법이 없었다.

소년체전에서 6연패를 했으면 이후 충북에서 많은 국가대표 선수가 배출되고 전국체전에서도 좋은 성과가 있어야 했는데 그렇지 못했던 것은, 이런 부정한 방법으로 만들어 낸 성과였기 때문이다.

이런 성적 내기를 통한 경쟁제도가 또 어떻게 악용됐는지 살펴보면, 운동부를 육성하여 성적을 낼 정도 수준에 오르려면 빨라도 2년에서 3년 이상 걸린다. 그러다 보니 자기 전공을 살려 운동부를 열심히 육성해놓고 나면 이동을 할 시기와 거의 맞아떨어진다. 공립학교는 일정 기간이 지나면 이동하는 허점을 노려 승진하고자 하는 교사들이 인사권을 가진 교육 관료들을 찾아 메달 가능한 학교로 발령을 청탁하는 것이다. 자기가 땀 흘려 노력하지 않고 남이 차린 밥상에 숟가락을 거저 올리는 꼴이다.

그 시대는 명절이면 공공연하게 상급 관료들을 찾아 인사를 하러 다니는 게 당연하게 받아들여지던 시절이었다. 명절이 닥치면 집 앞에 줄을 서고 평상시에도 수시로 인사를 하러 들락거렸다. 인사권을 쥔 관료들은 이를 교묘히 이용했다. 그래서 승진을 염두에 둔 교사는 어느 줄에 서고 누구에게 인사 가야 하는지 신경을 많이 썼다.

설명이 좀 길어졌는데, 나는 천성적으로 누구에게 잘 보이려고 인사 다니고 손 비비는 것에 거부감이 많은 사람이라, 주변 사람들 부러움이 도리어 싫었다. 학생들이 땀으로 일군 결과물을 자신의 영달에 이용한다는 것 자체가 싫어 나는 일체의 포상(점수)을 거부하고 살았다. 그래서 도 대표 선수도 많이 만들었고 소년체전에서 메달을 따기도 했지만 내 인사기록카드에는 포상 기록이 없다. 엄밀히 따져보면 그 점수로 인해 승진 유혹에 빠질까 두려웠던 것이 더 큰 이유였을까 싶다. 평교사로 보람을 찾고, 교사를 하는 동안 마지막까지 아이들 가까이서 함께 하고픈 꿈을 가졌으니까.

정장과 한복

지금은 교사 복장이 자유로워졌지만 70년대만 하더라도 일제와 군사독재 영향으로 교사들 복장은 양복에 넥타이 매는 것을 당연하게 여겼다. 어쩌다 교육청 출장이라도 갈 때는 교육청 출입구에서 거울을 보며 넥타이가 바로 섰는지 단추가 빠진 데는 없는지, 옷매무새를 살피고 들어갔다. 교직에 나오면서 벽지 학교에서 어려운 아이들과 사는 것이 더 보람 있을 것이라는 생각에 군 단위에 읍내를 제외한 학교를 지원했었다. 학교에 가서 지역민들 차림새를 보면 모두가 점퍼 차림이었다. 교사라고 해서 티 나게 양복을 입어야 하는가? 양복을 입지 않기로 정하고 평복 차림(주로 점퍼)으로 출근을 했다. 가는 학교마다 교장 선생님의 시비가 있었다. "김선생은 복장이 왜 그래? 정장을 해야지. 교사가 품위 없게."

당시 교실에는 칠판 바로 아래 교단이란 게 있어서 의자에 앉아 수업하는 아이들 눈높이에서 보면 고개를 상당히 높이 올려다봐야 했다. 교단만으로도 교사들은 자연히 위압적으로 내리 굽어보는 것이다. 양복과 넥타이, 교단 모두 같은 역할로 받아들여진다. 자연히 입씨름이 오가게 된다. "양복이 정장이라 생각하십니까? 국어사전을 찾아보면 바른 옷차림이 정장이지, 양복이 정장이란 말은 없습니다. 어디 단추가 풀려있습니까. 아니면 옷이 비뚤어져 있습니까?" "교사의 권위가 양복이나 넥타이 매야 선다고 생각지 않습니다. 저는 아이들에게 더 가까이 다가가고 싶어서 저들 집에 어른들이 흔히 입는 평상복을 입습니다. 아이들 마음에서 절로 존경을 받는 교사가 된다면 권위는 자연히 따라온다고 생각합니다."

이래저래 쉽게 인정하지 않으시니 마지막에는 법까지 들먹였다. "교육법 어디에도 교사는 양복을 입어야 한다는 말은 없습니다." "말 그대로 양복은 서양인들이 입는 옷이라 양복이 아닙니까? 저는 조선 사람이니 저희 정장인 한복을 입겠습니다." 이 정도 가면 대부분 교장 선생님은 말문이 막힌다.

이후 시대 흐름에 따라 교사들 복장은 편해졌지만, 내 교직 초기는 옷차림으로 인한 갈등이 심심찮게 있었다. 당시 여선생님들도 매우 불편했을 것이다. 치마를 입어야 했고 치마도 짧다거나 색상이 야하다는 등의 지적을 했으니까. 젊은 후배 선생님들은 호랑이 담배 먹던 시절 이야기라 할지 모르지만 불과 30년 전 이야기다. 당시 학교에서는 복장 가지고 관리자들과 갈등이 많이 있었다. 옷뿐만 아니라 심지어는 헤어스타일까지도 간섭을 했으니까….

다시 관리자와 갈등

1980년에 부임하여 모셨던 교장 선생님은 바르고 청렴한 분이셨다. 교사들이 술이라도 사겠다고 하면 어른이 사는 것이 옳다면서 당신이 먼저 계산해 버리셨다. 학교 분위기가 좋아 직원 친목회 날이면 내가 경작하는 작물로 직접 조리도 해 먹으면서 뒤풀이를 하곤 했다. 그런데 이 분이 다른 학교로 옮기고 후임 교장이 오면서부터 학교 분위기는 180도 바뀌고 말았다.

학교에서 교장과 갈등이 일어났던 첫 발단은 지역 청년회에서 학교에 성금을 전달했고, 성금이 어디에 써졌는지 궁금했던 청년회장이 성금에 대한 것을 나에게 물어 온 것으로 시작되었다. 학교에서 성금 이야기를 들은 바가 전혀 없는 나는 대답할 길이 없었고, 결국 교장에게 묻게 됐다. "청년회에서 성금을 전달했다는데 어디에 썼습니까?" 교장 선생 답변이 "그런 돈 받은 적 없다." 잡아뗐다. 청년회장이 거짓말을 할 이유가 전혀 없어 청년회장에게 다시 확인했더니 언제 어디서 누구와 함께 얼마를 줬다고 정확히 기억하고 있었다. 다시 교장실에 들어가 청년회장이 확인해 준 내용을 밝히며 따졌다.

횡설수설, 끝까지 잡아떼려 한다. 청년회장과 삼자대면을 하자고 했더니 그때야 받았다고 인정을 하지만 학교에 필요한 곳에 썼단다. 어디에 썼는지 구체적으로 밝혀주라 했다. 그래야 청년회에 오해 없도록 할 것 아니냐. 언성이 높아지고 실랑이가 벌어졌다. 교장실 의자를 들었다 났다 할 정도로….

며칠 후 도교육청 선배로부터 전화가 왔다. 징계위원회에 내 서류가 올라왔단다. 교장에게 폭언, 교사 품위손상 등의 내용이란다. 왜 그런 일이 일어났는지에 대한 내용은 없고….

그대로 넘길 수 없어 사직서를 썼다. 교장에게 사직서를 주면서 "내가 이대로 학교를 떠나면 다른 사람들은 뭔가 잘못해서 징계가 두려워 사직한 것으로 오해할 것이라, 교육청 징계위원회와는 별도로 당신을 비리 혐의로 경찰에 고발해 법정에서 시비를 가리겠다." 하고, 더 말해봐야 입만 아플 것 같아서 그 길로 교장실을 나와 버렸다.

다음날 아침, 사택에 교장이 와서 징계 서류는 교육청에서 반려해

오겠고, 자기 잘못을 인정하겠으니 고발만은 참아 달라고 사정해서 받았던 돈을 반환하는 것으로 마무리하고 넘어갔다. 이 일 이후로 교무실에 연관된 일에서는 조심하는 듯 보였다. 하지만 돈이 나오는 행정실 식구들에게 끊임없이 압박을 지속했다. 행정실 주무관을 통해 내게 그 정보들이 다 들어오니 교장으로서는 폭탄을 안고 사는 것처럼 매우 불편했으리라….

근무평정 '양'

1982년 2월 말 학교 근무를 서는 선생님으로부터 연락이 왔다. 발령통지서가 왔으니 받아가라고 했다. 나는 내신서를 낸 적이 없는데, 학교에 올라가 보니 정말 발령통지서가 와 있었다. 교육청에 확인한 결과 학교장 근평 '양'으로 강제 이동하게 됐다는 것이다. 항의했더니 근평*은 교장 고유 권한이라 교육청도 어쩔 수 없다는 답변이다.

근평을 이용하여 불편한 나를 다른 학교로 쫓아 보내려고 '양'을 때린 것이 분명하여 재차 지역교육청에 들어가 항의했지만 돌아오는 답은 똑같았다. 청에서도 어쩔 도리가 없다.

법만 따지니 나도 법전을 뒤져봤다. 다른 하나를 찾아낸 것이 '교사

---

*근평(근무평정) 양은 최하위 점수로 학교장이 교사를 이 학교에서 다른 곳으로 보내 달라는 의미로 해석한다. 교장의 고유 권한인 점을 악용하여 자기에게 불편하거나 말을 따르지 않는 교사를 쫓아 보내는 방법으로 많이 쓰였다.

가 발령을 받고 근무지에 7일 이내에 가지 않으면 중앙(당시는 문교부)에서 감사반을 내려보내 감사를 하고 정당한 사유 없이 부임을 거부하고 있다면 교사자격증까지 박탈한다.'는 조항이 있었다. 새 학기가 시작되는지라 발령 난 학교에 연락했다. 부임이 어려울 것 같으니 양해하시라고….

일주일이 지나자 전라남도교육청 교육감실로 출근을 시작했다. 법을 근거로 조금은 생소한 방법으로 싸움을 시작한 것이다. 일개 교사가 교육감실을 점령(?)하고, "나는 지금 발령을 받고 일주일이 넘도록 학교에 부임하지 않고 있는데, 왜 문교부에서 감사반이 내려오지 않는가? 부임하지 않았다는 보고를 하지 않고 있는 게 아닌가?" 답변해 달라고 요구했지만 아무런 답이 없다. 답이 없자 이제는 교육감을 직접 공격했다. "교육감은 왜 미 부임 보고를 하지 않는가. 직무유기 아닌가!" 교육감실에 결재받으러 사람이 들어올 때마다 고성을 질렀다. 하지만 감사반은 내려오지 않았다. 감사반이 내려오면 교육청 내에서도 다칠(?) 사람이 꽤 많았을 것이니 보고할 수 없었을 것이다.

도리어 나를 설득하기 위해 주변에 선배, 지인 등을 총동원하고…. 그렇게 3월 20일까지 교육감실 출근은 이어졌다. 얻은 답변은 명확했다. 내 의도대로 감사반이 내려와 모든 시비가 가려지리라 기대했던 것은 착각이었다. 교육청에도 한통속인 인간들이 즐비하게 있구나. 그들의 속내를 보고 나니 힘이 빠졌다. 더는 싸울 의미가 없어 발길을 돌렸다.

양보하고 발령지로 가는 대신 나에게 지도를 받고 있던 선수들을 전국대회에 한 번 출전시킬 수 있게 해달라는 조건을 제시했었다. 그래야 선수 생활을 지속하고 싶은 제자들의 진로가 열릴 것이니까. 틈나는 대로 전 학교를 방문해 지도하고 상반기 전국대회에 출전하여 4강에 들게 했다. 출전비가 부족한 것은 교육청에서 성금 모금으로 충당했다. 후에 그 선수 중 3명은 실업팀에 가서 활약했다. 참 우스운 이야기다. 발령이 났으니 그 학교 교사도 아닌데 지도도 하고 전국대회에 데리고 나갔으니….

지역교육청, 도교육청에 가면 만나는 사람마다 다 아는 체를 했다. 얼굴이 널리 팔린(악명이라 해야 하나?) 것이다. 전남 교사 중에 '돈키호테' 한 명 탄생함을 알린 농성이었다. 이후 이동해가는 학교마다 관리자들이 경계하고 조심하는 것을 느꼈으니까. 아예 대놓고 "불편한 일이 있으면 무엇이든 도와드리겠습니다." 친절히(?) 안내하시는 분도 계셨고, 지인들은 아예 "아이고 문제 교사님!" 대놓고 표현하기도 했다. 자연히 가는 학교마다 양심세력(?)들이 주변으로 모여들고, 그래서 전교조 교육운동 이전에도 학교에서 관리자들과 많은 갈등이 있었다.

20일 농성을 마치고 부임한 학교는 20학급이 넘는, 면 단위 학교로는 꽤 큰 학교다. 농성 등으로 나를 경계하는 눈초리와 우호적으로 바라보는 눈빛이 교차하고 있었다. 다행히 전임지에서 같이 근무를 했던 교감 선생님이 계셔서 20일간의 수업 공백도 없었다. 교장 선생님은 근무에 불편한 점이 있으면 언제라도 교장실로 오라고 먼저 방어선을 긋는다.

며칠 후 교장실에서 호출이 왔다. 학교 환경 게시물을 교체해야 하는데, 미술 교사가 초임이라 경험도 없고 서툴러서 못하겠다고 하는데, 선생님 중에는 할 만한 사람은 없으니…. 대놓고 해달라는 말보다 더 무섭다. 교감 선생을 통해 전임지에서 내가 환경정리한 이야기를 다 듣고 하는 말씀인데, 학교에 늦게 부임한 미안함도 만회할 겸 내가 하겠다 했다.

기존 판넬이 너무 낡아 판넬 30개도 직접 제작하여 교체했다. 교훈, 급훈 등 학급환경도 틈틈이 도와주었다. 덕분에 경계했던 선생님들과 관계도 무난히 풀렸다. 그로 인해 학교의 상장, 졸업장, 졸업 대장 등 업무가 더 붙었다. 당시 졸업 대장은 한문을 붓으로 써야 하니 머리 아픈 일이었다. 글씨도 글씨려니와 이름은 잘 안 쓰는 한자가 많았다.

다행인 것은 나보다 후배인 교사들이 많아 학교 분위기는 활기가 있었고 잘 어울렸다. 방과 후에 깜깜한 밤까지 배구 시합도 하고, 낚시도 가고, 종종 학부형이 들고 온 싱싱한 고기로 교무실이 즉석 파티장이 되기도 했다. 여전히 운동선수 지도도 하면서 바쁜 날들을 보냈다.

겨울방학이 되고 나는 졸업 대장과 상장들을 쓰기 위해 교무실에 있었는데, 근무조 선생님들이 학교 근무평정에 이야기를 꺼냈다. 우리 학교 근평이 엉망이라고 한다. 근평 문제로 홍역을 한 번 앓았던 경험이 있는지라, 어떻게 된 것인지 자세히 물어보았다. 몇 선생이 근평을 잘 받으려고 돈봉투를 주었다는 것이다. 아이를 양육하는 박○○ 여선생 경우 근무를 정말 열심히 했는데도 돈봉투를 건넨 몇 사람 때문에 근평 순위가 밀려 집 가까운 지역으로 옮길 수 없게 되어 너무 안타깝다는 것이다. 그냥 흘려들을 문제가 아니라 생각됐다.

돈봉투로 근평을 산다? 근평 자체가 관리자들을 제외하고는 보안

사항이라 확인할 길이 없었다. 궁리 끝에 편법을 생각해냈다. 교육청 일반직으로 근무하는 친구를 통해 학교 근평서류가 다 들어오면 연락을 해주라고. 근평서류가 모 장학사 책상 위에 모여졌다고 1월 6일 전화가 왔다. 즉시 교육청으로 달려가 장학사에게 내 인사기록카드 사본을 떼어 달라고 신청했다. 케비넷에 카드를 가지러 간 사이 근평서류를 빼내 가까운 복사점에 가서 복사하고, 서류는 다시 제자리로. 예나 지금이나 장학사들은 바쁘다. 서류가 왔다 갔다 하는데도 전혀 모른다. 무슨 일이 그리 많은지….

학교로 돌아와 서류를 열어봤는데, 선생님들 말이 사실이었다. 몇 선생들을 불러 상황을 설명하고 어떻게 할 것인가를 의논했다. 제출된 근평을 바꿀 수는 없지만, 다음에는 이런 일들이 없도록 해야 한다는 의견이다.

2월 개학 날 직원회의 시간, 미리 준비한 대로 순서대로 일어나 발언을 했다. 교장, 교감 선생님은 근평을 우리가 모른다는 전제하에 오리발을 내밀고, 이에 더욱 분노한 선생들 목소리는 더 높아져 가고…. 평소 말이 없으신 교무실 최고 원로(교감 선배)이신 최○○ 선생님이 일어나셨다. "선배들이 똑바로 안 하니 후배들이 저러는 게 아니냐. 잘못이 있으면 사과해라!" 의외의 상황에 일순 교무실엔 정적이 돌고 교장과 교감은 밖으로 나가 버렸다. 수습할 수 없다고 판단한 모양이다.

조금 기다렸다가 교장실로 향했다. 근평 조작에 대한 사실을 여전히 인정하지 않으려 했다. "근평 내용을 소상히 확인했다. 거짓말을 계속하면 학교가 더 시끄러워질 뿐이다." 구체적으로 교장 교감이 받은 돈봉투 금액까지 말해줬다. 그제야 얼굴색이 변하고 시인을 한다. 다음날 다시 직원회의가 소집되고 잘못을 사과했다. 돈봉투를 건넸던 교사들은 고개를 들지 못하고….

근평 조작 주모자는 교감이었고 교장은 들러리 역할 정도였다. 이후 교무실에서 일방통행식 교감 모습은 사라졌다. 원로였던 최○○ 선생님은 승진을 염두에 두지 않고 묵묵히 교사의 자리를 지키셨던 분으로 기억하는데, 내가 그 학교를 떠난 후 섬으로 좌천(?)당했다는 후문이 돌았다. 젊은 선생들 편에서 잘못을 지적한 것으로 보복을 당했다는 것이다. 내가 전교조로 해직된 다음 한번 뵐 기회가 있었는데, 교육운동을 하면서 한 가지는 꼭 바꿔주면 좋겠다는 부탁을 나에게 하셨는데, 그게 바로 근평이다. 지금은 교장 평가가 아니어서 그럴 일은 없어졌지만, 당시에는 근평으로 인한 갈등이 많은 학교에서 있었다.

비가 오면 토질이 황토인 곳이라 발이 푹푹 빠져서 '마누라 없이는 살아도 장화 없이는 살 수 없는 곳'이라 했지만 좋은 추억들이 많았던 학교였다. 교장 선생님이 잡는 바람에 1년을 더 연장하여 5년을 채우고 전교조로 해직을 맞은 청계중학교로 옮겼다.

학습지도안 거부

도교육청은 전남지역을 광역권으로 묶어 무안은 서남부권 6개 시군에 속했다. 수업 참관 평가는 도교육청 장학사를 비롯한 서남부권

동 교과 교사들이 학교를 방문하여 수업을 참관하고 이를 평가하는 방식이었다.

해당 교사는 지도안을 제출하고, 이를 도 장학사가 검사하는데, 나는 학습지도안에 다른 견해를 갖고 있어 제출하지 않았다.

당연히 장학사는 나를 불러 왜 지도안이 없냐고 지적했다. 교과 특성상 지도안에 들어갈 내용 정도는 형식에 불과하니 지도안 제출이 필요 없다고 생각하여 쓰지 않았다며 1년 동안 지도할 내용을 그 자리에서 말로 대신했다. 지도안을 쓸 시간에 나는 어떻게 하면 수업을 더 알차게 할 것인가 고민을 하니, 내 수업을 본 다음에 지적할 것이 있으면 지적을 하라고 했다. 실랑이하는 동안 수업시간이 다가오니 말을 멈추고 수업에 들어갔는데, 항상 그랬듯이 아이들은 신나고 즐겁게 수업에 임했다. 손님들 시선을 의식하지 않고서….

내가 고민했던 지점은 '신체활동은 즐거워야 한다.'는 것인데 틀에 박히고 교사에게 강요당하듯이 하는 활동은 자칫 운동이 아니라 노동이 되어버린다. 신체활동 효과가 반감되는 것이다. 두 번째는 신체 허약자나 운동 능력이 떨어져 활동을 싫어하는 학생들이다. 이 학생들은 다른 학생들보다 신체활동이 더욱 절실한데, 교사가 정한 지도안은 아무래도 이 학생들에게는 맞지 않는 부분이 많다. 이 학생들을 포함한 모든 학생이 체육수업을 즐길 수 없을까 고민하다 보니 지도안 무용론이 생긴 것이다.

마지막으로 틀에 맞춰 뻔한 내용인 도입, 전개, 결과 등으로 나눠 시간까지 쓰는 것을 시간 낭비라는 생각도 있었다.

공개 수업 후 평가시간, 일반적인 수업과는 좀 다른 수업이라서인지 별다른 지적은 없었다. 장학사에게 줄을 잘 맞추고 정돈되는 것보다, 한 아이도 수업에 소외되어 즐거워하지 않는지를 평가해야 옳지 않겠느냐고 했던 것이 주효했는지 모르겠다. 나는 수업 전에 꾀병도 병이니 참여하기 싫은 학생들은 자연스럽게 옆으로 나가 참관하라고 했으니까. 수업의 질은 교사의 몫이라는 생각으로, 어떤 수업이 아이들에게 흥미를 일으켜 활동을 싫어해 밖에 있던 아이들이 '어 나도 할 수 있겠다. 재미있어 보이는데, 나도 해 봐야지.' 하며 대열 속으로 들어올 수 있는 수업을 만들려고 노력했다.

이해를 돕기 위해 부언하자면, 체육 교사 대부분 수업 방식은 교사가 먼저 시범을 보이고 이를 학생들이 모방하는 것으로부터 시작하는데, 지금도 크게 변하지 않고 있다. 여기에 함정이 있다. 첫째는 교사는 우월한 기능을 가졌다고 당연히 생각하는 학생들은 교사 시범 활동을 자기 것으로 받아들이기 어렵고, 두 번째는 설명을 듣고 머리로 이해했다고 해서 몸이 이를 그대로 받아들이기가 쉽지 않은 것이다. 머리보다는 몸이 이를 수용할 수 있도록 길을 열어줘야 한다.

이 신체 지능을 이용한 수업 방식은 끊임없이 보완되어 수업 결과에 대한 수치가 다른 교사 수업보다 훨씬 높으니 교사들은 믿기 어려워했다. 그래서 한번은 이런 일도 있었다. 서울 소재 한 학교 학생들을 대상으로 수업을 해 결과를 확인시켜 주기도 했다. 그 덕분(?)으로 이후에 서울 지역 체육 교사 연수에서 불려가 강의도 했다. 신체 지능은 사람의 신체도 머리와 같이 지능이 있다는 것이고 어떤 부분에서는 머리보다 훨씬 더 뛰어난 기억력을 신체가 갖고 있다는 이론이다. 따라서 어떻게 신체 지능이 잘 작동되게 하느냐가 관건이 된다.

체육 수업과 평가

우리 주변에서 많이 접하는 서양 스포츠의 뿌리는 전쟁이라, 강하고, 빠르고, 상대를 무너뜨리는 것이 대부분으로 신체를 짧은 시간에 강하게 만드는데 단련의 목표가 맞춰져 있다. 정신적인 부분은 별로 중요시하지 않는다는 것이 중요한 문제였다. 건강의 측면에서 본다면 정신적인 부분과 신체적인 부분이 조화를 이뤄야 하는데 이 부분이 매우 취약한 것이다. 따라서 나는 수업 방식과 평가에 대해 교직 생활 내내 고민이 이어졌던 것 같다. 수업은 기능 위주가 아닌 몸과 마음이 자유롭고 즐겁게 활동하여 신체활동에 대한 즐거움을 알게 되기를 바랐고, 평가도 각자의 능력에 맞는 수준별 프로그램을 적용하여 수업을 진행하면서 얼마나 향상되느냐를 중심으로 점수를 줬다. 또 한편으로는 잘하는 아이들과 못하는 아이들이 서로 협업 수업을 하여 공동체 의식을 길러주는 것이다. 예를 들자면 배구 패스 수업을 할 경우, 잘하는 아이와 못하는 아이를 한 조로 편성하여 패스를 끊기지 않게 얼마나 하느냐로 평가를 하면, 못하는 아이의 어려운 볼을 잘하는 아이가 받아내고 따라서 못하는 아이는 끊어지지 않는 패스를 많이 하게 되니 흥미도 생기고 실력도 쉽게 향상되는 수업으로 바뀌는 것이다. 재미가 생기기 시작하면 쉬는 시간에도 나와 연습하기도 한다.

이런 수업을 반복하다 보면 잘못하는 친구의 실수를 비아냥거렸던 아이들이 못하던 친구가 한 번이라도 어려운 볼을 받아 올리면 격려하고 손뼉 치는 사람으로 바뀐다. 수업에 효율뿐 아니라 서로 도왔을 때 얻는 즐거움도 함께 나누는 것이다.

질서와 교사 역할

　내 수업을 바라보는 관리자들은 눈살을 찌푸리는 경우가 많았다. '질서가 없다.'는 지적과 '학생들만 있고 교사가 보이지 않는다.'고 시비를 거는 거다. 관리자들은 질서의 개념을 마치 군대의 열병식처럼 착각하는 것이다. 줄을 반듯이 맞추고 부동자세로 똑바로 서 있는 것을 '질서'라고 보는 시각이다. 일제 강점기부터 시작된 오랜 군사문화가 뼛속까지 베어버린 탓이다. 진정한 질서는 눈에 보이는 줄이 아니라 보이지 않는 곳에서 서로를 배려하는 것이어야 한다. 따라서 나는 수업시간에 시작부터 줄을 세우지 않았고 출석도 거의 부르지 않았다. 정 사정이 있어 빠지는 아이들은 이미 수업 전에 찾아와 알려오기 때문이다.

　중요한 것은, 내 수업이 흥미 있고 재미있게 진행되면 말하지 않아도 빠지지 않고 참여한다. 줄 세우지 않고 자유롭게 원형 대형을 이루면 준비운동을 하고 설명도 했다. 나는 아이들이 오늘, 무엇으로 즐거워지겠냐를 고민하고 준비하면 되는 것이다. 이런 수업을 하다 보니 수업시간에 학생들은 대부분 즐거운 함성이 터져 나오고, 간섭을 최소화하고 필요시엔 다른 학생들 활동에 방해가 되지 않도록 조용조용 대화 형식으로 소리를 낮추니 당연히 교사 목소리가 들리지 않았을 것이다. 교사가 큰소리치지 않아도 자기 활동에 스스로 집중할 수 있도록 배려하면 수업 효율은 자연히 높아진다.

학교체육 선수 교육 정상화

학창시절 운동을 하면서 안타까웠던 부분이 선수 생활을 중단했을 때 진로 문제였다. 중학교부터 대학까지 1년 위, 아래로 한솥밥을 먹었던 선수들 수는 대략 50명 정도였는데, 대학을 마치고 돌아봤더니 마지막까지 살아남은 사람은 나를 제외하고는 딱 한 사람이었다. 그나마 일찍 그만둔 경우는 조금 나았지만 늦게 부상 등으로 그만두는 경우는 그 실망감으로 자포자기하고 방황하는 경우가 많았다. 당시 운동선수는 군사정권의 과열된 스포츠 정책으로 교과 수업은 외면당했다. 시합이 없을 때는 오전 수업을 들어갔지만 전 수업과 이어지지 않으니 따라가기 어려웠고 당연히 교과에 대해 흥미를 잃고 마는 것이다.

시합이 다가오면 아예 교실에 들어가지 않고 운동만 하는 것은 당연했고, 선생님들도 운동부에 대해서는 그렇게 받아들였다. 본인의 수업시간에 엎드려 자도 아무 말 하지 않는 것이다. 마치 지금의 학교 부적응학생처럼….

교직에 들어와 교과 특성과 특기 교사 지명으로 운동부 지도는 뗄 수 없는 나의 숙명이었다. 학교에 요구했다. 운동선수들도 학생이니 수업 피해를 최소화하도록 배려해 달라고….

내가 생각해 낸 방법은 운동선수를 한 반으로 모으고(가능한 담임은 운동선수에 우호적인 교사) 그 반 시간표를 우선하여 짜는 것이다. 마지막 시간은 체육수업, 다음 순서로는 미술, 음악, 이런 순서로 오후 나머지 수업은 사회, 윤리 등으로 배치했다. 이런 방식으로 시간표를 짜면 5교시 정도면 중요과목 수업은 모두 마칠 수 있게 된다. 시합이 끝나고 오면 으레 빠진 수업에 대한 보충수업도 직접 시켰다. 그로 인해 어떤 학교에서는 현직교사가 과외를 한다고 오해받아 신고를 당한 적도 있었다.

다른 학교에 비해 훈련 시간이 짧아져 좋은 선수로 성장하는 게 어렵지 않겠냐는 우려도 많았지만, 효율적인 훈련 프로그램을 짜는 것은 지도자의 몫이라고 생각했다. 공부도 마찬가지지만 특히 운동은 체력을 소모하는 것이기 때문에 장시간 훈련은 도리어 해가 된다는 생각이었다. 스포츠 의학 자료를 보면 중학생을 기준으로 하루 2시간 30분 이상의 과격한 운동은 몸에 무리가 된다 했다. 아직 근력이나 뼈가 굳기 전이기 때문이다. 한편으로 사람의 집중력은 한계가 있으니 장시간 훈련이 경기력 향상에 꼭 도움이 된다고 볼 수 없는 것이다.

이런 방식으로 가는 학교마다 도 대표 선수들을 길러냈으니 방법이 틀리지 않았다고 믿지만, 남들과 다른 부분으로 많은 마찰이 있었다. 교육청 요구는 한결같았다. 성적을 내기 위해서는 수업을 빼고 훈련 시간을 늘려야 한다는 것이다. 심한 경우 나는 이렇게 답변했다. "나는 그런 식으로 할 수 없으니 당신이 와서 지도하쇼!"

전국소년체전이 임박해오면 교육감은 대표팀 격려라는 이름으로 훈련장을 찾는다. 학교에 연락이 온다. 교육감 격려 방문이 오전 10시경에 있을 예정이니 대기하라고. 나는 "오후 2시 30분 이후에 오도록 하십시오. 오전 중에는 수업*에 들어가니 훈련하지 않습니다." 교육청

---

* 외국에서는 체육수업을 1, 2교시에 배치하는 학교들이 많이 있다. 그 이유는 신체활동으로 집중력이 좋아져 학습 효과가 16% 이상 올라간다는 것이다.

에서는 난리가 난다. 곧 시합이 다가오는데 훈련해야지 수업에 들어 간다니 무슨 말이냐? 감독인 내 지도 방침이 그러니 "우리 학교 방문을 빼던지, 아니면 오후 2시 30분 이후에 오든지 하십쇼." 이쯤 되면 서로 언성이 높아지니 전화를 끊어버린다.

잠시 후 교장이 부르고 학교가 시끄러워진다. 교육청이 뭐하러 있지? 학생이 수업에 들어가는 것을 말리는 상황을 어떻게 이해해야 할까? 교육청에서 학교장에게 연락하여 나를 설득하려 하지만, 나는 이 방침을 바꾼 적이 없다. 오후 방문 계획이 잡히면 다행이지만 오전 방문 일정이 잡히면 방문은 취소된다. 따라서 교육감이 전달하는 격려금을 여러 번 받지 못했다.

나에게 운동 지도를 받았던 교직에 나온 제자들 이야기를 들어보면, 쉬고 싶을 때 수업에 들어가라고 하면 원망스러울 때도 많았지만, 교직에 들어와 보니 내가 왜 그랬던가를 알게 됐고, 고맙다고들 한다. 운동선수라도 최소한의 지식 교육은 보장해주어야 마땅한데, 그 시절에는 그런 권리가 완전히 무시되었다.

청계중학교

청계중학교는 무안군과 목포시를 잇는 경계선에 있는 면 소재지 중학교인데, 가까운 곳에 목포대학교가 있어 주변에 대학생을 상대하는 음식점, 편의점, 호프집 등 상권이 발달되어 있는 곳이다. 학교에 부임하자마자 몇 선생님이 학교장에 대한 불만들을 토로한다. 나는 이미 교직 사회에서 관리자뿐만 아니라 교사들 사이에서도 관리자들이 무서워하는 교사로 널리 알려져 있었기에 자연적으로 교사들이 모여든 것이다. 학교장에 대한 가장 큰 불만은 직원 종례라는 이름으로 퇴근 시간 이후까지 교사들을 학교에 잡아 놓는데, 별다른 주제가 없을 때도 정기적으로 종례를 소집한단다. 퇴근 시간을 무시하면서….

아이를 키우고 살림하는 여선생님들의 불편은 불을 보듯 뻔한 것이다. 맡긴 아이들도 데려와야 하고 식구들 저녁 식사 준비도 해야 하는데 학교에서 교장은 놔주지 않으니 너무 힘들다는 하소연이다.

특별한 일이 있으면 몰라도 직원 종례를 정기적으로 한다? 좀 이해가 안 되어서 지켜보기로 했다. 얼마 후 직원 종례 날, 퇴근 시간을 훌쩍 넘기고 중언부언 주제도 없는 종례가 진행된다. 퇴근 시간 30분 정도가 지날 무렵 자리에서 일어나 밖으로 나왔다. 지난번에 여선생님들의 하소연이 생각나 교무실에서 내려다보이는 테니스 코트에 나가 지역 테니스 동호회원들과 테니스를 쳤다. 다분히 고의성이 있었다. 교장과 선생님들의 눈에 보이게….

다음날 네 분 선생님이 나를 찾아왔다. 교장이 아무 말 하지 않더냐고 묻는다. 자기들 같으면 종례 중간에 나가면 다음날 불러서 심히 꾸지람을 듣는다는 것이었다. "교장이라고 퇴근 시간 이후까지 교사를 붙잡고 있을 권한은 없는 것이니 선생님의 권리를 찾으십시오." 교사 권리(교권) 이야기 자체가 너무 생소한 눈치다. 그러면 어떻게 대처해야 하는지 묻길래 "퇴근 시간이 지나면 그냥 나오시고, 교장이 그 일로 부르면 가정에서 살림하는 이야기를 하시고 따지십시오. 그래도 말이 안 통하면 나를 파십시오. 김영효 선생은 나가는 데도 아무 말

안 하면서 우리에게만 질책하느냐고…" 다음 종례 시에 네 분 선생님은 용감히 일어나 나오셨다. 테니스 코트에 있는 나에게 오셔서 다시금 괜찮을지 걱정된다고 하신다.

"교장이 누구라도 부르면 네 분이 함께 들어가서 따지면 쉬울 겁니다." 예상대로 다음날 교장실 호출이 있었다. 얼마나 지났을까 네 분 선생님이 의기양양한 표정으로 교장실을 나오셨다. 늦은 귀가로 겪는 어려운 사정을 모두 쏟아냈더니 교장이 아무 대꾸 못 하고 그냥 나가라고 했단다. 네 사람이 한꺼번에 당신 때문에 가정 파탄 나겠다고 대드니 할 말을 못 찾을 수밖에…. 이렇게 종례 관행은 사라지게 됐는데, 이 분들은 후환이 두렵단다.

당시에 교사협의회(교협) 준비 모임이 시작되면서 교총 탈퇴 운동이 막 시작되는 시점이라, 선생님들 모임에서 "우리 학교도 교총 탈퇴를 조직해보자. 교총 탈퇴는 모든 선생님이 다 관계되는 만큼 잘 조직이 된다면 자연스럽게 교장에게 맞설 힘을 갖게 될 것이다."고 의견을 내 선생님들을 조직하기 시작했다. 많이 조직될수록 더 힘을 얻을 것이 당연하니, 선생님들은 적극적으로 나섰다.

본인들이 가까운 사람부터 끌어들이고, 곧 교장 선생 눈치를 보는 몇 사람을 제외한 거의 모든 선생님의 동의를 받아 교총 회비를 떼지 말 것을 연명으로 서명하여 행정실에 전달했다. 행정실과 교장실에서는 난리가 났다. 몇 선생님들이 교장실로 불려가고 설득이 시작됐는데, 개인적으로 불려가면 제대로 대처가 어려울 것 같았다. 서명자 모두 함께 교장실로 쳐들어가 "재산권 침해로 고발하겠다." 항의하였다. 이렇게 교총 탈퇴 운동은 교사들의 한판승으로 끝났다.

이로 인해 교사들의 자신감은 더욱 커져 자연스럽게 학교에 교사 협의회를 조직하면서 선생님들이 뭉치기 시작했다. 이때 청계중학교에는 조창익(후일 전교조 위원장), 조준승(89년 해직 전남지부 사업단장, 해직 이후 얻은 병으로 사망), 장재술(89년 해직 무안지회 사무국장, 해직 이후 얻은 병으로 복직 이후 사망) 등 교사운동에 적극적인 선생님들이 모여 있었으니 당연히 과거와 같은 교장의 독선은 학교에서 차츰 사라져 갔다.

교육운동 동지들과 만남

무안 청계중학교 근무 시절이다. 학교 밖으로 나가기 싫어서 과거 숙직실이었지만 숙직이 없어지면서 용도가 없어져 방치되어 있던 곳을 수리하여 사용하고 있었다. 본관 건물 뒤 좀 떨어진 비탈 위에 있어서 학생들이 하교하고 나면 주변에 인가도 없으니까 절간이나 다름없었다. TV선도 잘라버리고 수도승(?)처럼 퇴근 이후 시간은 붓을 들고 마음 수양 겸해서 글씨를 썼다. 어느 날 밤 몇 분 손님이 방문했다. 모두 일면식도 없는 선생님들인데 대뜸 교육운동을 함께 하지 않겠냐고 제안했다. "교육운동이 무엇을 하는 것이냐?"고 물었더니, 교육계의 부조리부터 잘못된 교육, 근무평정, 부당한 행정 등등 여러 이야기를 하셨다.

대부분 공감하는 내용이었지만, 당시 나는 어떤 조직에 몸담기 싫어서 그런 활동이라면 나 혼자서도 할 수 있고 지금도 하고 있으니,

하지 않겠노라고 거절하여 돌려보냈다. 그 이후로 두 번을 더 방문하였다. 이야기를 나눠 보니 학교 후배도 있었고 집안 사람도 있었다. 나를 찾아오게 된 이유는 전임 학교들에서 발령거부 등 여러 투쟁의 결과로 '교육 관료들이 함부로 못 하는 선생'이라는 소문을 듣고 왔다 한다.

세 번이나 방문한 성의가 고마워 모임 장소에 나가게 됐다. 무안 터미널 옆 여관이었는데, 방에 모여 공부를 하고 있었다. 그런데 그 책이나 공부 내용이 너무 낯설었다. 대부분 금서였으니 운동권하고는 거리가 멀었던 나는 주로 듣기만 했는데, 그 다른 세상 이야기들이 나를 유혹했다. 5.18 이후 삶의 정체성이 크게 흔들린 영향도 있었을 것이다. 여관방을 잡아 남의 눈을 피해 출입하는 시간도 서로 달리하면서 새로운 세상을 꿈꾸기 시작한 것이다.

전국교직원노동조합
출범과 해직

강함이란 의지력이 굳건하고
모든 것을 다 수용할 수 있는 넉넉한 마음이며,
가장 진솔한 말은 말이 필요 없다.
나를 필요로 하는 곳에 터를 닦아라.
치열하게 사는 삶이 아름답다.

전교조 출발, 청계중학교

1989년 여름이 되면서 교육계는 크게 술렁이기 시작한다. 전교조 출범을 앞두고 교사들 징계가 가시화되면서 청계중학교도 교사뿐 아니라 학생들한테 그 여파가 미쳤다. 지역 언론에서 교사들 징계가 보도되고 나 같은 경우는 무안지회장으로 이름까지 언론에 밝히다 보니 학생들이 술렁이기 시작한 것이다. 대부분 선생님(18명)이 전교조에 가입한 상황이라 학생들이 이를 알아차리고 위기감을 느낀 것이다. 학생들은 스스로 징계 저지를 위한 지도부를 구성하고 학생들을 조직해갔다.

교사들도 까맣게 모를 정도로 은밀하고 치밀하게 했다. 나중에 안 일이지만 전체 학생들에게 전할 내용은 학생 화장실 벽에 대자보를 붙이는 방법으로 했다 한다. 선생님은 학생 화장실을 이용하지 않으니까. 기발한 방법이었다.

징계 시한이 다가오면서 학교가 계속 술렁였다. 1차 징계 대상에 조합원 선생님 13명이 명단에 오르고, 끝까지 탈퇴를 거부하겠다는 13명 선생님을 대상으로 설득 작업이 들어왔다. 탈퇴 거부자가 많으면 징계가 무력화될 것이라는 막연한 기대가 깨진 상태라 정리 작업이 필요해진 것이다. 징계를 감수해야 할 사람과 학교에 남을 사람으로 나누는데 선생님들은 도통 막무가내로 다들 징계를 감수하겠다고 했다. 할 수 없어 탈퇴각서를 다른 선생님이 작성하도록 했다. A교사 탈퇴각서는 B교사에게 쓰도록 하고 B교사 탈퇴각서는 C교사가 쓰는 방식이다. 교육청에서는 당사자가 각서를 쓰지 않아도 받아줬으니까. 이것도 말이 안 되는 것이었는데, 교사의 목을 자르는 중요한 각서를 남이 작성해도 받아준다니, 눈 가리고 아웅하는 짓이었다.

교사들이 이런 혼란을 겪는 동안 학생들은 학생들대로 발 빠르게 움직였다. 수업을 거부하고 징계를 하지 말라는 집회를 계속 열고, 학교에서 이를 말리려 하자, 학교 밖으로 진출하여 광주목포 간 도로를 점거하고 백골단과 대치하는 상황에 이르게 된다. 전국적으로 고등학생 시위는 곳곳에서 있었지만, 중학교에서는 없는 일이라 교육부에서 차관이 학교까지 내려오는 초유의 사태에 이르게 된다. 만약에 전국의 중학생까지 시위에 참여하게 된다면 제2의 4.19가 일어나지 않을 거라는 보장이 없는 정국이라 긴장하지 않았을까? 교문을 차단하면 학교 뒷산을 넘어 인근 목포대학으로 이동하여 집회를 이어갔다. 우리는 아이들에게 어떤 불상사라도 일어날까 걱정되어 아이들 설득에 진땀을 흘렸다.

떠나는 자와 남는 교사들, 눈물의 이별이 있고 나서도 아이들은 수업이 끝나면 무안읍에 있는 지회 사무실을 찾았다. 심지어는 쌀과 반찬을 들고 와 사무실에서 선생님과 같이 밥을 해 먹기도 했다. 해직 후임 교사들도 한참 동안 고통을 겪었다. 학생들의 수업 거부로….

해직 후 아이들에게 보냈던 서간문

너희와 헤어진 지 벌써 석 달째 되었구나! 교단에 섰었던 10여 년의 세월 동안 조금이라도 더 나은 스승이 되어보고자 꾸준히 몸부림쳐 왔건만 그 몸부림들이 좀 더 크지 못했던 것이 못내 아쉽고 죄스럽구나.

아이들아!

가르침은 결코, 거짓과 속임수가 섞여서는 안 된단다. 그것은 바로 너희들이 우리의 내일이기 때문이란다. 우리가 사는 이 나라, 이 땅, 이 사회에 꿈과 희망이 없는 캄캄한 밤만이 기다린다면 어찌 되겠느냐? 그러하기에 그 누구보다도 교사는 먼저 깨어 진실과 희망과 정의를 가르쳐야 하는 것이 아니겠느냐? 그래서 우린 수없이 많은 껍질을 깨트리며 새로 태어나는 고통을 앓아야 할 수밖에 없었던 것이란다.

우리의 역사를 한번 돌이켜보자. 좁고 작은 반도의 나라이지만 육백수십 번의 외세의 침략, 그리고 그 고난의 역사 속에서도 꿋꿋이 버텨온 우리의 민족사가 아니더냐?

또한 근대에 이르러 많은 선열이 우리나라를 지켜내기에 얼마나 많은 목숨을 바쳐 싸워 왔더냐? 그러나 한편으로 민족주의자로 자처했던 일부 지식인들의 배신으로 일제 치하의 치욕적인 식민시대를 겪었고 얼마나 많은 사람이 피와 눈물 속에서 고통스러워했는지 아느냐?

너희도 비록 어린 학생일지언정 80년 5월 피비린내 나는 광주항쟁의 상처를 결코 잊을 수 없을 것이다. 역사가 보여주듯이 남을 가르치는 위치에 있는 사람들 특히 내일의 주인공을 길러내는 우리 교사는 그 잘못을 정확히 알고, 다시는 되풀이되지 않도록 가르쳐야 하는 것이란다. 역사 앞에서 부끄럽지 않도록 말이다.

사랑하는 아이들아!

과거의 잘못은 내일의 너희들에게 넘겨주지 않아야 하는 게 우리가 책임져야 할 큰 사명이기에 목숨줄을 움켜 쥐어도 두 손에 쇠고랑을 차는 공포가 있더라도 견뎌야 하는 것이란다.

오늘의 현실을 딛고 견디어야 하는 게 그리 쉽지는 않지만 뜻을 함께하는 많은 분의 도움과 지지가 우리 뒤에 있고, 또 너희들의 뜨거운 함성이 우리와 함께 있는 한 우린 결코 외롭지 않을 것이다.

세월은 인간의 기억을 지워간다고 하지만 선생님 가슴 속에 뚜렷이 남아 지워지지 않은 게 하나 있다. 너희와 함께해야 할 교실 말이다. 아니 오히려 더 확연히 비쳐온단다. 어쩌다 마주치는 너희 모습들이 학교에 있었던 그때보다도 더욱더 정겹고 또 사랑스러운 게 바로 그 증거가 아니겠니? 분명 너희와 함께 오늘의 이 어려움을 웃고 이야기할 그날이 꼭 오게 되리라 믿는다.

그날이 올 때까지 변치 않을 사랑을 함께 나누며 열심히 살아가자꾸나.

더 나은 교사가 되기 위한 날로부터 145일째 날 밤에 적음

불법 연행과 감금

1989년 8월 어느 일요일 새벽. 모처럼 주말이라 부모님 계시는 집에 갔다. 새벽 동이 트기 전 시간에 누군지 모르는 사람들이 문을 따고 들이닥쳤다. 한마디 말도 없이 잠에 취해있는 나를 무력으로 제압하여 질질 끌어내 어딘지도 모르는 곳으로 끌고 갔다. 눈까지 가린 상태라 얼굴도 볼 수 없었고 몇 명이었는지조차 지금도 알지 못한다. 말소리로 대략 7명 정도라고 생각될 뿐이다. 창문도 없는 어두운 방에서 이틀을 보냈는데 풀어줄 때도 연행할 때와 마찬가지여서 어디에 갔다 왔는지도 알 수 없었다. 왜 연행했고, 심문도 하지 않고 풀어주는지 의문이었지만 물어볼 상황이 아니었다.

의문은 풀려나서 자연히 풀렸다. 근무했던 학교 제자들 6명을 연행하여 각각 독방에 가두고 취조했단다. 내용은 내가 수업을 하면서 무슨 말을 했는지 캐물었다는 것이다. 더 정확히 말하면 의식화(저네들 기준) 발언을 유도했다 한다. 상황을 맞춰보면 국보법으로 구속하려고 각본을 짜 놓고 불법적인 연행한 것으로 쉽게 추론해볼 수 있겠다. 다행히 제자들이 잘 대응하여 꼬투리를 잡히지 않아 구속은 피했지만, 문제는 집에서 발생했다. 새벽에 날벼락을 당한 상황이라 아버님이 충격으로 혼절하여 119에 실려 가는 일을 겪고, 과거 당신이 경험했던 빨갱이에 관한 기억을 되살리면서 내가 전교조 활동을 하는 것에 대한 완강한 반대에 직면하게 됐다. 결국은 그 갈등을 견디지 못하고 "혈연지연을 끊겠습니다." 자식으로 차마 할 수 없는 통보를 하고 주민등록까지 옮기게 되는 결과로 이어지게 했다.

저들이 의도한 바가 반쯤 성공한 것이다. 또 한편에서는 아이들을 데리고 처가에서 사는 안식구에 대한 폭력이다. 밤 12시 넘은 시간에 전화를 걸어 "당신 남편은 빨갱이라 곧 감옥에 간다. 설득하여 전교조 활동을 그만두게 해라. 아니면 가족 모두 피해를 보니 이혼해라." 등등 온갖 욕설과 폭언을 해대곤 했다. 얼굴 없는 폭력이 수시로 자행되는 바람에 전화 공포증까지 생겼다. 내가 어쩌다 집에 들르는 날에는 그런 대화 폭력이 가해져, 결국은 해직 기간 내내 집에 가는 것도 삼가야 했다. 상황이 이러다 보니 아이들과 안식구가 보고 싶거나 집에 가야 할 일이 생기면 밤 12시가 넘어 뒤따르는 눈이 없는 걸 확인하고 담을 넘어 들어가 식구들을 만나야 했다. 대문이 오래된 나무문이라 소리가 요란해 조심해야 했다.

그 시간에는 아이들은 잠들어 있으니 얼굴만 보고 집사람과 몇 마디 나누고 조용히 있다가 동트기 전에 다시 담을 넘어 나왔다. 다른 방에 기거하고 계시는 장인 장모님에게도 들키지 않아야 했다. 처가에서 나와 이혼하라고 끊임없이 강요당하고 있는 아내를 생각해서다. 덕분에 해직 기간 잠은 난방이 없는 지부 회의실이나 야간작업을 하던 후배 작업실 맨땅 위 스티로폼에서 새우잠으로 버텼다. 난방이 없는 곳이니 날씨가 추운 밤에는 깊은 잠을 자지 못하면서도 견뎌야 했다.

이런 감시는 복직 이후까지 이어졌다. 1994년 장흥으로 복직 발령을 받아 근무하는데 어느 날 제자로부터 전화를 받았다. 나는 알지 못했는데 지역 경찰서에서 근무하는 제자였다. 자기 옆자리 형사가 내 동향 보고서를 쓰고 있는 것을 보았는데 내용이 무엇이었다고 확인해 주었다. 제자 말로는 보고서가 매주 이루어지고 있으니 행동에 조심하라는 것이었다. 이후 얼마나 이어졌는지 알 길은 없지만, 해직부터 시작하여 이때까지만 하여도 7년 정도다. 누군가 나의 일거수일투족을 항상 지켜보고 있다는 꺼림칙함….

1989년 무안지회 조직 복원 사업

1989년 전교조 출범 당시 내가 소속되었던 무안지회는 군 단위로는 드물게 118명(?)이라는 많은 조합원으로 출발했었다. 당국의 극심한 탄압으로 조직이 와해되고 이미 구속된 고진형 지부장을 비롯한 박양수, 박인숙, 조진숙, 임향진, 조준승, 장재술, 조창익, 강승원, 장주섭, 신영미 그리고 나까지 12명이 탈퇴각서를 쓰지 않고 남아 해직에 이르렀다.

무엇보다도 시급한 과제는 조직 복원이었다. 무안 버스터미널 앞 사무실에서 선생님들을 기다리는 것이 너무 힘들었다. 불러도 나오지 않고 움츠리고 있는 조합원들을 어떻게 해야 하나? 나오지 않으니 찾아가야 했다. 해직되면서 나온 퇴직금 일부를 털어 중고차를 구입했다. 아마도 전국 지회 단위에서 조직 활동을 위한 차량 구입은 최초였으리라. 해직교사들이 차를 샀다는 비판이 있을 거라는 일부 의견도 있었지만….

당시 무안지역 학교 수가 58개교였던 것으로 기억한다. 일자와 지역을 나누어 동지들과 함께 모든 학교를 방문하기 시작했다. 하루아침에 남은 자와 떠난 자로 나뉜 만남은 어색하고 미묘한 분위기였지만 교협 시절부터 많은 고난을 함께 헤쳐 나왔던지라 대부분 이심전심 눈빛만으로도 서로를 이해했다. 학교에서 기기했던 나는 난방시설이 없는 지회 사무실에서 탁자를 맞대 놓고 잠을 잤는데 잠을 청하기가 쉽지 않았다. 불편한 잠자리보다 마음에 안정을 찾기가 어려워 밤 활동 계획을 세웠다.

당시 학교는 남교사들이 밤에 숙직을 하고 있었다. 전 학교의 당직 명령부를 입수하여 조합원 선생님이 숙직하는 날 밤 학교를 방문하여 그곳에서 밤을 보냈다. 또 한편으로 당시 학교에서는 삼봉(화투)놀이가 유행하고 있어서 이를 활용하여 사람들을 나오게 했다. 지회 사무실 방문은 어려워했지만 친한 선생님 집에서 만나 화투놀이 하자는데는 쉽게 응했다. 고리를 뜯거나 딴 사람이 그 돈으로 자연스럽게 2차로 술을 사게 되고 술자리에서 속엣말들을 털어놓고….

흩어졌던 조합원들을 서서히 다시 모이기 시작했다. 제자들이 방문하여 격려하기도 했다. 어떤 아이들은 쌀과 반찬을 챙겨오기도 하여 같이 밥도 해 먹으면서 좁고 불편한 사무실에서 8개월을 보냈다. 조직이 해직 전 80%로 복구가 될 때까지….

전남지부 조직부장으로

친정인 무안지회 조직은 그럭저럭 80% 복원을 마쳤다. 전남지부는 고진형 지부장님이 감옥에서 석방되어 나왔지만, 부서장도 다 세우지 못하고 있는 상태였다. 대인동에 있는 지부 사무실을 방문하여 지부 조직부장을 맡겠다고 자청했다. 당시 조직부장으로 해야 할 가장 중요한 일은 지회 조직을 추스르고 탈퇴 조합원들의 재가입과 전교조 조합비 납부, 후원회 조직 등 해직 조합원과 현장 교사들을 차단하는 탄압을 막아내는 일이 시급했다. 그 일을 하기에 전교조 이전부터 많은 싸움을 해봤고 활동력도 누구에게도 뒤지지 않을 자신이 있었는지라 스스로 내가 적임이라고 생각해서였다. 지부에 요청하여 지부 전용차를 마련하여 차량에 침구와 간단한 조리기구를 싣고 조직부장 역할을 시작했다.

전남지부는 지역이 넓다. 따라서 지역을 돌아다니면서 시간을 절약하며 활동하려면 상황에 따라 차에서 숙식을 해결하며 돌아다닐 결심이었다. 무안지회 경험으로 직접 찾아가 만나는 것이 가장 효율적이라고 생각한 것이다. 탄압 현장에서 관리자들을 직접 만나 설득하여 조합원들에게 힘을 실어주는 것이다. 현장방문에 두 가지 원칙을 세웠다. 지회나 학교방문 시 행사를 끝내고 이어지는 뒤풀이에 꼭 참석한다. 힘들고 어려운 이야기는 공식 석상이 아닌 뒤풀이 술좌석에서 나온다. 학교나 교육청을 방문할 때는 공식화해서 전교조 공문을 발송한다.

관리자 눈을 피해 방문하지 않는 것은 정권에서 전교조를 불법 단체로 매도하지만, 실제 현장에서 조합원들의 지위를 확보하는 지원 역할을 해야 한다고 보았기 때문이다. 따라서 교육청이나 학교방문 시 교육 관료에게 강압적이거나 큰소리로 대하지 않는 원칙을 세웠다. 해직 교사에게는 그들이 사과할 수 있지만, 방문 이후에 현장 조합원들이 다시 탄압받지 않도록 교육운동의 정당성과 필요성을 충분히 말과 논리로 설득할 필요가 있다고 보았기 때문이다.

최소한의 교육적 양심이 있는 교육 관료들은 교육 현실에 대한 문제점과 불만에 공감할 것이라고 전제된 활동이었다. 의외로 동조해주는 학교장(교육관료)이 많았다. 조심히 격려 봉투를 넣어주시는 분도 있어서 지회 활동비로 넣었다. 조합원들도 대부분 방문 결과에 만족해하고…. 이 원칙은 해직 기간 활동 내내 이어졌다.

이 원칙이 매우 좋은 결과로 이어진 사례는 완도지회 방문이었다. 섬으로만 이루어진 완도군은 활동이 매우 어려운 조건이다. 지금은 인터넷이란 게 있어 서로 소통이 쉽지만, 그 시절에는 사람이 직접 만나야 무엇이든 이루어졌으니까…. 완도지회는 해직자가 두 명 있었는데 활동이 어려웠던지 지역을 떠났다. 지부에서는 간사를 채용해 그 공백을 메꾸고자 했다. 배종민 간사다. 전교조 활동에 관심과 열정이 대단했지만, 교직 경력 없는 나이 젊은 예비교사라 한계가 있었다. 지부 회의에 와서 완도지역 학교방문을 지원해달라는 요청을 해왔다. 완도지역은 대부분 신규교사여서 새로이 조직사업을 해야 하는 지역이기도 했기 때문이다.

일단 완도교육청에 전남지부 이름으로 관내 학교방문을 하겠으니 협조해달라는 공문을 보냈다. 완도교육청에서는 비상이 걸렸다. 해직교사가 방문한다는 것만으로도 무서운데 전남지부에서 공식적으로 방문을 하겠다니 가히 교육감 방문 이상의 무게로 다가갔을 것이다. 언제 어느 학교를 누가 방문한다고는 일부러 밝히지 않았다. 처음 당하는 일이라 완도교육청에서는 어떻게 대응해야 할지 몰라 완도군 전체 교장단 회의가 소집되었다. 지회에 무슨 내용인지 문의가 들어오고 마음 약한 교장 선생님들은 평소 무시했던 분회장을 불러 물어보기도 하고….

일단 벌집을 건드리기에 성공한 것이다. 상황을 파악한 다음 계획을 세웠다. 모두가 섬인지라 들어간 섬에서 그날 숙박을 하고 다음 날 인근 섬으로 이동하는 식으로 가능한 많은 학교를 방문하기로 했다. 두 번째 공문 발송을 하면서 방문자에 전교조 전남지부 내 이름과 직함을 쓰고 방문 기간도 밝혔다. 하지만 방문 효과를 극대화하기 위해서 어느 학교에 갈 건지는 밝히지 않았다. 또다시 교장단 회의가 소집되었다. 일단 현직 교사들과 접촉을 막아야 한다고 원칙은 세웠지만 뾰쪽한 방법이 없었을 것이다. 당시 전남 해직교사 중에서도 가장 악명(?)이 높은 사람이 오니 더욱 그랬을 것이다.

여하튼 나의 생긴 모습이라던지 출신학교, 근무학교와 활동했던 내용까지 다 까발려졌다. 그렇게 방문이 잘 준비되었다. 두 번에 걸친 교장단 회의로 효과는 충분했다. 기간만 알리고 학교명을 밝히지 않았으니 학교에서는 분회장이나 그동안 탄압했던 교사들을 불러 "우리 학교도 오느냐? 안 오게 할 수는 없는가? 혹시 우리 학교 비리 등이 전교조에 알려지지 않았느냐?" 등등 온갖 상황들이 벌어졌다. 그렇게 학교방문이 시작되었다.

교육청 방침은 학교방문을 막고 교사들과 접촉을 금하게 했지만 한 학교에서도 지키지 않았다. 이미 물리적으로 막을 수 없는 분위기가 조성되어 있었다. 나에 대한 교육청의 친절한 배려(?) 덕에 어떤 학교에서는 도리어 기다리고 있는 관리자들도 계셨다. 과거 같이 근무를 했던 신지 서중학교 송진남 교장 선생님과 완도여고 박은홍 교감 선생님은 같이 근무할 때 믿음을 줬었던지 학교 방송을 통해 선생님들을 모아주기까지 하셨다.

낮에는 공식적인 학교방문이 진행되고, 밤에는 어김없이 전교조 부흥회(?)가 있었다. 섬 지역 특성상 모든 교사가 교사 사택에 살고 있으니 전교조 조합원이 아닌 교사들까지 모두 모였다. 일부는 해직교사 구경을 오신 분들도 있었을 것이다. 워낙 방송 등에서 전교조 홍보를 많이 해줬으니까…. 그렇게 딱 한 군데 태풍경보로 배가 뜨지 못한 소안도를 제외한 모든 섬을 다 돌았다. 조직이 복원되고 조합원 없는 학교에 후원회가 꾸려지는 등 학교방문 효과는 컸다.

배종만 간사는 이후 발령을 받아 지금 광주지역 학교에 근무하고 있다. 종종 연락도 하면서 지금까지 인연이 이어지고 있다.

학교방문을 해보면 관리자가 학교를 어떻게 운영하고 있는지, 그 학교 분위기를 금세 알 수 있다. 문제가 많은 학교일수록 방문에 거부 반응이 심했다.

빨강 주민등록카드

당시 주민등록은 노란색 카드로 동사무소에 보관되어 있었고 증명서를 뗄 일이 있으면 동사무소에 가서 발급받아야 했다. 무슨 일이었는지 잘 기억되지는 않지만, 주민등록 서류가 필요한 일이 생겼다. 아버님과의 갈등으로 주민등록을 처가로 옮겨 처 주소지 동사무소에 가서 발급 신청을 했는데 직원이 주민등록이 없다는 것이다. 내가 직접 전입신고를 했고 날짜까지 기억하고 있는데 어처구니가 없어 자연적으로 언성이 높아졌는가 보다. 동장실 문이 열리고 동장이 나왔다. 무슨 일이냐 묻기에 전후 사정을 이야기했다.

이야기를 들은 동장이 머리를 갸웃거리며 동장실로 들어가더니 붉은색으로 된 내 주민등록카드를 들고 나왔다. '블랙리스트'라고 말로만 들었는데 내가 바로 그 블랙리스트였던 것이다.

나중에 안 일인데 광주지검장을 하다가 다른 지역으로 옮겨간 집안 분이 다른 지역으로 이동해가면서 이야기를 해주셨다. 광주 전남 지역 교사 중 블랙리스트가 3명 있는데 내가 그중 한 명이란다. 아마도 모든 투쟁 전면에 내가 자주 나서니 그렇게 된 것이리라. 그래서인지 대한민국 국민이면 누구나 해야 했던 민방위 훈련에 한 번도 소집되지 않았다. 주변 사람들을 의식화시키고 선동하기 때문이라나 뭐라나.

통장 잔고 40만 원까지 모두 털고

해직 직후 통장으로 천삼백만 원 조금 못 되는 퇴직원금이 들어왔다. 며칠이 지났을까? 막내 동생이 급하다는 전갈을 해왔다. 1980년 신혼 시절 내가 등록금을 대 줘서 대학을 다녔다. 1988년 직장을 잡아 자리를 잡은 듯해서 내가 해직되면 부모님 부양을 맡기로 했던 동생이다. 회사에서 금전 사고를 냈다는 것이다. 달리 도움 청할 곳은 없고 내가 가진 것은 며칠 전 통장에 들어온 연금밖에 없는데….

아내와 상의를 했다. 마음 약한 아내는 고맙게도 급한 불은 꺼야 하지 않겠냐고 동의를 했다. 전 재산인 퇴직금을 몽땅 막내에게 줬다. 통장에 마지막 남은 돈은 딱 40만 원, 허탈하고 막막했다. 퇴직금보다 부모님 부양이 문제가 됐다. 집사람에게 "금방 복직은 안 될 것이니 퇴직금에 의존할 수 없고 맨주먹으로 시작하는 각오로 살자." 위로 아닌 위로를 하는 내가 우습기도 했다. 통장에 남아 있었던 40만 원도 찾아 20만 원 씩 나눠 갖고 아예 통장을 없앴다. 속된 표현으로 땡전 한푼 없이 시작했다.

찬밥 더운밥 가릴 처지가 아니었다

내 생활비와 활동, 부모님 부양에 필요한 돈을 어떻게 할 것인가? 고민한다고 해결될 문제가 아니기에 일단 닥치는 대로 헤쳐 나갈 결심을 했다. 돈이 되는 일이 보이면 전교조 활동이 없는 주말이나 밤에 일을 찾아 나섰다. 칸막이 공사, 문짝 교체, 막힌 하수구 뚫기, 광고 일 등을 했다. 가장 벌이도 좋고 내 조건에 맞는 일이 광고 일이었다. 마침 광고사를 하는 지인이 자기는 밤일은 하지 않으니 자기 작업실을 이용할 수 있게 편의를 봐주겠다고 하니 나에게는 가장 좋은 조건이었다.

평일에는 야간, 주말과 휴일 일에도 낮에는 일을 했다. 전교조 일이 끝난 밤 9시부터 새벽 2~3시까지 작업을 했다. 조금 일찍 끝나는 날에는 지부 사무실에 가서 자고, 늦게 끝나는 날은 작업실에서 스티로폼에 의지하여 잤다.

어렸을 적 붓을 잡고, 학교 다닐 때 아르바이트를 했던 경험들이 해직 기간 나를 버티게 해준 든든한 밑천이 되었다.

당시만 하더라도 광고 일은 모두 수작업으로 이뤄졌기 때문에 벌이가 괜찮았다. 밤과 주말에 시간을 쪼개 일했지만, 부모님 생계비를 마련하는데 큰 어려움은 없었다. 다만 잠자는 시간을 아껴야 했다. 일 끝내고 나면 잠을 잘 시간은 두세 시간 정도였다.

전교조나 재야 사회단체 일들은 실비로 했는데, 대신 주변에 광고 일이 있으면 소개해달라 부탁했다. 전교조 전남지부, 지회 깃발이며 전국교사대회 현수막, 행사장 현수막 등 재정이 어려운 조직을 돕는 차원에서 바쁘고 힘들어도 마다하지 않고 일을 했다. 지부, 지회 깃발은 깃발을 묶는 고리까지 직접 손바느질로 정성을 다해 만들었다. 5.18 행사 현수막도 제작했는데, 광주 시내 전역에 거는 현수막이라 물량이 많아 20일 정도 밤샘 작업을 했었다.

어머님이 119로 실려가다(고마운 인연들)

발령거부 투쟁으로 광고 일을 배우게 됐고, 광고사를 하는 수복이 동생을 만나 광고 일을 할 수 있었지만, 해직 동안 가장 막막했던 때의 사람과 사람의 인연에 대한 한 토막 이야기를 안 쓸 수가 없을 것 같다. 1992년 어느 날 지부 사무실에 아버님으로부터 연락이 왔다.

어머님이 사고가 나 병원으로 실려 갔다는 전갈이었다. 그렇지 않아도 거동이 어려워 앉은뱅이걸음으로 실내 생활밖에 못 하셨던 분이다. 걱정을 하며 급히 화정동에 있는 ○○○정형외과로 달려갔다.

두려움 속에 병원에 도착해보니 상태는 최악이었다. 쪼그려 앉은 자세에서 뒤로 손을 잘못 짚어 넘어지셨는데 척추 두 마디가 완전히 부스러져 버렸다는 것이다. 당장 입원 치료하지 않으면 안 되는 상황이다. 원장에게 입원부터 시켜 달라고 했더니 돈을 내지 않으면 입원이 안 된다는 것이다. 환자는 극심한 통증으로 비명을 지르고 있는데, 눈 하나 까딱하지 않고 돈을 내지 않으면 치료를 할 수 없단다. 수중에 한푼도 없는데….

어떻게든 입원비를 만들어 올 테니 환자부터 봐 달라고 사정해도 소용이 없다. 잔인하다. 의사는 환자 치료가 먼저 아닌가? 아무리 머리 굴려 봐도 대책이 없다.

그렇게 시간은 흘러가고, 저녁 시간이 됐는데 지부 사무실로 광주지부 조합원 선생님에게서 전화가 왔다. 동네 아는 아주머니가 노래방을 차리는데 간판 일을 해줄 수 있겠냐는 전화였다. 구세주가 나타났다. 지금 주인과 만날 수 있겠냐고 했더니 가능하단다.

남광주역 근처 알려준 장소로 급히 뛰어갔다. 아주머니 한 분과 전화하신 선생님이 계셨다. 연락받은 대로 노래방 간판이 필요하단다. 앞면과 뒤, 돌출 간판 3개를 설치하는데, 건물 전면 13미터라 상당히 규모가 크다. 얼른 광고사 가격으로 견적을 빼봤더니 550만 원 정도다. 병원에서 요구한 입원비와 들어갈 재료비를 합산해봤더니 330만 원이 나왔다. 330만원으로 하겠다고 했다. 아주머니는 놀란 표정이다.

이미 다른 광고사에 견적을 빼본 후라 도리어 "그 가격으로 되겠느냐?" 반문하신다. 저렴하게 하는 대신 대금을 선불로 주십사 했고 대금을 받아 그 길로 병원으로 가 입원시켜 드렸다.

정말 절박할 때 일이 들어 왔고 광주지부 선생님이 계셨기에 대금 전액을 믿고 주셨을 것이다. 정말 고마운 분이다. 전교조를 같이 하고 있다는 동지여서 가능했으리라….

어머님은 이후 돌아가실 때까지 오랜 세월 일어나지 못하고 내내 누워서 생활하셨다. 욕창으로 돌아가시기 전까지 식구 걱정하시며 정신 줄을 놓지 않으려고 애쓰셨다. 날마다 새벽이면 항상 불경을 외우시고 반복해서 또 외우시던 그 모습이 떠오른다. 고개조차 가누시지 못하셨다. 내가 보듬어 안고 고개를 받치고서야 아내가 전신을 닦아 드렸던 시간들이 생각난다.

지금은 고통 없는 세상에서 잘 살고 계시지요? 장인, 장모, 아버님, 마지막으로 어머님까지 20년 넘게, 네 분 환자 수발을 군말 없이 거의 도맡아 해준 우리 마나님, "너무 고생 많았습니다. 당신은 천사입니다. 사랑합니다."

전교조 투쟁사, 건국대 규탄대회

1989년 5월 28일 역사적인 전국교직원노동조합 선포식이 있는 날이다. 노태우 정부는 전교조 결성을 저지하겠다면서 결성대회 장소인 한양대를 봉쇄했다. 그 봉쇄를 뚫고 27일 200여 동지가 미리 들어가

있었다. 여러 사범대 학생들이 선생님들을 지키겠다면서 100여 명이 들어가 있었다. 한양대 학생들이 학교 인근 주민들 협조를 받아서 주민등록증을 빌려다주거나 담을 넘어갔던 것이다. 28일은 전경 5,000명을 동원해서 물샐틈없이 막아서 다른 교사들은 더 이상 들어가기 어려운 상황이었다.

한양대에 들어간 동지들은 현장 지도부를 구성해서 사범대생들과 함께 경찰 침탈에 맞서고 있었다. 당시 조합장을 맡으신 윤영규 선생님과 지도부는 강남에 있었지만 마치 한양대에 들어와 있고, 예정된 시간에 결성대회를 준비하는 것처럼 방송을 하거나 노래를 부르며 행진하는 모습을 보여주기도 하였다. 나중에 들으니 경찰들 관심을 계속 한양대로 잡아두기 위한 연막작전이었다고 한다. 실제로는 전경들 침탈이 예상되기 때문에 한양대에서는 결성선포식을 치르기 어려울 것이라고 예상했다.

그래서 대안으로 한양대에 들어가지 못한 교사들은 약속대로 건국대로 모이라는 연락이 돌았다. 우리는 당시 전국 대의원 의장이신 오종렬 선생님을 건국대로 모시고 가서 대기하고 있다가 한양대에서 선포식이 무산되면 건국대에서 선포식을 하기로 했다. 나는 오종렬 선생님을 모시고 건국대로 향했다. 당시 오종렬 선생님은 수배 상태였다. 그래서 내가 대회는 물론 결성식을 끝내고 연행당하지 않도록 빠져나오게 하는 역할까지 맡고 있었다.

결성식 시간은 다가오는데 한양대 현장 본부에서는 연락이 나오지 않았다. 속이 타들어 가는 시간, 결성식을 치르려면 최소한 현수막이라도 걸어야겠다는 생각이 들었다. 건국대 학생회에 현수막으로 쓸

재료를 부탁했는데, 달랑 천 하나만 가져왔다. 페인트와 붓은 없단다. 부랴부랴 쓰레기통을 뒤졌다. 쓰다 버린 몽당붓 하나를 찾아내고 페인트 대신 등사 잉크로 결성식 현수막을 썼다. 시간이 촉박하기도 했지만 등사 잉크는 얼른 마르지 않기 때문에 잉크가 흘러내리는 그대로 식장에 걸었다. 대회장에는 2,000명 정도의 동지들이 모여 있었다.

한양대 결성선포식이 무산되었다는 판단으로 동지들을 무대 앞으로 모이라고 했다. 오종렬 선생님 주도로 막 결성식을 시작하려는 순간, 연세대에서 결성선포식을 했다는 연락이 왔다. 2000명 교사들의 환호성이 터졌다. 결성식이 규탄대회로 바뀌는 감격의 순간이었다. 2호선 인근 대학에는 일반인 출입을 통제하는 전경들도 와 있었지만 우리 교사들도 몇 명씩 가서 경찰 배치와 이동을 살펴보고 있었다. 그런데 연세대는 2호선에서 조금 떨어져 있어서였는지 감시하는 경찰만 몇 명 보이고 전경 배치가 없었다고 한다. 한양대와 건국대로 대부분 전경을 이동시켰기 때문이다. 그래서 지도부가 비밀리에 먼저 들어가고 2호선 근처에서 대기하던 교사 400여 명이 들어가서 전경들이 연세대까지 오기 전에 결성식을 마쳤다고 한다.

연세대에서 한 결성선포식은 대열을 갖추지 못하고 기습적으로 선포식을 했기 때문에 대열을 갖추고 찍은 사진이 없다. 간혹 '전교조 결성식'이라는 현수막이 걸린 사진이 나오는데, 그건 바로 건국대에서 결성식을 하려다 규탄대회로 바꾸면서 현수막을 미처 바꿔 달지 못하고 그냥 결성 축하식과 노태우 정부 규탄대회를 했기 때문이다.

결성선포식이 아닌 탄압 규탄대회로 바뀐 감격적인 대회를 마친 후

미리 통로를 뚫어 놓았던 곳으로 오종렬 선생님을 모시고 나왔다. 수배 중이라 건국대에 들어오면서 학생회 간부에게 안전하게 나갈 길을 부탁했었다. 대학가는 어디나 남의 눈을 피하여 드나드는 곳이 있기 마련이다. 절단기를 사용하여 철조망 한 곳을 뚫어 놔서 경찰의 눈을 피해 유유히 빠져나올 수 있었다. 이른바 개구멍 탈출 작전이었다.

이후 선생님은 집회 때는 항상 내 곁에 계셨다. 나하고 있는 게 제일 안전하다고 하셨다. 오종렬 선생님의 우렁찬 사자후 소리가 아직도 귀에 생생하다.

전국교사대회

전교조 초기 노태우 정권은 모든 공권력을 동원하여 전교조 집회를 무산시키려 했다. 특히 전국교사대회는 규모도 컸을 뿐 아니라 상징적인 의미가 있어 더욱 그랬다. 우리 역시도 전국교사대회만큼은 양보할 수 없이 꼭 성사시켜야 하는 절박한 집회였다. 전국의 교사들이 모두 모이는 집회니까. 수백 명도 아닌 1만 이상이 움직이는데 어떻게 저들을 따돌려야 할까? 큰 과제였다.

저들의 대응은 매우 치밀하고 입체적이다. 지역에서부터 경찰과 교육청, 학교 교장까지 동원하여 출발 자체를 막았다. 섬 지역의 경우 선창에 진을 치고 교사들이 배에 오르지 못하게 막는가 하면, 아예 교사들을 납치하다시피 움직이지 못할 곳으로 데리고 가거나, 도로에서 버스를 세우고 검문을 해 의심스러우면 통과하지 못하게도 했다.

지역을 어떻게 빠져나오더라도 서울 진입할 때, 대회장에 들어가는 문제 등 산 넘어 또 산이 기다리고 있었다.

그래서 갖가지 방법들이 동원됐다. 선창을 봉쇄하면 사선(일명 색색이라고 불리는 조그만 개인 배)을 빌려 빠져나오기도 하고 다른 장소에 갇힌 선생님은 시간을 맞추기 위해 땅끝에서 서울까지 택시를 타고 오는 분도 계셨다. 서울까지 올라오더라도 마지막 난관은 대회장에 들어가는 것인데, 대회장이 막힌 다음에는 인근 중국집 식당에서 철가방과 자전거를 빌려 음식점 배달원으로 위장하여 봉쇄를 뚫기도 했다.

저들의 대응 방법은 서울에서 만 명 규모의 집회를 할 수 있는 장소에 형사들을 배치하고 감시하다가 교사들이 모이는 것으로 보이는 곳에 모든 병력을 투입하여 대회장을 원천봉쇄하는 방식이다. 어떻게 저들의 시선을 피할 것인가? 경찰이 대회장으로 출동하여 봉쇄하는 최소한 시간을 15분으로 보고, 15분 안에 각지에서 상경한 교사들이 일시에 대회장으로 진입할 방안이 필요했다. 치밀한 계획과 대회장을 노출시키지 않을 몇 가지 방법이 동원됐는데, 대회 전 지부 조직부장 회의에서 장소를 정하는데, 상황에 따라 언제든지 장소를 변경할 수 있게 보통 3곳 정도를 대회 장소로 정했다.

이 장소 회의도 보안을 유지하기 위해, 공공연히 전화 도청을 했기 때문에 묵언으로 진행한다. 손짓과 흑판을 이용하여 글로 쓰고 즉각 지우는 방식이다. 각자 손목에 시계도 초 단위까지 세밀하게 맞추었다. 다음으로는 지부별로 비선 조직 연락망을 만들고 모든 연락사항은 이 비선 조직을 이용했다. 이 연락처는 지부별 한 사람만 알고 있을 뿐이다. 지부장조차도 알지 못한다. 전남 책임자인 나는 경기도에 사는 동생으로 연락망을 이용했다. 본부에서 동생에게 내용을 전해오면 나는 동생에게 연락하여 내용을 받는 것이다. 동생이 나에게 직접 연락하지 않고 내가 공중전화 등을 이용해 연락을 취하는 것이다. 철저한 보안 유지가 필수였으니까. 저들은 안기부까지 동원하고 있으니 조심할 수밖에….

서울에 도착하여 대기하는 장소까지 아무도 대회 장소를 알 수 없다. 본부에서는 은밀히 예비 장소에 사람을 배치하여 동태를 살피며 어느 장소가 적절할지를 집회 직전에 결정하고, 지부 책임자는 정해진 시간에 비선을 통해 장소를 통보받고 지하철 2호선 여러 역에 분산하여 대기하고 있는 대표들에게 연락한다.

앞서 시계를 모두 맞추었던 것은 지부별로 연락 시간을 달리해 통화가 신속하게 이뤄지게 함이다. 어느 지부는 ○시 ○분 ○초에서 ○초 사이에 전화를 마치고 다음 지부는 그 몇 초 직후 시간에 전화하여, 한 지역이 대략 10여 초 이내에 통화를 마칠 수 있도록 암호도 미리 약속해 두었다. 예를 들면 "자장면 2그릇 배달이요." 하면 장소는 2번 장소로 이동하라는 뜻이 된다. 시간과의 전쟁이었다. 저들이 출동하여 봉쇄할 수 있는 최소한의 시간, 15분 안에 1만 명의 동지들이 모두 진입해야 하니까. 영화의 007첩보 작전을 방불케 하는 상황 15분에 대회 성공 여부가 결정되는 것이다.

이렇게 은밀하고 치밀하게 대회가 이뤄지니 저들이 아무리 신속히 대응해도 허탕을 치고 마는 것이라, 안기부에서는 전교조 내부에 프락치를 심으려는 공작 시도도 있었다 한다. 그럼에도 집회 장소에 대한 비밀이 유지되고 지켜낸 것으로 보아 경찰이나 안기부나 보안사 프락치 공작이 실패했음을 보여주는 반증이라고 할 수 있다. 이렇게 노태우 정부는 전교조 집회를 봉쇄하려고 시도했던 여러 차례 작전이 실패를 거듭하고서야 도저히 전교조 집회를 막을 수 없다는 판단에 할 수 없이 집회를 그냥 두게 되었다. 잘 모르는 이들은 정부가 집회를 허용한 것으로 오인할지 모르나 실제로는 막지 못해 그냥 둔 것이다. 우리의 조직력과 한 사람, 한 사람의 의지들이 모여 노태우 정부가 공권력을 사유화하고 악용해서 저지르던 국가 폭력을 무력화시킨 것이다.

전교조 탄압 항의 집회

정권은 전교조란 이름이 붙은 모든 집회는 무조건 불허하고 백골단을 투입하여 막고, 모일 경우는 모두 연행하는 전술을 선택했다. 주로 해단투(해직교사 단결 투쟁)가 대부분이었는데, 전교조 탄압의 부당성을 알리는 대국민 선전전이다. 달리 우리 실상을 알릴 방법이 없었기 때문인데, 속된 표현을 빌자면 이건 완전히 맨몸으로 바위를 들이받는 전술이다. 거칠 게 연행당하는 모습들이 기사화되길 바라면서, 가능한 폭력적으로 연행당하여 경찰서 유치장에 갇히는 전술이라 저항도 심하게 했다.

경찰서 안에서도 그냥 있지 않고 부당한 권력에 하수인 역할을 하는 공권력에 대한 시위와 저항을 가능한 대로 이어가니 경찰은 경찰

대로 죽을 맛이라, 많은 인원을 연행해 오면 경찰서의 모든 업무는 마비되었다. 항의하고 소란 피우는 것도 감당하기 쉽지 않지만, 연행자 신원 파악하는 일이 가장 큰 어려움이다. 신분증 제시 요구에도 불응하고, 그런다고 몸을 수색하기는 더 어렵고, 연행자는 48시간 안에 신원을 파악하여 보고해야 한다는 연행자 신원파악 48시간 규정을 어길 수는 없으니 진퇴양난이 되고 만다. 이 규정으로 여러 경찰서에서 몸싸움이 벌어지고 심한 경우 한 사람씩 강제로 분리하여 강압적인 방법으로 신원을 파악하려는 시도도 있었다.

몇 번의 연행을 통하여 이런 규정을 알고부터 경찰서 투쟁에 요령이 생겼다. 누구라도 연행을 당하면 주변 동지들 모두 함께 닭장차에 올라타는 것이다. 연행자 숫자를 늘리는 것이다. 보통 연행을 피하려고 하는데, 우리는 반대로 자진해서 연행당하는 것이다. 경찰서 유치장 최대 수용인원은 대략 60명(?) 정도로 생각하는데 50명 정도가 유치장에 들어가면 거의 꽉 찬다. 숫자가 많아지면 유리한 점이 생긴다. 숫자가 많으니 싸움이 쉬워지고, 경찰은 신분을 알아내야 하는 업무가 문제가 된다.

우리가 신분 밝히기를 거부하면 눈치 있는 경찰은 먼저 협조를 구하지만, 대부분 폭력적으로 강제로 몸을 수색했다. 신분증을 찾아서 신분을 밝히고자 하니 곳곳에서 몸싸움이 벌어졌다. 일부러 신분증을 아예 지참하지 않기도 했다. 우리를 풀어주기 전까지 경찰서 모든 업무는 마비 상태가 되었다.

경희대 교사대회

1990년 경희대 교사대회는 공권력이 모든 방법을 동원해 무산시키려 하는 통에 공권력과 가장 충돌이 심했던 대회다. 지역에서 출발할 때부터 교사들 발을 묶고 중간에서는 검문을 통해 집회에 가는 차량을 저지시키려 하니 지부별, 차량별로 갖가지 아이디어가 동원됐다. 사전에 대회 참가 조합원 복장을 등산복으로 통일시켜 탑승하여 'ㅇㅇㅇ산악회'라 써 붙이고 검문을 통과하기도 하고, 어떤 차량은 결혼식 하객으로 위장하여 모두 양복을 입고 차량 전면에 '혼주 ㅇㅇㅇ차'라는 피켓을 붙이고 경찰 검문을 무력화시키면서 5,000여 명 조합원들은 경희대 행사장 진입에 성공했다.

교사대회를 막 시작하려는 순간, 다급한 장내 방송이 소리가 울렸다.

"정문이 돌파되어 전투경찰들이 들이닥치니 해직교사들은 정문 쪽으로 가서 전경 진입을 막아주시고, 현직 선생님들은 긴급 대피하십시오!!"

현직 교사들이 경찰에 잡히는 것을 막기 위해 해직교사들이 전경들을 막아서기 위해서다. 본래 계획은 정문은 경희대 총학생회에서 책임지고 막기로 했는데, 대회를 무산시키려 많은 전투경찰이 방패를 이용하여 찍어대면서 밀고 들어오니 당해 낼 재간이 없어 저지선이 돌파당한 것이다. 부랴부랴 해직교사들이 달려가 새로 대오를 만들어 막아보려 했지만 한번 밀리기 시작한 저지선은 회복되지 않았다.

줄다리기할 때 힘의 균형이 한 번 무너지면 대책 없이 끌려가는 형

자갈밭을 새로 가는 사람

국이다. 아! 이번 교사대회는 이대로 무산되고 마는 것인가?

순간 우리 머리 위로 돌들이 날아간다. 경찰에 밀렸던 학생들이 길가 동산에 올라 투석전을 펼치기 시작한 것이다.

해직교사 대오를 지휘(?)하던 내 머리에 번뜩 생각이 스쳤다. 경찰과 대치하던 몸을 반대로 돌려 전경들 앞을 막아서며 학생들을 향해 큰소리로 외쳤다. "전경도 우리 제자들이다. 다치지 않게 투석을 멈춰라!" 이 돌발 상황에 거세게 몰아치던 전경 진영의 힘이 잠시 주춤했다.

전경들이 자기들도 제자라면서 자기들을 보호하려 등을 돌리고 외치는 선생님을 차마 방패로 찍어대지 못하면서 밀고 올라오는 힘이 한순간 느슨해진 것이다. 앞에 있는 동지들에게 밀어붙이라는 눈짓을 했다. 주춤한 틈 사이로 힘이 밀려들면서 경찰 저지선이 조금씩 무너져갔다. 아마 평지였다면 쉽지 않았을 것인데 비탈길 위에 우리가 있어 반전이 가능했을 것이다. 한번 터진 물고는 쉽게 막을 수 없듯이 숫자와 힘은 그들이 우위에 있었지만, 끝내는 정문 밖으로 밀려 나갔다.

경찰 지휘자들이 곤봉으로 전경들 투구를 마구 후려치며 독려했지만 소용없었다. 치열한 전쟁터를 방불케 했다. 그렇게 대열이 정비되고 다급히 담장을 뛰어넘었던 동지들이 다시 돌아와 옆에 있는 체육관으로 집회 장소를 옮겨 대회는 무사히 치를 수 있었다.* 다행히 다

---

*경희대에서 열린 전국교사대회가 전교조 동지들에게 공권력에 맞서는 당당함과 이겨낼 수 있다는 자신감을 얻어 내는 출발이 됐다고 생각한다. 이듬해 1991년은 참가자가 8,000명으로 늘어났고 다음에는 10,000명 규모로 커졌으니까.

친 동지들도 없었다.

나도 순간 그런 기지가 어떻게 떠올랐는지 잘 모른다. 아마도 오랫동안 운동선수와 지도자 생활을 하면서 얻어진 지혜가 아닌가 싶다.

전교조 본부 간판 탈취 사건

노태우 정권이 전교조 지우기에 얼마나 혈안이 되었는가 하면 본부 전교조 사무실 간판을 떼어가는 횡포까지 저질렀다. 1991년 초 중앙집행위원회 회의를 광주에서 진행하고 있는데, 노동부에서 사무실 간판을 떼 갔다는 연락이 왔다. 중앙집행위원회는 전국 각 시도 대표인 지부장단이 전교조의 중요사업을 결정하는, 대의원대회를 제외한 가장 높은 의결 단위이다.

중집(중앙집행위원회) 회의 중이었지만 하루라도 사무실 간판이 없어서는 안 된다는 생각에 제작 기술이 있는 나는 즉석에서 현판을 제작하여 고속버스 편으로 당일 본부로 보내 다시 달게 했다. 또 떼 가면 몇 번이라도 다시 제작해 보내겠다는 말도 함께 전했다.

촌각을 다퉈가며 급조해서 거칠게 제작한 것이라 후일 다시 만들어 보내려 했는데, 탄압 시절에 사연을 담은 현판이니 보존하는 게 의미가 있다 해서 교체하지 않았다. 지금은 새로 마련한 전교조 회관 출입구에 걸려 있다. 모르는 이는 목 간판 하나에 어떤 의미가 담겨 있는지 알 수 없겠지만….

용산경찰서

정확한 숫자는 정확히 기억하기 어렵지만 50명이 넘었다. 도착하자마자 경찰서 투쟁을 준비했다. 먼저 대표를 뽑는데 내가 투쟁을 이끌면 좋겠다고 하여 대표를 맡기로 했다. 경찰에서는 신분 확인을 제일 먼저 할 거라, 이걸 대비해 동지들 더러 유치장으로 들어가 유치장 안에서 문을 차단하라고 했다. 처음에는 왜 우리가 자진해서 유치장으로 들어가는지 이해를 못했지만, 저들이 신분을 확인하려고 우리를 개별적으로 떼어 놓으려 할 것이니, 저들이 의도를 막기 위해서는 함께 뭉쳐 있어야 한다고 설명하니 그제야 이해했다.

유치장 안에서 문을 막고 버티면 많은 경찰이 달려들어도 쉽게 버틸 수 있었다. 젊은 동지들은 문 가까운 곳에 배치하고, 나이 든 동지들은 안쪽으로 들어가게 했다. 남, 여 유치장이 분리되어 있었지만, 옆에 붙어있어서 소통에는 어려움이 없었다. 예상대로 전경들이 들어와 유치장 밖으로 끌어내려 했다. 우리는 문을 잠그고 버텼다. 문을 열어 한 사람씩 끌어내려는 작전은, 아무리 자기들이 우월한 힘을 가졌어도 유치장 문이 중간에 떡 가로막고 있으니 뜻대로 되지 않았다.

한참 동안 실랑이 끝에 포기했는지 물러난다. 유치장 안에서 바리케이트를 치고 대치하는 상황은 계속됐다. 이후 분리 작전이 쉽지 않을 거라 판단했는지, 별다른 움직임이 없었다. 저들의 경계가 느슨한 사이, 남녀 각방 방장들과 회의를 했다. 불편하긴 하지만 저들의 폭력에 대응하기 위해서는 지금 이대로 유치장 안에서 뭉쳐 있는 게 좋겠다. 저들이 다시 침탈을 시도할 것이다. 우리가 방심하고 있을 때를

노릴 것이니 긴장의 끈을 놓지 않고 있어야 한다. 아마도 밤 12시가 넘은 늦은 시간일 확률이 높으니 쉬거나 잠을 자더라도 문 앞에는 이중으로 젊은 교사를 배치하고 눕더라도 손을 뻗으면 스크럼을 짤 수 있는 위치를 벗어나지 않도록 했다. 일부 동지들은 늦은 시간에 설마 그러겠느냐고 했지만 만약을 대비해 대열을 꼭 지키게 했다.

좁은 유치장 안에 불편한 공간이지만 피곤한 상태라 밤이 깊어가면서 한 사람 두 사람 잠에 빠져들 시간, 갑자기 전투경찰 병력이 대거 쳐들어왔다. 실내를 가득 메운 경찰들은 유치장 문을 따고 안으로 들어왔다. 문이 조금 열리기는 했지만, 이중으로 배치된 대열이 스크럼을 짜자 진입은 멈춰졌다. 그 사이 나머지 다른 동지들이 스크럼에 합세하니 일부 안으로 진입했던 경찰들도 밖으로 밀려 나갔다. 시간은 새벽 1시 30분경이었다.

당시 같이 있었던 고재성 동지는 "성은 족집게 점쟁이요? 어떻게 저들이 밤에 쳐들어올 것을 미리 알아?" 끝내 신분 확인에 실패한 경찰은 초조했는지, 이번에는 카메라를 가지고 몰래 동지들 사진을 찍으려 시도했다. 이마저도 나에게 들켜 경찰서 안에서 웃지 못할 상황이 벌어졌다. "카메라를 내놔라. 초상권 침해로 고발하겠다!!" 나는 쫓고 경찰은 도망가는 상황인데, 경찰들도 아무도 말리지 못하고 구경하고 있었다. 아무리 경찰서 안이라고 해도 본인 동의 없이 사진을 찍을 수 없다. 명백한 불법이다.

결국, 사진 촬영한 것을 사과하고, 필름은 목포 이성우 동지가 경찰서 밖 사진관에 가서 회수해왔다. 확실한 증거까지 확보한 것이다. 다시 신분 파악하려 달려드는 일은 없었다.

그 잘못의 대가(?)로 우리는 경찰서 밖 식당에서 배달해온 설렁탕으로 따뜻한 한 끼를 해결했다. 경찰서 유치장 안에서 연행자들이 식당에 식사를 주문하여 먹는 경우가 얼마나 있을까?

이런 투쟁들은 서울 시내 모든 경찰서에서 전개됐고, 해단투가 계속되면서 순했던 교사들은 점점 강하게 단련되고 투사로 변해갔다. 호칭도 선생에서 동지로 바뀌고….

1990년 '온나라 걷기' 행진 투쟁

1989년 대량해직의 거센 풍파가 지나가고 1990년이 되면서 전교조도 조금씩 조직을 추스르고 투쟁사업을 배치하기 시작했다. 그중 하나가 온나라 걷기 행진이다. 전국을 돌며 전교조를 국민에게 알리는 사업이다. 본부를 중심으로 5명의 대원을 꾸리고 각 지역은 지역 구간에서 결합하는 형식이다. 제주도를 출발하여 전남-경남-경북 식으로 지그재그로 전국을 돌아 5월 28일 전교조 결성식에 맞춰 서울에 입성하는 것이다. 제주도에서 출발은 순조로웠는데 전남에서는 상황이 달라졌다는 본부 연락이 왔다. 정권에서 이를 막겠다고 한다.

불법 단체 이름으로 거리행진은 안된다는 논리였다. 아마도 걷기행진단을 연행할 것이니 이를 돌파해달라는 주문이었다. 지부 회의 결과 목포-무안-나주-광주-화순-보성-순천-광양-경남까지 일주일 구간의 행진을 보위하고 지휘할 책임이 나에게 떨어졌다. 본부 대원들이 연행당하지 않고 일주일간의 행진을 이어갈 수 있을까? 큰 과제였지만 부딪쳐 볼 밖에….

경찰이 어떻게 나올지 알 수 없는 상황이라 통과하는 지회는 물론 전남지부 산하 모든 지회에 긴급 연락망을 구축하고 상시로 열어놓도록 했다. 걷기 대원들이 입을 조끼도 만들어 놓았다. 일단 목포항에 도착한 대원들을 맞아 목포역 광장에서 환영식을 하기까지는 별 탈 없이 진행됐다. 하지만 주변에 사복형사들이 쫙 깔리고 전경이 거의 포위하다시피 했다. 본부 예상대로 분위가 심상치 않았다. 거리행진 때 연행하는 방식을 취할 거라 예상했다.

무작정 연행은 경찰들로서도 부담이 크다고 판단했을 것이다. 목포지회에 본부 대원들과 체형이 비슷한 조합원들을 대원들이 묵는 숙소*로 보냈다. 조합원들을 조직하여 숙소에 격려 방문을 가능한 많은 사람이 오도록 해달라고 했다. 묵을 숙소는 사람이 번잡한 곳을 선택했다.

대원들이 여관으로 들어간 직후 형사들도 따라 들어와 입구 방 하나를 잡았다. 아예 길목을 지키고 감시할 심산이다. 목포지회 식구들이 삼삼오오 조직되어 걷기 대원들 격려 방문이 시작되고 본부 대원들과 체형이 비슷한 동지들도 여관에 도착했다. 많은 사람이 숙소를 들락거리고 근처 포장마차에 술 한 잔씩을 할 무렵 걷기 대원들은 한 명씩 옷을 갈아입고 슬리퍼를 신고 밖으로 나왔다. 다른 사람들 사이에 섞여 나가니 형사들이 입구에 있으면서도 눈치 채지 못했다. 5명 본부 대원은 다른 숙소로 무사히 이동했다. 처음 들어갔던 여관은 늦

*목포 MBC방송국 근처 포장마차들이 많은 먹자골목으로 기억한다.

은 밤까지 술 한 잔씩 걸친 동지들이 들락거리고 일부는 잠을 잤다.

이튿날 아침 목포지역 사회단체, 시민, 선생님들이 여관 앞에서 출정식을 갖고 출발한다. 본부 대원과 비슷한 체형을 가진 동지들이 걷기 행진 조끼를 입었다. 모여든 사람들까지 모두 걷기 행진 조끼를 걸쳤으니 경찰로서는 누가 누군지 전혀 분간이 안 갔으리라. 행진이 시작되자 이를 저지하려는 경찰들과 몸싸움이 벌어졌다. 걷기 대원들을 못 찾은 경찰은 무차별적으로 51명을 연행했다. 이를 항의하는 집회가 목포 경찰서에서 열리고…. 그 사이 걷기 대원들은 무사히 목포 경계를 벗어났다. 무안지회에서 대원들이 무사히 도착했다는 연락을 받은 다음에야 경찰도 알아챘는지 연행한 사람들을 모두 풀어줬다. 경찰은 자기 관할 지역을 벗어나면 무조건 상황이 종료된다. 자기 관할 지역 안에서만 책임지는 것이다.

2일차 무안지역

무안지역은 당시 강고한 농민회 조직과 전교조가 한 가족처럼 똘똘 뭉쳐 있어 군 단위지만 활동이 활발한 지역이다. 여기서도 목포와 비슷한 전술을 선택하여 지회 사무실에서 환영식을 하고, 사무실에서 자는 것처럼 한 다음, 늦은 밤에 저들 눈을 피해 농민회 사무실로 이동하였다. 다음날 지회 사무실 앞에서 출정식을 하고 도로 행진이 시작되고 경찰과 실랑이를 하는 등 시간을 끌고 있을 때 대원들은 다음 목적지인 함평으로 이동했다. 이동은 논둑과 철길을 이용했다. 도로는 저들의 감시가 있었기에….

3일차 함평지역

목포, 무안 2번의 전술은 저들이 알아차렸을 거라 판단하여 이번 함평지역은 다른 방법을 선택했다. 본부 대원들은 이른 시간에 먼저 출발시키는데 이전과 달리 국도를 이용하지 않고 철로 길을 선택했다. 대신 함평 동지들은 도로로 이동하면서 저들의 시선을 끌어 연행당하기로 했다. 경찰의 연행에 기꺼이 응해주신 함평 동지들 감사했습니다.

여기서 심각한 문제 하나가 시작됐다. 본부 걷기 대원을 찾을 수 없으니 경찰이 지휘 차량인 내가 모는 차를 쫓기 시작한 것이다. 이곳 지리에 익숙하지 않고 상황이 수시로 변하기에 요소요소에서 만나 다음 경로 등을 알려줘야 하는데 저들이 경찰차와 형사들 승용차까지 4대가 앞뒤로 마치 포위하듯이 따라붙었다. 다시면 소재지에서 점심시간을 전후하여 만나기로 약속이 되었는데 어떻게 해야 하나 잠시 고민을 하다가 도로변 기사식당으로 차를 몰고 들어갔다.

점심시간이 가까워졌으니 식사를 하는 것으로 생각했을 것이다. 식당에 들어가 식사 주문을 했다. 경찰과 형사들도 따라 들어와 주문을 했다. 둘러보니 옆문으로 나가는 화장실 표시판이 보였다. 자연스럽게 일어나 화장실 표지판이 있는 문으로 나갔다. 밖으로 통하는 화장실이 있어서 다행이었다. 화장실 담을 넘고 저들의 눈길을 피해 차에 시동을 걸고 도로로 나가지 않고 동네 안으로 들어갔다. 마당에 나무들이 있는 집이 눈에 들어와 얼른 그 집 마당으로 차를 몰아 나무 사이에 세웠다. 다행히 집에는 인기척이 없다. 모두 들에 일하러 가셨는가 보다.

담 너머로 내다보니 경찰차와 승용차들이 오락가락 도로를 헤매고 다닌다. 10분쯤 지났을까, 이미 빠져나간 것으로 판단했는지 4대 모두 나주 방면으로 이동했다.

약속장소인 다시면 소재지 식당에서 대원들을 만날 수 있었다. 다시 기사식당 주인장 미안했습니다. 밥값 내지 않고 도망 나와서.

4일-5일 나주, 광주, 화순

나주지역은 나주 터줏대감인 최연규 동지가 나서서 경찰들은 설득하여 대원들을 통과시켰다. 확실히 지역 유력 인사였다. 광주는 광주지부가 책임을 져 쉽게 통과했다. 역시 광주는 광주였다. 영향이 화순까지 이어졌다. 대원들은 숨바꼭질하지 않고 잠시 숨을 고르는 시간이었다.

6일째 보성

불안해졌다. 함평에서부터 경찰과 형사들이 지휘 차량에 꼬리를 물기 때문이다. 지부와 연락하여 2선 지휘부를 구성토록 했다. 벌교성당 신부님 배려로 벌교성당 신부님 숙소에서 하룻밤을 묵고 길을 나서려는데 앞과 뒤, 골목에서 백골단들이 쏟아져 나와 닭장차에 강제로 싣는다. 이를 본 신부님이 육탄으로 저지하려 했지만 밀려나시고, 완강히 저항하니 나를 들어 올려 자기들 머리 위에서 위로 전달해서 닭장차로 밀어 넣었다.

결국은 닭장차에 실리고, 여기서 한 전술(?)을 쓰려 했지만 실패했다. 닭장차 안에는 경찰이 없어서 잡는 힘이 약해지고 차 계단 위라 저들보다 훨씬 위에 있으니 기회였다. 차에 실리는 순간부터는 사고가 나면 그 책임은 모두 경찰이 지게 되어 있는 점을 이용하려 차 밖으로 다이빙을 했지만 아쉽게도 밀집된 백골단 투구 위에 얹혀서 땅으로 떨어지지 못했다. 떨어져 다치기를 바랐는데, 나에게 무모하다 할지 모르나 아무 행위도 하지 않은 사람을 연행하는 불법을 저질렀으니까 그에 상응하는 책임을 확실히 물으려 했었다. 위에서 부당한 지시가 내려오면 거부할 수 있으면 좋으련만 예나 지금이나 별반 차이가 없는 것 같다.

해직 후에 집사람이 어렵게 번 돈으로 장만해준 점퍼가 찢기고 허리띠는 사라지고, 엉망이었다. 나올 때 항의해서 모두 변상받았다.

보성경찰서 안, 저녁 늦은 시간이 되어도 의자에 그대로 앉혀 놓는다. 불법 연행에 대한 항의도 묵묵무답(默默武答)으로 일관하고, 책임자들은 피하는지 코빼기도 보이지 않는다. 화가 치밀어 올라 극약(?) 처방을 했다. 화장실 간다고 나가는 척하다 출입문 유리창을 팔꿈치로 깨트렸다. 깨진 유리창 사이로 고개와 팔을 집어넣고 소리쳤다. "서장 불러와라, 너희가 답을 안 하니 서장에게 물어야겠다. 내 몸에 함부로 손을 대면 너희 서장은 옷을 벗어야 할 것이다." 야간 근무자들 얼굴이 사색이 되고 잠시 후에 완장을 찬 당직 사령이 달려왔다.

"불법 연행을 하고 사유를 묻는 말에 답변도 없고, 늦은 시간까지 의자에 앉혀 놓는 고문을 하는데 가만있으란 말이냐!" 비로소 당직 사령 입에서 궁색한 답변이 나온다. "저희는 위에서 내려온 지시대로 했을 뿐입니다. 무조건 연행하여 잡아 두라고…" 예상은 했지만, 기가 막힐 노릇이다. 아마도 지휘부를 묶어 두면 걷기 행진이 어려워지리라 판단했겠지. 불쌍한 졸병들과 무슨 얘기를 나눌까. 배고프니 음식 좀 내오고, 잠은 자야 하지 않겠냐고 했더니 금세 라면이 끓여져 나오고 전경 내무반에 담요를 여러 겹 겹친 잠자리가 만들어졌다. 새벽 2시가 넘은 시간이었다.

소란스러웠던 밤이 지나고 다음날, 무슨 과장이란 사람이 와서 정중히 사과하고 경찰차를 내어 연행했던 지점까지 태워주고 전송했다. 저들의 생각과는 달리 2선 지휘부를 세워놨으니 나는 느긋했다. 보성에서 순천으로 가는 지방도로에서도 여전히 경찰차가 뒤를 따랐다. 도로 표지판을 보니 제한 속도 40km다. 살짝 짓궂은 생각이 들어 속도계 눈금을 40km에 맞췄다. 하나둘 차들이 꼬리를 물고, 벌교 순천 간 지방도로에 걷기 행진 대신 100미터가 훨씬 넘은 차량 행진이 이어졌다. 앞에 경찰차가 있으니 추월하지 못하고 한참 동안 그렇게 진행됐다.

7일째 순천

순천지역에 들어서니 또 다른 차량이 보성 차량 대신 따라붙었다. 이번에는 일반 승용차들이다. 2선 지휘부가 역할을 하니 내 역할은 저들의 시선을 나에게 붙잡아두는 역할을 하기로 했다. 시내에 주차장이 넓은 한 여관에 차를 세웠다. 느긋한 마음으로 저녁 식사를 마치고 들어오면서 보니 다른 공간이 있음에도 뒤따라 왔던 승용차 두 대가 차 앞과 뒤에 바짝 붙여 세워져 있다. 치졸하게도 차를 빼지 못하게 해 놓았다. 늦은 시간 여관 주인에게 급한 용무가 생겨 차를 빼야겠으니 옆 차 주인을 찾아봐 달라 했다. 물론 경찰차가 아닌 반대쪽 옆 차량이다. 차를 빼는 동안 다행히 경찰은 나타나지 않았다.

못 나가게 막아 놓고 여유롭게 술 한잔하러 갔는가 보다. 지나간 곳은 상황이 종료되는 점을 이용하여 다시 보성으로 돌아가 숙소를 잡았다. 나중에 들은 이야기로 순천 전역에 차를 수배하는 등 법석을 떨었다나 뭐라나….

아마도 차를 찾으려고 애를 먹었을 것이다. 광양지회에서 전갈이 왔다. 경찰이 길에 '바리케이트'를 치고 기다리고 있다고.

차를 찾지 못하니 아마도 도로를 차단한 모양이다. 오늘 중으로 전남과 경남 경계선만 넘으면 되니까 기다리기로 했다. 오후 2시경 경찰이 철수했다는 연락을 받고 대원들은 유유히 전남 경계를 넘어갔다.

일주일 동안 본부 걷기 대원 5명은 연행당하지 않았다. 전남에서 계속 뚫려서 막을 수 없다고 판단했는지 경남지역부터는 방해 없이 순조롭게 행진이 이어지게 됐고 계획대로 5월 28일 교사대회장에 결합했다.

'온나라 걷기' 본부 대원들이 연행당하지 않고 무사히 전남지역을 통과한 것은 각 지역에서 경찰에 연행당하기까지 하면서 교사와 사회단체, 시민들이 결합하여 함께한 덕이다.

전남지역 투쟁

전국적인 상황에서 지역교육청 탄압을 가장 먼저 돌파한 지역이 전남이다. 많은 해직자와 더불어 결속력이 강했던 결과였다. 우스운 소리로 '전교조 조폭'이라고나 할까? 연행당하여 경찰서 유치장 들어가는 것을 망설였던 동지는 없었다고 기억한다. 도교육청 해단투(해직교사 단결투쟁)가 있을 때는 아예 빨리 연행해달라고 교육청에 요구할 정도였으니까. 도교육청 대응은 초기에 경찰에 요청하여 연행을 시켜보기도 했지만, 더 큰 저항을 불러오고 경찰서를 점거해 버리니 나중에는 경찰도 교육청에서 요청이 들어와도 출동하지 않았다. 경찰 공권력으로도 통하지 않으니 교육청이 두 손을 들 수밖에 없었다.

전교조 후원금 탄압, 박○○ 현장지회장 보위, 박○○ 교육위의장 파동, 완도교육청 타격 투쟁 등이 대표적인 투쟁 사례다.

투쟁 상황에서 선봉장 역할이 대부분 내 몫이다 보니, 상황이 여의치 않으면 돌발 행동도 많이 했다. 건물 외벽 물 수통을 타고 3층으로 진입하기도 하고, 교육감실에서 재떨이를 던져 교육감이 담뱃재를 뒤집어쓰게 하는 등 악역을 많이 했다. 당시 교육청 관료 사이에서 제일 무서운 존재로 소문이 났다고 했다.

1991년 전교조 전남지부장

1989년에서 1990년으로 이어지는 정권과 전교조의 팽팽한 싸움은 치열했다. 전교조를 고사시키기 위한 저들의 공작은 갖가지 방법으로 진행됐으니까. 하지만 해직된 교사들이 상근 인력으로 여러 지역에서 자리를 잡으면서 지회 활동이 다시 자리를 잡아가기 시작했다.

내부적으로 조직이 정비되자 대외적으로 전교조가 살아있음을 보여야 하는 필요성이 증대되는 시기가 된 것이다. 이에 전남지부는 중요한 지부장 선거를 경선 형식을 갖추어 내부적으로는 조직을 새로이 정비하고 대외적으로는 전교조의 건재함을 알리는 선전전으로 하자는 방침을 정했다. 그동안 조직을 지키는 수세적인 활동에서 공개적이고 공세적인 활동으로 전환하는 계기로 삼자는 의도였다. 하지만 당시 지부장은 구속을 각오해야 하는 자리라 후보를 정하는데 어려움이 따랐다. 조직 활동도 험난하고 거기에 감옥까지 감내해야 하는 가시밭길에 나서라고 권유하기도, 나서기도 쉽지 않았다.

우여곡절 끝에 전남교사협의회 사무처장을 했던 임○○ 선생을 후보로 결정하고 또 한 사람의 경선 후보로 내가 선택되었다. 정확히 말하면 교사협의회 시절부터 교육운동의 중심에서 활동했던 임○○ 선생이 당연히 당선될 거라는 전제 속에, 경선이라는 선거 구도로 대중들의 시선을 끄는데 들러리(?) 역할을 할 사람이 필요해서 선택한 후보로 내 역할이 주어진 것이었다. 양 진영의 선거 참모와 운동원도 조직적으로 나누고, 유세도 전남 시, 군지역을 모두 도는 일정을 잡고 선거 벽보도 후보의 인물 사진을 크게 넣어 만들었다.

지역에서는 선거 벽보를 거리에도 붙여 대국민 선전도 겸했다. 그 덕으로 과거 제자들이나 친구들이 찾아오기도 했다. 신나는 선거 노래도 지어 유세장에서 틀어 놓기도 하면서 축제 분위기를 만들어 가며 선거를 진행했다. 그런데 결과는 의도하지 않게 임○○ 동지가 아닌 내가 당선됐다. 현장을 직접 뛰며 활동한 것이 나에게 표가 더 쏠렸던 것 같다.

1991년은 전교조뿐 아니라 사회 전반으로 온몸을 던져 독재 정권에 항거한 이른바 '분신정국'이 펼쳐진 해이다. 1989년부터 시작된 전 방위적인 정권 차원의 전교조 탄압으로 해직교사뿐만 아니라 학교에 남은 조합원도 조직을 복원하는 과정에서 교육청과 갈등이 심했다. 현장 교사와 해직교사의 연결고리를 끊어 전교조를 고사시키려는 것이 저들의 의도였다. 그렇기에 노태우 정권 퇴진 교사 시국 선언도 전 국적인 탄압을 받았다.

그런 시점에 '강경대 열사 살해 사건'이 터졌다. 노태우 정권 퇴진 국민대회 현장에서 일어난 이 사건은 독재 정권에 대한 반감으로 부 글부글 끓고 있던 민중의 가슴에 불을 붙이는 도화선이 됐다. 맨몸 으로 저항하는 최후 수단인 분신이 이어지고 정국은 거센 폭풍 속에 빠졌다. 특히나 제자들인 박승희, 김철수 열사의 분신은 전교조 결성 과정에 희생한 제자들과 함께 전교조에 큰 충격을 주고 전교조 탄압 을 넘어 대 정권 퇴진 투쟁으로 전환하는 계기가 됐다.

전교조 중앙집행위원회(각 시도 대표 지부장단 회의)에서 72시간의 마라톤 회의를 거쳐 투쟁의 전면에 나서자고 결의를 하였다.

강경대 열사가 망월동으로 들어오는 날, 이를 저지하려는 공권력과 광주시민, 제야, 사회단체, 전교조와 전면전이 벌어졌다. 소위 '운암대 첩'이라 불리는 물리력 전쟁(?)이 벌어진 것이다. 국민연합 공동대표를 맡게 된 내 역할은 전대병원 앞에서 시민과 교사들을 조직하여 망월 동으로 향하는 시가행진을 펼치며 망월동으로 가 운구를 맞이하는 것이었다.

금남로를 지나 계림동 오거리를 막 통과하는 순간, 느닷없이 백골 단이 들이닥쳤다. 예고 없이 들이닥친 무차별적인 폭행에 대열이 속

수무책으로 흩어졌다. 선두에 섰던 나는 행진을 멈추지 않으려 자리를 지키며 서 있었는데, 백골단들이 달려들었다. 타겟이 된 것이다. 방패로 찍고 발길질이 쏟아져 도로에 넘어지자 발로 밟기 시작했다. 그런데 이놈들이 한쪽 무릎을 집중적으로 밟아댔다. 행진할 수 없도록 다리를 분질러 놓으려고 했는지 모른다. 백골단이 물러간 뒤 일어서려니까 왼쪽 다리를 쓸 수가 없었다. 통증을 참으며 깃발을 들고 기다리고 있으니까 흩어졌던 사람들이 다시 모였다.

본부에서 열사의 시신을 전대병원 영안실로 옮겼다는 연락을 받고 정비된 대열을 끌고 전남대병원 영안실로 향했다. 물론 왼쪽 다리를 질질 끌다시피 한 절뚝 걸음으로였다. 전대병원 앞에 모인 다른 대열과 합세하여 망월동을 향한 시가행진이 다시 시작되었다. 저들의 침탈이 있지 않을까 걱정했지만, 규모가 커진 시민과 싸움은 부담이 됐던지 백골단은 나타나지 않았다. 무사히 망월동에 도착하여 안장했다. 새벽 1시 30분이 지난 시간이다. 전날 아침 출발한 행진이 날을 바꿔 끝난 것이다. 광주시민의 승리였다. 밟힌 왼쪽 다리는 무릎 인대가 늘어난 것으로, 한 달 정도 절뚝거리며 걸었다. 지금도 종종 그 후유증으로 불안할 때가 있다.

전남대 박승희, 보성고 김철수 제자의 분신까지 이어지면서 광주는 마치 전쟁터를 방불케 했다. 저들은 열사들 시신을 탈취하려고 안달이 났다. 가족들을 설득하여 장례를 조용히 끝내려는 의도다. 전대병원 영안실을 지키기 위한 투쟁이 이어지면서 나는 대학 선봉대 학생들과 영안실에서 기거했다. 날마다 병원 영안실 앞에서 정권 퇴진 집회가 열리고 운구행렬이 이어졌다. 병원 영안실은 대학 선봉대들이

사수하고 집회와 행진이 42일 동안 계속됐다.

15일 동안 병상에서 신음하던 보성고 김철수 열사가 15일 만에 세상을 떠났다. 보성고에서 노제를 지내고 광주 도청 앞에서 노제를 치르겠다고 경찰에 요청했으나 불허 통보다. 장례집행위원장을 맡은 나로서는 어떻게 해야 할지 결정하기 어려웠다. 공권력과 다시 맞붙을 것인지 말지를 망설이고 있는데, 경찰에서 허용하겠다는 연락이 왔다. 사회단체와 지역 원로들의 압력이 통했던가 보다. 문제는 바로 전날 오후에 연락을 받고 보니 노제 준비가 문제가 됐다. 제일 시급한 것이 '만장'*이었다. 대학생들 도움을 받으며 저녁 시간에 60장 정도의 만장을 서둘러 제작했다. 아마도 하루도 아닌 저녁 몇 시간 동안에 만장을 60장 긁은 사람은 나밖에 없으리라.

다음날 노제 진행을 맡은 나는 도청 앞 분수대 단상에 올랐다. 한일은행 사거리까지 시민들로 가득 차 있었다. 제자의 죽음에 감정이 복받친 나는 무슨 말을 하는지 모른 채 노제를 치렀다. 끝나고 난 다음에 주변 사람들이 진행 잘했다는 말밖에 기억이 나지 않는다.

전대병원을 거쳐 망월동으로 간 6분 열사의 운구행렬은 길고도 길었다.

김철수 열사 입관 날, 관에 시신을 눕히고 뚜껑을 덮어야 하는데 가족들이 차마 하지 못해, 장례집행위원장인 내가 관 뚜껑을 덮어야 했다. 뚜껑을 덮으려는 순간, 철수의 눈과 마주쳤다. 눈이 감기지 않은 탓이다. 아마도 화상으로 인해 그랬을 것이다. 그런데 그 눈이 살

*세로 선 만장이 없으면 운구행렬인지 구별되지 않는다.

아있는 그대로였다. 전신은 썩어가는 데도….

수년 동안 꿈에 그 눈망울이 보였고 지금까지도 선명히 내 기억에 남아있다.

현장 교사들의 시국 선언과 탄압, 분신 정국, 박승희, 김철수 제자들의 병상을 지키는 전대 영안실 42일, 강기훈 유서 대필 조작 사건까지 지부장 역할보다 도로에서 대 정권투쟁 전선에서 보낸 시간이 더 많았던 1991년이다.

먼저 보낸 아우들

89년 청계중학교에서 같이 해직됐던 교사는 조준승, 장재술, 조창익 그리고 나까지 모두 4명이었다. 그런데 조준승, 장재술 두 교사는 해직 기간에 병을 얻어, 복직 이후에 앞서거니 뒤서거니 세상을 뜨고 말았다. 먼저 간 장재술 교사는 체육과 후배로 나와 함께 근무하고 싶다고 청계중학교로 왔다. 천성이 착하고 세상 때가 묻지 않은 순진한 사람이었다. 독실한 천주교 신자이기도 했다. 해직교사들이 명동성당에 들어가 단식을 할 때도 자기는 명동까지 가지 못하지만 여기서라도 함께하겠다고 청계면에 있는 천주교 공소에 들어가 혼자 단식할 정도로 고지식했다. 해직 후 자기는 전교조 상근 활동에 능력이 못 미치니 경제적으로 지원하는 역할을 하겠다며 한 번도 해본 적 없는 양계 사업을 시작했다.

전문적인 업자들도 병아리 수를 줄이는 시기인 겨울에 무모하게 시

작했는데 다행인지 정성에 감동했는지 병아리들이 겨울을 잘 넘겨 성공했다.

전교조 행사가 있을 때마다 달걀과 닭고기를 공급해줬는데 안타깝게도 위암이란 병을 얻어 복직 후 얼마 지나지 않아 세상과 하직하고 말았다. 아마도 고지식하고 순진했던 천성이 스트레스를 불러와 병을 얻게 하지 않았나 싶다. 항상 미소 띤 얼굴이었던 재술이 동생, 학교에 있을 때 테니스를 즐겨 치던 그 모습이 그립다.

조준승 교사는 중학교 2년 후배다. 학교 다닐 때 핸드볼 시합이 있을 때면 열심히 나를 응원했다는 후배 교사인데 학창 시절 야학 활동을 하고 과학교사에서 특수교과로 전환하는 등 어려운 이들을 위한 삶을 살고자 하는 꿈을 가졌던 동생인데 그 꿈을 피우지 못하고 떠난 것이 못내 아쉽다. 해직 후 전남지부에서 사업단장을 맡아 항상 땀을 흘리며 지냈다.

정확히 말하면 조직이 활발히 활동하려면 제정이 받침되어야 한다며 수익사업을 자청해 시작한 것이다. 사업 기획 능력이 좋아 조직의 제정에 많은 보탬을 줬는데 정작 본인 생활은 어렵기만 했다. 해직으로 인한 갈등으로 이혼하여 가정 파탄 난 것이 원인이었다. 병을 키우는 데도 많은 영향을 미쳤을 것이다.

해직 4년 8개월의 의미와 가족

인생 전반으로 보면 4년 8개월은 그리 길지 않은 시간이지만 우리

가족에게는 그 이상의 큰 의미로 다가온 시간이다. 안식구는 장인, 장모 병간호에다, 해본 적 없는 생활전선으로 내몰려 아동도서 판매, 카드배달, 헬스장 카운터, 족발집, 광고사, 백화점 세일 사원, 임시사원 등 갖가지 일을 전전하면서 두 아이를 책임졌다. 초등학교 다니고 있었던 어린아이들도 영향을 받았다.

한 번은 이런 일이 있었다. 모처럼 집에 들렀는데, 아이들이 다투다가 형이 동생을 때리는 것을 목격했다. 깜짝 놀라 나도 모르게 큰아들 엉덩이를 손바닥으로 때리고 말았다. 말로 해야지 폭력을 썼다. 아들에게 처음이자 마지막인 매질이 있었던 날이다. 그런데 큰아이 표정은 반성하는 기색이 없다. 왜 그랬는지 이유를 물었다. 처음에는 주저하며 대답하지 않다가 계속 추궁하니 입을 어렵게 연다. "집 사정도 생각하지 않고 학급 실장을 맡았다." 아빠는 학교를 그만두고 엄마가 어렵게 생계를 꾸려가고 있는데, 속없이 실장을 맡았다는 이유였다. 본인도 학급에서 실장을 맡으라고 했었는데, 집 사정을 생각해 거절했단다.

그 시절에는 학교에서 간부를 맡으면 돈이 들어가는 일이 많았다. 촌지, 치맛바람이란 단어가 공공연하게 여겨졌던 시대니까. 아들 눈에도 그것이 보였던 게다. 초등학교 5학년과 3학년 어린 시절이었다. 일찍이 철이 들어버린 것이다.

옷가지며 신발 모두 시장 패션이었다. 일찍 검소하고 절약하는 습관이 들었다.

휴일 집사람은 일터에 나가고 아이들만 집에 있는 게 안쓰러워 현장에 데리고 나가 작업 조수를 시키고 짜장면 먹이는 것 정도가 내가 할 수 있는 아비 역할이었다.

둘째는 "아빠는 학교에도 가지 않은데 왜 사람들이 선생님이라고 해요?"라고 묻기도 했다.

다시 학교로

자기 원칙을 갖고 싶다면
먼저 다 버리고 새로 만들어라.
마음은 시간과 공간의 개념이 없어 자유롭다.
습관이라는 길은 헤치고 가본 사람만이
그 속에서 답을 찾는다.
문제는 길이 거기 있다는 것만으로
우리는 다 알았다고 생각하고
직접 가보려 들지 않는다는 것이다.
건성으로 지나가는 것은
쉽게 기억되지 않는다.

1994년 장흥여중 복직

1994년 3월, 복직교사 대부분 섬이나 도시에서 먼 오지로 발령이 났는데, 나는 장흥으로 났다. 아마도 전임 지부장이라 배려해 줬는지 모르겠다. 4년 8개월 만에 돌아온 학교는 조금 낯설었고 교무실 책상 위에 컴퓨터는 새로 배워야 하는 숙제였다.

초임지 학교에서 같이 근무했던 분이 교장으로 계셔서 반갑게 맞아주셨다. 나중에 안 일이지만, 장흥지역 모든 학교 교장이 나를 받지 않겠다고 했는데, 이 분이 같이 근무한 경험이 있어 선뜻 자기 학교로 배치해달라고 했단다.

학교는 젊은 교사들이 많아 활기차 보였다. 달라진 학교문화에 적응하는데, 그리 오랜 시간이 걸리지는 않았다. 시화동아리를 만들어 학교 행사 때 전시도 하고 공동체 놀이 중심으로 수업을 진행하고, 기존의 경쟁과 운동 능력이 뛰어난 학생들의 잔치였던 체육대회도 주로 전통놀이 중심으로 소외되는 학생들이 없도록 바꾸었다. 틀이 없이 자유로운 방식이라 체육대회가 잘 진행되겠냐고 걱정하는 분들도 있었지만, 체육대회가 교사와 학생이 함께 어우러지는 축제가 되었으니 모두 만족했다.

학교폭력 사건이 발생하여 한바탕 홍역을 치르게 됐다. 당시 학교폭력이 심각한 사회문제가 되면서 학교폭력 학생을 강제로 전학시키도록 하는 조치가 시행되는 시기였다. 학교에서 교육이 사라지는 악법이 만들어진 것인데, 이는 지금도 진행형이다. 강제전학으로 다른 학교로 옮겨가면 문제가 사라지는 것인가? 문제를 더 키우는 것인데 무분별하게 이를 남발한다.

대부분 가정환경 등이 열악한 학생 5명이 저학년 학생들에게 폭력을 행사하고 금품을 갈취하다가 고발을 당한 사건이 일어났는데, 학교 분위기는 강제전학 조치해야 한다는 의견이 다수였다. 나는 교육을 포기하는 강제전학은 안 된다고 이의를 제기하고, 2차 회의가 열리기 전날 젊은 조합원 샘들과 대책을 논의하여 전학 조치를 보류하는 조건으로 우리가 학생을 맨투맨으로 지도하겠다는 의견을 내자고 결정하였다. 교직원들은 이에 동의하고 전학 조치를 막았다. 이후 이 학생들의 방과 후 시간은 교사들과 함께하게 됐고 교사들의 진심이 통했던지 사고 없이 학교를 졸업*했다.

내가 맡았던 학생은 조손 가정 학생이었는데, 경제 사정이 어려워

---

*그때 장흥여중 제자가 지금 장흥지역 학부모 연합회 회장과 한 마을학교 대표를 맡아 장흥지역 마을학교 사업을 함께하고 있다.

용돈조차도 제대로 주지 못하는 상황이라 후배들에게 금품을 빼앗아온 것이었다. 날마다 학생과 함께 하는 시간이 힘들 때도 있었지만 한편으로는 아이를 더 깊이 이해하고 아이도 교사를 신뢰하고 의지했던 계기가 됐던 것 같다. 몇 년이 흘러 내가 맡았던 학생을 만났다. "그때는 제가 너무 철이 없었죠? 저 때문에 고생 많으셨는데, 덕분에 학교를 마칠 수 있었어요, 고마웠습니다." 그때 홍역을 치렀던 학생 하나는 고등학교에서 또 사고를 쳤던지 다른 지역 학교로 강제전학 당했는데 집에서는 정 붙이지 못하고 학교에서는 외면당하여 결국 극단적 선택을 했단 소식을 들었다.

인근 탐진강에서 밤낚시를 해 메기, 빠가사리(동가리) 등을 잡아 매운탕을 끓여 학교 친목회도 하고 종종 후배 교사들과 정남진 바닷가에 놀러도 가고 낚시도 했다. 그때 같이 근무했던 몇 선생과는 지금도 소식을 전하고 만나기도 한다. 좋은 추억이 많았던 학교다.

관산중학교 근무, 씨름부 감독, 답사여행

장흥여중에서 연한을 채우고 옮겨가야 할 시기, 체육과 후배로부터 연락이 왔다. 관산중학교에 근무하는 후배인데, 자기 후임으로 나더러 관산중학교로 오라는 것이다. 관산중학교에는 씨름부가 있는데, 사정이 어렵다는 것이다. 장흥여중에서 전공 분야도 아닌 정구부를 도 대표팀으로 만들지 않았느냐. 관산중학교 씨름부도 그런 열정으로 형님이 맡으면 빛을 보지 않겠느냐는 요지였다. 당시까지도 교육청에서 지정한 학교 운동부는 특별한 경우가 아니면 의무적(?)으로 팀을 육성했다. 공립교사는 학교를 떠나면 그만인데, 떠나면서도 본인이 다 못한 책임을 걱정하는 마음이 고마워 관산중학교로 내신을 냈다.

학교를 옮기고 운동부 상황을 점검해 봤더니 팀 운영에 어려운 점이 많았다. 도 대표를 한 번도 하지 못해서 재정 상황도 매우 열악했다. 따라서 먹는 것도 부실했고 선수들의 열성도 부족하게 보였다. 다행인 것은 코치가 지역 출신이고 선수들을 위해 열심히 노력하고 있었다. 하지만 지어진 짐이 많았다. 일단 짐을 싸 들고 선수 숙소로 들어가 숙소 살림을 내가 맡겠다고 했다. 선수들과 숙식을 같이하고 동거동락(同居同樂)을 하면 지도에 많은 보탬이 되는 것을 잘 알고 있기에 대부분 운동부 지도를 맡으면 합숙소 생활을 같이했다. 맛있는 음식 조리도 해주면서… 사람을 쓸 형편이 아니어서 시장을 보고 음식 조리는 내가 직접 했다. 장흥여중에서처럼 감독 역할과 주방장, 역할을 겸한 것이다.

운이 좋았을까, 바로 그해 도 대표로 선발됐다. 그에 따라 재정적인 어려움이 해소되고, 내가 근무하는 5년 동안 계속 도 대표팀으로 활동했다. 이 학교에서도 운동선수 수업 정상화 문제로 학부모에게 수업을 들어가야 한다고 하니까 처음에는 반발이 심했다. "수업을 빠지고 운동을 했어도 대표팀이 되지 못했는데, 훈련 시간을 줄이면 더 힘들 것 아니냐."고 코치도 역시 마찬가지였다. "효율적인 지도 방법을 찾아내는 것은 지도자 몫이고 그것을 찾아내겠다. 올 한해 시간을 달라. 결과가 나온 다음 얘기하자." 겨우 설득을 했는데, 당해 년에 바로 대표팀으로 선발이 되니까 이후부터는 믿고 내 방침에 따라주었다.

선수 한 명은 전교 18등으로 졸업했다. 씨름이란 경기는 우리 민속경기라 효율적인 훈련 방법에 대한 고민이 적었던지, 예전 방식이 많이 남아있어서 새로운 트레이닝 방법도 소개하고 기본 체력 훈련은 직접 지도하기도 했다.

아직도 선수 생활하는 제자들이 있는데, 가끔 장사 타이틀을 땄다고 지역에 현수막이 붙는다. 장흥 출신으로 유명했던 형제 장사도 그때 선수다. 지도를 함께 했던 코치는 내가 나온 이후 자리를 옮겨 여자 실업팀 감독으로 활약하고 있다.

제자들과 추억여행

아이들에게 방학 때 여행을 계획하여 가보자 했더니, 호응이 뜨거웠다. 어른들이 별로 챙겨주지 못하는 시골 아이들이라 여행은 사치였을지 모른다. 경비가 문제인데, 나름대로 복안이 있었다. 이동은 내가 소유한 12인승 봉고차를 이용하고 숙박은 아는 지인들에게 부탁해 해결했다. 식사를 직접 지어 먹으면, 경비 문제는 내가 기름값 정도 부담하면 해결될 것 같았다. 2박3일 정도를 잡고 거의 매년 진행을 했다.

숙박은 아는 선생님에게 부탁해서 방학에 비어있는 교사 사택을 쓰기도 하고, 분교 교실에 잠자리를 마련하기도 했다. 한번은 잠자리가 여의치 않아 빈 창고를 빌려 텐트를 치고 잔 적도 있지만, 아이들은 불만이 없었다. 함께 어울리고 여행하는 것으로 즐거워했다. 매년 다녀 졸업식 때 세어보니 나와 같이 여행을 간 아이들 숫자가 안 간 아이들보다 더 많았다. 희망자를 뽑을 때 가지 않은 사람에게 우선권을 주었더니 아이들 대부분이 고루 다 간 것이다. 특별한 명승지를 다니지는 않았다. 자연을 편하게 품을 수 있는 곳에서 터놓고 얘기하고 노는 것, 함께 밥을 짓고 반찬을 만들면서 서로 가까워지는 것만으로도 아이들은 즐겁고 행복해했다. 텐트를 치는 경우는 밤을 하얗게 새기도 하고, 더위가 심할 때는 어두운 하천에 가서 멱도 감고….

졸업하고 한참 지난 이후에 추억여행을 가자고 몇 제자*들이 찾아와서 예전에 갔던 곳을 다시 여행하기도 했다.

평교사가 교육장을 쫓아내다

1994년 복직을 하면서 5년 동안 문화가 많이 바뀐 현장에 적응하느라 노력했다. 1998년 전교조가 합법화되면서 한층 성장해야 하는 시기를 맞았다. 합법화 조직을 어떻게 해야 하는가는 매우 중요한 과제였으므로 장흥 지역활동가들은 나더러 지회 조직을 맡아 달라는 요구를 해왔다. 잠시 망설였지만, 조직이 필요하다면 언제나 나서야 한다는 생각을 가지고 살았기에 지회장을 맡기로 했다. 일부에서는 지부장 출신이 다시 하부로 내려와 지회장을 하느냐는 물음도 있

*여행을 같이 갔던 제자 한 명은 현재 마을학교 활동가로 뛰고 있어서 제자와 함께 활동하는 행복을 누리며 산다.

었지만 건강한 운동 조직이라면 당연히 그래야 한다고 생각했기 때문에 맡은 것이다. 망설였던 것은 내가 잘 이끌어 갈 수 있을 것인가에 대한 반문이 있었을 뿐….

4월 한 초등학교 양호교사 여선생님한테 전화를 받았다. 전교조 조합원은 아닌데 너무 억울한 처분을 받았다는 것이다. 소규모 학교들이 많은 지역이라 양호교사들 대부분은 이 학교 저 학교를 순회하며 수업을 한다. 하루는 어느 초등학교에서 성희롱에 관한 수업을 하고 나오려는데 몇 학생들이 "우리 선생님이 그렇게 해요."라고 하는 것이다. 내용을 들어보니 명백한 성희롱을 수시로 한 것이다. 그것도 6명 아이들을….

그냥 지나칠 수 없는 양호교사는 교장 선생님께 이 사실을 알리고 적당한 조치를 하시라고 했단다. 시간이 지나고 다시 그 학교 순회 수업일 때 지난번 수업이 생각나 아이들에게 그 이후로 어떠냐고 물었다. 아이들 대답이 "지금도 그런데요." 답답해진 양호교사는 이 내용을 교육청에 보고했는데 얼마 후 징계 통지가 왔단다. 징계 사유는 '교사 품위손상과 사회에 물의를 일으켰다.'였다. 당시 학교 성폭력과 성희롱에 대한 사회적 물의가 잦았던 관계로 교육청에서 성희롱에 관한 수업을 의무적으로 실시하라고 했었다.

학교에서 성희롱이 일어나고 있으니 교장 선생에게 사실을 알렸고, 아무런 조치를 하지 않으니 관리 감독 책임이 있는 상급 기관인 교육청에 보고하는 것이 당연한데 오히려 징계를 받았단다. 직무에 충실한 것이 죄란 말인가? 양호교사가 아무리 생각해도 자신이 징계를 받을 이유가 없다는 것이다.

여러 경로를 통해 사실을 조사해보니, 양호교사가 알려온 바 그대로였다. 어디서 꼬인 것인가? 당해 학교장은 문제를 일으키기 싫어 덮어 버리려 했고, 교육청은 기자들이 이를 가지고 문제 삼으려 하자 골치가 아파 징계 처리로 끝내려 했던 것이다. 문제는 양호교사까지 징계를 때린 것이다. 힘 약한 양호교사가 어쩌랴 싶었던 게다. 물론 성희롱 교사도 '경고'라는 징계를 받았는데, 경고는 정확히 말하자면 징계도 아니다. 단지 인사이동 시 불이익을 받을 뿐. 아무튼 양호교사는 징계로 인하여 타지로 전출당할 위기에 처한 것이다.

교육장 면담을 신청했다. 교육장을 만나 양호교사 징계를 철회하라는 요구를 했다. 하지만 돌아온 답은 황당했다. "징계는 철회할 수 없다. 징계는 교육청 고유 권한이다." 쉽게 풀리지 않을 것 같아, 양호교사와 다시 상의했다. 너무 억울하여 이대로 그냥 주저앉지 않겠다는 의사를 전해왔다. 다시 교육청을 방문하여 시정을 요구하고 그냥 넘어가지 않겠다고 통보했다. 전교조 이름으로 교권 보호 차원에서 대응하겠다고 했다.

몇 차례 징계 철회 요구를 했으나 마이동풍이다. 그 사이 교육청에서는 비열하게도 인맥 등을 통해 양호교사를 압박하여 징계 철회 싸움을 포기하게 했다.

'선생님 제가 그냥 징계를 받아들이고 학교를 떠나렵니다.'

2차 투쟁을 준비했다.

사실을 널리 알려 여론전으로 가자. 양호교사에 대한 부당한 징계 사실을 적고 부당하고 권위적인 교육장 퇴진을 요구하는 서명지를 만들어 각 학교 행정실 팩스로 보냈다. 전교조 명의로 행정실에 교육장 퇴진 서명지가 가면 당연히 행정실에서는 교장에게 보이고 교장은 교육장에 보고할 것으로 판단한 것이다. 당연히 교육청에서는 서명을 막으라는 지시가 내려오고, 그 과정에서 관내 교사들은 양호교사 문제를 모두 알게 하기 위함이었다. 교사들에게는 별도로 전교조 조직을 통해 서명지를 보냈는데 교장들이 서명하지 말라고 한 것이 더욱 서명에 부채질하여 관내 교사 80% 정도가 퇴진 서명에 참여했다.

예나 지금이나 똑같다. 2023년 교권 침해를 견디다 못해 유명을 달리한 서이초 교사 49제에 참여하면 징계하겠다는 교육부 협박이 더 많은 교사를 분노케 하여 길거리로 나오게 했듯이… 이런 진행 과정에서 생각이 좀 트인 한 기자를 불렀다. 그동안 교육장에 대한 많은 제보가 들어왔는데 당신에게 독점으로 기사를 줄 테니 기사를 써보겠냐고 했다.

제보 하나를 소개해보면 어느 분교에 호두나무가 있는데, 마침 그 해에는 호두가 열리지 않았다. 교육장이 이를 믿지 않고 열매를 가져오지 않는다고 계속 연락을 해대더란다. 성화에 못 이겨 할 수 없이 자기 주머니를 털어 다른 데 호두를 사서 교육청으로 보냈다. 나중에 알고 보니 이 호두를 교육장 개인이 다 가져가 버렸다는 것이다. 학교 유실수는 학교재산으로 회계 처리를 해야 함에도 이를 무시하고 개인이 착복해 버린 것이다. 이순신과 거문고 사례가 떠오르는 횡포다.

이 외에도 학교방문할 때마다 권위적인 행태가 심했다고 한다. 그동안 교육장이 저지른 비리와 독선적인 행정에 대해 교사뿐 아니라 교장 선생님 제보도 있었다. 1차 기사는 양호교사 징계를 중심으로 작성하고 나머지는 이외에도 여러 의구심이 있다는 정도로 꼬리를 잘랐다. 기사가 나가자마자 여러 신문사에서 연락이 이어졌다. 기사 나머지 부분에 대한 취재를 오겠다는 것이다. 교육청에 근무하고 있는 장학사 후배를 불렀다. 여러 신문사에서 취재를 오겠다고 하니 문제가 더 커지지 않겠느냐, 교육장을 설득해 이쯤에서 끝냈으면 좋겠다고…. 하지만 답변은 오지 않았다.

취재에 응할 테니 내려오라고 한 기자와 약속을 정하고 교육청 후배에게 어느 신문사에서 취재 오기로 했다고 알려줬다. 취재하기로 한 날 기자는 오지 않았다. 아마도 교육청에서 손을 썼으리라 판단하고 수소문을 했다. 아니나 다를까 약속한 날 교육청 행정직 공무원이 모 다방에서 기자와 만나는 것이 확인됐다. 얼굴 정도는 알고 지내는 사이라 그 공무원을 조용한 장소로 불러내 이야기를 나눴다. 당신은 상사가 시켜서 했을지라도 문제가 심각해져 법정으로까지 간다면 뇌물 공여죄 공범으로 불이익을 받게 되니 다음에는 절대 이런 심부름은 하지 말라고 했다.

여러 신문사 기자들이 계속 취재를 오겠다고 하니 교육청 간부들이 다 동원되고 있었다. 그들이 나를 만나 상황을 듣고 나니, 이젠 도리어 교육청에서 제보가 들어왔다. 교육장이 지금 무얼 하려고 한다고. 이런 실랑이가 이어지는 동안 일파만파로 중앙지에까지 교육장에 관한 기사가 실리게 되었다. 교육장이 다급했던지 전국 교육장 연수 일정을 접고 내려왔다며 대화를 하자고 연락이 왔다.

관을 보아야 눈물을 흘린다는 옛말이 생각났다. 교육청으로 들어가 요구사항을 전달했다. 잘못을 인정하는 공식 발표를 하고, 관내에 근무하는 선생님들 앞으로 그동안 독선적이고 권위적으로 잘못된 행정을 했다는 문구를 담은 사과 편지를 써 보내라고 했다. 중앙지에 날 정도로 물의를 일으켰으니 최소한 그 정도 내용은 담아야 했다. 권위적이고 독선적이라는 문구를 빼달라는 것을 다른 말은 몰라도 그 문구는 안 된다고 못 박았다. 다시 실랑이가 이어졌다. 독선적이었다는 게 받아지지 않는 모양이다. 대화는 다시 단절되고, 더는 대화가 필요 없을 것 같아 마지막 수순을 밟았다.

청와대, 교육부, 국회, 전남도의회, 전남도교육청에 낼 탄원서를 작성했다. 교육청에 며칠까지 답변이 없으면 발송하겠다고 알리고 그 날짜가 되자 탄원서를 봉투에 담아 장흥우체국에서 '등기우편'으로 발송 접수를 끝냈는데, 교육장이 만나자는 연락이 다시 왔다. 발송이 끝났으니 이젠 대화가 할 이유가 없어졌다고 답변하고 전화를 끊었다. 계속 전화를 한다. 아무래도 이상하여 다음날 우체국에 가서 확인했는데, 웬걸 아직 발송되지 않고 우체국에 그대로 있었다.

우체국장을 찾아 따졌다. 어찌하여 당일 발송이 안 되고 지금까지 장흥우체국에 머물러 있는가? 우편물 취급법 위반이 아니냐고 했더니 교육장이 부탁해 발송을 보류했단다. 어이없고 황당했다. 교육장에게 전화하여 사실을 확인하고 우체국장과 두 사람을 '우편물 취급법 위반'으로 고발한다 했다. 교육청 차원을 넘어 기관장들이 불법을 저지른 사태가 일어난 것이다. 교육장 부탁(?) 하나 들어준 죄로 우체국장까지 다치게 됐다.

장흥지회 송년 모임을 하는 날(12월 22일)이라 모임 장소인 수문으로 향했다. 밤 11시가 넘은 시간, 교육청에서 오는 전화벨이 계속 울린다.

지회 간부 몇 명과 함께 교육청으로 향했다. 교육청 간부 대부분이 기다리고 있었다. 대화는 필요 없고 관내 모든 교사에게 사과문을 발송함은 물론 지금까지 행태로 보아 믿을 수 없으니 제삼자 입회하에 각서를 쓰고 각서에 서명하라고 요구했다. 교육장은 또 이말 저말 핑계를 들어 각서를 피하고자 몸부림이다. 보다 못한 교육청 간부들이 교육장에게 삿대질까지 하며 꾸짖는 웃지 못할 상황까지 벌어졌다. 결국은 다음날 아침 인근 장흥중학교 교장 입회하에 각서 3장을 작성하였다. 교육장, 교사 대표로 나, 장흥중 교장 삼자가 사인을 하여 한 장씩 나눠 가졌다.

내용은 권위적이고 독선적인 행정에 잘못을 인정하고 교육장직에서 물러나겠다는 내용을 담았다. 올해는 다 끝났으니까 물러나는 날짜는 내년 2월 말로 하고 이를 지키지 않으면 각서를 공개한다는 조건이었다.

2달 후 교육장은 완도지역으로 이동해갔다. 정말 시대에 뒤떨어지고 자질이 부족한 한 사람 관료로 인해 지역교육청이 4월부터 12월 말까지 8개월여 동안 떠들썩하게 몸살을 앓았던 사건으로 기억된다.

신용불량자

1994년 복직하고 난 이후에도 경제적인 어려움은 지속되었다. 해직 당시 받은 연금 금액은 1,300만 원이 채 안 됐는데, 갚으라고 날아온 통지서를 보니 5천만 원이다. 그것도 36개월 동안에 내라 한다.

그 돈을 내면 살림하기 벅찰 것 같아 할 수 없이 연금을 포기했다. 쉬는 날이나 방학 동안에 경제활동을 하여 신용불량자 딱지를 떼고 처음으로 신용카드를 발급받은 게 복직 8년만인 2002년이다.

내용을 모르는 사람들은 봉고차를 왜 몰고 다니는지 의아해했을 것이다. 봉고차에 짐을 싣기 위해서라고 말하기 어려워 그냥 지나치며 살았다. 그렇게 살다 보니 평생 승용차는 내 몫이 아니라고 편히 생각하며 살았다. 지금에 와서는 여러 용도로 쓰이는 화물차가 훨씬 좋다고 남들에게도 권한다. 산에 들어가 폐가나 빈집을 얻어 살았던 것도, 경제적으로 방을 얻거나 하숙할 비용을 지출하지 않으려 한 이유가 제일 컸다. 지나놓고 보니 한푼이라도 아끼고 검소하게 생활하는 좋은 습관을 얻었고 당시에도 산을 좋아했다. 산 생활이 문제되지는 않았다. 도리어 젊은 시절부터 산으로 들어가 살아야겠다는 꿈이 일찍 시작되었으니 결과적으로 보면 더 잘된 일이었다.

세상 사는 이치다. '얻는 게 있으면 잃는 것도 있다.'

연금을 포기하면서 퇴직 후 삶의 설계를 남보다 먼저 시작한 것도 같은 이치인 것 같다.

동산여중 수생식물 탐사동아리

복직 이후 학교와 지역 활동에 중심을 두고 살았는데 2003년 전남지부 수석부지부장을 맡게 되었다. 전남지부 사무실이 순천에 있었다. 할 수 없이 순천으로 학교를 옮겨야 했다. 시골 학교 근무를 하겠다는 나름대로 원칙을 잠시 내려놓은 것이다. 교직에 들어와 처음으로 시내 소재 학교 근무를 하게 되었는데, 전남지부 사무실과 가까운 순천동산여자중학교다.

당시에 학교 담장 허물기 사업이 한창 진행 중이었다. 동산여자중학교도 다른 학교와 같이 담장 허물기를 했다. 그동안 담장에 가려져 감춰져 있던 쓰레기장도 노출을 피할 수 없게 되었다. 그 공간을 어떻게 할 것인가, 교장과 행정실장이 고민하는 것을 듣고 내가 그 공간을 교육적으로 활용할 수 있게 하겠다고 나섰다.

수생식물에 관심이 있어 습지를 열심히 찾아다니던 때라 학교에 습지를 만들어 수생식물 생태와 환경(수생식물의 물 정화 능력) 교육을 하고 싶어서였다. 담장 허무는 일을 하는 중장비를 반나절 이용해 구덩이를 150cm를 파고 두꺼운 하우스용 비닐을 이용해 방수 처리하고 다시 흙을 50cm를 덮었다. 구덩이 주변은 주변 카센터에서 얻어온 폐타이어로 축대를 쌓아 폭 5m, 길이 13m 웅덩이를 만들었다. 모내기철이어서 벼를 심었다. 벼는 대표적인 수생식물이고 땅의 토질을 부드럽게 바꾸는 역할을 한다.

학교동아리가 아닌 순수한 자율 동아리로 희망하는 11명 학생과 '수생식물 탐사동아리'를 만들었다.

보통 연못을 만들 때 돌로 축대를 쌓는데, 이는 수변 식물이나 물고기, 곤충들이 살아가는데 적합한 환경이 되지 못한다. 바닥이나 물가에 흙이 있어야 수생식물과 수변 식물들이 자리를 잡고, 이 수변 식물들은 물고기와 곤충들의 서식처가 되어 연못에 다양한 생명이 모여들게 된다. 수변 식물들이 자라고 다양한 생명체들이 들어오고

번식을 하게 되면 자연적으로 자연 순환 작용이 일어나 물이 썩지 않는 쾌적한 환경을 만든다. 이런 조건이 만들어지지 않으면 정기적으로 물을 교체하는 관리를 해야 한다.

이 자율적인 '수생식물 탐사동아리'는 내가 동산여중을 떠날 때까지 계속했다. 어느 정도 주변이 정리되면서 학교 곳곳에 널려있던 벤치를 옮겨와 야외 교실을 만들어 여러 교과 수업도 둠벙에서 이뤄졌다. 예전에 들이나 야산 등에 자연적으로 물이 솟구치는 웅덩이들이 있었는데, 남도에서는 이를 둠벙이라 불렀다.

주말을 이용해 도시락을 싸 들고 습지 여기저기 탐방도 하면서 자생식물들을 수집해 학교로 옮겨 오기도 했다. 수생식물이 교육적으로 좋은 점이 많이 있는데, 식물들이 번식하는 과정을 한눈에 볼 수 있는 것이다. 육상 식물들은 뿌리가 땅속에 묻혀 있어 볼 수 없지만, 수생 식물들은 그 변화를 한눈에 볼 수 있어서 말로 따로 설명할 필요도 없다. 자연 못이 만들어지면 곤충들이 들어오고 아침이면 새들이 방문한다. 수변 식물들이 자리를 잡으면 곤충이나 물고기들이 이 수변 식물 주변에 산란한다.

곤충들이 유충에서 성충으로 자라고 허물을 벗고 날아오르는 생명의 신비들을 직접 눈으로 볼 수 있으니 생명 존중 교육을 따로 할 필요가 없다. 또 한편으로 대부분 수생식물 꽃들은 아침 햇빛을 보면서 개화를 시작하기 때문에 영상에서나 보는 꽃봉오리가 열리는 광경을 보는 감동도 맛볼 수 있다.

식물들을 다양하게 들여놓으면 겨울을 제외한 3계절 내내 꽃 감상을 할 수 있는 이점도 있다. 생명의 순환 고리가 놀라운 것은 도심에 있는 학교인데 개체 수가 적어져 보호종으로 분류되는 '알락하늘소'가 관찰되기도 했다. 신기하고, 이해가 되지 않아 전문가에게 물어봤더니 자기도 잘 모르겠단다.

아마도 곤충들이 이동하는 징검다리 역할을 하는 것으로 보인다고 했다. 하루는 교장 선생이 불러 가봤더니 한 학생의 일기장을 나에게 내밀고 읽어 보란다. 당시에 학교는 일기 쓰는 것을 장려하고 전시도 했다. 일기 내용은 대략 이런 것이었다.

아침에 집을 나서면서 엄마와 심히 다투어 학교에 와서도 교실에 들어가기 싫어 남의 눈에 잘 안 띄는 둠벙으로 가, 눈을 감고 벤치에 앉아있었는데, 귓가에 새들이 지저귀는 소리가 들리더라는 것이다. 그것도 한두 마리가 아닌 수십 마리가 부르는 노래는 마치 천국에 온 것처럼 황홀하여 집에서 다투고 나온 나쁜 생각이 사라져서 즐거운 마음으로 교실에 들어오게 됐다는 그런 내용이었는데, 교장 선생은 그 일기에 감동한 것이다.

교육부 지정 과학시범학교 발표에서 수생식물 탐사동아리 자료를 소개했다. 보기 드문 자료여서였던지 반응이 매우 좋았다. 몇 지역청에서는 선진지 시찰을 오기도 했고 전남교육청에서는 수생식물 컨설팅자로 나를 지명해서 이후 생태연못 만드는 학교 여러 곳에 다니면서 컨설팅을 했다. 연말에는 과학교사들을 대상으로 수생식물 생태 발표도 하는 등 의도하지 않게 수생식물 전문가(?)가 되었다.

동산여중 근무는 학교와 전교조 사무실을 오가며 바삐 돌아갔지만, 전교조 간부로 일한다고 학교에서 배려해주었다. 수업 외에는 다른 업무를 주지 않아 수업시간만 충실히 하면 되었다. 여학생 특성상 신체활동에 소극적이라 신체 지능*을 이용한 수업을 개발하여 체육과 후배 선생과 협업 수업을 많이 했다. 경력이 짧은 젊은 후배 교사인데 내가 하는 수업에 관심이 많아 배우고 싶다 해서 수업 시간표를 조절하여 두 교사가 한 반 수업을 같이했다.

주로 내가 수업을 주도하고 후배 선생은 보조하면서 수업의 효율도 높이고 수업 후에는 평가와 토론도 하여 학생들은 알찬 수업을 하고 교사는 서로에게 도움이 되는 방식의 수업이다.

또 학교 축제 때는 대형 걸개그림(가로 8m, 세로 5m)을 학생들과 합작으로 제작하여 축제 무대를 꾸몄다. 이 걸개그림은 반응이 너무 좋아 다른 학교 축제에 사용되기도 했고, 좀 더 적극적인 학교에서는 아예 제작을 의뢰해 오기도 했다. 여름방학에는 순천 동천 변 벽화 작업에 4년 동안 참여하여 흔적(?)을 남기기도 했다.

동산지(둠벙) 이야기**

나는 태어난 지 1년 7개월 된 순천동산여자중학교 운동장 한구석에 자리 잡은 '동산 둠벙'입니다. 또 작년 1학년 학생들이 지어준 '동산지'라

---

*신체 지능이란 용어가 생소할 것 같아 조금 부언하자면 신체도 머리와 같이 지능이 있다는 이론이다. 이를 최대한 활용하면 운동 능력이 부족한 학생들도 신체활동을 적극적으로 재미있게 하게 된다. 다중지능 이론에 근거 찾아낸 수업 방식이다.
**동아리 활동 2년을 마치면서 학생들이 관찰한 내용을 이야기로 만들었던 글.

고 불리기도 하지요, 2004년 5월이 끝날 무렵에 학교 운동장 남쪽 테니스장 옆 빈터에 구덩이가 파지면서 세상에 나왔답니다. 내가 태어나는 과정을 잠시 소개하자면 길게는 13m, 폭 5m 구덩이를 파고 그곳에 물을 담은 다음 6월 8일 벼 친구가 제일 먼저 들어와 자리를 잡으면서 모습을 갖추기 시작하였습니다. 벼를 심은 이유는 벼는 적응을 잘하고 한편으로는 땅을 기름지게 바꿔 다른 생명들에 살기 좋은 터전을 마련해주기 때문이랍니다.

여하튼 도시 학교라 다른 생명들이 모여드는 것이 쉽지 않으리라 생각했는데 걱정과는 달리 6월 23일 비가 온 뒤 어디서 왔는지 소금쟁이 친구들이 몇 마리가 처음 나타나고 부레옥잠, 물배추, 파피루스, 애기파피루스(물한나), 물채송화, 수련, 물신경초, 마름, 어리연 등의 식구들이 둠벙에 자리를 잡으면서 그 수가 급격히 불기 시작하였고 뒤따라 여러 유충이 나타났답니다. 그런데 이 소금쟁이 친구들은 물에서 살면서도 물속에 발을 담그지 않고 물 위를 미끄러지듯 아주 멋지게 걸어 다니기 때문에 처음에는 '물 위의 신사'라는 이름으로 불러주기도 하였습니다. 모기나 하루살이, 잠자리 유충에서부터 물방개, 송장헤엄벌레 등 곤충 친구들도 앞다투어 둠벙 식구가 되었고 물배추에게 놀러 왔던 물거미 친구도 아예 거미줄을 치고 눌러앉았습니다. 아마도 살기 좋은 곳이라 돌아갈 생각이 없어져 버렸던가 봅니다.

7월 초 장마 기간이 지나면서 물방개 친구들도 많이 모여들어, 곳곳에서 자맥질 실력을 뽐내면서 주변의 시선을 끌었답니다. 친구들이 많아지니 둠벙 식구들은 신이 막 났습니다. 부지런히 가지와 뿌리를 늘려 식구 수를 늘려가고 한편으로는 예쁜 꽃들을 선보이기 위해 부지런히 애를 쓴 결과 여름이 되면서 하나둘 여러 색의 크고 작은 꽃들을 피우기 시작했는데, 둠벙 식구 중에 제일 먼저 꽃을 피운 친구는 7월 6일 연보라빛 예쁜 꽃을 선보인 부레옥잠 친구였습니다. 그런데 부레옥잠이 예쁜 꽃을 피워 둠벙의 모든 식구가 축하하는 분위기에 찬물을 끼얹은 사건이 발생했습니다. 소금쟁이 식구들 숫자가 많아진 탓인지 물에 빠진 벌 한 마리를 서로 먹으려 싸움이 벌어진 것입니다.

처음 꽃을 피우고 3일 뒤인 7월 9일 부레옥잠 친구가 또다시 보라색 예쁜 꽃을 피운 덕으로 그 사건이 더 크게 확대되지는 않았지만, 소금쟁이들은 다른 식구들에게 눈총을 받게 되었지요. 그렇지만 소금쟁이 친구들은 그 뒤로도 무엇이든 물에서 움직이는 것이 있으면 몰려들어 먹을 수 없는 것인가 살핍니다. 잠자리나 나방이 물에 빠지면 소금쟁이들의 잔치가 벌어집니다. 한번은 허물은 겨우 벗었지만 날개짓이 어려웠던 매미 한 마리가 날아오르지 못하고 물에 빠진 사고가 났습니다.

아직 죽지 않은 채 버둥거리는 매미에게 성미 급한 소금쟁이들이 몰려들어 먹이활동을 시작했습니다. 매미라 덩치가 크기 때문에 모여든 숫자도 많아 더욱 시끄러울 수밖에 없었지요. 보다 못한 둠벙 식구들이 너무 잔인하다고 눈살을 찌푸리게 되고 결국은 큰 다툼이 벌어졌습니다. 마지막에 소금쟁이 대장이 나서서 "누군가는 시체를 처리해야 할 것인데 누가 할 것인가?" "우리만큼 깨끗이 치울 수 있는 사람 있으면 나와 봐라." "우리가 있어서 둠벙이 이만큼 깨끗하게 유지되지 않는가?"고 말했습니다. 일리 있는 말이기도 하고 누군들 시체를 치우기는 싫어서 아무도 대꾸를 하지 못했습니다.

그 뒤로는 소금쟁이들 잔치에 아무도 참견하지 않게 되었고 자연스럽게 소금쟁이들에게 둠벙 청소부 역할이 맡겨졌습니다. 7월 들어 최초의 꽃을 피우기 시작한 부레옥잠 친구는 그 이후로도 10월 말까지 4달 동안 꾸준히 꽃을 피워 둠벙에서 제일 부지런하다는 칭찬을 받았습니다.

7월 15일 못의 여왕이라는 수련이 잦은 장맛비로 물이 흙탕물이었는데도 연분홍색 옷으로 봉오리를 활짝 열었고, 또 매미 친구는 애기파피루스(물한나) 줄기에 허물을 벗어 놓고 언제 빠져나갔는지 모르게 둠벙을 떠나갔습니다.

7월 28일에는 노랑어리연이 꽃 지름 3cm 정도의 조그맣고 귀여운 모양의 노란색 꽃으로 둠벙에 수를 놓았습니다. 그런데 이 노랑어리연은 꽃 모양이 마치 호박꽃을 닮아 '작은 호박꽃'이라는 별명을 친구들이 붙여줬습니다. 7월이 지나가면서 물한나와 파피루스 키도 훌쩍 커지고 생이가래, 물배추 등 부유식물도 잔뜩 번식하여 둠벙에 다른 식구들을 불편하게 만들었습니다.

8월에 접어들면서 수련 등 많은 꽃이 피고 졌고 벼도 이삭이 패어 알곡을 담기 시작합니다. 7월부터 잠자리 친구들이 하나둘 놀러 오기 시작했는데 좋은 곳이라 소문이 퍼졌는지 여름이 깊어갈수록 그 수가 많이 늘어 날갯짓을 쉬고 있는 잠자리 친구들을 많이 볼 수 있게 되었습니다. 근데 이 친구들 속셈이 놀러만 온 것이 아니라 가을에 보니까 짝짓기를 하고 알을 낳기 위한 장소를 물색하러 왔던 것 같습니다. 가을에 다시 찾아와 온통 짝짓기 '쇼'를 벌리고 사방 풀섶에 알을 매달았으니까요.

또 한편으로 송장헤엄벌레들이 둠벙의 새 식구가 된 것도 빼놓을 수 없겠군요. 송장헤엄벌레는 물 위에 있을 때는 마치 죽어있는 것처럼 가만히 누워있다 위험이 닥치거나 먹이가 물에 빠지면 재빠르게 달려가는 약

삭빠른 친구들이지요, 그래서 사람들이 이름을 송장헤엄벌레라고 지어 준 것이랍니다.

8월 하순에 접어들면서 생이가래나 개구리밥 등 물 위를 떠다니는 부유 식물들이 온통 수면을 다 덮어 버리다시피 했는데 그 비좁은 사이로 물채송화 친구는 머리를 내밀어 자리를 차지하느라 애쓰는 모습도 보였습니다.

둠벙에 좀 싱거운 친구가 있어서 그 친구 이야기를 잠시 하고 넘어갈까 합니다. 키가 50cm 정도로 둠벙에서 제일 키가 크다고 할 수 있는 이 친구 이름은 '물한나'라고 하는데 이 친구는 줄기 끝에 밤송이 같은 머리를 가지고 있는 조금은 이상한 모습입니다. 어느 날 보니까 그 밤송이 머리가 물 위로 넘어져 있었습니다. 모두 머리가 무거워 넘어진 줄 알고 안타까워했는데, 그런데 이 친구 전혀 그 밤송이 머리를 일으키려 하지 않고 그대로 있는 것입니다. 왜 그런지 아는 사람이 아무도 없었는데 며칠 지나지 않아 그 궁금증이 풀렸습니다. 넘어진 그 밤송이 머리에서 뿌리가 생기고 새순이 나오는 것이었습니다. 전혀 뜻밖의 상황이라 모두 그 기막힌 번식 방법에 감탄했답니다. 아마도 물한나 친구가 오랫동안 연구한 방법이겠지요?

8월 마지막 날에는 식구가 많이 불어나 불편을 겪었던 부레옥잠, 물배추, 생이가래, 개구리밥 등의 일부 식구를 다른 데로 이사 보내는 일을 했습니다. 30여 식구들이 떠났는데, 일부는 선생님들 집과 교실로 나머지는 둠벙 식구들에 관심 있는 학생들 집으로 떠났답니다. 친구들을 떠나보내느라 며칠간 어수선했던 둠벙이 다시 안정을 찾은 것은 부레옥잠 친구들이 꽃대를 부지런히 터뜨려 분위기를 밝게 바꾸도록 노력한 덕일 것입니다.

　하루에 7~8개의 꽃대를 여기저기서 피워내니 분위기가 밝아질 수밖에 없지 않겠어요? 노랑어리연도 이에 질세라 열심히 피워 댔고요. 9월로 달이 바뀌고 두 번째 날에는 물양귀비가 꽃을 피웠습니다. 모두 귀한 꽃이 피었다고 아낌없는 박수를 보냈답니다. 그도 그럴 것이, 다른 친구들은 식구들이 여럿인데 유일하게 물양귀비는 혼자 살고 있었기 때문에 꽃을 피우기 전까지만 하더라도 물양귀비 친구가 곁에 있는지조차도 잘 모를 정도로 관심을 가지지 못해서 더 많은 격려를 해준 것입니다.

　꽃 지름이 5cm 정도로 그리 크지는 않지만 연한 노랑 꽃 색이 너무 맑고 아름다워 모두 물양귀비를 좋아하게 되었고 물양귀비도 그간의 외로움을 덜고 이웃과 가까이 지내는 계기가 되었답니다. 꽃 한 송이 위력이 매우 크죠?

　가을이 눈앞에 다가오면서 모두 옷 색을 진한 초록빛으로 바꿔 입었습니다. 겨울준비를 서서히 시작하는 것인데 꽃을 피웠던 친구들은 내년 봄에 쓰일 씨앗을 만들거나 새 줄기를 또 뻗어 더 많은 식구를 늘려 갑니다. 꽃을 피우지 않는 친구들도 겨울준비를 게을리하는 것은 아닙니다. 오히려 꽃대를 만드는 힘을 아껴서 줄기 수를 늘리느라 더 힘을 쏟고 키를 키우는 것이 내년 봄을 준비하는데 더 좋은 방법이라 생각하는 것 같습니다.

　9월 13일 그동안 조용히 마름모꼴 잎을 다이아몬드 모양으로 수를 놓았던 마름도 아주 작은 1cm 정도의 하얀 꽃을 피웠는데 너무 작아 다른 식구들이 잘 모르고 지나갔습니다. 10월 1일 여름이 다 지나고 가을을 맞는 첫날이라 둠벙의 몇 친구들이 제안하여 조그만 무대를 마련하였습니다. 여름내 꽃을 피웠던 식구들을 대표해서 노랑어리연이 8월부터 나름대로 꾸준히 연습해왔던 꽃을 피우는 요령을 선보이는 자리를 마련한 것입니다.

오전 9시 아침 햇살 속에 선명한 노랑 빛 꽃대를 해를 향해 들어 올리는 것으로 막이 올랐습니다. 짙은 노란색은 꽃 크기가 작아 모두의 눈에 잘 띄게 하려는 노랑어리연의 깊은 배려입니다. 그런데 자세히 보니 다른 꽃들과 조금 다른 점이 있습니다. 대부분 다른 꽃들은 꽃잎 여러 개가 겹쳐있는 모양인데 노랑어리연은 잎이 따로 보이지 않고 봉오리 한 개만 달랑 보이는 것입니다. 모두 모양이 조금 다르다고 지켜보는데 꽃대에서 '펑'하는 풍선 터지는 소리가 들렸습니다. 다른 꽃들처럼 잎을 하나하나 열려면 시간이 걸리고 힘이 든다고 생각하여 그 순서를 생략하고 아예 잎 4장을 통째로 붙여 놨다가 한순간에 꽃대를 열어버린 것입니다. 노랑어리연의 아이디어로 꽃대가 열린 시간은 불과 5분을 조금 넘겼을 뿐입니다.

모두 탄성을 지르며 큰 박수를 보냈습니다. 호박꽃이라 놀려대던 친구들도 아낌없는 박수를 보내줬답니다. 대부분 다른 식구들은 꽃을 여는 데 걸리는 시간이 1시간 정도나 그 이상인데 노랑어리연은 그 상식을 뛰어넘었기에 모두 감탄한 것입니다. 꽃대가 작은 불리한 점을 도리어 유리하게 이용하여 꽃대를 여는 시간을 단축한 노랑어리연의 가을맞이 쇼는 시간은 짧았지만 성공리에 끝이 났답니다.

9월 하순에 접어들면서 둠벙 식구들은 물론 둠벙 주변에 이사 온 친구들도 겨울을 준비하느라 모두 열심입니다. 빨강 고추잠자리는 짝짓기하여 물가 수초에 알을 낳느라 분주하고, 애기파피루스(물한나)도 부지런히 밤송이 머리를 넘어뜨려 새 줄기를 만들고, 뿌리는 뿌리대로 물속에서 뿌리줄기를 뻗어냈습니다. 수련 친구도 밤색 잎을 늘리고, 마름은 잎색이 붉게 변해갔습니다.

10월 4일, 이제까지 꽃 피우기를 포기한 듯이 보였던 물신경초에 꽃망울이 생겼습니다. 10월 들어서 늦게 꽃을 피우는 것은 그동안 많은 괴롭힘을 당해서인지 모릅니다. 물신경초는 부끄럼을 많이 타서 누가 조금만 건들면 잎을 잔뜩 웅크려 버립니다. 그 웅크리는 모습이 재미있어서 많은 이들이 수시로 찾아와 신경초를 건들어 편히 지내지 못하게 했었습니다. 그로 인해 이제야 꽃을 피우려나 봅니다.

신경초와 가까이 지내는 황토색 방아개비 친구가 늦은 꽃대를 축하하러 방문하고 이틀이 지나고, 10월 6일 꽃잎 일부는 반원 모양으로 꽃술을 받치고 일부는 꽃대와 함께 서 있는 모양의 멋진 꽃을 피웠습니다. 하늘에서는 빨간 고추잠자리들이 무리를 지어 축하 비행을 해주고 따사로운 가을 햇살과 주변에서는 새 친구들의 합창 소리까지 어우러진 멋진 날이 되었지요.

10월 7일에는 고추잠자리 친구 2마리가 번식을 끝마치고 둠벙에서 생을 마감하는 것을 지켜보았습니다. 둠벙 식구들은 낳아 놓은 알들을 잘 돌보아서 내년 봄에는 더 많은 수의 잠자리 식구들이 힘차게 날 수 있도록 하겠다고 마음속으로 약속했답니다. 10월 10일 신경초 꽃들이 피고 또 다른 꽃대가 3개나 더 보입니다. 새 꽃 피우기를 축하해주러 이번에는 방아개비 일가족이 찾아와 주었고 예쁜 붉은색 옷을 입은 무당벌레도 파피루스 잎 대에 앉아 이를 지켜봐 주었습니다. 이후 물신경초 친구는 부레옥잠과 함께 11월 초순, 겨울이 코앞에 닥칠 때까지 줄기차게 꽃을 피워 다른 친구들이 꽃을 피울 때 함께 못했던 아쉬움을 달랬답니다. 출발은 좀 늦었지만, 마지막까지 최선을 다한 아름다운 둠벙 식구라 할 수 있겠지요?

10월 11일 둠벙에 또 새 식구가 나타났습니다. 다슬기 친구인데 1cm도 채 안 되는 작은 몸집이라 아직 보살핌이 필요한 어린 친구로 보여 모두 따뜻하게 맞아주고 햇빛이 잘 드는 동편 입구 쪽에 살 터를 마련해주었습니다.

10월 14일 가을 날씨 탓인지 파피루스 아래 가지가 노랗게 변해갑니다. 꽃을 피운 뒤부터 성격이 활발해진 물신경초는 줄기를 마구 뻗어 어떤 줄기는 못 밖으로까지 나갈 것처럼 보입니다. 줄기 속이 비어있어서 다른 친구들보다 몸이 가벼운 덕이겠지요? 10월 21일 맑은 하늘과 따사로운 햇살 속에 빨강 고추잠자리들은 짝짓기를 하고 둠벙 곳곳에 알을 낳기 위해 꽁지 담그기를 열심히 하는데 베짱이도 따라와서 이를 신기한 듯 지켜보고 있습니다. 암수 두 마리가 꼬리를 물고 위, 아래로 붙어 나르며 꽁지를 담그는 모습이 마치 서커스 곡예를 보는 것 같아 베짱이 친구가 넋을 빼고 구경할 만하지요.

10월 22일 전형적인 가을 날씨로 햇볕은 따사롭고 주변은 조용하고 모두가 평화로운 그런 날입니다. 파피루스 대에 앉아 가을볕을 즐기고 있는 노린재라는 곤충 친구도 눈에 띄고, 애기파피루스(물한나) 대에 언제 떠났는지 모를 유충의 허물도 보이고, 벼도 머릴 다소곳이 숙인 채 졸고 있습니다. 10월 하순이 되면서 이별할 날이 얼마 안 남은 곤충 친구들이 둠벙 식구들을 자주 찾습니다. 부레옥잠 잎에 앉은 좀 잠자리, 짝짓기를 끝내고 생명을 다한 잠자리들의 몸부림을 지켜보는 장구애비 친구도 있고, 물배추 잎 사이에 별로 환영을 못 받는 거미, 파리와 하루살이 친구들도 보입니다.

10월 26일 부레옥잠 잎 사이로 꽃 지름이 0.5cm 정도밖에 안 되는 아주 작은 노랑꽃이 나왔습니다. 너무 늦고 작은 꽃이라 처음에는 꽃이라고 믿기지 않았는데 자세히 보니 통발 친구 꽃입니다. 보통은 여름에 피는데 조금 늦은 것 같습니다. 성미 급한 개구리밥 친구는 벌써 겨울옷으로 바꿔 입었습니다. 푸른 옷을 입던 모습에서 붉은색으로 차려입으니 조금 눈에 익숙하지 않습니다.

11월에 들어서면서 다른 친구들이 뒤따라 옷을 바꿔 입습니다. 파피루스, 물개구리밥, 노랑어리연 친구들입니다. 하지만 그와는 반대로 아직도 열심히 생명 활동을 계속하고 있는 친구들도 있습니다.

11월 8일 살핀 것으로 보면 아직도 꽃을 피우고 있는 부레옥잠, 새순이 나오는 물신경초, 물채송화의 새 줄기, 뿌리줄기를 키우고 있는 애기파피루스(물한나) 등이 그들입니다.

11월 중순, 겨울이 시작되면서 추위를 많이 타는 물양귀비, 부레옥잠, 물배추, 파피루스, 애기파피루스(물한나) 일부는 옹기 등의 그릇에 담겨 학교 교무실로 옮겨갔습니다. 그들은 고향이 따뜻한 열대지방이어서 이곳 겨울 추위를 이기기 어렵기 때문입니다. 내년 봄에 다시 만나자는 약속을 남기고서 짧은 이별을 한 것입니다.

기온이 급감했다가 조금은 따뜻해지는 날씨가 반복되면서 둠벙의 분위기는 더욱 썰렁해져 갑니다. 남은 식구들도 하나둘 추위를 이기기 위해 나름대로 변신을 시작합니다. 마름과 개구리밥, 생이가래 등의 물 위에서 사는 부유식물 식구들은 포자 등에 씨를 담고 물속으로 가라앉았습니다. 포자에 씨앗을 담고 가라앉는 이유는 씨앗이 얼지 않도록 보호하려는 배려이고 물속으로 들어가는 것은 추위가 왔을 때 물 표면은 얼어도 물속은 좀처럼 영하의 기온으로 내려가지 않다는 것을 경험을 통해 알고 있기에 그런 방법을 선택하는 것이랍니다.

어리연 식구들은 아예 잎과 줄기를 버리고 뿌리만 가지고 땅 속으로 숨어버렸고 가장 추위에 약한 물배추는 안타깝게도 잎 등이 녹아 흔적조차 없어져 버렸습니다. 따뜻한 곳에서 자란 탓인지 추위를 피하는 방법을 전혀 모른 채 물 위에서 추위를 맞았으니 가장 피해가 심할 수밖에 없었던 것입니다. 끝까지 추위를 이겨보려 했던 부레옥잠도 결국은 형태만 남기고 검은색으로 변해버렸고 수련 잎들도 노란색으로 변했다가 점점 흙색으로 변하더니 어느 날에는 그조차 떨어져 버렸습니다.

물한나와 파피루스는 노란색으로 변한 줄기 등을 그대로 남기고 생명을 마쳤습니다. 1월에 접어들어서니 둠벙 식구들의 움직이는 모습은 볼 수가 없고 추운 겨울바람과 얼음으로 덮인 삭막한 모습으로 변해버렸습니다. 가끔 붕어, 금붕어 식구들만 햇볕이 따뜻한 날이면 물가를 배회하면서 봄이 오기를 기다리는 모습입니다.

긴 겨울을 지내고 3월, 부슬부슬 봄비가 내리고 날씨가 풀려가니 둠벙 식구들이 겨울잠에서 하나둘 깨어나기 시작합니다. 붉은색을 띤 새 잎들이 하나둘 올라오고 그 잎들이 차츰 푸른색으로 변해갈 즈음 물채송화 친구도 가늘고 연약하게 보이는 새잎을 물 위로 내보내 잠에서 깨어났음을 알려옵니다. 붕어 식구들도 움직임이 훨씬 활발해지고, 3월 하순에 접어들면서 흰어리연, 노랑어리연 등이 깨어나고 소금쟁이, 장구애비, 아직 어려 누군가도 구별되지 않는 유충들까지 둠벙 식구들이 봄을

준비하느라 열심인 4월 9일 백련 친구가 제일 먼저 꽃대를 열어 봄맞이 축하 쇼를 열었습니다. 밝은 봄 햇살에 순백의 하얀 꽃망울이 열릴 때의 아름다움은 다 말로 표현할 수 없을 정도로 눈이 부셨습니다. 모두 겨울을 넘기느라 힘들었던 피로를 한순간에 다 날려버린 듯 힘찬 박수를 보냈습니다.

백련 친구 쇼가 지나서야 마름, 물수세미, 남개연, 붕어마름, 개구리밥, 생이가래 등도 조금 늦었지만, 겨울잠에서 깨어났습니다. 5월 3일 금붕어와 민물 붕어 친구들이 몇 마리씩 짝을 지어 몸 비비기를 하더니 뒤이어 산란을 시작하였습니다. 둠벙에 새 식구들이 부쩍 늘어나는 경사스러운 날이라 수련 친구들도 덩달아 신이 나서 여기저기에서 꽃대를 열었습니다. 아침 해가 비치는 8:00시 꽃대를 열기 시작하여 10:30분 활짝 피었습니다. 멀리서 구경 온 검은색 잠자리도 함께했습니다.

5월 9일 또 한 생명이 둠벙에서 깨어나는 날이었습니다. 말잠자리 친구가 지난겨울 동안 힘들었던 유충 생활을 마감하고 허물을 벗어 던지고 물 밖 넓은 세상으로 날아오르게 된 날이기 때문이지요. 해 뜨는 시간에 맞춰 조심스럽게 물 밖으로 기어올라 허물을 벗고 따뜻한 햇볕에 날개를 말린 뒤, 한낮에 드디어 하늘로 날아올랐습니다. 옆에는 어디서 소식을 듣고 달려왔는지 좀잠자리 친구가 격려를 해주고 친구를 떠나보내는 게 아쉬운 대사리도 물을 먹으러 찾아왔던 새 친구도 하늘에서 함께 했습니다.

5월 16일 올해 처음 노랑어리연 친구가 꽃대를 엽니다. 성미가 급한 노랑어리연 몇 송이는 30분도 안 되는 짧은 시간에 꽃대를 활짝 열어 따스한 볕을 만끽합니다.

5월 18일 간밤에 비가 내려 물이 흙탕으로 변했지만, 백련과 홍련, 노랑어리연 등이 활짝 열려 둠벙 분위기를 살립니다. 그 옆에서는 송장헤엄벌레가 멋진 폼으로 헤엄을 치고, 20일쯤 전에 알로 세상에 나왔던 1cm 정도 크기의 애기 붕어들이 아직 속살이 훤히 보이는 체로 헤엄을 치기 시작하고 말잠자리도 물에 꼬리 담그기를 합니다. 자세히 보지 않으면 찾기 어려운 실잠자리들도 놀러 왔습니다.

5월 27일 남개연이 꽃대를 열었습니다. 목을 길게 뽑고 둥근 항아리 모양의 노랑꽃 잎 속에 붉은색 꽃술을 담았습니다. 뒤늦게 생이가래 새순이 여기저기에서 보입니다. 생이가래 친구는 워낙 번식력이 좋아서 늦었지만 둠벙 한쪽을 가득 메울 것입니다.

5월 31일 여러 유충 허물이 곳곳에서 눈에 띕니다. 곧 여름이 다가오니 부지런히 허물을 벗고 하늘로 날아오르는 것입니다. 힘들게 허물 벗으려는 말잠자리 유충 곁에 빨간 옷으로 곱게 차려입은 실잠자리 친구가 무당벌레와 함께 힘내라고 열심히 응원합니다. 몸집이 커진 대사리 친구도 껍데기를 벗습니다. 드디어 허물을 벗은 말잠자리가 허물 곁에서 날개 말리기에 여념이 없습니다. 언제 왔는지 푸른색 실잠자리와 송장헤엄벌레도 이를 지켜봅니다. 항상 조용한 가래도 잎이 무성히 자랐다.

6월 23일 함평농업기술센터에서 이사 온 로즈에리, 파이어오팔 친구들도 빨갛고 노란 꽃대를 열었습니다. 새 친구들의 꽃 피우는 것을 축하하며 좀잠자리, 무당벌레, 참새 친구들이 함께 해주었습니다. 수련 친구들도 꽃대를 같이 열었고 통발도 작은 노랑꽃을 피웠습니다. 드샌 비에 통발과 노랑어리연, 물양귀비 꽃들이 다 넘어져 버리고 나방 친구도 물에 빠져 버렸지만 잠시 비가 그친 사이로 유충들은 허물을 벗으러 식물대를 타고 오릅니다.

7월에 접어들어 기온이 오르니까 둠벙 식구들이 더욱 바빠졌습니다. 부레옥잠은 줄기를 이용하여 삼각형 모양으로 열심히 번식하고, 무레 친구도 계속 꽃 지름이 10cm 정도의 꽃대를 열고 있습니다. 붕어마름도 조심스레 꽃대를 열고 마름도 조그맣고 귀여운 1cm 정도의 하얀 꽃을 피웁니다.

어린 고추잠자리, 노랑나비, 장수하늘소, 벌, 좀잠자리, 고추잠자리, 긴다리거미 등이 찾아오고 실잠자리는 놀러 온 친구와 짝짓기까지 합니다. 그런데 이 친구들의 짝짓는 모양이 하트 모양이랍니다. 사람뿐만 아니라 곤충들도 사랑 표현 방식이 사람과 비슷한가 보죠?

8월 1일 노랑어리연이 잔뜩 핀 사이로 흰어리연 꽃대가 보입니다. 흰어리연은 노랑어리연보다 꽃 지름이 2cm 정도 더 크고 꽃 끝에 잔털이 솟아있어 그 모양이 특이한 개성을 가지고 있습니다. 8월에 접어들면서 올해 산란한 5cm 크기의 애기 붕어들과 함께 어미 붕어들이 자주 눈에 띄는 것이 먹이활동 연습을 시키고 있는 건지 모릅니다. 여름 한가운데 들어선 둠벙은 온통 꽃으로 뒤덮여 100여 송이의 꽃이 피어나 보는 이들의 감탄을 자아내게 합니다. 매미와 방아깨비 친구들이 찾아와 구경합니다.

8월 말~9월에 접어들면서 변한 게 또 하나가 있는데 여름방학 전에는 꽃도 많이 피지 않았고 둠벙 소문이 별로 나지 않아 학생들의 발길이 뜸했었는데 여러 예쁜 꽃이 많이 피고 수생식물 식구를 분양받아간 학생들의 입소문이 퍼지면서 둠벙을 찾는 학생들 수가 부쩍 늘었습니다. 야외수업이나 학생들의 미팅 장소가 되기도 하지요. 둠벙 주변에는 이름

모를 풀들도 함께 꽃을 피웁니다. 또 하늘을 나는 친구들도 실잠자리가 제일 먼저 찾아오더니만 나비, 메뚜기, 여치, 방아개비, 사마귀, 무당벌레, 노린재, 말잠자리, 고추잠자리 등도 수시로 찾아와 둠벙 식구들의 이웃이 되었답니다. 수생식물들이 물을 맑게 해주고 또 먹이를 만들어 준 탓이겠지요? 내가 만들어지면서 가장 많은 혜택을 누리는 친구들은 근처에 사는 새들이라 생각하는데 멀리 가지 않고도 물을 마실 수 있고 먹이(하루살이나 작은 곤충)들을 쉽게 만날 수 있기 때문이랍니다.

아침나절 해 뜨는 시간에 맞춰서 수십 마리나 되는 참새, 비둘기, 까치 등등의 많은 새 친구들이 몰려들어 노래를 부르기도 하고 물을 마시고 먹이활동을 합니다. 노래 몇 곡 불러주고 많은 혜택을 누린다고 하겠지요?

둠벙 주변에 친구들이 모여들면서 둠벙 식구들은 신이 막 났습니다. 부지런히 가지와 뿌리를 늘려 식구 수를 늘려가고 한편으로는 예쁜 꽃들을 선보이기 위해 부지런히 애를 써서 여름에 접어들면서부터 하나둘 여러 색의 크고 작은 꽃들을 피우기 시작하였답니다. 분홍색 소담한 홍련, 떠오르는 햇빛 사이로 자태를 들어내는 하얀 백련은 말 그대로 눈부시게 아름답습니다. 불과 3cm 정도의 조그만 봉오리를 터트리는 노랑어리연은 짧게는 5분여 정도 시간에 열기도 합니다. 바람만 세게 불어도 찢겨 버릴 것 같은 잎이 얇은 물양귀비 꽃은 이름 그대로 순결한 노란색 옷을 입고 있습니다.

사람들이 물을 오염시켜서 우리가 마실 만한 물이 자꾸 부족해져 간다고 합니다. 수생식물들은 화학약품을 사용하지 않고서도 물을 정화할 수 있는 능력이 있답니다. 사람들이 수생식물들을 아껴주고 공부를 해서 부족한 물을 되살리는 일에 앞장섰으면 합니다. 나와 같은 둠벙도 많이 만들어 생명들을 살리기도 하고 물을 맑게 해준다면 일석이조(一石二鳥) 아닐까 생각하면서 둠벙 식구들의 이야기를 마칩니다.

둠벙 식구들(수생식물)

수련(백련), 수련(홍련), 연, 노랑어리연, 흰어리연, 물양귀비, 남개연, 통발, 가래, 자라풀, 물달개비, 무레, 파이어오팔, 코만치, 버건디프린세스, 무창포, 물채송화, 파피루스, 애기파피루스(물한나), 물신경초, 미나리, 붕어마름, 마름, 부레옥잠, 생이가래, 개구리밥, 물개구리밥, 가시연, 물금잔디, 로즈에리, 물옥잠, 물배추, 벼, 물수세미, 올방개, 고마리, 물달개비, 부들(38종)

둠벙에 살고 있거나 모여드는 생명들

민물붕어, 금붕어, 다슬기, 미꾸라지, 물방개, 물자라, 소금쟁이, 잠자리(말잠자리, 좀잠자리, 고추잠자리, 실잠자리) 방아개비, 메뚜기, 여치, 송장헤엄벌레, 노린재, 무당벌레, 거미, 벌, 장구애비, 나방, 파리, 장수하늘소, 매미, 나비, 하루살이(23종)

기타-이름 모를 곤충 6종 등

새 종류

비둘기, 참새, 까치 등 총 70여 종 관찰

학생들이 관찰하여 기록한 내용 몇 토막을 옮겨 본다.

양귀비꽃

수련

노랑어리연

흰어리연

둠벙 주변 새들

잠자리 허물

잠자리 교미

9.24 이제까지 새잎이 나는 과정을 자세히 보지 못했는데 오늘에서야 알게 되었다. 0.2cm 정도 아주 작은 생이가래 잎들이 필 준비를 하고 있었다. 눈에 겨우 보일 정도로 까만 점 같았는데 분명히 그게 잎이라는 것을 알 수 있었다. (혜진, 지영*)

9.25 부레옥잠은 물에 뜨기 위해 공기주머니를 가지고 있는데, 그 모양이 특이하고 실제로 눌러보니 정말 공기가 들어있음을 짐작하게 해주듯 푹 들어가는 느낌이 재미있기도 하고 놀랍기도 했다. 물배추는 그 촉감이 매우 이상했다. 표면에 털이 많고 두꺼운 것을 보아 물에 잘 젖지 않는 점을 이용한 것도 같았다. (윤희, 소영)

8시 20분 꽃봉오리를 보고 피는 모습을 목격하고자 5분 정도를 기다렸는데 아무 움직임이 없어서… 생각해보니 햇빛이 부족하지 않는가 싶어서 유진이가 마침 가지고 있던 거울로 꽃에 반사시켜 주었지만 결국 피는 모습을 보지 못했다. (인공 햇빛으로는 안 된다?) 우리가 매일 먹었던 쌀이 수생식물이란 걸 처음 알았다. 세심히 따져가며 열심히 다시 해보고 싶다. (혜미)

10.1 부레옥잠 꽃은 3가지 색으로 되어있다. 바탕은 연보라색이고 파란색과 황색의 점이 있다. 마치 물감을 뿌려 놓은 듯한 느낌을 준다. 특이하게 한 잎에만 이런 무늬가 있고 나머지 잎에는 아무 무늬가 없다. 총 6개의 잎으로 구성되어 있다. 그중 3개는 다른 잎에 비해 길다.

*같이 느낀 것은 기록자 이름을 두 사람으로 썼다.

수술은 6개 암술은 1개로 구성된 멋진 꽃이다. 모양도 특이하고 꽃은 물감이 퍼진 듯한 느낌이고 잎자루 역시 안에 공기가 있어 물에 뜨게 하는 등 식물에 신비하고 놀라운 사실들이 있다는 것을 이제야 알게 되었다. (인혜와 미정)

물신경초 줄기의 겉모습만 보고 '줄기가 딱딱하겠구나.'라고 생각했었다. 다른 것을 다 조사하고 나서 나는 나의 호기심에 못 참고 아래로 내려가 줄기를 직접 주물러 보았다. 그런데 나의 예상과는 다르게 속이 텅텅 비어있는 것이었다. 나는 놀랐다. 겉은 딱 나무 모양인데 안은 어떻게 텅텅 빌 수가 있는 거지?? 하고 말이다. 하지만 나는 곧 생각해냈다. 아마도 속에 공기가 들어있어서 줄기와 잎이 물 위로 뜰 수 있는 거라고. (윤지)

10.2 배추와 모양은 흡사하나 잎의 수가 더 적고 잎을 만져 보았을 때 솜털을 만지듯 보들보들한 느낌이다. 잎 사이마다 8개 정도의 문맥이 있다. 잎에 물을 떨어뜨려 보았더니 스며들지 않고 또로롱 떨어지는 모습이 신기했다. 왜냐면 솜털과 같은 잎 때문에 솜과 같이 물이 스며들 줄 알았는데 예상이 빗나갔다. (인혜와 미정)

하루라는 짧다면 짧은 시간에 꽤 많은 변화가 있었다. 잎의 크기에서부터 식물들이 정말 살아 숨 쉬고 작게나마 움직이고 있다는 사실과 우리 눈으로 본 모습에 마음속의 감탄이 흘러나왔다. (윤희, 소영)

'동산지'에서 보물찾기라는 뜻은 처음 동산지가 만들어질 때 연못의 바닥이 매우 많이 드러나 있었는데, 지금은 너무나 많은 식물이 번식했기 때문에 바닥을 찾아보기가 힘들지만 새로운 식물이나 찾고 있었던 식물을 찾으면 산에서 산삼을 찾은 것처럼 기분이 좋아서 '동산지에서 보물찾기'라는 이름의 일지를 쓰게 되었다.

매일 아침 푸른 연못을 보면서 새의 지저귐과 함께 머리가 맑아지는 것을 느껴서 맑은 생각으로 수업을 들을 수 있었던 것이 많은 보탬이 된 것 같다. (혜미와 유진)

10.4 정말 바람이 심하게 불던 날도 우리는 관찰을 하러 나갔다. 이것저것을 보다가 우연히 물신경초가 오므라드는 것을 볼 수 있었다. 나는 왜 잎이 오므라들지? 원래 그런가? 하고 그냥 넘겨짚었는데 나중에 알고 보니 신경이 예민해서 그런단다. 내가 그걸 볼 수 있어서 정말 기뻤다. (아름)

10.5 과학실에 심어 놓은 식물들을 관찰하다 연못으로 직접 가서 관찰해보니 그 규모나 크기로 보아 연못에서 살아가는 식물들의 모습이 더 커 보였다. 그런 점에서 자연에서 식물이 살아가는 것은 인간의 힘이 아니라 자연 그대로의 힘이란 이치를 알게 해준 관찰이다. (소영, 윤희)

10.7 연못에 있는 수생식물은 실내(과학실)에 있는 것보다 크기가 크고 생기가 있어 보인다. 부레옥잠 꽃은 연한 보랏빛으로 6개의 갈래조각 중에서 위의 것은 연한 보라색 바탕에 황색 점이 있고 수술은 6개다. (인혜와 미정)

10.8 예전에 부레옥잠은 아주 예쁘고도 귀여운 꽃이 피어 있었다. 쌀쌀한 날씨를 피해서 안으로 숨어버린 부레옥잠의 예쁜 꽃, 꽃이 지는 할머니와 같은 부레옥잠은 안쓰럽게 느껴지는 존재다. 더욱 추워지는 날씨 속에 잠시 숨을 죽이고 지켜보고 있는 것이겠지? (소영, 윤희)

10.12 개구리밥을 보면서 궁금한 게 있다. 부레옥잠 등은 공기주머니 등이 있어 수면에 뜨는데 개구리밥은 공기주머니도 없이 어떻게 뜰까? (인혜와 미정)

평소 아이들이 생각하던 것과는 다른 자연의 생존 방식을 보면서, 인간 중심적인 생각과는 또 다른 자연의 지혜를 배우고 한편으로 오묘한 조화에 감탄하며 그들에게도 한 생명으로 존중하고 배려해야 함을 깨달아 가는 것 같다. 자연의 생명 들이 펼쳐 보이는 신비한 힘을 알아가며, 나름대로 생존 방식과 번식도 깨달으며 그 경이로움에 눈을 떠간다.

쯔쯔가무시병

순천에 있는 전남지부 사무실 근무 기간은 지부에서 제공한 전교조 관사에서 지냈다. 임기가 끝나고 다시 장흥지역으로 근무지를 옮기려 했는데, 장흥에 자리가 없단다. 할 수 없이 순천에 더 머물러야 했다. 변두리에서 적당한 곳을 찾는 중에, 1989년 해직 동지인 전효

준 선생이 본가가 비어있으니 필요하면 사용하라는 연락이 왔다. 순천 외곽인 서면에 야산을 끼고 있는 동네였는데 내가 찾는 조건에 맞아 짐을 옮겼다. 학교까지 출퇴근은 봉화산을 넘어가려면 1시간 30분 거리라 하루 3시간 걸음 명상하며 출퇴근을 했다.

갑자기 고열이 났다. 허벅지 한 군데가 이상해 살펴보고 쯔쯔가무시병에 걸린 것을 알았다. 법정 병으로 2달 입원 치료해야 하는 병이다. 어쩔까 망설이다가 그동안 병원에 의지하지 않고 몸의 자연치유력을 높이고 살아온 내 몸을 믿어보기로 했다. 낮에 활동할 때는 그런대로 견디기 쉬웠는데 밤에 42도 고열이 오락가락하는 것이 제일 힘들었다. 고열에 시달리면서 단식(몸 청소 효과)을 3일간 했다. 학교에도 알리지 않고 수업도 그대로 진행했는데 증상이 나타난 4일째부터 열이 내리기 시작하고 몸이 정상으로 돌아왔다.

자료를 보면 사망률이 16%, 2달 입원 치료해야 하고 회복되어도 후유증으로 뇌 기능 장애가 올 수 있다는 병인데, 정상적인 일과를 진행하면서 4일 만에 병이 물러간 것이다. 회복된 후에 주변에 사실을 알렸는데 학교에서는 내가 아픈 줄 아무도 눈치채지 못했다 한다. 안식구의 후유증 걱정으로 아는 병원에 끌려(?)가 진단을 받았는데 아무런 이상이 없었다. 의사는 쯔쯔가무시병에 걸렸는데도 병원을 찾지 않은 나를 이해할 수 없다고 했다. 처방이라고는 단식 외에 아무 것도 하지 않았는데, 몸 스스로 병을 물리친 것이다. 출퇴근 길에 산을 타면서 어디선가 '쯔쯔가무시병'을 얻었으나, 그 병으로 자연치유력을 확인한 좋은 경험이었다.

삼산중학교

장흥지역으로 내신을 냈는데, 자리가 없어 순천 근무를 더 연장해야 해서 구도심에 있는 삼산중학교로 보내 달라고 교육청에 요구했다. 담당 장학사는 좋은(?) 학교로 발령을 낼 것인데, 모두 기피하는 학교로 왜 가려 하냐고 반문했다. 다 기피하는 학교니까 보내주라 했다. 다시 집을 구해야 해서 순천시에서 가장 오지 동네라는 삼거동으로 무작정 갔다. 동네 입구에 들어서는데 마침 아저씨 한 분이 나오신다. "혹시 동네에 빈집이나 폐가가 없습니까?" 낯선 사람이 다짜고짜 집 없느냐 물으니 어리둥절한 표정이다.

시내 학교에 근무하는 교사인데 동네가 맘에 들어 그런다고 했더니, 허허 웃으시면서 "나를 만나길 잘했소. 다른 사람에게 물었다면 이상한 사람으로 오해했을 것이오. 실은 나도 교육청에서 스쿨버스 기사로 근무하다 퇴직한 사람인데 어디 학교 근무하시오?" 나는 이렇게 운이 참 좋은 사람이다.

그 자리에서 빈집 하나를 소개받았다. 할머니가 혼자 사시다가 돌아가시고 3년 비어있던 집이다. 4년을 살게 될 집을 그렇게 쉽게 구했다. 삼거동은 당시에 하루 4번밖에 버스가 다니지 않았다. 동네에는 승용차가 하나도 없을 정도의 순박한 오지 동네였다. 건강이 안 좋아 들어와 사는 한 사람을 빼면 가장 젊은 사람이 73세라 했다. 살아보니 왜 이 동네를 막 동네라 부르는지 알게 됐다. 전기나 가전제품이 고장 나 AS를 불러도 오지 않고, 택배도 시내까지 내려가야 한다. 젊고 가진 재주가 있는 내가 할 일들이 많았다.

밤에 문을 두드리는 분이 계시면 어김없이 수리 부탁이다. "김선생 전기불이 안 들어와. 세탁기가 서 버렸어." 택배는 날을 정하여 한꺼번에 모아 내 봉고차에 싣고 가서 부쳤다. 산비탈에 집들이 자리하고 있어서 누가 지나가면 다 보인다. 밥상이라도 차리고 있을 때는 "들어오셔. 밥 묵고 가." 주말이나 학교 쉬는 날 동네에 있으면 이집 저집 밥 많이 얻어먹었다. 떠나온 이후에도 한두 번 찾아 인사드린 적이 있었는데 마치 친혈육이 온 것처럼 반가이 맞아주셨다. 갈 때마다 안 보이시는 분들이 몇 분씩 계셨다.

산밭을 경작하고 싶다고 했더니 할머니 한 분이 기꺼이 내주셨다. 죽은 영감이 짓던 곳인데 동네에서는 좀 떨어져 있어도 토질이 좋다셨다. 이백오십 평 정도 산비탈 밭이 동네에서 15분 정도 거리에 있는데 토질이 좋아 수확이 풍성했다. 가족 없이 혼자 사시는데, 18살에 가마 타고 시집 와서 순천 외에는 가본 곳이 없다셨다. "목포가 어디 붙어있는지 모른다."고 하실 정도로 80 평생을 바깥세상을 모르고 이 산골에서 사셨단다. 마치 나를 자식 대하듯이 하셔서 나도 편했다. 순박하고 따뜻한 분이었는데, 장흥으로 옮기고 찾아갔더니 이 세상에 계시지 않았다.

새벽 5시 30분에 출근을 하고 오후 퇴근하고 집에 오면 어두운 8시, 저녁을 먹고 헤드렌턴을 켜고 산 밭에 올라가 일하다 보면 날짜가 바뀐 시간이 된다. 한숨 붙이고 새벽 4시 정도에 일어나 명상 등 수련을 하고 학교로….

주변 산들에는 약초들이 꽤 있어 출퇴근뿐만 아니라 휴일에는 인근 산을 더듬고 다니기도 했다. 80여 종의 약초를 만났다. 그렇게 바쁘게 지냈다. 가장 좋았던 점은 출근 시간에는 일출을 정면으로 보고 퇴근 시간에는 일몰을 볼 수 있는 것이다. 365일 날마다 다른 일출과 일몰을 보고 살아서인지 왕복 5시간 산을 타고 다녔어도 지루하거나 힘들다는 생각이 별로 없었다. 걷기 열풍이 학교까지 들어와 도교육청에서 걸음에 관한 자료 요청이 와 보내줬더니, 체육 교사 연수에도 불려가 강의까지 했다. 학교에서는 호응이 없었던지 학생들의 걷기운동은 금방 흐지부지됐다.

삼산중학교는 산비탈에 있는 학교라 교문 통로에서 산비탈에 있는 체육관을 돌아 내려오면 대략 600m 정도이다. 등교하는 학생들을 의무적으로 2바퀴 돌게 해 아침을 걷기운동으로 시작하게 했는데, 가까이 살고 있었던 최○○ 선생이 함께 해줘서 전교생 지도에 큰 어려움 없이 진행했다.

호흡과 명상, 걸음 전도사 역할을 충실히 했던 시간이었다.

다시 장흥으로

1994년 복직하면서 알게 된 장흥은 뭔가 모르게 내 마음을 끌었다. 장흥에 자리 잡게 된 연유다. 전교조 해직으로 얻은 인연이다. 읍 소재지 학교를 피하고 싶었는데 자리가 없어 장흥중학교로 부임했다. 집은 안양면 학송리에 아는 지인 소개로 폐가를 얻어 임시숙소로 사용하면서 일림산과 사자산, 600m가 넘는 두 산 사이 계곡에 땅을 빌려 흙집을 지었다.

폐가는 사람이 살지 않았던 터라 비 내리면 방에다 그릇들을 받혀야 했다. 방안 여섯 군데서 비가 내렸으니까. 주인에게 지붕을 수리하겠다고 했더니, 하지 말라 했다. 아마도 내가 눌러앉을까 걱정했던 것 같다. 9개월 동안 그 집에서 살면서 산속에 흙집을 지었는데, 이 또한 생각지 않은 일로 시작됐다. 동네로 들어가면서 저수지 가에 땅을 빌려 밭 경작을 막 시작할 즈음이다. 어느 영화사에서 그 땅에 영화 촬영을 위한 세트장을 짓고 싶다는 제의가 들어온 것이다.

땅 주인은 따로 있었지만 내가 이미 땅을 일구고 있던 터라 내 허락이 필요해진 것이다. 동네 회의에 가서 일단 가을 수확이 끝난 다음으로 미뤄 달라고 했는데, 영화사에서는 가을까지 늦출 수 없다는 것이다. 동네에서는 허락했는데 경작자인 내가 반대하니 난처해져 더 넓은 다른 땅을 줄 테니 나더러 양보해달라고 했다. 그런 연유로 인연이 된 땅이 지금 사는 땅이다. 동네에서 2km 정도 들어가 있는 산속에 23년 버려져 있었던 땅이지만 나와 인연이 된 것이다. 재활용자재로 6평 흙집을 짓고 묵혀진 땅은 4년 동안 돌멩이를 주워내고 나무를 뽑아내 경작을 할 수 있게 만들었다. 계곡 속이라 햇볕이 약해 작물은 별반 잘되지는 않아도 경작할 수 있는 안정된 땅과 내 집을 얻게 됐다. 흙과 돌은 주변에서 구했고 나머지 자재 대부분은 재활용품을 얻어다 지었다. 그러다 보니 백만 원 조금 덜 되는 비용으로 집을 장만한 것이다. 내 평생에 처음 얻은 집이다. 그 뒤로 창고도 짓고 3평 황토방을 더 지어 살고 있다. 생 마지막까지 갈 것 같다. 2009년 집을 지었으니 벌써 15년이 되었다.

산에서 사는 이야기는 뒤로 미루고 장흥중학교로 가겠다. 장흥중학교는 남학교이다. 한창 신체활동이 왕성한 시기인데, 운동장은 축구부가 항상 차지하고 있어 너무 안타까웠다. 다행히 낡았지만 조금 넓은 체육관이 있어서 체육관을 최대한 활용할 궁리를 했다.

벽면에 빙 둘러 농구대가 설치되어 있어서 학교에 농구동아리를 만들고 학급별 리그전도 준비했더니 쉬는 시간이면 체육관에 학생들이 가득 찼다. 축구부가 있는 학교라 학생들은 공만 차려고 했지 농구에는 관심이 없었는데, 분위기가 싹 바뀐 것이다. 체육관을 상시 개방하고 공 박스는 항상 열어놓았더니 운동을 좋아하는 학생들은 다 모여들었다.

분위기가 이렇게 되니 운동에 참여하지 않는 아이들도 쉬는 시간이면 체육관을 찾아 응원도 하면서 같이 즐겼다. 농구를 전공하진 않았지만, 공을 다루는 핸드볼 선수를 했던 것이 밑천이 돼, 학생들과 함께 뛰고 경기도 많이 했다. 전남 스포츠 클럽 대회에서 3위도 했고 목포, 광주 등지에서 열리는 3:3 길거리 농구대회에도 자발적으로 팀을 구성해서 참가하기도 했다. 이듬해는 농구동아리 학생이 학생회장에 출마해 동아리 학생들의 열렬한 지원으로 당선되었다. 휴일에도 학생들이 체육관을 사용하고 싶다면 특별한 경우가 아니면 개방했다.

동아리 학생들이 산속 집에 놀러 오기도 하고 자고 가는 아이들도 있었다. 아마 캠핑 온 느낌이었을 것이다. 텐트를 치고 장작불에 밥도 지어 먹었으니까. 졸업식 할 때 한 학부모가 만나자고 해서 갔더니 요즘 세상에 학생들이 교사 집에 놀러 가서 잠도 자고 함께 밥을 지어 먹는 교사가 있다는 것이 궁금해 만나보고 싶었다는 것이다. 과거에는 흔히 있었던 일인데….

고등학교에 진학해서도 농구동아리를 만들어 활동하는 학생들도 있었다. 종종 휴일에 서로 연락하여 길거리 농구를 즐기기도 했다. 선후배 관계도 돈독하여 중학생에서 대학까지 수십 명이 모여 탐진강변 야외 농구장에서 선후배 친선 경기도 하고… 지금까지도 연락하는 학생들이 있어 소식도 듣고 만나기도 하면서 좋은 인연을 이어가고 있다.

부적응학생,
대안학교 꿈

내가 많이 안다고 생각하는 순간
그 사람의 배움은 거기서 멈추고 만다.
항상 한계라고 느끼는 순간,
발전(도전)은 거기에서부터 시작된다.

부적응학생과 인성교육

전남에서 한 해 1,000명 정도가 학교를 포기한다. 또 학교를 벗어나지는 않았더라도 배움에서 멀어져 버린 아이들이 학교 속에도 존재하는 것은 우리 모두 알고 있는 사실이다. 가정이란 최소한의 보호막이 없어져 버린 아이들, 왜곡된 사회와 교육 풍토에 갈등을 겪는 아이들, 공동체 의식이 희박해져 버리고 자기 보호에 급급해져 버린 아이들에게 필요한 배움은 어디서 출발해야 하는가?

대안학교를 할 때 인성교육은 어디에서 출발하고 어떤 내용을 담아야 하는가?

생각, 행동, 말은 습관으로 만들어진다. 부정적인 생각이 긍정적인 생각으로 바뀌는 과정을 보면 긍정적인 생각을 자주 반복하게 해주면 부정적인 생각으로 굳어진 마음이 알게 모르게 조금씩 풀어져 간다. 물론 생각이 변하면서 행동으로 옮겨지는 과정이 쉽지는 않다. 시간과 노력이 필요하다. 기회를 주는 것, 기다려주는 지혜 역시 교사의 몫이 크다 하겠다. 아이들 속에는 누구나 갇혀있는 선한 마음이 있다. 그 문을 열 환경이 만들어지지 못해서이다. 아이들 생각이나 습관들은 자신보다는 어른이나 사회에 책임이 있다. 정상적인 환경 속에서 자란 아이들도 중학생이 되면서부터는 자신의 삶에 대한 고민과 책임이 시작되니 작거나 크다는 차이는 있지만, 반항과 방황이 온다. 하물며 부적응학생이라면 하루아침에 변화하는 것을 바라는 것은 바램일 뿐이다.

그렇다면 행동을 일으키는데 필요한 가장 바람직한 동기는 무엇일까? '즐거움에 기초하는 내재 동기, 즉 프로젝트를 수행할 때 얼마나 스스로의 창의력을 느낄 수 있는지가 가장 폭넓고 강력한 동기가 되었다.'라고 MTT의 경영학 교수 카림 라카니와 보스턴 컨설팅 그룹의 컨설턴트 밥 울프가 연구 보고했다.

즐거움을 갖고 창의성을 발휘할 수 있어야 '몰입'이라 부르는 최적의 상태에 자주 도달하더라는 것이다. 타인이 주는 물질적인 보수나 누군가 지시하는 작업을 할 때는 의욕이 줄어들면서 적당히 하게 된다는 많은 연구 결과가 이를 말해준다.

'호기심을 자극하는 것'이 우선되어야 동기가 부여되는 것이다. 그 호기심 속에 재미와 기쁨, 자유가 있어서다. 무기력을 일으키는 동기 장애에서 벗어나는 방법은 간단하다. '자기가 하고 싶은 일을 마음대로 하는 것'이 자발성을 회복시킨다.

청람중 개교 준비와 과정

민선 교육감 시대가 열리면서 장만채 교육감 후보에게 1년이면 700명 정도의 학생들이 학교를 떠나는데 부적응학생들을 위한 학교를 만들자고 제안하였다. 대안학교를 공약에 넣어 전남에서 공립 대안학교 시대가 열리게 되었다. 하지만 개교 준비과정에서 의견이 달라 2012년 개교하는 한울고등학교에 들어가는 것을 포기했다. 의견 충돌은 학생선발에 관한 부분이었다. 교육청에서는 부적응학생들만으로 학교를 운영하기 어려우니 부적응학생들을 일부만 받아야 한다는 것이다. 우리는 어렵더라도 부적응학생을 최대한 받아 운영해야 한다고 주장했다. 1년에 700명 학생이 학교를 떠나는데, 이것저것 가려 소수 학생을 수용하는 것으로는 턱없이 부족하다는 것이다.

이 대립은 기존 사립 대안학교를 운영한 경험이 있는 사람의 의견을 교육청에서 따른 것이다. 그래서 곡성 한울고등학교에 들어가기를 포기하고 대안학교 꿈을 접었는데, 얼마 후 교육청 담당과장에게서 연락이 왔다. 한울고등학교가 개교했지만 학교가 안정이 안 된다는 것이다. 2013년에 개교할 청람중학교 준비를 나더러 나서달라는 것이었다.

나서는 대신 조건을 달았다.

1. 추천한 사람 모두 청람중학교에 발령을 내라.
2. 대안교육에 필요한 출장, 비용, 시간을 제공하라.
3. 개교 이후 교육과정 운영 전반에 대한 전권을 학교에 맡겨라.

4. 사립 대안학교 운영 경험을 가진 교사를 채용할 수 있는 길을 찾아달라.

일단 1, 2, 3번 조건을 수용하겠다는 답변을 받고 4번 조항은 쉽게 정할 수 없는 조건이라 이후 논의하기로 했다.

대안교육에 관심 있는 사람을 찾고 감당할 만한 사람을 만나 함께 해보자 설득하여 모인 13명 선생과 대안교육에 관한 공부를 정기적으로 하고 기존 사립 대안학교 방문도 하면서 준비를 시작했지만, 공립학교 교사 중에서는 부적응학생 지도에 대한 준비를 한 사람이 없는 상황이라 어려움이 컸다.

청람중학교를 지원하는 학생들은 매우 다양하다. 자제력이 없는 아이, 폭력적인 아이, 자신을 표현하지 못하는 아이, 혼자만의 세계 속에서 갇혀있는 아이, 폭력에 길들여 있는 아이 등등 형태는 다양하지만, 그 원인은 크게 둘로 나눠 볼 수 있다. 경쟁적이고 위압적인 학교문화에 적응하지 못해 학교와 교사를 불신하여 배움에서 멀어지게 되거나, 여러 환경적인 요인(주로 가정적인)이 불안정하여 학교를 외면하고 일탈 행동을 한다. 결국은 학교나 사회를 불신하며 삶과 배움에 대한 희망이 없어 마음을 닫고 무기력에 빠져 있는 경우다.

상당수 아이들은 놀랍게도 그 무기력증이 오랫동안(짧게는 2~3년, 길게는 10년 이상) 반복 학습되어 있다는 것인데, 이 학습된 무기력에서 다시 활력을 찾기 위한 노력이 절실하다. 다행인 것은 무기력도 학습되지만, 활력을 되찾는 것도 학습할 수 있다는 사실이다.

먼저 무기력증에 빠져있는 마음의 활력을 찾는 노력이 필요했다. 인간의 의식 세계 속에 있는 신체 상태와 감정을 그럴듯하게 통일시키려 하는 경향이 있다. 이에 주목하여 행동을 먼저 하게 하고 거기에 맞는 감정과 생각이 따라오게 하는 방식을 많이 적용했다.

'호기심을 자극하는 것'이 우선되어야 동기가 부여되는 것이다. 그 호기심 속에는 재미와 기쁨, 자유가 있어서이다. 무기력을 일으키는 동기 장애에서 벗어나는 방법은 간단하다. 내가 하고 싶은 일을 하는 것이 자발성을 회복시킨다.

마음을 지배하는 네 가지 요소는 생각, 감정, 신체 상태다. 행동은 이 순간에도 서로서로 영향을 주고 있다. 신체 상태와 행동이 생각과 감정에 영향을 주고, 반대로 생각과 감정이 신체 상태와 행동에 영향을 주기도 한다. 같은 상황이라도 기분이 좋을 때도 있고 나쁠 때도 있듯이 나의 신체 상태가 아픈 경우에는 기분 좋은 생각을 하기가 어렵고 우울해진다. 마음과 감정에 영향을 주는 또 하나의 중요한 요소는 행동에 따라 나의 마음 상태가 변화하는 것이다. 힘들게 봉사활동을 한 사람들이 몸은 힘들어도 기분이 좋아지는 이유가 바로 그런 것이다.

신체 상태에 변화를 주어 감정을 조절하는 이유는 신체의 생리적인 변화가 감정을 만들어 낼 수 있기 때문이다. 만약 신체 증상이 변화하지 않거나 그 변화를 뇌가 알아내지 못한다면 감정은 유발되지 않는다. 신체의 반응들을 지각함으로써 슬픔, 화, 두려움, 행복 등의 감정이 생긴다는 것이다. 뇌가 신체적 변화를 인지하는 것이 감정을 이루는 중요한 요소라는 것이다.

'행복해서 웃는 것이 아니라, 웃어서 행복한 것이다.' 웃으면 행복이 따라오고, 싫은 사람이라도 상냥하게 대하고 친절을 베풀면 그 사람에 대한 호감이 증가한다고 한다. 생각을 바꾸면 감정을 바꿀 수 있듯이 신체 증상을 변화시키면 불안한 마음도 조절할 수 있다. 우리는 불안한 상태가 오면 가슴으로 숨을 쉬게 된다. 즉 불안정한 흉식호흡을 하게 된다. 반대로 안정되고 편하다고 느낄 때는 복식호흡이 일어난다. 복식호흡을 할 때는 교감신경계가 안정된다. 이 역시도 신체 상태와 감정이 통일성을 이루려 하는 성질이 있기 때문이다. 불안으로 긴장된 근육을 이완시키는 것도 같은 이치이다. 근육을 이완시키면 감정도 그에 따라 안정되는 것이다.

생각, 감정, 신체 상태 등이 서로 연관되어 있고, 하나가 바뀌면 다른 것도 따라서 바뀌게 된다. 행동 또한 마찬가지이다. 일례를 들어 기분이 좋지 않아도 기분이 좋을 때 나타나는 행동을 취하면 우리의 기분도 따라서 좋아지게 된다. 행복해지고 싶으면 웃고, 당당해지고 싶으면 허리를 펴고 상대를 자신 있게 바라본다. 분노를 잘 참거나 인내심을 기르고 싶으면 먼저 행동하면서 그 행동에 자기 생각과 감정을 맞춰갈 필요가 있다는 것이다. 처음부터 실제로 행동하기는 쉽지 않지만, 상상 속에서 그런 행동을 하는 자신을 생생하게 떠올려 보면서 감정도 원하는 방향으로 따라오도록 하면서 실제로 행동한다. 그런 반복 연습으로 감정과 행동을 내가 원하는 대로 자연스럽게 바뀌어 간다.

억압된 정서와 두려움

아이들은 저마다 부여한 잠재 능력을 가지고 있다. 아이들에게 필요한 것은 무한한 가능성과 지혜로운 마음을 열어놓을 충분한 자극을 주는 환경이 필요하다. 배움이 어떻게 시작되고 찾아왔는지는 다른 학생들과 교사가 그를 있는 그대로 받아들이고 관심과 애정을 주었냐는 데서 온다. 배우고 자라나고자 하는 자신의 욕망을 회복시켜 주는 것은 다른 아이이나 교사들과 나누었던 친밀감이 중요한 요소이다.

어떤 형태로든 아이의 마음에 상처와 분노가 잠재되어 있다면, 학교는 아이들이 마음껏 '분노를 터뜨릴 수' 있도록 해주는 방법을 마련할 필요가 있다. 아이가 분노를 터뜨릴 때 기꺼이 응대해줄 준비가 되어 있는 동정심을 지닌 어른이 자기 무릎에 그 아이를 앉히고, 무조건 폭발하려는 아이를 잘 붙잡아서 아이가 안전한 상태에서 버둥거리면서 차고 고함을 질러 분노의 에너지를 소진할 수 있게 해준다. 그런 다음에야 흔히 그러한 분노의 밑바닥에 깔려 있기 마련인 고통과 슬픔의 눈물이 터져 나올 수 있다. 몇 해에 걸쳐 이런 식으로 아이들을 붙잡아 줄 수 있어야 아이들의 굳게 무장화된 근육이 풀어진다.

만약 두 아이가 서로 간의 다툼을 해결하기 위해 치고받고 싸운다고 가정해보라. 그 싸움이 공정하고 또 상대방에게 심각한 상처를 입히는 게 아니면 계속하도록 허용할 수도 있다. 가까이에서 어른 한 명이 있으면서 안전한가 확인도 하고, 필요하다면 그 결투가 서로에게 완결의 느낌을 주게 하고 화해에 이르는 길이 되도록 도움을 주기도 한다.

교사와 학생의 상호작용

좋은 교사로 생각하는 사람이라면 누구나 자신이 가르치는 소재를 능숙하게 다룰 수 있어야 할 뿐만 아니라 자기 자신의 정서적 건강에도 면밀한 주의를 기울여야 하며, 인격 성장과 진화에도 역시 관심을 가져야 한다. 어떤 연령대의 아이들과 만나든, 아이들과 함께 지내는 사람이라면 누구나 전인적인 인간이 되려고 노력하지 않으면 안 된다. 이 말은 학교 교사들에게만 한정되는 말이 아니다. 아이들과 만나야 하는 모든 이들, 특히 부모들이 명심해야 한다. 자라나는 아이들에게 부모는 가장 중요한 교사이다.

교사와 학생이라는 상호작용 속에 있는 아이들은 특수한 기술에 대한 정보나 시범이 아닌 그 이상의 뭔가를 받아들인다는 뜻이다. 학생들은 교사의 기분, 신념, 그리고 태도에 영향을 받을 뿐 아니라 교사 자신이 스스로를 어떻게 생각하고, 학생들을 어떻게 느끼며, 자신을 가르치고 있는 공부 자체를 어떻게 생각하느냐에 영향을 받는다.

동정심, 건강한 심리상태, 긍정적 관심 같은 심리적 특질에서 높은 평가를 받는 교사와 함께 공부하는 학생들은 이런 분야에서 낮은 평가를 얻는 교사와 함께 하는 학생들보다 훨씬 좋은 시험점수(표준화된)를 얻는다.

헌법소원서

청람 개교 전 문제가 발생했다. 교사 공모제로 발령을 내기로 하고 서류를 제출하려는데 나는 자격이 안 된다는 것이다. 공모제는 기본적으로 4년 기간으로 뽑는데 내 정년이 3년밖에 남지 않아서 서류 접수도 안 된다는 거다. 교육청에서 내 나이가 그렇게 많은 줄 몰랐던 탓이다. 나와 같이 청람에 들어가려 했던 교사들은 내가 들어가지 않으면 본인들도 지원을 포기하겠다고 하고.

교육청에서도 난감할 밖에 없고 어떤 방법이라도 찾아야 하는데 교육청에서는 대안이 없단다. 교육청에서는 답이 없다 하니 교육부 관련 책임자 연락처와 이름을 달라고 했다. 교육부 정책기획관 ○○○이다. 전화를 걸었다. 상황을 설명하고 방법이 없겠냐고 문의를 했더니 돌아온 답변은 "안 된다."였다. 4년이란 규정이 어디에 있는 규정이냐고 물었더니 다행히 교육부 내규로 정해져 있는 것이란다.

교육법이 아닌 교육부 내규라면? 일단 '헌법소원서'를 작성했다.

내용은 이랬다. 대한민국 교사로 건강에 아무런 문제가 없는데, 단순히 생물학적 나이 제한으로 희망하는 학교에 갈 수 없다는 것은 헌법 정신에 위배된다는 요지였다.

다시 교육부로 전화를 했다. 다짜고짜로 "지금부터 통화 내용을 녹음하여 법정에 증거로 사용하겠으니 신중히 답하시기 바랍니다." 처음엔 무슨 말인가 이해가 되지 않아서인지 "다시 말씀하십시오." 했다. 통화 내용을 법정에서 증거로 사용할 것이니 답을 명확히 하시라고 재차 설명했다. "무슨 법정이요?" 작성한 헌법소원서를 읽어줬다.

법이 무섭긴 무서운가보다. 답을 더듬거리기 시작한다. 나이로 인해 희망하는 학교에 가지 못하는 또 다른 교사를 만들지 않기 위해 이 싸움을 꼭 하겠다는 의지를 분명히 전했다. 잠시 침묵이 흐르고 정책

기획관으로부터 시간을 좀 달라는 요청(?)이 들어왔다.

퇴근 시간이 가까워진 늦은 오후 시간이었다. 다음날 새벽 전화벨이 울린다. 교육부 전화다. "선생님 아침에 교육청으로 서류 제출하십시오. 교육청에 미리 연락해 놨으니 서류 접수해줄 겁니다." 관청은 공문으로 움직이는 것인데 공문이 내려오기 전에 서류를 받으라고 교육청에 지시(?)했단다. 공문은 아침에 출근해서 내려 보낸다고 하고….

상급자들과 밤에 긴급회의를 하여 교육부 규정을 고쳤단다.

나도 황당했다. 그리 완강하게 고집하던 규정을 전화 한 통화로 바꾼다?

교육청에서는 "교육부에 무슨 빽이 있습니까?"며 놀라워했다.

세족 입학식과 땅끝에서 학교까지

입학식을 준비하면서 많은 논의를 거쳤다. 형식으로 규격화된 일반 학교와 다른 입학식은 없을까? 부적응학생들이 모이는 학교인데, 제일 중요한 것은 학생들이 아! 뭔가 지금까지 경험했던 학교와 다르구나, 우리가 마음 편히 지낼 수 있겠구나, 이제까지 소외되고 힘들었던 것을 여기서는 겪지 않겠구나, 무언가 희망의 메시지를 담아야 하는 입학식….

'세족식'을 해보자 했다. 생각지 못한 제안에 교사들은 쉽게 수긍하지 못했다. 힘든 아이들을 품기 위해서 일차적으로 이 학교가 어떤 마음으로 시작하는지 알려주는 것이 중요하지 않겠느냐고 주장해서 실행에 옮겼다. 한 교사는 자식의 발도 씻겨본 적이 없다고 했다. 하물며 본 적도 만난 적도 없는 남의 자식 발을 씻긴다?

기숙학교라 짐보따리들을 챙겨 들고 모여든다. 짐들을 배정된 기숙사 방에 들여놓고, 입학식 장소인 체육관으로 내려와 미리 마련된 의자에 앉았다.

아무 안내 없이 교사들은 아이들이 앉아있는 대열 앞에 일렬로 늘어선 다음 두 손 합장하고 아이들과 학부모를 향해 큰절을 올렸다. 체육관 안 분위기는 찬물을 끼얹은 듯, 시간이 멈춘 듯 정적이 흘렀다. 의외의 상황에 당황한 것 같았다.

잠시 후 방송이 흘러나왔다. "이 학교는 학생들을 존중하고 섬기는 마음으로 운영할 학교라 그 마음을 담아 절을 올렸습니다."

다음으로 따뜻한 물을 담은 세숫대야를 가지고 나왔다. 교사들이 학생 한 사람씩 손을 이끌어 의자에 앉히고 교사는 무릎 꿇은 자세로 양발을 벗기고 발을 씻겼다. 한 학생, 한 학생 교사 손에 발을 씻는 광경에 아이들을 데리고 온 학부모 입에서 탄식 같은 탄성이 흘러나왔다.

몸 둘 바 몰라 안절부절 못하는 아이, 눈물을 흘리는 아이, 몸을 부르르 떨며 전율하는 아이도 보인다. 전율하는 아이들은 아마도 생전 처음으로 존중받아 본 감동이었을지 모른다. 입학식을 축하해주러 오신 손님 중에서 동참하는 분도 계셨다. 장내는 분위기는 단순한 입학식이 아니었다.

이듬해는 밤에 세족식을 하고, 다음날 아침 해남 땅끝으로 이동하여 땅끝에서 학교까지 2박3일 일정 84km 행군을 했다. 미리 개인

침구와 식사 도구를 준비해 갖고 갔다. 식사는 학생들 손으로 직접 지어 먹게 했고 잠은 인근 학교 강당을 빌려 준비한 침낭에서 잤다. 식사도 모둠별로 교사 한 사람씩 배치하여 도와주기는 했지만 가능한 학생들이 직접 하게 했다. 삼층밥도 되고 생 밥도 만들었다. 밥이 잘 안 된 조들은 밥을 빌리러 다니기도 하면서 한 가족이 되어 가는 과정이다. 요즘 아이들이 30km에 이르는 걸음을 걸어 본 적이 없으니 첫날 오후부터 발에 물집이 박혀 뒤처지는 아이들이 생기면 교사들이 따라붙어 아이들을 격려하며 짐을 들어주기도 하고 부축도 해 주면서 길 위 학교가 진행되는 것이다.

힘들기는 하지만 얻어지는 것은 엄청났다. 학생들이 각지에서 모여들었고, 그중에는 소위 지역에 '짱'이라 불리는 학생들도 많이 섞여 있었지만, 2박3일 과정에서 몇 달을 사귄 친구처럼 바뀌는 것이다.

조금 특별한 청람중학교 입학식은 그렇게 만들어졌다.

청람중 위탁학급

청람중에 있었던 위탁학급은 말 그대로 위탁생들로 구성하는 반이다.

대상은 학교폭력으로 중징계를 받아 강제교육 이수 대상 학생, 강제전학 조치를 받아 갈 곳 없는 학생, 왕따 등 부적응으로 위기(유예 직전이나 유예 학생)를 맞은 학생, 학교 밖 아이들을 대상으로 한다. 강제전학 조치를 받은 학생들은 다른 학교에서 받지 않으려 했다.

한마디로 학교를 포기하거나 학교에서 감당이 안 되는 대책 없는 학생들로 구성되는 학급인데 구성원들이 매달 바뀐다. 강제교육은 처음에 기한을 정해서 오지만 본교로 되돌아가서 생활하기 부적절하다고 판단되면 그 기한이 연장된다. 보통 3개월 기한을 갖지만 계속 연장할 수 있어 청람중에서 졸업도 했다. 매달마다 새로 들어오고 또 나가는 불안정한 상태로 운영되다 보니 시간표도 한 달 단위로 짜서 운영했다. 최소 기본 교육 기간이 한 달이기 때문이다. 매달 학생들 얼굴이 바뀌는 조금 특별한 학급이다 보니 달마다 새로 적응을 해야 한다.

한 달 일정표를 간단히 소개하면, 첫 번째 주는 상담과 적응, 야외 활동 훈련을 한다. 두 번째 주는 무인도 생존 체험에 들어가고, 세 번째 주는 산행을 한다. 마지막 4주는 문화 답사와 소감문 쓰기, 평가로 마감한다.

생존체험(나를 찾아 떠나는 여행)

2박3일 무인도 체험을 청람중학교에서는 생존 체험이라 부른다. 우리나라 섬의 80%가 전남에 있기에 찾아보면 체험하기 적합한 섬들이 있다. 작은 무인도들은 개인이 소유하고 있는 게 많아 확인이 필요하다.

무인도라는 기본적인 생존 환경이 열악한 곳에서 부딪치는 난관을 어떻게 해결할 것인가? 물 한 모금을 얻기 위해서 잡초가 무성한 길을 뚫어야 하고, 적은 식량을 가지고 조금씩 양보하며 나눠 먹어야

하고, 바다나 숲에서 먹을거리를 찾아야 하고, 여의치 않을 때는 굶기도 한다. 비와 모래바람이 날리는 곳에서 잠자리를 마련하는 것 자체도 크나큰 과제가 아닐 수 없다. 현대를 사는 우리는 물질의 풍요함에 길들여 있어서 그 하나하나 소중함을 잊고 산다. 생존 자체에 대한 절박한 숙제를 풀어가는 과정에서 서로 나누고 협력하고 타인에게 도움을 주고받는다. 그 속에서 건강한 인간관계를 형성하고 어려움을 극복해내는 성취감을 얻는다.

개교하고 한 달 만인 4월 무인도 체험을 제안했을 때 아직 학교가 안정이 안 되었으니 시간이 좀 더 지난 다음에 가자는 의견이 많았다. 안정이 아직 안 됐을 때 시도해야 더 큰 효과를 본다고 이유를 설명하고 긴 논의 끝에 계획을 세우고 시행했다.

최초 무인도 체험지는 신안에 있는 제원도였다. 무안 해제면 점암 선창에서 배를 타고 임자도를 거쳐 들어가는 섬이었다. '점암'에서 1시간 40분 배를 탄다. 지금은 연륙되어 차를 타고 갈 수 있다. 중국과 가까운 섬이라 과거에 중국으로 곡물을 수송할 때, 이 섬에 보관했다가 중국으로 실어 날랐다 한다. 자연히 사람이 살게 되었고, 곡식 창고 역할이 없어진 다음에도 3개의 자연부락이 있었다 한다. 지금은 다 없어지고 선창 근처에 몇 집이 있을 뿐이다. 민어 잡을 철이 되면 잠시 어부들이 들어와 이 섬에 임시 거주하면서 어로 활동을 하는 섬이다.

선창을 벗어나면 옛 자연부락은 집터 흔적만 조금 남아있을 뿐, 사람은 구경할 수 없어 무인도나 다름이 없다. 선창 반대편으로 2시간 정도 돌아 들어가면 평평하면서 조금 넓은 고운 모래톱이 있어 야영지로 사용하기에 적당하다. 식수원은 조금 떨어져 있는 과거 자연부락 사람들이 사용했던 옹달샘이 아직 살아있어 그 물을 이용할 수 있다.

아직은 어린 중학교 1학년 학생 37명과 8명의 교사가 야영에 필요한 장비들을 가지고 조금 생소한 체험에 들어가니 학생만 아니라 교사들도 설렘 반, 기대 반 긴장감이 돌았다. 장비를 풀어 미리 연습한 대로 조별로 텐트를 치는데 아직 서툴러서 애를 먹는다. 나는 몇 명 선발대와 함께 구덩이를 파고 주변의 나무와 대를 이용해 임시 화장실을 만들었다. 파도에 떠밀려 온 평편한 나무로 구덩이 위에 발판을 만들고 대를 엮어 벽체를 세웠다. 볼품없고 자세히 보면 안이 들여다 보이는데 이런 불편함을 감수하는 것도 교육이다. 아이들에게 상황을 설명하고 다른 사람이 화장실에서 용무를 볼 때는 서로 자리를 피해 주라고 했다. 남을 위한 조그만 배려 교육을 하는 것이다.

다음은 식수원을 확인하고 물 문제를 해결할 순서다. 옹달샘 안과 밖을 청소하고 호스를 연결하여 물을 내리려는데 거리가 멀어서 물이 나오지 않는다. 아이들은 호스를 빨기도 하고 물을 붓기도 하면서 한참 실랑이 끝에 물이 나오기 시작하자 선발대 아이들은 한숨을 돌렸다. 물이 해결됐으니 짐을 정리한 학생들이 조별로 식사 준비에 들어간다. 식사는 학교에서는 하루 1식만 제공하고 나머지는 현지에서 먹을거리를 찾아 해결하도록 했다.

바닷가 바위에 붙어있는 갑각류(삿갓조개, 홍합, 고동, 소라, 거북손 등등)와 해초류(미역, 톳, 파래 등), 낚시로 고기를 잡기도 하고 밤에는 게 등을 잡고 해삼, 전복, 군소 등을 만나는 경우는 행운이다. 이 재료들을 구해오는 사람들에게는 재료를 이용해 최소한의 요리를 할

수 있는 밀가루, 감자, 식용유 등을 배급한다. 재료를 채취하지 못하면 지급하지 않으니 배고픈 친구들은 두 번째 날에는 눈에 불을 켜고 채집활동에 나선다. 먹을 수 있는 것과 없는 것, 요리하는 방법들을 즉석에서 교육한다. 살아있는 생물 수업이 된다. 자신들이 만난 생명에 대한 기억은 두고두고 잊지 못할 것이다.

섬은 암반으로 이뤄졌기 때문에 바닷가를 돌아보면 절벽을 찾을 수 있다. 적당한(10m~15m) 높이 절벽에 밧줄을 매달아 절벽을 타고 내려오는 '레펠'을 한다. 공포를 이겨내는 법을 가르치는 체험인데 젊었을 적 암벽등반을 했던 밑천이 여기서 크게 쓰였다. 지금은 안전장비들이 좋아 조금 경험을 가진 리더가 있다면 위험하지도 걱정할 필요도 없다.

시각적으로 인간이 공포를 느끼는 높이는 10m 높이다. 공포를 느끼는 높이에, 아래는 파도가 출렁이니 더 큰 두려움이 느껴진다. 교사들도 절벽 위에서 내려다보면 다리가 후들거린다. 줄을 두 가닥 매달아 한 줄에는 내가 매달리고 다른 한 줄은 학생들이 매달리게 했다. 이렇게 한 사람, 한 사람을 보조하여 전체 학생이 성공하도록 한다. 처음 해보는 학생들에게는 쉽지 않은 도전이지만 한 사람이라도 도전에 성공하면 그 시점부터 진도가 잘 나간다.

여학생들도 내가 있는 동안 고소공포증 환자라는 여학생을 포함해 한 사람 낙오자 없이 모두 성공했다. 그래서 종종 학교 건물 벽에 밧줄을 매달고 4층에서 내려오는 수업도 한다. 한번 성공해본 아이들은 그 재미에 두 번 세 번 도전한다. 건물 외벽 공간에 인공 암장도 만들었다.

모래사장도 매우 좋은 장소다. 구멍을 파고 숨은 생명을 잡기도 하지만 모래 놀이 또한 빼놓을 수 없는 체험이다. 성도 쌓고 자신의 자화상도 만들고, 무엇이든 다 할 수 있는 재료다. 모래 구덩이를 파 즉석 찜질도 하는 학생도 보인다.

파도에 쓸려 온 부표로 사용하던 스티로폼을 모아 뗏목을 만들어 띄우기도 한다. 현장에서 구한 재료만으로도 체험을 진행할 수 있어 좋다. 파도에 떠밀려온 나무들을 모아 밤이면 모닥불을 피워놓고 축제 한마당이 펼쳐지기도 한다. 맘껏 소리치고 노래 불러도 외부 사람이 없으니 눈치 볼 것도 없다.

무인도에 가서 배곯고 힘들 거라는 걱정을 하고 들어오지만 정작 아이들에게는 오래 기억되는 프로그램이다. 뿌듯한 성취감은 저절로 온다. 그렇게 아이들은 단단해져 가는 것이다. 학교로 돌아오는 배에서 아이들은 모두 깊은 잠 속으로 여행을 간다. 녀석들은 하나같이 시커먼 숯 검댕이 천사 얼굴이다. 다녀온 다음 소감문을 쓰라면 별별 이야기가 다 나온다.

첫해 무인도 체험 시 첫날밤 바람과 비가 쏟아져 텐트가 넘어졌다. 모래사장이라 고정이 쉽지 않았다. 텐트 기둥을 붙잡고 밤새 비를 맞으며 뜬눈으로 넘겼지만, 아이들은 그 경험을 더 소중히 간직하고 있다.

나무로 불을 때서 밥 짓는 것도 한몫했다. 마른 나무를 찾고, 불을 피우는 법, 밥이 되는 과정을 지켜보면서 칙칙폭폭 기차에서 출발한 열기관 이야기도 들려주었다. 구수한 밥이 되는 누룽지 냄새에 식욕이 동하여 반찬 없는 맨밥만 가지고도 아이들은 만족한 한끼를 해결

한다.

배고픔과 먹을거리의 소중함을 느낀 결과로 급식실에 선생님들은 "잔반 양이 확 줄었어요." 흐뭇해하신다. 말로 가르치지 않아도 스스로 느끼면 절로 행한다. 급식실 선생님들께 인사도 "고맙습니다." "감사합니다." 훨씬 공손해졌다.

부족함을 겪어야 귀하고 감사함을 안다.

위탁학급을 전담한 관계로 이런 체험을 매달 했다. 갈 때마다 새로운 다른 상황을 만나고 아이들과 같이 헤쳐나가면서 나 역시도 많은 것을 얻었다.

불가능에 도전

사람들은 자신이 해보지 않았거나 생각만으로 쉽게 불가능하다고 단정해 버리는 많은 일들이 있다. 하지만 실제로 부딪쳐 보면 가능한 것도 많이 있다. 이 또한 아주 좋은 교육의 소재다. 앞서 소개했던 '레펠'을 시도하는 것도, 이런 도전들을 거치다 보면 두려움과 싸워 이기는 지혜를 얻고 삶에 에너지가 생겨 어려움을 극복하고 도전을 성공시키는 믿음이 생겨난다. 부정의 마음이 긍정의 마음으로 바뀌면 어려운 조건이 도리어 도전의 대상으로 바뀌고 도전을 즐기게 된다면 삶이 달라진다. 주변을 둘러보면 조그만 불가능들이 널려 있다. 홀로 밤에 산길을 걷는다거나 야영을 하는 것, 끝이 보이지 않는 지평선 길 너머 목적지에 도착하는 것, 내 손으로 직접 집을 짓는 것 등등….

해보지 않아서 막연하게 불가능하다 느끼는 것이 있다면 과감하게 도전할 필요가 있다. 많은 불가능은 해보지 않아서 불가능한 것이지 실제로 불가능해서 불가능한 것이 아니다. 도전의 두려움이 불가능을 만든 것이다.

이런 도전을 할 수 있었던 청람중학교 생활은 나에게 힘든 고통의 시간이 아니라 행복하고 보람 있는 곳이었다. 함께 해주셨던 선생님들 학생들 고맙고, 감사했다.

백번 보는 것보다 한번 행하는 게 낫다.(白見 不如一行)

예전에는 한 번 정해진 성격이나 감정 패턴은 바뀌기가 어렵고, 6세까지 양육에 문제가 있다면 커서는 바뀔 수 없는 문제들이 생긴다고 믿기도 했다. 해리 할로(Harry Harlow)와 스티븐 수오미(Stephen Suomi)의 유명한 실험이 있다. 어린 새끼 원숭이를 어미와 떼어 놓으면 새끼 원숭이는 매우 불안해하며 공격적으로 변하고, 커서도 다른 원숭이와 관계를 맺지 못하고 교감을 나누지 못한다. 무리 안에서 어울리고 교감하며 마음을 안정시키는 법을 배운 적이 없기 때문이다.

하지만 어미와 애착을 잘 이루었고 동료들과도 건강한 관계를 유지하고 있는 정서적으로 안정된 원숭이를 문제의 원숭이와 함께 지내게 하면 문제의 원숭이에게 변화가 일어나 치료자 원숭이와 정서적인 교감을 나누면서 자연스럽게 정서가 안정되는 것이다. 가족이나 친구, 교사, 의사 등의 건강하고 긍정적인 자세로 보듬어주고 옆에 있어 주는 그런 존재가 그 역할을 해줄 수 있다면 가능한 일이 되는 것이다.

그 전에 더 중요한 것은 바로 나 자신인데, 나 자신을 칭찬하고 따뜻하게 대하는 사랑의 마음, 나를 구하기 위해 긍정적으로 생각할 수 있는 도전과 성취감을 일깨우는 기회를 제공하는 조력자가 함께하면 마음의 상처는 치유되고 회복되어 간다.

계획되지 않은 체험

신안에 있는 한 섬으로 무인도 체험을 하기 위해 출발했는데 선창에 가보니 폭풍경보가 내려 배가 뜨지 못한다. 사전에 확인하지 않은 탓이다. 할 수 없이 차선책으로 연륙이 되어 차량으로 들어갈 수 있는 완도 약산도 동백숲 바닷가로 들어갔다. 비가 너무 많이 내려 프로그램을 운영하기가 어려운 상태라 망설이고 있는데 눈에 들어오는 게 있었다.

모래톱 위로 폐그물이다. 아이들에게 폐그물 더미를 치우는 봉사활동을 하자고 제안했다. 아이들은 모두 비를 좀 맞고 조금 힘을 쓰면 될 것이라 쉽게 생각하고 시작했는데, 웬걸 모래를 파고 또 파도 끝이 없다. 빙산의 일각처럼 모래 속에 묻혀 있는 양이 너무 많았다. 봉고 차량에 로프를 연결하여 사람들과 함께 끌어도 꼼짝하지 않았다. 비는 점점 더 거세게 내리고 아이들은 지쳐가고 난감한 상태였다. 다른 프로그램을 운용할 수도 없고 해서 "얘들아, 한번 시작한 일인데 끝장을 봐 버리자. 여기서 포기하는 것은 자존심 상하지 않니?"

대부분 힘 좀 쓰는 지역 짱들이라 이 말에 자극을 받아 "끝장 봐 버리죠." 하고 달려들었다. 나는 톱을 들고 아이들은 노출된 그물 더미에 밧줄을 묶고 잡아당기게 했다. 하나 두울 셋 영차, 영차, 영차 조금 올라온 그물을 톱으로 썰고, 다시 잡아당기고 또 썰고 되풀이했다. 아마도 처음 차량으로 당겼을 때, 마음속으로 모두 불가능할 거라고 포기하고 싶었을지 모른다. 한 가닥 한 가닥 잘려 나오는 그물 더미가 쌓여 가는 것을 보면서 가능함을 믿고 싶었을지 모른다. 그랬기에 억수로 쏟아지는 빗속에서 반나절을 버텼는지 모른다. 마지막 가닥이 뽑혀 나오고 눈앞에 산더미처럼 쌓인 뭉치를 보는 표정에는 선생이나 아이들 구별이 없었다. 아무도 힘들었다는 말도 하지 않았다. 계획된 프로그램보다 더 큰 배움을 얻었던 순간이다.

중간에 위기(?)가 한 번 있기는 했다. 아이들과 내가 순간 호흡이 맞지 않아 밧줄을 썰던 톱날이 내 왼손 검지손가락을 파고들었다. 빗물에 젖은 손가락에서 피가 멈추지 않고 흘러내린다. 내가 그물을 자르고 난 후에 당겨야 하는데 아이들이 먼저 잡아당겨 버린 것이다. 아이들 표정이 굳어진다. 여기서 멈추면 끝내기가 어려울 것 같아 "괜찮으니 마저 끝내자." 피는 멈추지 않지만 아무렇지도 않은 듯, 엄지손가락으로 상처 난 곳을 누르고, 계속 진행했다.

작업이 끝나고 한 아이가 밴드를 가져와 정성스레 붙여준다. "고마워, 괜찮아." 비에 젖어 차가워졌던 두 사람 손이 일순 따뜻해졌다.

산처럼 쌓인 그물 더미 앞에서 누가 먼저랄 것 없이 만세를 불렀다. 마무리까지 깨끗이 하려고 면사무소에 연락해서 그물 담을 자루를 달라고 했다. 조금 있으니까 면사무소 직원이 왔다. "우리도 제거하려다 못하고 놔둔 것인데, 어떻게 치웠냐?"고 물었다. 학생들과 어른 몇 사람이 치웠다니 놀라는 표정이다.

교칙(생활규정)과 다모임

개교 전 학교 교칙을 어떻게 만들 것인가 고민했다. 결론은 학생들에게 맡기자. 학교에서 일방적으로 정하는 규칙을 지킬 리 만무하니까….

입학 전 예비학부모 모임에서부터 역시 논란이 분분했다. 보호자들의 주된 의견은 사고뭉치들이 모이는데, 학교에서는 교칙을 만들지 않고 아이들이 정하는 데로 따라간다니 말이 되는가?

어른들을 설득하는데 상당 시간이 걸렸다. 지켜지지 않을 교칙을 만들어 봐야 소용이 없다. 아이들이 스스로 지킬 규칙을 만드는 게 쉽지 않겠지만 더 나은 방법을 찾을 수 없다. 시간이 필요하다. 학교를 믿고 기다려 달라고….

실제로 교칙도 없는 학교에 이곳저곳에서 모여든 학생들은 쉽게 안정되지 못하고 혼란의 연속이었다. 112, 119가 출동하는 사태가 빈번하니 일어났다. 3달 정도 지났을까. 일부 학생들이 너무 불편하니까 최소한의 규칙을 만들자고 '다모임'*에 의견을 냈다.

저녁 식사 후 7시에 시작한 회의가 12시가 다 되어 끝날 때도 있었다. 이 과정이 매우 중요하다. 어른들은 아이들 의견은 믿을 수 없다

---

*매달 교사, 학생, 보호자가 모여 학교 전반의 중요 문제를 결정하는 회의인데, 어른이나 아이나 같은 자격으로 참여하고 서로 다른 의견이 충돌하면 다수결로 결정하는 구조다. 시간은 정하지 않고 끝장 토론 방식으로 가능한 구성원 모두 찬성하는 방안을 찾는다.
끝내 동의가 안되는 문제는 일단 다수의 의견으로 시행해보고 다음 달 다시 의논했다. 교칙이 어느 정도 틀을 잡을 때까지 2년 가까이 걸렸다.

는 전제하에 의견을 내놓고, 아이들은 아이들대로 일방적인 어른들 의견에 반대하니 막무가내식의 반복된 의견 개진이 이어진다. 이 반복된 논의를 통해 다듬어지고 서로 생각도 이해하게 된다. 아이들이 자기 생각을 표현하는 훈련도 된다. 시간을 소모하는 게 아니라 정말 중요한 교육을 하는 자리다.

실제로 학교에 말이 어눌하고 자기표현을 잘못하는 학생이 한 명 있었다. 학생들에게 경청하도록 교육하고 그 학생에게 발언 기회를 자주 주었더니 얼마 지나지 않아 자기 의견을 조리 있게 말할 수 있는 아이로 변했다. 나중에는 학생들은 의견을 모아 이 아이에게 발표하게 했다. 학생 대표 발표자가 된 것이다. 아이들 눈에도 친구의 변화가 대견스럽게 보였던지, 발표 후에 박수와 환호성까지 더해지니 이 아이 학교생활도 달라졌다.

이런 존중과 기회들이 서로를 배려하고 이해하는 공동체 학교문화를 만들어 간다.

우여곡절 끝에 만들어진 게 교칙이 아닌 '사제동행'이다.

다른 학교에서 볼 수 없는 새로운 규정이다. 말 그대로 일단 벌칙은 교사와 학생이 함께 수행하는 것이다. 그간 학교에서 행한 교칙은 처벌을 위주로 만들어졌다. 교육적이라기보다 처벌로 행동을 교정하는 방식이다. 사회의 법과 똑같아서 교육적인 측면을 고려해야 한다는 것으로 의견이 모아지긴 했지만, '어떻게 해야 교육적인 벌이지?'에서 한참 막혔다.

교사와 학생이 같이 벌을 받자는 의견에는 접근이 쉬웠는데, 그럼 어떤 벌이 좋을까?

내가 낸 의견은 걷기, 명상, 산행 등이었다. 다른 좋은 의견이 없다 보니 일단 이것들을 중심으로 시행해보면서 보완을 하자는 쪽으로 방향을 잡아 다모임에서 통과시켰다.

아이들은 선생님들이 같이 벌칙을 받는다고 하니 큰 저항 없이 동의했다. 학부모 역시도 처벌이 아니라 고개를 갸우뚱하면서도 찬성했다. 일단 지켜보자는 식으로….

학생들 상당수는 기본적인 생활 습관이 형성되어 있지 않았다. 그 속을 조금 깊숙이 들어가 보면 무기력이란 암초에 걸려 있는 경우가 많았다. 무기력한 사람들은 육체적으로 정신적으로 탈진한 상태다. 누군가 이를 깨우고 손을 잡아줄 필요가 있다. 먼저 그들 스스로 약속을 정하게 하여 자신이 한 행동에 책임질 수 있도록 배려하여 자발성을 중요하게 생각한 이유다. 두 번째는 약속을 어겼을 때는 어떻게 할 것인가 문제다. 벌칙을 저항 없이 받아들일 수는 없는 것인가? 벌칙을 수행한 후 기분이 좋아질 수는 없는가?

고민 속에서 아이들과 교사의 의견을 물어 벌칙 내용을 큰절하기, 걷기, 묵상하기, 돌탑 쌓기, 산행하기같이 기본적인 마음공부와 신체활동으로 채웠다. 교사가 같이 이를 동행하면서 문제 행동에 대한 진지한 고민을 함께 풀어가는 기회로 삼기로 했다.

무기력한 사람들은 미래가 불확실하다고 느끼게 된다. 주변 사람과 사회로부터 자신을 고립시키려고 하며, 감정적인 허탈감에서 수반되는 정신적인 고통을 느낀다. 이러한 증상은 타인을 무시하거나 부정적으로 대하게 만든다. 누군가 나서서 도와주려고 해도 자신을 그냥 내버려두길 바라며, 결국 혼자 고립되고 만다. 무기력과 우울증은 서로 연관되어 있으며 상호작용을 한다. 그 결과 무기력으로 우울증이 나타나고, 우울하니까 무기력해지는 악순환이 반복된다. 무기력의 가장 중요한 증상은 뭔가를 직접 나서서 하지 않는 것이다.

무기력을 느끼면 자신이 문제를 해결할 수 있다는 긍정적인 생각을 하지 못하게 된다. 슬픔, 우울, 불안, 죄책감, 분노 등 부정적인 감정이 생겨난다. 이런 부정적인 정서는 육체에도 영향을 주어 각종 질병에 노출되기도 한다.

사람은 누구나 성공을 욕망한다. 하지만 욕망은 있으나 움직일 수 없는 사람들이 있다. 무기력하면 행동할 수 없게 되기 때문이다. 하지만 무기력 속에서도 깨닫게 되는 가치가 분명히 있다. 인생에서 보장된 것은 별로 없고 삶은 만만치 않으며, 할 수 있는 일이 있고 하지 못하는 일이 있음을 확실히 배우게 된다. 여기에서 중요한 것은 무기력은 외면한다고 없어지는 것이 아니라는 사실이다. 무기력은 자발성을 상실한 상태이므로 자발성이 살아나면 무기력은 극복되었다고 볼 수 있다.

무기력을 배우기 쉬운 양육 유형은 학대와 방치다. 강압적인 부모는 엄격하게 지시하고 독촉하며 자녀를 자기 방식대로 키우려는 경향이 강하다. 이때 아이는 부모를 '자신의 힘으로는 어쩔 수 없는 존재' 즉, '통제 불가능한 존재'라고 느끼게 된다. 이런 느낌이 무기력을 키운다. 한편 아이의 내재된 자율성은 부모가 시키는 일은 거부하고 싶어하게 부추긴다. 겉으로는 순응하는 체하면서, 실제로는 다른 일에 매달린다. 소외와 방치된 환경 또한 무기력을 불러들인다. 아무리 울어도 부모가 자신을 돌보지 않는 체험을 되풀이하게 되면서 '내가 아무리 크게 울어도 불쾌한 환경을 바꾸는 데 영향을 미칠 수 없다.'는 통제 불가능을 학습하게 된다.

그렇게 되면 점점 아이다운 호기심이나 관심을 표현하는 일이 줄어든다. 방 한쪽에서 단조로운 행동을 되풀이하며 양육자에 느리게 반응한다. 어려운 환경 속에서도 꿋꿋이 제대로 성장해 간 아이들에게는 한 가지 공통점이 있다. 그것은 성장 과정에서 그 아이의 입장을 무조건 이해해주고 받아주는 어른이 적어도 한 명 이상 있었다는 것이다. 누군가가 베푼 사랑이 그 아이의 인생을 바꿔 놓은 결과이다.

하지만 지지해주는 어른이 없이도 강인하게 성장하는 사례가 얼마든지 있는 것을 보면 자신의 성격과 습관, 의지와 삶의 목표 등 마음을 움직이는 많은 인자가 그를 탄력성 있는 사람 혹은 무기력한 사람으로 만드는 요인이 되는 것 같다.

절 명상

처음 명상은 좌식 명상(앉아서 하는 정적 명상)과 절 명상(큰절을 하는 동적 명상) 두 가지로 시작했는데, 명상지도를 할 교사가 나 혼자라 학생들이 너무 어려워하는 좌식 명상은 중간에 빼 버렸다. 명상은 커녕 30분 동안 앉아있는 게 아이들에게는 고문이었던 것 같다. "30분 명상할래, 8시간 30분 산행할래?" 하면 "산행 갈게요." 했으니까.

'절 명상'은 내가 개발한 명상 방법이다. 외형은 스님들이 하는 큰

절과 비슷하나 내용은 사뭇 다르다. 호흡과 기운을 돌리면서 하는지라 좀 어렵다. 학생들에게는 초급단계 절을 시켰다. 시간으로 보면 보통 108배 절은 1배를 하는데 10여 초 걸린다면 내가 하는 절은 1배에 최소 1분이 걸린다. 천천히 하는 것 같지만 정신을 집중하지 않고 호흡이 조화를 이루지 않으면 무척 힘이 들고 넘어지기도 하니 다른 생각을 할 틈이 없는 게 특징이다. 그래서 30분 명상보다 8시간 이상 산행을 선택하는 아이들이 많았다. 좋은 점이 많아 교사들도 결합하여 함께했다. 건강이 좋지 못했던 두 분 선생님은 매일 같이 하면서 건강 회복에 많은 도움이 됐다고 고마워했다. 한 분은 지금도 꾸준히 하고 계시면서 절 명상 전도사를 하고 있다.

아이들과 함께 절을 해보면 처음 시작할 때는 조금 산만하고 불편한 표정을 짓는 아이들이 많지만 20~30배를 넘기다 보면 어느새 아이들의 표정이 변해가고 있는 것을 알 수 있다. 일정한 박자에 맞춰 바른 자세로 집중하며 한 배 한 배를 쌓아가다 보면 짜증스러웠던 표정이 누그러지고 어느 사이엔가 부드럽고 편안한 표정과 마음으로 변해간다.

숨이 조금 거칠어지고 이마에 땀이 맺히기도 하지만 100배 정도를 마쳤을 때는 시작할 때 모습과 사뭇 다르게 변해있음을 확인할 수 있다. 절이 아이들을 변화시키는 것은 무엇일까? 그 이유는 머리부터 발끝까지 신체의 모든 기관을 사용하며 신체의 좌우를 똑같이 움직여 주기 때문에 몸의 균형과 조화를 이롭게 하며, 절을 하는 동안 호흡과 땀을 통해 몸 안의 나쁜 기운이 빠져나가고 경직된 근육과 신경계가 이완되기 때문이다. 또 한편으로 부교감신경계를 활성화시켜 교

감신경의 흥분을 조절하여 분노나 울화를 풀어줄 수 있다. 또 한편으로 복식호흡이 함께 이뤄져 짧은 시간 동안 심신의 안정과 건강에 도움을 줄 수 있다.

운동 효과 면에서도 절 운동은 걷기운동과 같이 다리 근육에 많은 영향을 준다. 절을 10분 실시하면 약 90Kcal 정도의 열량이 소비된다. 이는 조깅 하는 것과 비슷한 수치를 보인다. 다른 보통 스포츠와는 달리 활성산소 발생을 줄이는 저강도 유산소 운동이라는 이점도 빼놓을 수 없다.

마음이란 가만히 내버려두면 게으름과 무기력, 나태와 절망 같은 부정적인 방향으로 흘러가는 경향이 있다. 따라서 마음을 끊임없이 깨우려는 노력을 기울여야 한다. 무기력에서 벗어나 자발적으로 움직이는 힘을 얻기 위해서는 인지, 동기, 정서, 행동이 필요하다. 첫 번

째 동기는 어떤 일을 하고자 하는 의욕이 일어나는 계기다. 동기가 없으면 인간은 아무것도 하지 않으려 한다. 두 번째 인지는 어떤 것에 대해 생각하고 외부의 정보를 받아들이는 방식을 말한다. 세 번째인 정서는 감정과 느낌을 말하는 것으로 마음이 시시각각 외부에 반응하는 결과이다. 마지막 행동은 우리가 실행하고 움직이는 모든 것이다.

> ■ 호킨스 박사의 의식 지도
>
> 수치심-20, 죄의식-30, 무기력-50, 슬픔-75, 두려움-100, 욕망-125, 분노-150, 자존심-175, 용기-200, 중용-250, 자발성-310, 포용-350, 이성-400, 사랑-500, 기쁨-540, 평화-600, 깨달음-700~1000

지성에서 신성으로 변화되지 못하면 500을 넘어설 수 없으며 500 대 수준에서는 개인의 생존이 여전히 중요하긴 하지만 모든 행동의 저변에는 사랑의 동기가 작용하기 시작하고, 창조적 능력이 곳곳에서 드러난다. 특히 다른 사람의 행복을 고려하게 되는데, 그것이 그 사람이 행동하는 필수적인 기준으로 자리 잡게 된다. 600대에 가까워지면 자기 자신뿐만 아니라 다른 사람들의 영적인 눈뜸에 관심을 갖게 되고, 600대에 이르면 선과 깨달음의 추구가 삶의 기본적인 목표가 된다. 700에서 1000까지는 삶 자체가 모든 인간의 구원을 위한 것이 된다.

인류의 평균 의식 수치는 현재 207, 200 이하일 때는 부정적인 일이 도미노처럼 일어나고 200 이상일 때는 긍정적인 도미노를 낳을 수 있다.

의식의 커다란 진전은 내가 '안다'는 착각을 버릴 때 비로소 가능하다. 개인들의 믿음이 다 허물어지고 더 나아갈 수 없는 '밑바닥'에 처했을 때 생긴다. 닫힌 상자 속으로는 빛이 들어갈 수 없다. 반대로 위기는 높은 의식 수준으로 가는 통로가 될 수 있다.

마음을 관찰하는 것만으로도 의식 수준을 높일 수 있다. 마음을 관찰하게 되면 겸손해지고 다 안다는 자만심을 버리게 된다. 이때 앎의 성숙이 시작된다. 겸허한 마음일 때 비로소 마음의 노예에서 벗어나 주인다워질 수 있다.

명상은 마음을 자연스럽게 안으로 몰입시켜 내면의 자아를 확립하거나 종교 수행을 위한 정신집중을 널리 일컫는 말인데, 동양의 여러 종교에서 주로 사용되었다. 긴장과 잡념에 시달리는 현실 세계로부터

의식을 떼어놓음으로써 밖으로 향하였던 마음을 자신의 내적인 세계로 향하게 한다. 항상 외부에 집착하고 있는 의식을 안으로 돌려주므로 마음을 정화시켜 심리적인 안정을 이루게 하고 육체적으로도 휴식을 주어 몸의 건강을 돌보게 한다. 치료수단으로 이용하기도 하는데, 명상 상태에 있을 때는 좋지 않은 성격과 행동을 자신이나 타인의 암시로 바꿀 수 있다.

현대사회에서 명상이 큰 도움이 될 집단 4곳을 꼽는다면 먼저 만성질환으로 시달리는 환자와 그 가족들이다. 만성질환은 몸뿐 아니라 마음까지 지치게 만들기 때문이다. 두 번째로는 학교다. 신체의 변화로 충동과 욕망을 억제하지 못하는 청소년들은 심할 경우 주의력결핍과잉행동장애(ADHD)를 보이기도 한다. 명상은 이들의 넘치는 에너지를 생산적인 방향으로 돌리는 데 유용할 것이다. 일터의 스트레스 또는 일자리가 없어 오는 스트레스를 극복하는 데도 명상이 도움이 될 것이다. 끝으로 고령화 사회가 진행되면서 삶의 의미를 찾지 못해 방황하는 노인들에게 명상은 보람 있는 여생을 설계하는 데 동반자가 될 것이다.

흔히 명상은 특정 종교나 지역에 국한된 수행법이라고 생각하기 쉽다. 그러나 최근 들어 대학에서도 '행복학'이라는 명상 열풍이 불고 있다. 미국 하버드대에서는 심리학자 벤사하르(Tal Ben-Shahar) 박사가 개설한 행복학 강의에 학부 학생의 20%가 몰려들어 화제가 됐다. 행복이란 객관적 지표에 이르렀을 때 얻는 게 아니라 주관적으로 느끼는 만족감이다. 몸과 마음은 하나이다. 마음이 건강해지면 몸도 건강해진다. 규칙적인 운동과 명상, 충분한 수면과 건강한 식습관, 즐거운 마음가짐은 행복으로 통하는 고속도로다. 하루가 다르게 복잡해지는 현대사회에서 명상이 주목받는 이유다.

열등감과 무기력을 일으키는 인지는 변화가 한순간에 일어나지 않는다. 수십 번 수백 번 자신을 달래고 마음을 수정해야 겨우 그 변경된 믿음을 의지하게 된다. 타인이 이를 변화시키기 위해서는 그의 믿음에 강력한 반대 증거를 대면 댈수록 설득과 치료가 잘 된다. 가능하다면 그 믿음에 영향력을 미칠 수 있는 활동이나 작업을 여러 번 반복해준다면 성공의 확률은 높아진다. 어떤 지점에서 '나는 무기력하다.' '나는 이것을 할 수 없어.' 하고 멈춰있는지 그 이유를 찾아내고 그 부정의 믿음을 바꾸는 것이다. 이 과정에서 의사나 상담자의 도움을 받을 수는 있지만, 최종 열쇠는 본인이 가지고 있다. 자신을 변화시킬 수 있는 사람은 오직 자신뿐임을 기억해야 한다. 인지를 전환하기 위해서는 자신이 소중하다는 자존감을 확보해 열등감에서 벗어나야 한다.

무기력을 호소하는 사람들 대부분은 자신이나 타인에 대해 복합적인 감정을 느낀다. 특히 시련을 겪을 때는 부정적인 감정을 많이 느낀다. 이때 가장 필요한 것은 자신의 상황을 받아들이는 것이다. 그 어떤 것이든 받아들여야지, 계속 자신이 피해자라는 생각에 젖어 있다면 결코 아픔에서 벗어날 수 없다. 고통에서 자유스러워지기 위해서는 남과 자신에게 반드시 용서의 과정을 거쳐야 한다. 자신이 유능하다는 느낌이 회복된다면 부정적인 감정에서 벗어날 수 있다.

자신의 나쁜 습관에 대해서도 화를 내지 말며, 그 습관과 싸우지 말고 웃음으로 대하면 변화할 수 있다.

절 명상 체험담 중*

나는 1학기 6월 무인도 체험 이후, 몸에 이상이 온 걸 알게 되었다. 옛날 어른들이 맛이 갔다는 말을 했는데 내가 입맛이 싹 사라져 버려서 액체로 넘기는 것 외에는 목으로 무엇을 넘기는 것이 힘들었다. 씹는 것을 거의 포기해야 할 정도로 힘들어져 갔다.

몸에 이상을 느끼면서도 바쁜 일상과 절 명상을 함께하기로 했다. 처음 시작은 매우 힘들었지만 학생들 덕에 매일 지속했고, 조금씩 몸에 변화를 느끼면서 여름방학 때도 쉬지 않고 한 번씩은 하고서야 만 잠을 잘 수 있었다. 병원에서 처방하는 약을 복용했지만 맛에는 변동이 없어, 거의 액체나 과일에 의존하며 생활했다. 대체의학을 하는 선생님께서 위암 초기라고 진단을 해줘서 놀랐다. 현대 병원에서는 진단이 나올지는 미지수라는 말을 듣고 그분의 처방에 의존하면서 방학을 겨우 넘겼다.

개학하자마자 2박3일의 지리산 종주 수련이 기다리고 있었다. 평소 등반을 좋아하지 않아 별로 산행을 해본 적이 없었고, 음식물을 정상적으로 섭취하지 못한 상태로 지리산 종주가 가능할까? 여러 선생님의 걱정이 있었지만 김 선생님의 격려로 참여하게 되었다. 우여곡절 끝에 힘든 일정을 이겨내고 마지막 날 '천왕봉' 정상을 밟았을 때의 감동과 자신감, 생명의 싹이 다시 올라오는 듯했다. 산행 2박3일 동안 포도와 꿀만 섭취하고 곡류는 섭취하지 않았다.

*『김영효의 절 운동』 책에서 일부 옮겨 왔음.

절 명상 최고의 후원자는 아내다. 나의 건강이 좋아지는 걸 확인하면서 아내도 절 명상을 시작하게 되었는데 절을 시작한 지 3년이 지난 지금까지 다른 요가 동작과 함께 절 명상을 꼭 같이한다.

중요한 것은, '지속하는 것'이라 생각되고 지금 나는 한 번에 7배를 한다. 1배 절하는데 걸리는 시간은 3분이 넘게 걸리니까 20분 정도 소요된다. 호흡과 함께 머리에서 근원에 도달하는 단계를 일곱 단계로 보고 그 의미를 살리면서 하고 있다. 아마 생을 마치는 날까지 지속하리라 보고 있다. 그간 살아오면서 정신적이고 영적인 가치에 최고의 자리를 내주고 살아왔던 때가 있었다. 자주 좌절하면서 단계의 반복이 나를 괴롭혔던 이유가 너무도 간단한 데 있었다는 것을 알려준 선생님께 고마움을 느낀다.   최○○ 교사

나이가 든다는 것, 묵혀진다는 것은 준비하진 않았지만 당연스레 날 찾아왔다. 그 와중에 우연히 공립 대안학교도 접하게 되었다. 준비하지 않은 나이듦, 준비 못한 대안학교 교사인 나는 심하게 허덕댔다. 아무것도 할 수 없어서 아침마다 텅 빈 교실에서 아이들을 기다리며 청소만 하던 나는 이 학교에서 내가 할 수 있는 일이 무엇일까 찾게 되고, 건강관리도 하면서 아이들과 함께 할 수 있는 '절 명상' 수업에 동참하게 되었다. 절 명상 수업을 이끄시는 선생님을 따라 아이들과 함께 흔히 알고 있는 '108배'를 상상하며 시작하였으나, 전혀 다른 '절'이었다. 108배가 운동 차원이었다면 처음에 운동으로 접근했던 내가 지금 하는 '절'은 전혀 다른 절이었다.

운동에 대해 잘은 모르지만, 운동은 시간이 지나면 차츰 익숙해지

고 요령을 알게 되면 훨씬 쉬워지는 것이지만 선생님과 하는 절은 잠시라도 한눈을 팔면 나의 멘탈이 다 드러나는 거울과 같은 오묘한 것이었다. 조금이라도 요령을 피우면 흐트러지고 엉덩방아를 찧으며 나의 불성실함을 온몸으로 표현할 수밖에 없었다. 그런 쪽팔림이 싫어서 요령을 피울 수도 없었고 오로지 내 몸에 집중하다 보니 신기하게 그 불편한 동작들이 어느새 편안해지고 얼마만큼 자유로워질 수 있었다. 특히 심한 산악훈련 후유증으로 거의 일 년을 왼쪽 어깨를 사용할 수 없었으나 이제는 문제없이 자유롭게 사용할 수 있다. 또한 어느 때부터 느껴지기 시작한 호흡법에도 서서히 집중하며 '명상'의 즐거움에 빠져든다.   손○○ 교사

병영성 걷기(응집된 분노를 털어내는 걸음 명상)

강진병영에 있는 병영성은 청람중학교에서 11키로 떨어져 있다. 왕복하면 22키로다. 저녁 식사를 마치고 7시 현관 앞에 아이들이 모여 병영성 걷기를 출발한다. 한적한 시골길이라 불빛이 없고 사람도 거의 다니지 않는다. 밤길을 터벅터벅 4시간 전후로 걷다 보면 자신도 모르는 사이에 저절로 명상 상태에 들어가는데, 마음이 불안정한 아이들은 처음에 고래고래 소리를 지르고 욕설도 마음껏 뱉어내게 한다. 사람이 없어서 가능하다.

내면에 쌓인 분노를 토해내는 것인데, 이 응집된 분노를 풀어내는 데 걸리는 시간은 길면 2시간 전후에서 점차 누그러들고, 이쯤에서는

홍얼홍얼 콧노래로 바뀌고 마지막에는 침묵의 묵언 수행 상태가 된다. 처음 출발할 때는 마음이 불안정한 상태에서 응집된 분노를 한참 동안 분출시키다가 분노가 차츰 줄어들면 자연스럽게 발끝에 비치는 불빛에 시선이 가게 되고 그로 인해 마음이 집중되기 시작하면서 자연적으로 명상 상태에 들어가게 되는 것이다.

물론 교사도 함께하는데, 아이들 3명이 가면 교사 1인이, 6명이 되면 2명, 9명일 때는 3명의 교사가 아이들 뒤를 따르면서 무슨 일이 있을 때를 대비하지만 정작 교사의 역할은 아이들이 교사와 소통하고 싶을 때 가까운 거리에서 손을 잡아주기 위함이다. 교사는 자발적으로 참여하는데, 당일 학생이 몇 명인가를 공지하여 인원을 배치한다. 5시간 전후 22km를 걷는다. 걸음이 늦은 아이들은 12시를 넘기기도 한다. 행군은 쉽지 않지만, 낙오자 없이 온다.

이 프로그램을 진행하다 보면 재밌는 현상이 벌어지는데, 해당자 아닌 학생들이 참여하는 것을 본다.

"너는 오늘 걷기 대상자가 아니잖아?" "기분이 껄적지근해서요." 뭔가 아는 아이다.

교사와 학생이 두 손을 꼭 잡고 들어오는 모습도 많이 보이고, "학교야 반갑다." 인사하면서 들어오는 아이들도 있다. 매주 1회 진행하는 프로그램이다.

주변이 눈에 들어오지 않는 밤길은 자연스럽게 자신의 발밑에 집중하게 된다. 일정한 발걸음의 리듬과 호흡이 결합하면서 안정된 심리상태로 이끌게 되니 명상 상태로 들어가는 최적의 조건이 되는 것이다.

자연 속을 걷다 보면 어느 순간부터인가 자신과의 대화를 나누게 된다. 자연과의 대화를 나누는 즐거움만큼이나 자신과 만나는 것도 빼놓을 수 없는 귀중한 시간이 된다. 일상생활에서 자신을 되돌아보기는 쉽지 않지만 걸음을 걷게 되면 투명한 유리관 속을 들여다보듯이 내면의 자신을 명확히 볼 수 있게 되는 것이다. 호흡을 자연의 리듬에 자신을 맡기고 걸음으로써 순수한 나를 대할 수 있게 되는 것이다.

한편으로 차츰 힘들어가는 육체의 고통 속에서 자신의 체력, 의지와 싸움을 해야 하는 시간도 쉽지는 않지만, 함께 하는 친구들과 서로 의지하고 격려하는 가운데 혼자가 아님을 느끼고 힘을 얻는다. 처음 도전할 때의 두려움과 걱정은 차츰 사라지고 목적지를 가까워질수록 뿌듯한 성취감은 어디서도 쉽게 맛볼 수 없는 쾌감으로 다가온다. 성큼 성숙해지는 귀중한 시간이 된다.

남도 해안 길 200리를 3일간에 걷고, 산길을 하루 6시간 이상 걷거나, 지리산 능선을 관통하여 천왕봉에 이르는 것은, 쉽지 않은 도전이다. 쉽지 않은 만큼 그 도전의 의미는 무기력증을 벗어나게 하고 자존감을 찾는데 큰 힘이 된다.

아침 산책(하루를 여는 운동)

개교 준비에 내가 했던 첫 번째 일은 낫과 톱을 들고 학교 뒷산에 길을 내는 일이었다. 30분 정도의 아침 산책 코스를 만드는 작업이다. 하루 시작을 시원한 산 공기를 마시며 몸과 마음의 문을 활짝 열게 만들고자 함이다. 일에는 우선순위가 있는데, 몸과 마음을 정화시켜야 할 아이들을 위해서 없는 길을 내는 작업이 다른 어떤 업무보다 중요하게 생각한 것이다. 아침 6시면 어김없이 비가 오나 눈이 오나 이어졌던 아침 운동은 청소년기의 아이들에게 가장 힘든 프로그램이었을 것이다. 그 시기에는 누구나 아침잠이 많은 시기니까.

누구도 예외가 없고 전날 일과가 밤 12시간 넘어 끝나도 아침 운동은 멈춘 적이 없이 진행했다. 일종의 일관성이다. 이 학교의 철학이 담겨 있는 것인데 어떤 일이 있어도 포기하거나 멈추지 않는 원칙 같은 것이다. 어떤 일이 있어도 쉬지 않는다고 모두 수긍할 때까지 시간이 걸리고 힘들었지만, 아침 운동이 정착되면서 얻은 것은 매우 많았다. 우선 학교가 밝아졌다.

일어나기 싫은데 억지로 깨우는 교사에게 대들기도 하고 욕설을 퍼붓기도 했지만 결국 기다리는 교사의 손에 이끌려 나오는데 여기까지가 고비다. 시원한 아침 공기를 마시며 산을 오르다 보면 언제 그랬냐는 듯이 얼굴이 밝아지니까….

선생님은 만나는 아이들에게 웃는 얼굴로 인사를 하고 같이 걸으면서 대화도 하는 시간인데, 이 시간의 대화는 학생과 교사 누구에게도 부담이 없다. 간단한 인사와 표정을 보며 기분을 묻거나 등등.

아침 운동이 자리를 잡아가자 나는 아이들과 반대 방향으로 돌면서 인사를 하는데 마주치는 아이들과 눈을 맞추면서 한마디씩 건넸다. 아주 사소한 것들이다. "안녕!" "오늘 얼굴이 더 이뻐 보이네." "기분 좋은 일 있어?" 등등 처음 마주칠 때는 찌푸렸던 얼굴이 두 번째는 더 밝게 펴지고 세 번째는 아이들 스스로 먼저 인사를 한다. 다섯 바퀴를 돌며 다섯 번 인사를 나누는 동안 점점 더 기분이 좋아져 가는 것이 보인다. 어떤 아이는 하이파이브를 하면서 마주쳐 오기도 하면서 아침이 밝아진다. 아침 기분이 밝아진 아이들은 하루를 훨씬 가볍게 시작하게 되는 것이다.

일상에서 언제든 하는 체험활동

봄나물들이 한창일 때면 나물 캐기 나들이 간다. 봄꽃 길을 걸어 현지에 도착하면 즉석에서 야생초 교육을 하고, 각자 나물을 뜯어 그 나물로 반찬을 만드는 요리법도 배우고 밥을 지어 먹는 소풍이다. 공동체 놀이도 하고 자연의 품에서 하루를 보내는 날이다.

학교 인근에 탐진강이 흐른다. 걸어서 10여 분 거리에 있어 부담 없이 갈 수 있는 곳이라 물놀이도 하고, 고기를 잡기도 하고, 밤낚시도 한다. 활동할 수 있는 공터가 있어 종종 놀이와 운동경기를 하기도 한다. 언제라도 희망하는 학생이 있으면 나가는 게 원칙이다.

학교 안에 축사를 지어 닭, 토끼, 염소를 기르는데 희망하는 학생들이 당번을 정해 관리를 한다. 닭과 토끼는 아침에 문을 열어주면 학교 여기저기를 누비고 다니면서 학생들과 어울리기도 한다.

동네 봉사활동도 매월 정해진 날에 나가 활동을 하는데, 모둠별로 정해진 마을을 지속해서 가다 보니 학생들과 지역민이 유대감이 생겨 봉사 날을 기다리는 어른들이 계시고 반갑게 맞아준다.

김장 체험

내가 김장을 할 줄 아는지라 학교 김장도 중요한 체험활동으로 진행했다. 일주일 계획으로 김장의 전 과정 모두를, 가능한 수행하는 방법을 선택하였다. 밭에서 직접 캐는 작업(희망하는 학생)부터 씻고 다듬고 손질하는 과정을 전 학생이 일과 후에 모둠을 나눠 맡은 일을 하는데, 의외로 재미가 쏠쏠하다. 삼삼오오 교사와 학생들이 모여서 하다 보니 자연스럽게 정담도 나누고 경험 있고 솜씨 있는 학생들은 다른 친구들에게 알려주기도 한다.

배추 기준으로 500~700폭을 하려니 부재료 양도 만만치 않아 장을 보러 갈 때는 학생들 도움이 필요하다. 희망을 받는데 서로 가려 한다. 장 보면서 하는 군것질에 욕심이 있는 것이다.

배추를 씻고 다듬을 때는 전교생이 다 달라붙는다. 한쪽에서는 썰고 썬 배추를 물가로 나르고 씻는 사람과 절이기 위해 통에 옮겨 담는 사람 등등 산처럼 쌓였던 배추는 금방 사라져 통에 담긴다. 소금 간은 아무나 할 수 없어 나 혼자 하는데, 쉴 틈이 없다.

일과 후 밤은 모둠별로 모여 재료들을 씻고 썰고 깎고 다듬느라 학교는 시끌벅적 큰 사랑방으로 변한다. 다음날 간한 배추를 건져 물에 행구고 대나무를 이용한 단에 배추들을 올려 물을 빼고 양념이 만들어지길 기다린다. 월요일에 시작한 작업이 금요일 배추에 속을 집어넣는 과정을 마지막으로 끝나는데, 교사와 학생 모두 얼굴에 붉은 양념 얼룩을 묻히며 진행한다. 자기가 버무린 배추 가닥을 서로 입에 먹여주면서 일주일을 끌어온 김장 체험이 막을 내린다. 이 김장김치로 김

치를 먹지 않았던 학생들이 김치를 먹게 되는 경우도 많았다.

이 김치는 학생들이 학교 밖으로 체험활동을 나갈 때 이용한다. 청람중학교는 체험활동 시 직접 조리해서 먹는 원칙을 가지고 있으니까….

이런 일이 있었다. 광주 모 여자중학교서 김장 체험 견학을 왔는데, 간한 배추를 씻는 날이었다. 그날 활동이 끝나고 인솔해온 교사가 묻고 싶은 게 있단다. 추운 겨울 날씨에 찬물에 손을 담그고 배추를 씻는 학생들 얼굴이 힘든 것은 보이지 않고 도리어 너무 환한 것이 이해가 되지 않는다는 것이다. 심지어 맨발로 하는 아이들까지 있었는데, 발이 시릴 것인데 즐거운 표정이더라는 것이었다. 억지로 시키는 것과 자발적인 차이를 설명하는 데도 잘 이해가 안 됐던지 다음날 하루 더 견학하고 싶대서 그러라고 했더니 다음날 방문을 또 했다.

체험활동의 핵심인 자발성을 잘 이해했을까?

핸드폰 없는 학교

아이들에게 핸드폰은 절대적인 존재이다. 게임 중독으로 청람중학교에 온 학생들도 있으니까. 그에 따라 생활규정을 처음 정할 때 학부모와 교사들의 적극적인 반대로 일과 중에는 핸드폰을 쓰지 말자는 최소한(?)의 규정으로 시작됐다. 하지만 '다모임'에서 학생들의 목소리가 점차 커지면서 상황은 변해갔다. 처음에는 교사나 보호자의 강압

(?)에 눈치를 보며 어쩔 수 없이 끌려오기도 했지만, 자기들이 의견을 모으면 다수결로 어른들의 의견을 이길 수 있는 것을 알아차린 것이다. 교사를 포함한 어른 숫자가 학생 수보다 적으니까.

매달 학생들에 의해 핸드폰에 대한 안건이 올라오고 어른들과 아이들의 의견이 다르니 장시간 동안 논쟁을 거치며 여러 방법의 핸드폰 규정이 시행되었다. 수업 중에만 사용하지 않고 다른 시간에 허용하다 보니, 폰을 들고 밤을 새우는 아이들이 생겼다. 이로 인해 아이들이 잠을 잘 수 없다고 항의를 하게 되면서 밤새는 아이들의 폰을 압수하기도 했다. 시간이 흐르면서 핸드폰이 기숙 생활을 하는 청람중학교에서는 해로운 점이 더 많다는 결론이 나면서 핸드폰 없는 학교가 됐다. 아이들 상당수가 폰이 있을 때와 없을 때 비교해보면서 없는 게 낫다고 판단한 것이다. 2년간에 걸쳐 장시간 토론을 거치며 얻어진 결과이다.

월요일 학교에 오면 교무실에 들려 핸드폰 수집 가방에 넣고 주말 집에 갈 때 찾아가는 형식으로 학교에서 핸드폰이 사라진 것이다. 남들이 '핸드폰 없는 학교' 결정을 학생들이 동의했다면 아무도 믿지 않는다고 하지만 사실이다.

이 생활규정들이 잘 지켜지는 것은 이런 과정을 거치면서 스스로 결정한 규정이기 때문에, 규정을 어기려 하는 친구가 있으면 자기들 내부에서부터 자제를 시킨다. 그래도 따르지 않으면 교사에게 신고한다. 시행착오와 불편을 겪으면서도 오랫동안 믿고 기다려준 결과다.

아이들 하나하나 모두를 한 인격체로 존중해주면, 자신의 말과 행동에 책임지는 사람으로 성장해간다.

'욕하고 반항하는 아이'로 만들어주세요

○○이는 서류상으로는 좋은 가정환경에 자란 아주 착하고 예의 바른 나무랄 데 없는 모범(?) 학생이다. 서류 심사를 하면서 의아했다. 이런 환경의 학생이 왜 지원했지? 처음에는 청람중학교에 대해 잘 몰라 지원한 것으로 생각하면서 입학 상담에 들어갔다. 부모님 말씀이 "우리 아이가 거친 욕도 하고 반항하는 것을 봤으면 합니다." 요구가 의외였다.

초등학교 시절 부모는 공부도 잘하고 말 잘 듣는 착하고 예의 바른 ○○이를 자랑스럽게 여기면서 살았단다. 어느 날 학교에서 호출하기 전까지는….

학교폭력을 조사하는 중에 ○○이도 연루된 것을 확인하고 호출한 것이다. 조사한 내용을 보니 5년 동안 상습적인 폭력과 금품갈취를 당하면서 학교생활을 한 것이다. 집에도 학교에서도 아무한테 알리지 못한 채 숨겨왔다니 부모로서 할 말을 잃었단다. 자랑스럽게 생각했던 자식이 바보였더란다. 그래서 최소한 자신을 방어할 수 있는 교육이 필요해 청람을 지원하게 됐단다. ○○이는 처음엔 조금 버벅대기도 했지만, 적응 잘하면서 힘든 체험들도 이겨내고 단단해지면서 서서히 큰 목소리로 자신의 의사 표현도 하고 "안돼, 하지마." 등의 표현을 하는 반항(?)하는 아이로 변해갔다.

교육은 착하고 예의 바르고, 말 잘 들으라고 선을 가르치지만, 그것만으로 부족한 세상과 현실이다. 알게 모르게 치열하게 경쟁하지 않으면 살 수 없다고 가르치는 학교에서 선은 설 자리를 잃은 지 오래다. 약자를 배려할 교육이나 공간이 부족한 학교가 만들어 낸 결과다.

반항하는 아이, 무기력증 아이

반항하는 아이들 내면에는 억압된 분노가 자리 잡고 있다. 이 분노를 표출할 기회를 주지 못하면 어느 순간 크게 폭발한다. 어른들은 아이들의 분노로 폭발하는 행위만 보고 잘못을 따진다. 아이들의 불만족이 무엇인지 미리 알아보고 어루만지고 도와줘야 한다. 그것이 쉽지 않다면 분노의 분출구를 찾아줘야 하는데, 그렇지 않고 관심을 두지 않거나 바쁘다는 핑계로 외면해 버린다. 아이들이 바르게 자라기를 바란다면 어떤 반항하는 행위가 일어났을 때 꾸중하고 나무라기에 앞서 그 원인부터 찾아야 한다. 결과의 행위만 가지고 따지니 아이들은 수긍하지 못하고 더 심한 반항을 하게 된다. 그 결과로 교사나 어른들은 교육을 포기하고 강압적인 방법을 동원하거나 외면해 버린다. 대부분 학폭도 마찬가지다.

일종의 교육 포기 행위이다. 그래도 반항하는 아이들은 자기표현을 하기에 그나마 다행이다. 문제가 있음을 알려주기 때문이다. 반항할 힘이 없는 아이들은 그 고통을 내면화시켜 버리면서 더 깊은 수렁으로 들어가게 된다. 얼른 눈에 보이지는 않아 문제 없는 것처럼 보이지만 깊은 마음의 병으로 변해간다.

저항할 힘이 없는 아이들이 폭발(반항)하는 아이들보다 더 심각한 문제를 안고 있는 데도 어른들은 이런 아이들을 순하고 착한 아이라고 착각하는 경우가 많다.

반항하는 아이들보다 무기력한 아이들을 회복시키는 것이 더 어려운 것은 마음의 문을 열려고 하지 않기 때문이다.

> ■ 아빠가 딴 살림을 차리면서 엄마는 집을 나가고, ○○이는 혼자 고립되게 됐다. 아빠는 집에 있는 날이 거의 없고 ○○이가 학교 가는지 안 가는지 관심 없으니, ○○이는 학교 안 가는 날이 많아지게 된다. 뒤늦게 학교에서 알려 와서야 이를 알게 되어 아빠가 폭력적인 방법으로 잡아보려 하지만 아빠에게 배신감을 가진 ○○이가 아빠 말을 들을 리 없다. 잠시 학교에 나가는 척하다가 다시 아빠의 눈을 피해 학교를 외면하는 악순환이 반복됐다. 어느 순간 이미 한계를 넘어버려 학교에서 담임교사가 찾아와도 방문을 잠가 버리고 대꾸조차 하지 않을 정도로 마음의 문을 닫아버렸다.

결석 날짜가 쌓여 유예 대상자가 되니 학교도 아빠도 대책이 없어 청람중학교를 찾아왔다.

상담하는 동안 내내 고개조차 까딱하지 않았다. 딱 한마디 내버려 달라는 말 밖에….

표현을 전혀 하지 않으니 막막했다. 식사 때가 되어도 급식실에 가지 않고 방구석이나 어두운 곳에서 종일 잠자는 것이 일과의 전부였지만 기다렸다. 한 달 정도 지나면서 ○○이도 답답함을 느끼는 것 같아 "○○야 바람 쐬러 가지 않을래?" 조심히 물었더니 밖으로 나왔다.

○○이가 가는 데로 뒤를 따라 시골길을 아무 말 건네지 않고 6시간을 걸었다. 밤 12시가 넘은 시간이다. 지치기도 하고 정신이 들었는지 "여기가 어디예요?" 하고 묻는다. 한 달 만에 처음으로 나에게 말을 건넨 것이다. "네 뒤만 따라와서 나도 모르겠는데." "학교 가려면 어디로 가요?" 이번에는 의사 표현이다. "나도 잘 모르는 길이니 불빛을 보며 찾아가 보자." 시골길을 무작정 걸었으니 나도 어림만 할 뿐 정확한 길은 알기 어려웠다.

이렇게 말문을 열기 시작한 것이 몇 마디씩 대화(소통)로 이어지고 ○○이가 하고 싶은 것을 하나씩 찾아갔는데 다행스럽게 책 읽기를 좋아해 한동안 도서관에서 살다시피 했다. 그렇게 한 걸음씩 문을 열기 시작하여 학교에 적응해갔다.

아동학대, 실종신고

청람중학교 근무하면서 아동학대로 신고를 당하고, 폭력으로 고발도 당했다. 실종신고로 119 출동도 시켰다. 어찌 보면 별일을 다 겪었다.

아동학대는 생존 체험처럼 힘든 프로그램이 아동학대로 보여서인지 신고를 한 것이다. 경찰이 찾아와 아동학대 신고가 들어와서 왔단다. 나를 조사하기보다 아이들 이야기를 들어보고 판단하라고 학생들을 먼저 만나게 했다. 아이들을 만나고 온 경찰은 "선생님 많이 힘들었겠습니다. 아무 문제될 게 없으니 그냥 가겠습니다."

교육적인 면을 고려하지 않고 힘들다는 것으로 판단하니 그렇게 보이는 것이다. 힘들지 않은 도전은 없다. 도전 없이 단단해지고 성장을 기대하기 어렵다.

힘든 아이들을 데리고 가끔 길이 나 있지 않은 산으로 산행을 한다. 부적응학생 대부분은 진득하니 뭣엔가 집중하지 못하는 특성과 더불어 인내를 모르니 이를 치료하기 위한 프로그램이다. 산행은 힘들어도 남의 도움을 받을 수 없다. 자신의 힘으로 헤쳐가야 함을 제일 먼저 배운다. 아무리 급해도 한 걸음 한 걸음이 쌓여 정상에 오르는 이치를 깨닫는 것은 금방이다.

물병을 소지해도 갈증 나는 대로 마시다 보면 중간에 물이 부족해지니 물 한 모금이 얼마나 소중한지도 더불어 배운다. 한 걸음을 뗄 때마다 주의를 기울여야 하고 앞에서 길을 내주지 않으면 힘이 드니 보통 고역이 아니다. 성미 급한 아이들은 앞서 가보려 하지만 몇 걸음 못 가고 포기한다. 같이 땀을 흘리고 때론 손도 잡아주고 격려를 하면서 소통의 물꼬를 트는 것도 매우 중요하다. 힘들 때일수록 도움과 격려는 아이들의 신뢰를 쌓는 지름길이 된다. 이러다 보니 기다려주는 시간이 많아지고 예정된 시간에 도착하지 못하는 경우가 많이 생긴다.

도착 예정이 오후 5시 30분이었는데, 시간이 지나 어두워지는데도 소식도 없고 연락이 두절이니 학교에서 실종신고를 했다. 사정은 이랬다. 중간에 아이가 다리를 벌에 쏘여 제대로 걷지 못해 시간이 늦어지면서 어둠이 시작되니 길을 헤치기도 어렵고 빨리는 내려가야 하니 할 수 없이 계곡 물길을 따라 내려오다 미끄러져 핸드폰이 물에 빠져 불통이 된 것이다. 예정 시간을 한참 지난 11시 30분에야 도착했으니까, 그동안 학생들과 구급대원들이 산을 수색하고 난리가 난 것이다.

이 체험 후 아이의 변화가 시작됐다. 어둠에 대한 심한 트라우마를 갖고 있던 아이였는데 밝힐 수 없는 사연이 있다. 홀로 남겨지는 공포를 이겨내면서 자신의 힘으로 일어서는 법을 하나씩 배워가기 시작했다.

꽁지머리

언제부턴가 나에게 애칭이 하나 붙었다. '꽁지머리 선생님.' 어느 날 아이들이 심심했던지 교무실 내 책상 주변으로 모였다. 한 아이가 내 머리가 긴 것을 보고 "선생님 머리 손봐줄까요?" 묻길래 "알아서 해라."고 놔두고 다른 아이들과 대화에 열중했다. 머리를 삐삐 머리로 만들었다가, 머리를 올려 세우기도 했다가, 요리조리 맘껏 가지고 놀도록 내버려뒀다. 한참 후 "야 애들아 이 스타일 멋져 보이지 않니?" 나에게는 거울로 비춰주고 다른 아이들에게도 봐달라 했다. 생각지 않게 아이들 보기에 괜찮았던지, 한 아이가 자기 머리끈을 풀어 내 머리를 묶고는 "선생님 제가 머리끈은 계속 제공할 테니 묶고 다니세요."

이게 내 꽁지머리의 시작이다. 약속한 대로 아이는 머리끈을 선물

하니 나는 선택에 여지없이 꽁지머리가 되고 말았다. 그게 2013년이니 딱 10년이 됐다. 혹시 그 아이를 만났을 때 내 꽁지머리를 기억하고 있을까?

아이들에게 편안하고 포근한 교사로 살기를 원했던 내게 준 또 하나의 선물이다.

학교에서 나에게 '아빠'라고 불렀던 아이들이 있었다. 다 아빠가 없거나, 있더라도 아빠 노릇을 못 해주는 아이들이다. 할아버지 나이인 나에게 '아빠'라고 부르니 처음에는 조금 어색하기도 했지만, 사랑과 관심이 필요한 시기에 부정을 받지 못하고 자라는 아이들이라 생각하니 안타까운 마음이었다. 나에게 아빠 역할을 기대하고 의지하려 하는 것이 한편으론 고맙기도 했다.

검정비닐 봉지 속 배 5개

다문화 학생이 유예 직전에 위탁 교육을 지원해 왔다. 무기력증 학생으로 학교 교육을 거부하니, 할 수 없이 교사 손에 억지로 이끌려 온 것이다. 집 사정은 이랬다. 어머니가 다문화인데 결혼 후 이 학생을 임신한 상태에서 아빠가 사고로 반신마비가 장애인이 되어버린 것이다. 아빠는 신세를 한탄하며 알코올 중독자가 됐고 엄마는 언어 소통도 어려운 상태에서 생계 전선으로 내몰리니 아이를 돌볼 여력이 없는 상황이었다.

상담에 들어갔는데 아이는 입을 열지 않는다. 아이 상담은 접어놓고 교사, 어머니 상담만 했다. 어머니 상담 중에 중요한 단서가 있었다. 남편이 사고 난 것이 본인과 만남에서 비롯된 것이라는 죄의식(자신이 불행의 원인)이 깊이 자리하고 있었다. 죄를 지은 자신이 엄마 노릇을 제대로 할 수 없다고 생각하고 있는 것이었다. 1차 상담을 마치면서 교사에게 "어머니 상담이 필요하니 격주로 한 달에 두 번 어머니를 모시고 오십시오."

일정이 시작되었지만, 식사시간 외에는 일체 활동에 참여하지 않으려 한다. 그대로 편하게 놔두고 관찰하는데, 눈에 잘 안 띄는 구석을 찾아 그냥 잠만 잤다. 마치 세상 보고 싶지 않으니 눈 감고 있겠다고 외치고 있는 것 같다. 방 밖으로 나오기를 기다리는 날이 자꾸 쌓여 가지만 억지로 끌어서는 안 된다. 방에만 있는 게 지루했는지 어느 날 얼굴이 보여 "학교 밖으로 바람 쐬러 가자." 유혹(?)을 하여 2시간 정도 강진만 바닷가 길을 드라이브와 가벼운 산책을 하고 돌아왔다. 최소한의 의사 표현을 제외하고 말이 없다.

이렇게 외출을 몇 차례 하다 보니 경계심이 조금씩 누그러들면서 나가자면 거부감 없이 따르기 시작했는데, 마침 전교생이 예비 산행하는 날이 왔다. 2학기 초 2박3일 산행하기 위한 훈련과정이다. 아이는 2학년이니 덕유산 종주를 참여해야 한다. 그날 코스는 가까이 있는 보성 제암산(779m)이다. 예상대로 안 가겠다고 거부한다. 상황 설명을 해줬다. 학교에는 아무도 남지 않는다. 급식실도 문을 닫아 식사도 안 되고 기숙사도 사람이 없으니 문은 잠가야 하고, 밖에서 종일 밥도 안 먹고 혼자 있을 것이냐? 이 학교에는 건강이 좋지 않은 친구들도 있지만 모두 참여하는 것은, 개인의 능력에 맞춰 천천히 가도록 배려하니까 가능하다.

한참을 설득하니 억지로 따라 나왔다. 일단 동행이 시작됐으니 반은 성공이다. 아직 마음의 문을 채 열지 않은 상태에서 산행에 결합하는 게 쉽지 않은지라 망설였다. 하지만 학교 일정을 바꿀 수는 없다.

'갑낭재'에서 출발한 산행이 15분 정도 지났을까, ○○이는 가기 싫다고 산길에 누어 버린다. "힘들면 쉬어라, 기다리마." 앞서가던 대열 선두를 멈춰 세웠다. "○○이가 힘들어하니 기다려주면 어떻겠니?" 청람 아이들은 말뜻을 다 안다. 얼마 전 자신의 모습을 보는 아이들이 여럿이니까. 기다리고 기회를 주면 일어선다는 것을….

30분이 넘도록 아이들은 불평 없이 무던히 기다려준다. 몇 차례 눈치를 보던 ○○이는 모두가 자기를 기다리는 모습을 보면서 할 수 없었던지 일어나 올라왔다. "○○이를 선두에 세우고 우리 모두 ○○이 속도에 맞춰 올라가자." 남의 뒤를 따라가는 것은 더 힘이 든다. 앞에서 자기 페이스에 맞춰가는 것이 쉬운 것을 아이들은 알기에 힘들어하는 ○○ 친구에게 선뜻 선두 자리를 내준다. 출발 15분 만에 30분을 쉰 산행이 다시 시작되었다.

자기의 늦은 속도에 모두 맞추니 미안한 생각이 들어 대열 뒤로 가겠다고 몇 번 우겼지만, 아이들은 괜찮으니 앞에 가라고 격려를 한다. 그렇게 예정보다 2시간 늦은 제암산 산행을 무사히 마쳤다. 이후 몇 차례 산행의 선두는 ○○이었다. 2박3일 덕유산 산행 때는 ○○이가 선두를 지켰는데도 예정 시간에 차질 없이 도착했다. 주변의 격려와 자신과 싸움에서 이긴 것이다. 위탁 기간 3개월 동안에 몰라보게 달

자갈밭을 새로 가는 사람

라진 사례다. 청람 아이들의 배려와 격려가 가장 큰 힘이었다.

한편으로 어머니 영향도 매우 컸다. 자신이 죄인이 아니라 누구보다도 훌륭한 엄마라는 생각으로 바뀌었으니까. 상담 내용은 간단했다. 사고라는 것은 누구에게나 벌어질 수 있는 일이다. 당신처럼 말도 잘 통하지 않는 이국에 와서 식구들을 책임지는 것은 쉬운 일이 아니다. 정상적인 가정의 부모들도 가정을 버리거나 자식을 나 몰라라 하는 경우가 허다하다. 당신처럼 그 짐을 다지고 가는 사람은 흔치 않다. 당신은 훌륭한 어머니고 아내이니 도리어 칭찬받아야 한다.

어머니가 회복되어 집에서 중심을 잡으니 ○○이도 자존감이 살아났던지 본교로 돌아가는 시간은 얼마 걸리지 않았다. 이후 학교생활이 몰라보게 달라졌다는 교감 선생의 전화를 받은 나도 뿌듯했다.

얼마 지났을까. ○○ 어머니가 학교를 방문했다. 고맙다는 인사를 꼭 하고 싶어서 왔다는 것이다. 표정이 많이 달라져 보기 좋았다. 가시고 난 뒤 내 책상 아래 검은 비닐봉지가 있어 열어봤더니 배 5개가 들어있다. 시장 리어카 상인에게서 낱개로 산 배다. 어려운 살림 형편에 귀한 돈으로 산 소중한 배라 목구멍으로 잘 넘어가지 않았다.

심장병 환자 정○○의 지리산 종주

정○○이는 초등학교 때 4번의 심장병 수술을 했다. 초등학교 내내 병원을 들락거리며 산 것이다. 수술은 했지만, 몸은 언제라도 심장 발작이 일어날 수 있는 상태인지라 학교에서나 가정에서 모든 활동을 금하고 지내야 했다.

상담을 오신 부모님은 "○○이가 다른 아이들과 어울려 노는 것을 보는 게 저희 소원입니다." 병원에서나 사회에서 심장병 환자는 신체활동을 금하는데, 신체활동을 하는 것을 보는 게 소원이라니 난감했다. 고민 끝에 "위험을 감수하고서라도 그리 하고 싶으십니까?" 물었다. 위험을 감수하겠다는 각서를 쓰겠단다. 부모님의 절박한 심정이 배어 있었다. 초등학교 6년을 지켜보면서 얻은 결론이 '살아도 사는 게 아니다.'라는 거다. 내가 관리를 하겠다는 전제로 선생님들의 동의를 얻어 ○○이를 받았다.

아침 산책에서부터 ○○이를 꾸준히 지켜보며 관리를 시작했다. 다행히 아이는 착하고 말을 잘 들었다. 그렇게 6개월이 지나고 2학기 2박3일 지리산 종주를 도전할 시간이 됐다. 학교에서는 ○○이는 제외하자고 했지만 나는 생각이 달랐다. 도전을 미루는 것은 다시 원점이라 가능하다면 도전해서 고비를 넘기는 게 옳다고 보고 부모님께 연락했다. ○○이가 하고 싶다 하니 내가 옆에서 지원하고 부모님 중 누군가 동행하면 어떻겠냐고 제안했는데, 두 분 모두 지리산 종주에 자신이 없어 도리어 짐이 될 것 같아 못 하겠단다. 할 수 없이 그러면 일정에 따라 가장 가까운 곳 산 아래 대기하는 것으로 결정하고 ○○이를 지리산 종주에 참여시켰다. 급하면 내가 업고 뛸 생각으로 무모한(?) 결정을 했다.

산행하는 동안 곁에서 지켜보면서 조금 이상하다 싶으면 맥을 짚어보고 쉬면서 ○○이 페이스에 맞춰줬다. 6개월 동안 꾸준히 지켜봤기 때문에 어느 상태가 위험한지 잘 알고 있어서 가능했다. 심장병 환자는 상태가 안 좋으면 금방 혈색으로 나타나니까 잘 관찰하면 낌새를 알 수 있다. 중간에 맥이 불규칙할 땐 쉬어가면서 목적지에 도착한 시간은 어둠이 짙게 깔린 8시가 조금 지난 시간이었다. 다른 학생보다 2시간 30분 정도 늦게 도착했을 뿐 별 탈 없이 첫날 고비를 잘 넘겼다. 그렇게 더듬거리면서 궂은 날씨를 이기면서 이틀 밤을 넘기고 3일째 아침 다른 아이들보다 조금 늦게 천왕봉을 밟았다. 그 누구보다 큰 의미를 담고 정상에 도착한 것이다. 마음 졸였던 부모를 포함한 주변 사람 모두 만세를 불렀을 것이다. 지리산 종주를 마친 ○○이는 이후 학교 힘든 프로그램에 모두 결합하여 본인은 물론 부모님 소원을 풀었다. '본인의 의지와 주위의 격려'가 가능하게 만든 것이다.

> ■50세 일반인을 기준으로 평생 운동을 멀리했던 사람도 6개월 정도 맞춤형 처방을 하여 단련시키면 신체의 대부분 기능이 운동을 생활화하며 사는 사람과 별 차이 없을 정도로 올라온다. 단 능력에 맞는 단계를 정확히 해야 한다는 전제 조건이 따른다.

가해자인가, 피해자인가?

대부분 폭력을 행사해 강제교육 이수자로 오지만, 폭력을 피해 오는 학생들도 꽤 많이 있다. 외형으로 보면 가해자와 피해자가 함께 있는 학교다.

폭력을 일삼는 학생들을 가해자라 할 수 있는가? 원인을 거슬러 올라가 보면 가해자라 불러야 하는지 의구심이 들 때가 많다.

　○○이는 엄마 없이 아빠와 사는데, 이 아빠는 알코올 중독에 상습으로 학생을 구타하니, 보다 못한 주위의 고발로 아이와 격리 조치를 여러 번 받은 적이 있다. 학교에서는 체격도 적고 힘이 약해 왕따를 당했던지라 집에서는 가출하고 학교는 결석이 심해 청람을 지원하여 온 경우다. 당연히 피해 학생이다. 가정은 아빠 폭력이 무서워서 피해야 했고 학교에서는 힘센 친구들에게 괴롭힘을 당하면서 살았던 아이라 학교에서는 보호해야 할 아이로 구분하여 배려했다. 종종 학교에서 무단 외출하는 것 외에는 어두운 표정도 차츰 밝아져 가고 별문제 없이 적응해가는 것으로 보였다.

　1학기가 지날 무렵 ○○이가 학교폭력 가해자로 고발되어 학폭 회의가 열리게 됐다. 이 학교에서 힘 약한 몇 안 되는 학생 중 하나인 ○○이가 폭력 가해자? 처음에 교사들은 믿기 어려웠다. 밝혀진 내용을 보면 자기보다 더 약한 한 학생을 대상으로 폭력과 금품갈취를 한 것이다. 처음에는 금품을 빌리는 형태로 시작된 것이 차츰 협박과 폭력으로 변하여 어느 시기부터는 자기보다 약한 아이들을 은밀하게 괴롭혀 온 것이다. 자신이 아빠한테 당하면서 학습한 방법으로 자신이 가해자로 변신하게 된 것이다.

　결국은 학폭에서 ○○이 환경을 설명하고 시간 좀 더 달라고 호소했지만 피해 학부모의 거센 반발로 왔던 지역 학교로 다시 전학시켰다. 아빠의 폭력에 다시 노출되게 된 것이다. 어떻게 지내는지 궁금해 연락을 해 봤지만, 연락이 안 되고 집도 이사를 가버려서 알아볼 방법이 없었다. 청람에서 품어주지 못한 아이였다.

폭력에 길들은 아이는 자기하고 비슷하게 보이거나 약한 대상을 만나면 폭력적인 행동을 취한다. 일종의 자기 방어기제가 함께 작동하는 것이다. 피해자가 가해자로 변하는 경우인데, 어른한테 물려받은 폭력이라면 가해자가 아닌 또 다른 형태의 피해자일 뿐이다.

가해자가 피해자고 피해자가 가해자일 뿐 다 피해자다. 아이들은 다 약자니까.

겨울에 가출하면 추위에 동사하지 않겠냐고 했더니 얼어 죽지 않을 잠자리 찾는 방법을 나에게 알려줬던 아이다. ○○이가 유일하게 눈을 반짝였던 순간이었다.

'짱'을 혼낸 여학생들

한 남학생이 위탁 교육을 왔다. 키가 180cm이 넘고 체중은 85kg 정도 되니 아무나 쉽게 건들 수 없는 큰 체격이다. 소문으로 ○○시 '짱'이란다. 오자마자 다른 아이들을 아래로 깔아 보며 여학생들에게는 '성희롱'에 해당하는 표현을 쉽게 했다. 틀림없이 아이들과 부딪칠 것이라, 언제쯤 지도 하나 망설이고 있던 차에 교무실로 아이들이 달려왔다. "선생님 이번에 온 ○○이와 아이들 몇이 건물 뒤로 돌아갔어요. 분위기가 심상치 않아요." 우선 폭력이 일어날까 걱정되어 건물 뒤로 돌아가는데, 우당탕거리는 소리는 들리지 않아 잠깐 기다렸다. 잠시 후 ○○○와 여학생 5명이 나오는데, 글쎄 ○○이가 고개를 수그리고 풀이 죽어 나오는데 남학생은 보이지 않았다.

여학생들이 어떻게 했길래?

○○이를 여학생 5명이 불러내어 청람 학교가 어떤 학교이고 이 학교에는 너 못지않은 여러 '짱'들이 많이 있다. 지금 같은 행동을 계속하면 이 학교에서 지내기 어려울 것이라면서 그동안 학교에 있었던 다른 아이들 사례도 들려주면서 좋은 말로 점잖게 타일러 줬단다. 청람중 여학생들 단호함에 기가 팍 죽어 버린 것이다

청람중학교의 강점 하나가 폭력에 대항하는 힘을 가진 것이다. 아니라 생각하면 상대가 누구라도 "안돼."라고 저항하니까.

강하다는 것

위탁 교육을 오는 상당수 학생은 주먹깨나 쓰면서 힘이 좋은 아이들인데, 처음 산행 프로그램에 참여하는 것을 보면 자기의 힘만 믿고 먼저 앞서가려고 한다. 산행 경험이 없기 때문이기도 하지만 대부분 다른 학생들에게 자신의 강함을 과시하기 위해서다. 짧은 코스의 산행이라면 몰라도 긴 시간이 걸리는 산행에 서둘러 내달렸으니 중간에 주저앉을 수밖에 없다. 정상에 제일 늦게 도착하기 마련이다.

제 눈에 자기보다 약한 남학생은 물론 허약하게 보이는 여학생도 먼저 정상에 도착하여 기다리고 있으니 고개를 들기 어렵다. 내세울게 강하다는 것인데 이 무기가 통하지 않으니 일단 풀이 죽는다. 시간이 지나면서 진정 강한 것이 무엇인지 차츰 배워가게 된다. 강한 것은 물리적인 힘이 아니라 어떤 것에도 포기하지 않는 마음과 끈질긴

에너지라는 것을….

문을 박차고 들어오는 보호자

학교폭력으로 중징계를 받은 학생들은 길고 짧은 강제교육을 이수해야 한다. 청람중학교 가변학급은 그 학생들을 위탁받아 교육하는 학교다. 교육청에서 운영하는 '위센터'에서 감당하기 어려운 학생들이 오는 것이다. 병으로 말하면 중증환자를 수용하는 것이다. 교육 전 상담을 의무로 하게 되어 있다. 학생, 보호자, 해당 학교 교사 삼자가 상담을 받아야 한다.

학생들과 함께 오는 보호자 대부분은 마치 귀양 오는 것으로 생각한다. 대부분 자신의 아이가 큰 잘못을 저지르지 않았다고 생각하니 타지인 청람까지 오는 것부터 불만이라, 좋은 얼굴로 오는 경우는 거의 없다. 폭력적인 표현을 그대로 하는 경우가 다반사다. 상담실 문을 발로 차고 들어오면서 "씨ㅍ, 내 새끼가 뭘 잘못했다고." 소리친다. 어지간한 상담교사는 여기서부터 막히고 만다. 그 감정을 추스르게 해야 상담을 시작할 수 있는데 그게 쉽지 않다.

학교와 교사에 대한 불신도 한몫 하기 때문에 제일 좋은 방법은 웃는 얼굴로 말을 들어주면서 감정이 가라앉길 기다려 주는 것인데, 상황에 따라 동조자가 될 필요도 있다. 폭력적인 학생 뒤에는 폭력을 쓰는 누군가가 있다. 대부분 아빠인데, 이 보호자의 잘못을 깨닫게 하지 않으면 학생 지도도 어려워진다. 보호자 상담에 많은 시간을 할

애하고 공을 들이는 이유다.

폭력이 어디서부터 출발했는지 추적해보면 보호자 역시 피해자인 경우가 많다. 자신 역시도 피해자였다는 걸 깨닫고, 그동안 폭력 속에 감춰왔던 자신을 보게 한다면 상담은 성공적으로 이끌 수 있게 되는데, 교사의 한계가 여기서 드러난다. 대부분 교사는 열악한 환경에 대한 경험이 별로 없어 공감 능력이 부족하기 때문이다.

감정을 추스르게 하고 공감해주면서 원인을 추적하고 문제를 풀어가는 순서로 가야 하는데, 상담자의 인간에 대한 믿음과 사랑이 깊지 않으면 쉽지 않은 과제라는 생각이다. 폭력적인 아빠에게 벗어나고픈 ○○이는 장래 꿈이 조폭이라고 한다. 이 꿈을 나무랄 수 있을까?

우울증, 자살 충동, 게임 중독, ADHD

현대를 사는 많은 사람이 앓고 있는 병들이다. 청람에 온 아이들 상당수도 이런 증상들을 호소했는데, 학교생활을 하는 동안 많이 개선되거나 치료되는 것을 보았다. 다 몸과 마음의 조화를 잃어 나타나는 병증인 것이다. 몸에 질병이 들어온 것이라기보다 내부에서 일어난 부조화라고 해야 할 것 같다. 폭력적인 행동을 취하는 아이들이나 매한가지로 증상만 다를 뿐 원인은 같은 것이다. 불만이 폭력, 가출, 도벽 등 외부로 표출되는 경우와 내부에서 곪아 우울증, 자살 충동, 게임 중독, ADHD 등 병의 형태로 나타나는 것이다. 개교하고 2년 정도가 지나면서 이런 병증은 점차 사라져 갔다.

사람은 누구나 사랑과 존중을 받고 싶어 한다. 하지만 가정이 온전치 못하면 이 바람은 충족되기 힘들다. 가정만큼 무한한 사랑이나 배려해 줄 곳을 찾기 쉽지 않으니까.

해체된 가족을 다시 회복시켜 주면 아이들의 치유 속도가 훨씬 빨라지는 것을 확인할 수 있었다. 다 어른들 잘못으로 아이가 고통 받는 것이다.

산불 진화

학교 뒷산에 산불이 발생했다. 한 학생이 산에서 라이터를 가지고 장난을 치다가 산불이 난 것이다. 당연히 학교에서는 방송을 통해 산불이 난 사실을 알리고 교사들은 산으로 올라갔다. 소방대가 출동하기 전에 초기 진화라도 할 요량으로 올라갔는데 방송을 들은 학생들 대응이 놀라웠다. 학교 소화기를 들고 올라오는 학생들이 제일 먼저 눈에 들어오는데, 양동이, 몽둥이, 빗자루, 나뭇가지 등 각자 불 진화에 필요하다고 생각하는 도구들을 손에 하나씩 들고 올라왔다. 바람 부는 방향을 가늠하여 학생들이 접근하지 못하도록 하고 교사들은 불이 번지는 방향으로 올라가 불길을 차단했다. 바람도 부는 상황이라 불길이 쉽게 잡히지 않을 것으로 판단했는데 학생들이 일사불란(?)하게 움직여 주는 바람에 소방대가 도착하기 전에 진화작업이 끝났다.

소방대들이 와서 불길 범위를 보며, 학교에서 교사와 학생들의 힘으로 진화한 것에 매우 놀라워했다. 불길의 범위를 봐서는 누군가 지휘를 하더라도 통제가 쉽지 않을 상황이다. 학생들 각자 스스로가 판단하여 움직였음에도 필요한 요소요소에서 제 역할을 한 것이다. 소방대원뿐 아니라 교사들도 놀라워했다. 학교의 공동체 문화가 위기 대응 능력을 키운 것이 아닐까?

조그만 변화를 찾고 주목해라

아이들 변화는 일순간에 일어나지 않는다. 짧게는 이삼 년에서 십수 년 동안 배인 습관이라고 보면 하루아침에 변하는 것을 기대하기 어려운 것이다. 이론적으로 보면 상처를 회복하는데 걸리는 시간을 보통 2배로 본다. 5년 동안 고통에 시달려 왔다면 회복하는 데 10년이 걸린다고 하는 것이다. 대부분의 변화는 조그만 것부터 조심스럽게 시작되는데 아이들은 처음에 가능할지 자신에 대한 믿음이 부족하다. 이 시기에 주변(친구나 가족, 교사)에서 조그만 변화를 감지하고 손을 내밀어주면 그 믿음이 점차 깊어지고 변화의 속도도 빨라지게 된다. 그렇지 않으면 혼자 시도하며 지속할지 망설이다가 포기하는 경우가 많아진다.

그런데 교사의 눈에는 그 변화가 쉽게 들어오지 않는다. 표정이나 말 한마디 등 아주 소소한 것이기 때문이다. 한번 구르기 시작한 바퀴는 별로 힘을 들이지 않아도 가속이 붙듯이 마음의 변화도 마찬가지다. 조그만 변화를 놓치지 않는 매의 눈을 가진 교사들이 많아졌으면 좋겠다.

포기하지 않는 것이요!!!

개교 2년째 9월 덕유산 종주를 2박3일 동안 마치고 돌아오는 버스 안에서 학생들에게 물었다. "이 학교에서 소중하게 얻은 것 하나를 꼽으라면 무엇일까?" 절반이 넘는 아이들이 "포기하지 않는 것이요!"라고 대답했다. 이 대답 하나로 절반의 성공이라고 한다면 과한 것일까?

도전을 통한 인성지도?

무기력을 벗어나게 하는 길은 성취감(불가능에 도전)을 주고 자신의 의지와 싸우고 그걸 이기는 습관을 길러주는 것이다. 가장 중요한 것은 희망으로 이어질 때까지 포기하지 않게 하는 것이니 끊임없이 기회(도전)를 주면서 무한정(?) 기다려야 한다. 행동이, 생각이, 말이 습관이 들 때까지는 3,000번을 반복해야 한다. 자신과 싸움에서 이겨야 한다.

청람중학교가 나름대로 자리 잡을 수 있었던 것은 첫째 자발성이며 둘째는 호기심이 담긴 도전이 항상 기다리며 마지막으로는 학생, 교사, 학부모 모두 주인인 학교문화다.

소감문 1

나는 육지와 가까운 섬을 다니다가 배로 1시간 30분을 타고 섬에 들어간다는 말에 내가 사는 섬 '상마도'보다 환경이 깨끗하지 못할 것이라는 생각이 들었지만, 완전 다른 세상이었다. 무인도 체험하면서 매우 힘들었다. 산을 오르면서, 설거지하면서 힘든 것을 느꼈다.

하지만 산을 타면서 서로 힘들면 손을 잡아서 끌어주고 힘을 보태주면서 느낀 점은 이것은 다음에 하고 싶어도 못할 경험을 했다는 생각이 들었다.

그리고 가장 기억에 남은 것은 맨밥에 배추김치와 깍두기를 먹었어도 맛이 있었다. 지금까지 내가 먹고 싶은 것은 다 먹고 살았다는 생각이 들었다.

무인도(재원도)를 갔다가 집에 가서 내가 다시는 하지 못할 경험을 했다는 것에 만족감과 상쾌한 기분이 들었다~~^^*

소감문 2

첫날부터 처음 보는 산을 타고 전혀 모르는 나물을 채취하며 고생을 했는데 지금 와서 생각해보면 고생한 만큼 얻은 것이 있었다.

무엇을 보았고 채취하였냐 하면 개망초, 고사리, 집신나물, 취나물, 오이풀, 칡 등 여러 가지 식물을 보았다. 특히 기억에 남는 것은 우리가 직접 채취한 나물로 튀김을 하는 등 여러 가지 음식을 한 것과 밥을 우리가 직접 해먹은 것이다.

길도 아닌 길을 가면서 직접 길을 만들어 낸다는 것은 여간 어려운 일이 아니었다.

가시에 찔려 상처도 나고 풀독에 걸리기도 했지만, 나중에 커서 쉽사리 하지 못할 경험을 하였고, 이런 탐사 체험을 통해 힘든 일이 있을 때 어떻게 견디고 대처해야 할지 알았다.

또한 친구와 같이 도움을 주고받으면서 동료들의 중요성을 알게 되었다.

그리고 학교를 떠나 탐사 가면 친구들과 갈등이 생겨 사소한 다툼이 있을 것이라 생각했는데 예상외로 서로를 배려하는 모습을 통해 단체 활동의 묘미를 느꼈다.

또 반찬거리도 없고 있다 해도 나물뿐일 것 같았는데 직접 가서 해먹으니 맛없는 게 없었다.

김치랑 맨밥만 먹어도 맛있었고 거기서 해먹은 나물튀김은 웬만한 음식보다 맛있었다.

이 학교에 오기 전엔 ○○중학교를 다녔었는데 이 학교에 오니 값진 체험을 많이 했고 특히 공부를 벗어나 마음공부를 많이 한 것 같아서 이번 체험활동은 나에게 있어 좋은 경험이 되었다.

프로그램이 아니라 사람(교사)의 문제였다

여러 곳에서 청람의 프로그램을 소개해 달라는 주문이 많았다. 다루기 힘든 아이들을 어떤 프로그램을 만들어 운용했기에 가능했느냐는 질문이다. 프로그램이 문제가 아니라 교사들이 아이들에게 신뢰를 얻는 게 선행되어야 교육이 가능해짐을 간과한 질문이다. 교사와 학교를 믿어야 교육이 시작되고 조바심을 버리고 무던한 기다림이 있어야 한다. 어느 한 프로그램으로 금방 아이들을 변화시킬 수는 없다.

교사가 아이들 신뢰를 얻는 길은 무엇일까?

청람을 시작하면서 학생상담은 상담교사, 일반교사가 함께 집단상담을 통해 학생들을 지도할 방법을 찾자고 했는데, 문제가 발생했다. 상담에 참여했던 교사 대부분 '이 학생은 상태가 너무 심각해 감당하기 어려울 것 같다.'고 판단하는 것이다. 자신이 힘들겠다고 한 아이를 과연 감당할 수 있을까? 지도가 어렵다 한 교사를 제외하고 보니 나 혼자 남은지라 내가 그 학생을 책임지고 지도했는데, 걱정과는 달리 아이들은 대부분 적응을 잘했다.

이러다 보니 결국 위탁생 상담이 모두 내 몫으로 돌아왔다. 위탁학급도 아예 혼자 전담하는 게 났겠다는 의견이어서 전남교육청에 상황을 설명하고 내 교과를 담당할 교사를 더 배정해 달라고 요청해, 그 교사에게 내 교과 수업을 넘기고 나는 위탁학급을 전담하는 교사로 전환한 것이다.

위탁학급 시간표도 따로 만들어 일반학급과 수업도 따로 하는 한 지붕 두 가족 형태가 만들어진 것이다. 상담에서부터 시작해 수업과 생활지도까지 계약직 상담교사를 보조교사로 하여 두 사람이 전담하게 된 것이다.

여기에서 주목할 부분이 있다.

학교에 적응이 되고, 어느 정도 경계심이 사라진 다음 물어봤다. 왜 다른 선생님과는 잘 지내지 못하고 부딪치는가? 내 말은 왜 잘 따르지? 이 녀석들 대답이 "선생님은 내 편이란 걸 일찍 알았어요." "그게 언제인데?" "처음 상담 왔을 때요."

청람중 상담은 학생, 보호자, 해당 학교 교사 삼자 상담을 하는데 일차로 삼자를 같이 하고 2차로 교사, 보호자, 학생을 개별로 상담한다. 삼자 상담을 할 때 교사와 보호자에게 내가 건네는 말을 종합해 보고 본인과 개별 상담할 때 벌써 알아봤다는 거다. 어떻게 처음 짧은 만남에 알아봤다니 조금 황당해서 다시 물었다. "무엇으로 그렇게 생각했지?"

"제 이야기 들으면서 우셨잖아요." 아이들 사연이 안타까워 종종 눈시울을 적신 적은 있지만, 그 이상은 아니었다. 모든 아이 상담 때 다 그런 것도 아닌데, 아이들은 자기와 함께 내가 울었다고 답했다. 처음 만난 내게 마음을 열고 아픔을 쉽게 털어놓는 이유가 뭘까? 의구심이 풀렸다. 교사가 마음을 열고 아이들을 품을 준비가 되어 있는가, 아이들은 금방 알아채는구나.

놀랍게도 절반이 넘는 아이들이 첫 상담에 내게 신뢰를 줬다는 것이다. 아이들이 믿고 따른다면 교육은 쉽게 이뤄진다. 들어와 며칠 만에 적응을 쉽게 하는 아이들을 보면서 상담 왔던 교사들이 지도가 어렵다고 이야기했던 아이와 여기 온 아이 모습이 사뭇 다르다고 느꼈던 의문도 풀렸다.

부적응이 심한 위탁 학생들과 하는 활동에 관심이 많았던 분이 청람중학교 선생에게 "김영효 선생 교육 철학은 뭐라 생각하십니까?" 하고 물었더니 "'기다림'입니다."라고 아주 간단하게 대답했단다. 아주 정확하고 적절한 대답이었다.

기다려 주는 것, 넉넉히 품는 것

　말을 잘 타지 않는 아이 하나가 나와 명상을 하게 됐다. 생활규정(교칙)을 어긴 것이다. 학교 생활규정은 학생들 주도로 정해진 것이라 아이들은 그 규정을 잘 따른다. 명상 규정은 다른 교사가 할 수 없는 것이라 모두 내가 했다. 명상은 교무실 옆에 명상실이 따로 있어서 언제나 사용 가능했다. 평상시에는 아침 운동이 끝난 직후 일과가 시작되기 전에 30분을 기본 단위로 실시하는데, 처음에는 좌식 명상(정적 명상)과 절 명상(동적 명상) 두 가지를 같이 했는데, 좌식 명상은 아이들이 너무 어려워해 중간부터는 동적 명상인 절 명상만 운영했다. 천방지축인 아이들이 30분을 꼼짝 않고 앉아있기란 고문이었을 것이다. 더구나 무릎을 꿇고 하는 자세라 금세 발이 저리니 명상이 제대로 되지 못했다.

시간이 됐는데도 아이는 오지 않는다. 나는 혼자 정해진 시간에 절 명상을 했다. 다음날 역시 아이는 오지 않는다. 3일이 지난 날 복도에서 아이와 딱 마주쳤다. 그동안 나를 피해 다녔는데 계단을 올라오다 보니 위에 있는 나를 보지 못해 피하지 못한 것이다.

"왜 오지 않니? 어디 몸이 불편하니?" "나는 네가 오길 기다리며 혼자 하고 있는데."

아이는 대답이 없다. 멍한 표정이다. 꾸지람들을 줄 알았는데 꾸지람은커녕 몸 아픈지 걱정해주니까. 다음날도 또 다음날도 아이는 오지 않는다. 일주일이 넘어가자 문틈 사이로 내가 오늘도 혼자 하고 있는지 살짝 들여다보고 간다.

열흘이 지나면서 명상할 시간이 되면 명상실 근처를 맴돌기 시작했다. 마음이 불편해진 것이다. 선생님은 포기하지 않고 계속할 것 같으니 좌불안석이 됐다. 다른 날과 같이 명상을 준비하고 있는데 안을 들여다보던 아이와 눈이 마주쳤다. "오늘부터 하려고 왔어? 어서 들어와." "그동안 나 혼자 하느라 심심했는데 와줘서 고마워." 아이는 엉겁결에 명상실 문턱을 넘어 들어오고, 다음날부터 아침마다 나와 마주 보며 절을 하기 시작했다.

그 이후로는 약속을 잘 지키는 학생으로 바뀌고 나를 피해 다니지 않았다. 오히려 힘든 일을 할 때면 많이 도와줬다. 김장 체험 때면 항상 맨발로 찬물에 발 담그며 힘든 배추 씻기를 도와줬던 학생이다. 500~700포기 배추를 씻으려면 아침에 시작한 씻기 작업이 점심때야 끝난다.

6시간 30분 명상

좌식 명상을 할 때다. 명상은 여러 명이 한꺼번에 하면 내가 이끌기 어려워 3명 단위로 나눠서 했다. 3명 정도여야 아이들 상태를 확인하면서 명상으로 이끌 수 있으니까. 그래서 숫자가 많으면 내가 명상하는 시간은 길어진다. 어느 날 명상 대상자가 너무 많았다. 저녁 식사를 하고 시작한 명상 시간에 대상 학생들 줄이 계속 이어진다.

한 팀이 30분을 채우고 나면 다음 3명이 또 들어오고 나는 연이어 계속하는데 내가 하는 좌식 명상은 무릎을 꿇고 하는지라 시간이 길어지면 자세를 잡는 것 자체부터 조금 힘들다. 아이들이 줄지어 들어오니 멈추지 못한 것이 7시에 시작한 명상이 새벽 1시 30분이 돼서야 끝났다. 6시간 30분을 꿇어앉은 채 움직이지 못했다. 중간에 한 번 화장실을 간 것을 제외하곤….

다음날 아침 아이들 몇 명이 교무실에 왔다. 자기들 기준으로 30분만 해도 다리가 저리고 고통스러운데 6시간을 넘겼으니 아이들 생각에 안쓰러웠던 것 같다. "선생님 얼마나 힘드셨어요." 무릎은 주무르는 아이, 어깨 안마를 하는 아이, 전날 밤 피로가 확 가셨다. 힘은 들지만 그렇게 아이들과 소통하며 살았다.

선생님은 바보 같아요

한 여학생이 불쑥 "선생님은 바보 같아요." "왜 그렇게 생각해?" 물었더니, "아니 성질을 낼 때는 내셔야지 웃기만 하잖아요." 아이들이 무슨 짓을 해도 얼굴을 붉히지 않고 웃고 바라봐 주는 것이, 아이 눈에 바보처럼 보인 것이다. 지네들이 봐도 성질나는 경우들이 종종 있어 벌어진 상황이다. 거칠게 행동하고 말하는 게 습관이 되어버린 아이는 한순간 나무란다고 바뀌지 않는 것을 잘 알기 때문에 감정이 누그러지길 기다려주는 것인데 옆에서 보기에 답답했던 거다.

그 여학생은 학교 다닐 때는 물론 지금도 일 년에 한두 차례 내려와 인생 상담을 했다. 바보같이 웃으며 기다려줬던 내 모습이 무슨 말이든 털어놓고 소통할 수 있는 믿을 만한 사람으로 생각하게 된 것 같다. 아빠가 안 계신 자리를 내가 채워주고 있는 게 아닐까?

부적응학생이 모인 학교 맞아요?

청람중학교를 방문하는 사람들이 제일 먼저 의아해하는 것은 인사 잘하는 것과 밝은 분위기라고 한다. 부적응학생이 모인 학교라는 생각 때문에 학생들 인상은 곱지 않고 분위기는 살벌(?)하거나 침침할 거라는 상상을 하고 들어오는 것이다. 인사 역시도 마찬가지다. 낯선 사람들에게 문제 학생들이 웃는 낯으로 인사를 한다는 것을 이해할 수 없다. 심한 경우 "이 학교 부적응학생 모인 학교 맞아요?" 하고 묻기도 한다.

결론부터 말하자면 마음이 편안하니까 그런 것이다. 최소한 자기들을 괴롭히는 사람이 이 학교 안에는 없다는 걸 알고 있으니까. 항상 존중하고 배려해주는 문화가 자리 잡으면서 생겨난 분위기다. 인사 역시도 교사나 학생이 누가 먼저랄 것 없이 한다. 다분히 의도적인 부분도 있었지만, 처음에는 교사들이 먼저 깍듯이 인사하기 시작한 것이 학교 모든 구성원에게로 번진 것이다.

인사는 습관이기도 하다. 아침 운동 시간에 일부러 학생들과 반대 방향으로 돌면서 마주칠 때마다 몇 번이고 인사를 했던 것도 그 때문이다. 문제 학생 대부분은 기분 좋은 얼굴로 인사를 해본 적이 거의 없었을 것이다. 모든 일이 처음에는 서툴러도 자주 하다 보면 익숙해지고 다듬어지는 것과 같은 이치다.

청람을 떠나면서

개교 첫해 청람중학교 교사들은 무척 힘들었다. 교사에게 폭언과 욕설하는 것은 기본이었고, 교사 따귀를 때리거나 주먹질을 하기도 하고 심지어는 얼굴에 침을 뱉기도 했다. 교사의 참을성에 한계를 넘은 적이 많았지만 참고 또 참으며 기다려주면서 기회를 주고 진심이 통할 수 있게 한마음으로 노력했다. 아이들이 변해갈 것이라는 믿음 하나로 이겨냈다.

청람을 떠나면서 퇴임 행사를 거부했던 이유는 떠난다는 인사를 하기 싫어서였다. 함께 했던 분들 정말 감사하고 고마웠습니다. 지면을 통해 이제 합니다.

사족을 붙인다면 정년이란 제약된 시간 안에 청람에 더 많은 것을 남기고 싶은 욕심과 조급함에 억지를 쓰기도 하고 무리를 하면서 선생님들을 힘들게 한 적도 많이 있었음을 알기에 더 고맙고, 사랑합니다.

청람 이야기를 다 쓸려면 끝이 없다. 한편으로 깊게 쓰다 보면 아이들 인권에도 문제가 있을 것 같아 많은 부분을 생략했다. 아이와 나 둘만의 비밀로 무덤까지 가지고 가야 할 이야기들이 많이 있으니까.

어렸을 적부터 부모에게 버려져 시설에 열악한 조건 속에서 자란 아이를 누가 쉽게 안을 수 있을 것인가? 학교 밖을 떠돌면서 온갖 사회의 어둡고 폭력적인 면을 학습한 아이를 교사는 어떻게 이해할까? 전국에 있는 고속버스 터미널 쓰레기통 위치를 꿰뚫어 끼니를 잇고 노숙하며 살아가는 머무를 집이 없는 ○○이를 어찌할 것인가? 상습적인 오랜 성폭력으로 만신창이가 된 아이도 있다. 무엇으로 그 상처를 어루만질 수 있을까?

힘든 시간을 견뎌 이겨내고 선원이 된 ○○이, 여군이 된 ○○와 ○○이, 세월이 조금 흐른 뒤 청람 시절을 옛날 아름다웠던 추억으로 이야기할 날을 기다려 본다.

청람중학교에 남긴 흔적

청람의 입구에 들어서면 건물 외벽에 '청람중학교'라는 큰 글씨가 붙어있다. 개교하면서 학교 교명 글씨를 공모하자는 제안이 있어 선생님들이 주변에 글씨 쓰는 분들에게 글을 받아와 공모하기로 했다. 공모 하루 전날 밤 산 집에 앉아 나도 붓을 좀 잡아본 경험이 있으니 구색 맞추는 차원에서 한 장 써서 여러 글씨 속에 같이 붙였다. 공모 방법은 누구 글씨인지 표기하지 않은 채, 학교 구성원 모두가 참여하여 한 장의 스티커를 마음에 드는 글씨에 붙이는 것이었는데 놀랍게도 내가 쓴 글씨에 스티커 절반 이상이 붙어버린 것이다. 글씨 중에는 도전 입상 작가 글씨도 있고 서예원 원장 글씨도 있는데….

그렇게 돼서 내 글씨가 건물 외벽에 걸리게 됐다. 영광스럽게도 청람중학교가 존재하는 한 내 흔적이 남아있게 된 것이다. 내 글씨가 왜 사람들 마음을 끌었는지는 나도 모른다. 단지 붓에 마음과 정성을 담았을 뿐이었다.

불가능에 도전

질문을 많이 받았다. 사람(교사)들은 왜 그렇게 힘든 과정을 하느냐?

그런 과정이 꼭 필요한가?

아이들 미래는 불확실하다. 환경이 열악하다면 그 두려움은 자연히 더 크다. 아이들이 반항하거나 무기력증에 시달리는 이유가 여기에 있다. 부정적인 마음을 긍정으로 바꾸는 데 가장 빠른 방법은 실제 두려움(불가능)과 부딪쳐 극복하는 요령을 터득하게 하고, 혼자 힘으로 해결할 수 없는 것들은 공동체를 통해 극복해 나가는 경험하게 함으로써 남과 소통하는 것, 배려하는 마음, 고마움 등의 지혜를 통해 세상을 살아가는 힘을 얻게 하는 것이다. 이는 백 번 보는 것보다 한 번 해보는 것이 더 확실한 공부다.

자신의 삶에 방관자나 구경꾼이 아니라 주인이 되고, 일꾼이 되도록 하는 것이다. 그렇게 되면 자신의 한계를 뛰어넘어 더 많은 가능성의 문이 기다린다.

교사로서 배운다는 것은?
1. 진정한 교육이 무언가를 깨닫는 것
2. 사랑이 무언가를 실천하는 것
3. 한 인간으로 성숙해지는 것

교사로서 한 명의 아이를 마음 속이라도 포기하거나 지워버린 적은 없는가?
책에서만 길을 찾는 것으로 부족한 것은 생각이나 느낌을 다 말이나 글로 표현할 수 없기 때문이다. 어떤 학자는 10만분의 1이라고 한다.

정년퇴직,
자연의 품으로

몸과 마음이 항상 화평한 상태를 유지하여
마음이 격동되지 않으면 몸이 편하고,
몸이 편하면 마음이 맑아진다.
가능한 아이의 몸과 마음으로 돌아가라.
그러면 많은 에너지와 상상력을 얻을 수 있다.
자신의 한계를 자주 시험하라.
그리하면 많은 가능성이 열린다.
준비된 자에게는 기회가 온다.
또 가능성을 열고 사는 사람은
삶에 쉽게 지치지 않는다.
반면에 믿음과 신뢰가 없으면
마음은 물론 몸도 말을 듣지 않는다.
이내 지치고 만다.

새로운 출발, 교육희망연대 마을학교

2016년 지역교육공동체인 교육희망연대 대표를 맡으면서 마을학교를 중요 일상 사업으로 잡았고 처음에는 장흥지역 전체를 대상으로 하다가 지역과 더 밀착되어야 한다는 생각에 2018년 용산면 아이들을 대상으로 마을학교를 출범시켰다.

지역공동체, 놀면서 배우는 공부, 자연 속으로

보고 듣고 배우고 경험하고 느낀 대로 아이들은 자란다. 가정은 핵가족화되고 사회는 사회대로 공동체가 무너져가고 학교는 학교대로 입시에 매몰된 울타리에 갇혀서 참삶을 배울 기회는 쉽지 않은 현실이다. 점점 더 급변해가는 미래 세상은 아이들에게 더 풍부한 상상력과 더 많고 다양한 사람 간의 소통, 건강한 환경 등 수많은 요구를 받고 있는데도 현실은 과거보다도 열악해져만 가고 있다. '왜 마을학교를 하는가?'라는 질문 속에 그 답을 찾고자 우리는 마을학교를 한다. 우리 아이들의 미래와 희망을 위해 모두가 나서지 않으면 아이들에게 죄를 짓는다는 표현이 옳을지 모른다. 지금의 지구 위기 역시도 같은 맥락이다.

우리가 외면하는 사이 재앙은 현실로 코앞에 다가와 있지 않은가? 이제라도 나서지 않으면 모두 공멸하는 위기가 온다. 가장 가까이에서 쉬운 것부터 한 가닥씩 풀어가는 노력을 하지 않으면 난마처럼 얽힌 실타래를 풀기가 어렵다. 아이들이 어울려 신나게 놀고 쉴 수 있는 공간도 만들어주고 오감과 감성을 열어 상상력을 넓힐 기회도 주고 어른들이 함께 즐겁게 배우는 모습을 보여주어 아이들이 배움에서 멀어지지 않도록 교육생태계를 복원시켜야 한다.

문명이 발달하여 삶의 질이 높아진 것처럼 보이지만 조금 깊이 들어가 보면 그렇지 않다. 편리해지고 쉽게 얻는 대신 더 많은 것을 잃고 있지 않은가? 이대로의 삶의 방식이 과연 옳은 것인가? 성찰이 필요하고 모두 함께 고민해야 한다. 우리 아이들의 꿈과 미래를 열어가는데 마을학교의 역할이 필요하다.

'나를 위해 나의 행복을 찾아 줄 수 있는 사람은 나 말고는 없다.'

오늘을 살아가고 있는 어린아이들이 도대체 성장을 원하고 있는가? 충분한 격려와 인도 그리고 공동협력을 통해 그들 자신이 살 만한 가치를 지닌 세상을 창조하기 위한 힘을 지니고 있다는 사실을 발견하도록 돕는다.

아이들은 스스로 창조한 세계 속에서 놀고, 교사들은 아이들이 필요할 때 쉽게 찾을 수 있도록 주변을 돌아다닌다. 이유는 아이들은 노는 동안 여러 수준에서 끊임없이 배운다는 사실이다. 시간과 공간, 비례, 언어의 힘, 그리고 자기 자신이나 서로 서로에 관해서. 하지만 가장 중요한 이유는 자유롭게 교류할 기회가 주어지고 서로의 차이점을 해소해낼 자기들만의 고유한 방법을 발견하게 되면 서너 살짜리라 하더라도 종종 서로 매우 단단한 유대를 형성한다는 사실이다.

오늘날처럼 철저히 개별화된 사회를 사는 아이들에게 대안학교(대부분)에서 추구하는 공동체의 교육적 의미는 매우 크다 하겠다. 다른 사람들과 의미 있는 관계를 맺을 줄 아는 능력에 기반을 두고 개인적 의미에서도 충만한 미래로 나아갈 수 있도록 아이들을 돕는 하나의 내적 틀을 형성케 해준다. 그렇지 않고 어떤 소속감도 없다면 아이들은 어디에도 뿌리를 내리지 못하고 표류하게 될 것이다.

소속감을 상실하게 되면 가족의 유대나 친구 간의 유대 그리고 공동의 목적을 향한 시도 속에 있기 마련인 즐거움과 충만감을 끊임없는 상품 소비로 대신하려는 소외된 반쪽짜리 인간의 물결에 휩쓸리게 된다. 공동체에서 필요한 것은 사람들이 함께 모여 함께 버티며 공동의 목표를 성취해내는 과정에서 자신이 가지고 있는 저항을 기꺼이 극복해가려는 자발적인 마음이다.

■ 공동체 의미
솔직하고 정직하게 서로를 대하는 법을 익히고 있고, 서로의 관계는 겉으로 보이는 평정한 외면보다 훨씬 깊이 나아가 있고, 같이 기뻐하고 같이 슬퍼하며 서로에게서 즐거움을 찾고 타인의 상황을 자기의 상황

자연 속에서 오감 명상

사람들 대부분은 일하는 동안에는 당연하게 긴장된다고 생각한다. 하지만 단순하고 재미있는 일에 집중할 때는 도리어 마음이 편안해지면서 긴장이 풀린다. 똑같은 일을 할 때 집중하지 않을 때는 긴장이 훨씬 더하게 된다. 집중이 도리어 긴장을 완화시키는 것이다. 대부분 사람은 긴장의 원인을 바쁜 일상이나 신체적 고통, 소음 등에서 찾으려 하지만 답은 아주 가까이 있다. 생각을 단순화시키고 지나친 걱정 등을 줄이는 것이다. 끊임없이 이어지는 걱정, 공상, 계획, 내면의 갈등 등이 몸과 마음을 자극한다. 문제는 생각 뒤에 감춰진 감정이다.

두려움, 분노, 욕망 등이 그것이다. 하지만 감정을 통제하기는 그리 쉬운 일은 아니다. 불필요한 감정을 조절할 수 있는 쉬운 방법으로 본능적인 감각에 초점을 맞추는 방법이 있다.

시각, 청각, 후각, 미각, 촉각 등에서 그 답을 찾아보는 것이다. 감각적인 일에는 자연스럽게 사람을 단순화시켜 긴장을 풀어주는 효과가 있다. 우리는 피곤하거나 스트레스가 쌓였을 때 음악을 듣거나 운동을 하고 산책을 하면서 긴장을 푼다. 감각이라는 단순한 본능으로 긴장된 몸과 마음을 감각 모드로 전환시키는 것이다. 왜 인간은 자연 가까이 가면 마음이 편안해지고 표정이 달라질까?

오감을 통해 자신도 모르는 사이에 수많은 정보가 들어오기 때문이다. 1초 동안에 200만 비트의 엄청난 정보가 들어오는데 이 엄청난 정보는 자신도 모르는 사이에 그대로 저장되며 이 무의식의 정보는 기존의 정보와 결합하여 계산되고 판단되므로 일반적으로 의식에 나타난 정보는 삭제와 생략, 일반화 과정을 거치게 된다. 감각은 일반적으로 긴장을 풀어주고, 생각은 자극이 주어져 긴장하게 한다. 서로 다른 이 둘은 서로의 작용을 억제하는 것이다.

감각과 생각은 뇌의 다른 부분을 사용하면서 다른 뇌파를 만든다. 생각은 빠르고 산만한 베타파를, 감각은 더 느리고 리드미컬한 알파파를 형성한다. 베타파는 흥분이나 각성 상태를 나타내는데, 긍정적인 생각이라 해도 자극이 되어 피곤하게 한다. 반면에 알파파는 자연스러운 평정 상태에 더 가까우므로 알파파가 형성될 때는 훨씬 편안하고 에너지 소모도 적다. 일반적인 기준으로 사람들이 감각의 세계를 경험하는 시간은 한 시간에 대략 2~3분 정도밖에 안 된다고 한다.

감각의 세계는 어떠한 곳인가? 감각의 세계는 우리가 선택할 수 있기에 상상과 아름다움이 어우러진 멋진 공간의 세계이다. 잠시 고개를 돌려 숨을 고르면서 감각의 세계로 여행을 통해 더 충만한 행복을 느껴봄이 어떤가?

명상은 우리를 순수한 인간 본연 상태로 되돌리는 것이다. 3년 동안 부적응학생들을 상담하면서 주변 사람들이 연기하는 것 아니냐는 우스개소리를 들을 정도로 상담 도중 아이들과 함께 눈물을 흘리는 경우가 많았다. 그런 관계로 학생들과 쉽게 소통하고 진정성이 통했다고 생각한다. 그 원인은 평소 자연 속에서 감각기관을 통한 명상을 많이 했던 관계로 감성이 풍부해진 덕이라 생각된다.

주변에 잠시 눈을 돌리면 푸른 숲이며 맑은 물, 계절 따라 피는 꽃들 등등에서 시각을 통한 명상, 새, 풀벌레, 물 흐르는 소리 등에 집중하는 것도 좋으며, 바람 속에 흐르는 자연의 여러 냄새에 취하는 명상, 어두운 산속에서 눈을 감고 발바닥의 촉감으로 길을 찾아가거나 밭일을 하면서 손끝에 느껴지는 손끝에 감각으로 흙과 소통하는 것 또한 그렇다.

헤아릴 수 없이 많은 대상이 주변에 널려 있고 그 대상에 조금만 집중해도 자연 명상 상태로 들어가 긴장이 사라진다. 도리어 너무 긴장이 풀린 나머지 지금 내가 무엇을 하고 있었는지조차 잊어버리거나 시간도 지워져 아침인지 저녁인지 한참 동안 더듬는 경우도 종종 있을 정도다. 또 반대로 대상을 먼저 지정하지 않고 하기도 한다. '지금 무슨 소리가 들리는가?' '지금 느끼는 냄새는 무슨 냄새지?' '이 손에 잡히는 촉감은 무엇이지?' 등등 마지막으로 나는 지금 무슨 생각을 하고 있으며, 현재의 자신을 바라보며 있는 그대로의 자신을 받아들이는 것이다. 자연과 더불어 생활을 하는 덕에 남들보다 쉽게 얻는 또 하나의 선물이다.

자연 속에 있으면 어느 순간부터인가 자신과의 대화를 나누게 된다. 자연과의 대화를 나누는 즐거움만큼이나 자신과 만나는 것도 빼놓을 수 없는 귀중한 시간이 된다. 일상생활에서 자신을 되돌아보기는 쉽지 않지만 투명한 유리관 속을 들여다보듯이 내면의 자신을 명확히 볼 수 있게 되는 것이다. 걸음과 호흡, 자연의 리듬에 자신을 맡기고 걷는다면 더 쉽게 순수한 나를 대할 수 있게 된다.

한편으로 차츰 힘들어가는 육체의 고통 속에서 자신의 체력, 의지와 싸움을 해야 하는 시간도 쉽지는 않지만, 함께 하는 친구들과 서로 의지하고 격려하는 가운데 혼자가 아님을 느끼고 힘을 얻는다. 처음 도전할 때의 두려움과 걱정은 차츰 사라지고 목적지를 가까워질수록 뿌듯한 성취감은 어디서도 쉽게 맛볼 수 없는 쾌감으로 다가온다. 성큼 성숙해지는 귀중한 시간이 된다.

> ■ 삶을 살아가는데 때로는 좌절하고 때로는 역경에 부딪힐 수도 있지만 포기하고 싶은 순간이 왔을 때 그것을 이겨낼 때 참된 용기를 갖게 한다.

배움과 학습과정

피어스-모든 아이의 배움에 원래부터 "하드와이어드(hardwired)'되어 있다고 말한다. 아이들이 타고 태어난 프로그래밍은 아이들이 필요한 것을 배워 나가도록 자동조정되어 있고, 오늘날의 연구에서 밝혀졌듯이 그 학습 과정은 어머니의 자궁 안에서부터 시작해 참으로 놀라운 수준으로 진행되어 간다는 것이다. 이 점을 이해한다면 아이들이 어떻게 배워 나가는가가 의문이 아니라 무슨 수로 이들을 배움에서 떼어놓을 수 있단 말인가가 첫째 의문이 될 판이다.

이 근거는 정신 생물학의 광범위한 새 연구에 기반을 두고 있는데,

아이들은 저마다 부여한 잠재능력을 가지고 있으며 우리가 흔히 '배움'이라 부르는 것은 그 잠재능력의 자연스런 전개라는 것이다. 이 관점은 당연하게 교육(education)이라는 단어의 진정한 뜻이 무엇인가로 데려간다. 에듀케이션은 '이끌어낸다'는 뜻인 라틴어의 에듀케어(educare)에서 나왔다.

만약 아이들의 개성적인 특질과 고유한 발달 시간표에 맞추어 환경이 적절하게 따라준다면 어떤 아이나 지성이 충분히 피어난다는 것이다.

모든 인간의 지식은 사실상 내재적인 것으로 우리가 학습이라고 부르는 것은 실제로 내면 깊숙이 묻혀 있는 진화의 축적물이 환경의 적절한 단서에 반응하여 안에서 바깥으로 펼쳐지는 하나의 과정이라고 말한다. 본성이 지닌 시간표는 각자에게 적절한 시기에 각자의 내면에서 발달할 수 있도록 이 지성을 하나하나 펼쳐낸다.

우리는 너무 빠른 시기에 강요하거나, 너무 오래 기다리기만 하거나 완전히 무시함으로써 지성을 발달시키는 데 실패하게 된다. 유아 또는 어린이들이 하고 싶어 하는 것은 무엇이든 본성이 의도된 것이다. 그 아이들에게 필요한 것은 충분한 자극이 되는 환경일 뿐이다. 정신의 무한한 가능성을 열어놓고, 지혜로운 마음으로 단련되어 있고, 사람에게 모든 것이 가능하다는 사실을 깨닫고 있는, 그런 성숙하고 이해력 있는 지성인으로 둘러싸인 환경이다.

어떤 분야의 인간 학습도 이미 성숙해 있는 지성이 주는 어떤 자극이 없이는 일어나지 않는다는 것이 본성이 지닌 법칙이다.

사랑은 행복을 싹틔우고 행복한 아이들은 행복하지 못한 아이들보다 훨씬 쉽게 그리고 훨씬 빨리 이 세상을 살아가는 자기만의 방식을 만드는데 필요한 모든 기술과 사실과 개념을 배운다. 사랑을 주고받는 수단을 개발하고 발전시키려는 개개인의 노력이 배움 가운데서도 가장 기본적이고 으뜸가는 배움임을 보여준다.

배움이 어떻게 찾아왔는지 다른 학생들과 교사들 모두가 그를 있는 그대로 받아들이고 관심과 애정을 주면서 왔고, 배우고 자라고자 하는 자신의 욕망을 회복시켜주었던 것은 다른 아이들과 또 교사들과 나누었던 친밀감이라고 결론지었다.

가르치는데 저항

학교에서 부정적인 통제로 인해 흥미를 일으키지 못하는 아이들의 반항.

두뇌에 대한 최근 연구를 보면 아이들 각각은 모두 배우고 성장하며 지식을 쌓고 유능하고 실제적이 되고 싶어 하는 타고난 욕구를 지니고 있다. 가르치고 배우는 과정에서 배우는 사람이 중심이 된다는 점을 근본적으로 존중하는 데서 나온다. 배우는 사람의 개성을 존중하는 학습모델에 따라 일한다. 개성을 존중한다는 말은 강제를 싫어하고 학습 과정에 참여하는 학습자가 학습상황을 함께 결정할 수 있도록 그 권리를 존중한다는 뜻이다.

이 새로운 접근법에서 강제는 자유 선택으로 바뀌고, 교사 위주는 어린이 위주로, 경쟁은 협동으로, 강제된 함께하기는 혼자 추구할 기회로, 타율은 자율로, 암기는 탐구와 발견으로, 등급 매기기는 자기 평가로, 의무와 책임은 상상력과 재능의 발현으로 바뀐다.

교사에게서 학생에게로 중심이 전환되는 이런 변화가 훌륭한 가르침이나 훌륭한 교사의 가치를 떨어뜨리는 일은 없다.

■ 존 테일러 개토

아이들은 배우는데 저항하는 게 아니라 가르치는데 저항한다.

■ 허브 콜

나는 당신에게서 배우지 않으련다.

상과 벌에 기초해서 일하는 사람들은 학교의 아이들과 회사의 어른들을 막론하고, 자발성을 지닌 사람들이나 활동 그 자체에서 만족을 얻는 사람들에 비해 훨씬 능률이 떨어진다. 두려움은 배움이라는 과정에서 생물학적 의미에서 양립할 수 없다. 통제와 감시, 측정이라는 학습 환경은 온갖 통제의 덫 없이는 어떤 건설적인 일도 일어나지 않으리라는 두려움과 불안을 말없이 전해준다. 두려움을 다스리는 해독제는 신뢰다. 이 약은 불행히도 오늘날의 그 많은 약품과 달리 캡슐에 담겨 있지 않다. 지금까지 이 신뢰에 이르는 쉽고도 빠른 10단계 같은 자가 치료용 매뉴얼은 없다. 신념을 갖고 전폭적인 믿음을 보여줄 때 훨씬 빨리 또 쉽게 배우고, 그 배움은 특정한 기간 안에 끝나지 않고 평생을 두고 이어진다.

아이들 모두 누구나 스스로 수없이 메타포를 창조하고 해체하고 또 경험할 수 있는 공간을 제공하는 일을 학교가 해야 한다. 특히 어린 나이대의 아이들이 상상에 가득 찬 놀이에 많은 시간을 보내야 한다. 글쓰기와 같은 종류의 자기표현 교과를 아카데믹한 학습 과정에 절대로 넣지 않은 이유는 아이들에게 글쓰기를 강제하지 않을 때, 그리고 철자법이나 문법이 의미나 분위기 그리고 이미지의 뒷자리를 차지할 때, 아이들은 동물, 색깔, 소리 따위에 대한 그들 자신의 자연스러운 동일시에 힘입어 메타포 속에서 거의 반사적으로 글을 쓰게 된다.

■ 메타포

어떤 말을 전화(轉化)된 의미로 사용하여 그것의 상징 의미나 특징과 매우 유사한 개념의 내용을 명확히 하는 작용을 한다.

오늘날 교육의 문제

우리의 기업경제 체제가 아이들 교육뿐 아니라 아이들 자체까지 상품으로 바꾸어 버리는 지경에 이르렀다. 일하는 날이면 우리는 아이들을 눈에서, 그리고 마음에서 몰아내기 위해 학교라는 커다란 인간 창고에 몰아넣는다. 그리하여 아이들은 시장에서 일어나는 경제활동에 경쟁자로 등장하거나 어떤 식으로든 방해를 놓거나 하는 일이 없게 된다. 아이들이 창고 속에서 갇혀있는 동안 우리는 그들을 멋지게 다루어서 고분고분하고 수동적인 소비자가 되게 하고, 어른이 되어 풀려나게 될 때는 바로 그 시장의 확실한 노예가 되도록 한다.

지금의 부모 세대는 현재 그대로의 학교 교육이라는 관념에 의지하고 있다. 그 학교 교육의 신화는 한 인간이 유능한 성인이 되려면 전문적으로 훈련받고 자격증이 주어진 교사집단 속에서만 배운다는 것, 공교육 체제는 민주적인 제도로서 조금 미비한 점만 땜질하면 언젠가는 이 나라의 어린이들에게 공평하게 삶과 자유와 행복을 추구할 기회를 나눠 줄 것이라고 착각을 한다.

■ 이반 일리치
학교가 아이들의 시간과 에너지 그리고 거주 장소에 관해 휘두르는 독재를 제거해야 한다고 말한다. 그렇게 하면 아이들은 자신의 의지로 필요한 것을 찾으려고 마을이나 읍내, 도시의 한복판으로 돌아가는 길을 찾아낼 것이고, 어른들로 하여금 직접 다음 세대의 시민을 재수용하는 방법을 만들 필요성을 절감케 할 것이다.
조직화되고 의무화된 학교 교육은 진정한 공동체를 이루는 데 명백한 구조적 장애물이다.

오늘날 아이들이 권력이란 면에서 지나치게 기름진 식사를 제공받으며 살아가고 있다. 그리고 이 문제는 어른들이 개인적이건 정치적 제도적 권력이건 권력의 문제를 너무 간과하고 무시한다는 사실 때문에 훨씬 더 복잡해진다.

학교 바깥에서 배울 기회가 풍부해진다면 '교육'은 더 이상 필요 없어질 것이다.

오늘날 공교육이라는 테두리 안에서도 대안이 속속 늘어나는 추세인데, 이런 대안들은 이미 존재하는 공적 자금에서 이점을 취하면서 통제와 강제를 기반으로 하는 융통성 없는 학교 교육의 정신구조를 깨뜨려 보자는 의도를 지닌 사람들에 의해 주도되고 있다. 또 한편으로 과거보다는 훨씬 많은 학부모가 학교 방침을 결정하는데 능동적으로 참여하고 있다. 그들은 공립학교의 잠긴 문을 따고 창문을 열어젖히며, 학교와 바깥 세계 사이에 더 긴밀한 교류가 필요하다고 주장한다. 좋든 싫든 '공동체'는 오늘날 모든 이의 입에 오르내리고 있는 것처럼 보인다.

프리스쿨의 비형식적이고 유기적으로 조직된 가족 같은 환경에 대한 두려움과 의문은 부모들 자신의 과거 학습의 역사다. 불안에 가득 찬 부모들이 자기들의 학교 경험을 이야기할 때면 그들이 자식들과 마찬가지로 고통을 겪었음을 발견할 뿐 아니라 그들 역시 학습발달을 두고 걱정을 해댔던 부모 아래에서 자랐다는 사실을 알게 된다.

자유와 존중이 동의어이듯 '삶'과 '배움'이 동의어다.

뜻을 같이하는 지역민을 조직하고 생각 나누기를 함께 하면서 조금씩 틀을 잡아갔다.

마을 자체가 학교여야 한다. 지역공동체를 지향하고 아이들은 놀면서 배운다. 어른도 함께 성장(배운다)한다. 최고의 배움은 배움의 즐거움을 알게 지속 가능해야 한다. 가르치지 않아야 하고 함께 사는 삶의 지혜를 배워야 하고 자연과 더불어 사는 법을 배워야 한다.

어른들이 배우고 공부하는 모습이 즐겁게 보여야 하고 아이들은 스스로 깨달으면서 재미를 느끼는 공부여야 한다. 책상에 앉아서 하는 공부는 반쪽짜리 배움이고 온전한 공부는 행동하며 깨닫는 공부다. 자연체험은 나무나 꽃 이름 하나를 외우는 게 중요한 게 아니라 자연과 함께 숨 쉬고 느끼고 동화되는 것들을 찾아야 한다.

밥도 하고 빵을 굽고 음식을 만들고 자기가 쓸 도구도 만들어 보고 옷도 지어 보고 살 집을 지을 공부도 필요하다. 자연 속에서 체험으로 끝나지 않고 그 속에서 다양한 배움을 만들어 가야 한다. 멀리 보고 서두르지 않으면서 능력에 맞게 가야 한다. 쥐어주지 말고 스스로 찾게 만들자. 시행착오를 겪으며 성장해야 더 튼튼해진다. 결과보다는 과정에 주목하자. 잘되고 잘나가는 사람보다 행복을 아는 사람으로 키우자.

마을학교 시작 첫 수업

마을학교 공식 이름은 '장흥교육희망연대 용산 마을학교'이다. 2016년 장흥교육 희망연대 사업으로 최소한의 비용은 교육희망연대에서 도움을 받아 시작하는 학교여서다. 2018년 용산면에서는 초등학교 저학년 중심(주로 1~2학년)으로 시작했다. 저학년을 대상으로 한 이유는 어렸을 적부터 공동체 의식을 심어주며 성장시키는 것이 가장 이상적이라는 생각해서이다. 지역민, 학부모와 희망연대 활동가로 팀을 꾸렸다.

마을학교 첫 시간 수업은 야외에 솥을 걸어놓고 밥을 지어 먹는 것으로 출발했다.

주변의 돌을 모아 화덕을 만들고 마른 나뭇가지를 주워오게 해 불을 피웠다. 물론 돌 주워오는 것도, 나뭇가지를 모아 오는 활동도 아이들과 함께했다. 불에 잘 타는 나무를 찾는 요령, 잘 타는 화덕은 어떻게 만들어야 하는지도 하나씩 가르쳐주면서….

먼저 아이들에게 불을 피워보라 했더니 너도나도 해보겠다고 달려든다. 나무를 화덕에 잔뜩 집어넣고 불을 붙이려 하니 연기만 나지 불은 붙지 않는다. 한참 동안 눈물을 흘려 보지만 생각처럼 불은 쉽게 붙지 않는다. "왜 불이 안 붙을까?" 배움의 공부가 시작되는 시점이다. "나무가 마르지 않아서요." "마른 나무는 어떻게 구별하지?" "불이 잘 붙을 소재를 찾자." 마른 풀 등을 찾아온다. 마른 풀을 먼저 아래에 넣고 잔가지를 얼기설기 쌓은 다음 불을 붙이니 불길이 금세 일어난다. "와! 불이 붙었다." "왜 불이 쉽게 붙었을까?"

산소가 공급되어야 불이 붙는 쉬운 원리지만 아이들에게는 신기하다. 아이들이 나뭇가지를 몇 번 더 집어넣자 솥에서 김이 올라와 솥뚜껑이 들썩거리기 시작한다.

"뚜껑이 왜 들썩거릴까요?" "김이 나니까." "열기관이란 말 들어봤어?" "아니요." 지금 우리가 사용하는 자동차 등은 전부 열기관인데 열기관의 원리는 열은 온도가 높아지면 팽창하는데 이때 발생하는 폭발의 힘을 움직이는 에너지로 전환시키는 원리라 자동차뿐만 아니라 기차, 비행기, 우주선도 다 같은 원리란다. 우주선에 달나라까지 나오니 아이들은 귀를 쫑긋 경청하기 시작한다. 밥을 짓는 과정에도 이런 원리가 다 들어있으니, 솥에 품어 나오는 김도 유심히 살피기 시작한다.

수증기의 색으로 밥이 어느 정도 되고 있는가 관찰하게도 하고 솥을 막대로 두드리면서 소리로 구별도 하고 마지막으로 코를 벌름거려 냄새를 맡아 밥이 되는 과정을 자세히 관찰한다. 구수한 누룽지 냄새에 아이들은 "밥에서 맛있는 냄새가 난다." 아우성이다. 누룽지 냄새를 처음 맡아보는 아이들이 많아 그 냄새만으로도 식욕을 자극했으니 "맨밥만 먹어도 맛있어요." 평소 집에서는 밥을 잘 먹지 않았던 아이조차 2~3 그릇을 먹어대니 엄마들이 놀라워했다. 마지막에 누룽지를 끓였더니 서로 먹겠다고 난리다.

이 시작으로 첫해 1년은 내내 솥밥을 해 먹었다. 이 집 저 집에서 반찬 한 가지씩을 가져와 솥에 다 부어 넣고 비벼진 돼지 비빔밥이 제일 맛있었다. 시골의 장점이다. 자신들 밭에서 이것저것 가져와 요리해 먹으니 돈도 절약이 되고 밥상 공동체가 만들어지니 자연스럽게 모두 한 가족이 됐다.

지역민이 마을 활동가로 성장하다

아이들과 함께 배우며 성장하고자 마을 활동가들은 책 읽는 공부 모임도 하면서, 교육청, 공공도서관과 연계하여 필요한 연수를 꾸준히 진행했다. 연수 주제—놀이지도사, 숲 놀이, 가죽 공예, 뜨개질, 바느질, 색 치료, 학부모교육, 성교육 등.

지역공동체 활동이 활발한 선진지 방문도 매년 해가면서 마을 활동가로서 역량이 만들어져 갔다. 지역과 함께하는 공동체 프로그램

덕에 시간이 갈수록 지역민의 관심도 높아져 자원봉사와 재능 기부도 늘어났다. 코로나 상황에 들어서 이 능력들이 빛을 발했다.

다른 마을학교들은 마비 상태일 때 용산 마을학교는 상황이 달랐다. 마을 활동가들이 가까운 동네 아이들 5명 이내로 동아리 형태의 모임을 시작했는데 하나, 둘 불어난 것이 13개 동아리가 만들어진 것이다. 지역민으로 구성된 자원봉사 형태로 자생적으로 만들어진 것이다. 교육청에서 하지 못하게 할까 봐 쉬쉬하면서….

만들어진 동아리를 보면 물만 보면 수영(수영), 오르락 내리락(등산), 요리 쿡 조리 쿡(요리), 놀고있네(도미노를 이용한 놀이 중심), 목공 교실, 작가와 함께하는 글쓰기, 명심보감 읽기, 자전거, 속마음 털어 놓고 대화하기(또래 상담), 신나게 놀아요(유치원 중심 놀이), 랄랄라 책 읽기, 탁구, 보드게임 등이었다. 10개가 넘어가서 나중에는 한 사람이 3개 동아리 이상 참가하지 못하도록 제한하기도 했다.

운주리 야외 수영장

여름이면 물놀이 요구가 들어와 처음에는 인근에 다른 시설을 이용했는데 이동 수단도 마땅치 않고 비용이 들기 때문에 고민이 많았다. 그러던 차에 마을 활동가 한 분이 우리 동네에 버려진 야외 수영장이 있는데 그곳을 우리가 치우고 활용하면 어떻겠냐는 제안을 했다.

용산면 부용산 자락 아래 '운주저수지'다. 길이 25미터 폭 25미터 약간 마름모꼴 형태지만 보통 수영장보다 규모는 더 컸다. 일단 쌓인

자갈밭을 새로 가는 사람

흙과 쓰레기를 마을 활동가와 아이들이 합심하여 치우는 작업을 시작했는데, 오랫동안 사용하지 않아서 쓰레기는 한 뼘 이상 쌓여있었다. 하루 작업으로는 어림없었다. 쓰레기를 걷어내고 나니 이젠 바닥 청소를 해야 하는데 공사할 때 바닥에 시멘트만 발라 놓고 방수 처리를 하지 않아서 표면이 부스러지고 터진 상태이다. 그냥 청소만 해서 안 될 상황이다. 바닥을 긁어내고 다시 청소하고 몇 번을 반복하고서야 겨우 정비를 마쳤다. 의용 소방대에 부탁해서 소방차를 동원하여 물대포까지 쐈다. 아이들을 위해서라고 보상 없이 그냥 도와준 고마운 분들이다.

그렇게 전용 수영장과 캠핑장이 만들어졌다. 한 해, 두 해 자리를 잡아 아이들이 많이 모이니 지자체에서 예산 지원을 해줘 시멘트 바닥에 방수 칠도 하고 정자도 지었다. 그렇게 5년이 지나면서 외부에도 소문이 나서 손님들이 계속 늘어나고 있다. 산 계곡에서 흘러내리는 자연수를 끌어와 사용하여 수질은 어느 수영장에 비할 수 없이 좋고 약품처리를 하지 않는 수영장은 찾을 수 없으니 한 번 온 사람들은 다시 찾는 곳이 되었다.

캠핑할 수 있는 조건이 만들어져 가끔 캠핑도 하고 영화상영도 한다.

기후위기 수업

자연 체험활동을 많이 하는 마을학교라 환경에 관련한 수업을 많이 하는데 멸종위기 동물 인형을 제작하자는 제안을 해서 재활용품을 이용해 만들어 보기로 했다. 사료 포대, 신문지, 종이상자, 대나무 등 주변에 있는 것들을 모으고 아이들은 멸종위기 동물들 조사를 하여 만들어 보고 싶은 동물을 찾았다.

밀가루 풀을 쒀 적당한 크기 종이상자에 신문지를 찢어 붙여 틀을 만들고 그 위에 사료 포대를 다시 덧붙였다. 붙인 종이들이 마르길 기다려 색을 칠하니 그럴듯한 새 동물들이 탄생했다. 매주 주말 작업하여 4주간에 걸쳐 완성했다.

아이들이 하기 어려운 나무정령은 어른들이 대나무 틀을 짜서 만들었고 이동이 힘드니 인형 속에 지게를 넣었다. 이 인형들을 가지고 지역에서 수차례 퍼포먼스를 하였는데 반응이 좋아 다른 지역까지 나가 활동도 하고 있다. 지역사회 어른들이 참여하는 행사에도 초대(?)받아 맨 앞에서 열심히 기후위기 노래에 율동도 하면서 인기를 독차지하기도 했다. 장흥지역 환경 행사나 축제에 항상 한 자리를 차지하는 명물이 됐다.

장꾼 체험

지역에 '마실장'이라는 순수 지역민들이 한 달에 두 번 모여 자신이 생산한 농산물들을 가지고 나와 판매도 하고 나누기도 하는 장이 있다. 이 '마실장'에 아이들이 활동하며 만들어진 생산물을 가지고 나와 판매하는 이른바 '장꾼 체험'을 한다.

자신이 만들거나 생산한 것을 돈으로 바꾸는 경제 체험이라 하겠다. 마을학교 활동에서 얻어지는 것들이라 종류도 다양하다. 자연물을 이용해 만든 조형물도 있고 바닷가에서 주운 돌에 그림을 넣어 장식물을 만들어 가져오기도 하고 요리 동아리 솜씨를 발휘해 음식을 만들어 팔기도 한다.

어른과 함께할 수 있는 프로그램도 진행하니 어른, 아이 모두 한식구가 된다. 종종 활동하면서 배운 놀이도 공터에서 어른들과 함께 어우러져 즐기기도 하니 장 분위기도 아이들 덕에 한층 활기차다.

우리밀 베기

지역에 우리밀을 재배하는 농사꾼이 계셔서 밀 수확 시기 밀 베기 체험을 하기로 했다. 낫질이 서툰 아이들이라 어른들이 곁에 붙어 베기를 하는데 생각보다 재미가 없었던지 적극적이지 않고 해찰을 많이 한다. 마침 주변에 대나무밭이 있어 죽어 넘어진 마른 대를 주워다 불을 피우고, 벤 밀 한 주먹을 불에 꼬실라 두 손으로 비벼 먹는 시범을 보였다.

처음에는 아이들이 무슨 맛인지 모르니 구경만 했는데 호기심 많은 한 녀석이 따라 하면서 "야 얘들아 겁나 맛있어." 하니 모두 불 곁으로 모여 베어온 밀을 꼬시르기 시작한다. 밀을 베다 만 아이들은 다시 밀밭으로 달려갔다. 너도나도 밀을 꼬시려 손으로 비벼 입에 털어 넣는다. 젊은 엄마들도 따라 하시는데 이 분들도 보리나 밀을 꼬시려 먹어본 경험이 없단다. 검은 검댕이 얼굴에 묻으니 서로 얼굴을 보며 웃음바다가 펼쳐지고 그날 체험은 어른, 아이 모두 행복한 들판이 됐다.

논 학교

지역에 토종 씨앗을 가지고 농사를 짓는 분이 계시다. 일찍이 토종 종자를 보존해야 한다는 철학(?)을 가지고 '마실장'에서도 종자 나누기 봉사를 한다. 학교에서 토종 종자 수업도 해주시는 참 귀하고 고마우신 분이다.

그리고 또 한 분 토종 볍씨를 가지고 논 학교를 운영하시는 분이 있는데, 운영하는 내용을 자세히 들여다보면 시작은 흙에 대한 수업부터다. 흙을 찾고 고르는 법, 흙의 성질 등을 배우고 논에 물을 가두고 고르는 것, 모두 사람 손으로 한다. 아이들에게 맨발로 흙을 밟게 하고 흙 속에 사는 생명을 찾아내 생명 이야기도 나누면서 흙과 친해지는 법을 가르치고 모내기 전 흙을 고르는 것도 아이들이 한다. 자연 그대로 농사를 지으니 생명이 많이 산다. 모를 심는 날은 어른들이 줄을 잡는 보조를 하고 아이들 손으로 모를 심는다.

벼가 커가는 동안 논을 찾아온 곤충들도 만나고 가을걷이도 낫으로 하고 탈곡도 옛날 탈곡기(홀치기?)를 이용한다. 그렇게 자신들의 손으로 얻은 쌀을 나누고 일부는 떡을 만들어 지역 어른들을 대접하기까지 일 년 논 학교의 과정이다. 봄부터 가을까지 이어지는 과정이다.

세월호 수업

세월호 계기 수업은 신호대 잎과 노랑 봄꽃을 이용한다. 이 수업은 지역에 있는 초등학교 전교생을 대상으로 학교 다목적 교실에서 실시하는데, 과정을 보면 신호대 잎을 따고 노랑 봄꽃이 피는 시기라 주변을 돌며 적당한 크기의 꽃을 채취해 오면 준비는 끝난다. 신호대 잎을 접어 배를 만들고 그 위에 마음에 드는 노랑 꽃을 부착하면 만드는 작업은 끝난다. 자연물을 이용하는 활동을 자주 해본 아이들이라 어른 도움 없이도 이 과정을 익숙하게 잘한다. 이 신호대 잎과 노랑 꽃으로 만든 배는 종이배보다 보기도 좋고, 돈 들일 필요도 없고, 자연물이라 종이와 달리 나중에 쓰레기가 되지 않으니 대부분 이 소재를 이용한다.

자기 배에 세월호 희생자 이름을 하나 골라 적어 넣고 학교 가까이에 있는 '남상천'이라는 하천으로 이동하여 만든 배들을 물에 띄운다. 배는 천을 따라 바다로 흘러 들어가는 것이다. 일부 배는 학교 복도에 탁자를 놓고 일정 기간 전시한다.

자연체험

바다에 인접한 지역이라 날씨만 허락하면 쉽게 바다를 이용한 활동을 벌인다. 시원한 바람을 맞으며 갯벌에서 조개도 채취하고 맨발로 걸으며 정담도 나누고 모래를 가지고 다양한 놀이도 한다. 자화상도 그리고 성도 쌓고 인어공주도 만들어 보고 상상하는 모든 것을 할 수 있다. 날씨가 더울 때는 모래 구덩이를 파서 모래찜질도 하고 멋진 바다를 배경으로 사진을 찍을 때는 모두 사진작가, 모델이 되기도 한다.

가을이 돼서 밤송이들이 떨어지면 밤을 주워 즉석에서 구워 먹고, 나물 철에는 나물 캐기 나들이를 한다. 적당한 장소에 솥을 걸어 밥을 해 나물 비빔밥이 만들어지면 환상의 밥상이 차려져 밥상 공동체가 된다.

자연물을 이용해 장식물을 만들어 '마실장'에 가지고 가서 판매도 하고 마을 활동가가 운영하는 목공실에서는 생활 목공예 교실을 열어 생활에 필요한 도구들을 직접 만든다. 토기도 직접 만들어 굽기도 한다. 지역에 사는 분들 모두가 우리 학교의 교사다.

요리 동아리

요리 동아리 시작은 지역에서 식당을 운영하시는 분이 식당이 쉬는 날을 택해 아이들을 보내주면, 강의와 재료 제공까지 모두 당신이 해결하는 자원봉사를 하고 싶다고 제의하면서 시작됐다. 뒤를 이어 한식 식당을 하는 곳에서도 함께 하게 됐고 귀촌한 빵 전문가도 결합하여 다양한 요리를 아이들이 배울 기회가 생긴 것이다. 이 요리 동아리는 다른 동아리 간식을 제공하고 마을을 돌며 노인들 대접도 한다.

학교 생태 텃밭도 지역에서 농사를 짓는 농부 활동가가 결합하여 학교 텃밭을 가꾸는데, 정규 수업시간을 이용하여 학년별로 품목을 정하고 개인은 개인대로 가꿔보고 싶은 작물을 재배하는 형태다. 지금은 초중 학교 통합으로 공사 중이라 잠시 중단되고 있다. 외에도 지역민들의 배려로 '마실장'에 활동 공간이 마련되면서 작은 도서관이 만들어져 언제라도 아이들은 책을 볼 수 있어 책 읽기 동아리가 생겼고 저학년 대상으로 활동가들이 학교에 들어가 책을 읽어주기도 한다.

언제라도 필요한 모임이 있으면 가능하게 되니 고정된 프로그램 외에도 다양한 활동이 수시로 이뤄지는 마을학교가 됐다. 말 그대로 일상과 마을학교 구별이 없어졌다.

업어주면 안돼요?

마을학교를 시작하면서 어려운 환경의 아이들을 어떻게 챙길 것인가 고민을 많이 했다. 아이들이 마을학교 활동에 참여하기 위해 이동 수단은 어떻게 해결할 것인가? 그들이 지역공동체에 한 식구로 자리잡게 하기 위한 어떤 과정이 필요한가? 마을 활동가를 어떻게 성장시킬 것인가? 마지막 중요한 숙제인 다문화 아이들과 엄마들을 어떻게 이끌어야 할까? 다문화 아이들 대부분은 친구들 사이에서 소외되어있는 경우가 많아 먼저 이 아이들에 대한 배려가 우선되어야 한다. 우리 마을학교 여학생 중에 표정이 어둡고 다른 아이들과 섞이지 못하고 있는 아이가 하나 있어 안타깝게 지켜보고 있었다.

그날은 부용산 자락 공원 주변에서 야외활동을 하는 날이다. 야외에서 돌, 나뭇가지, 꽃 등 무엇이든 이용할 만한 것들로 조형물을 만드는데 일정한 틀 없이 각자 자유롭게 표현하는 것이다. 돌을 이용하여 동물 형상을 만드는 아이도 있었고 나무와 꽃을 이용하여 장식물을 만드는 아이도 있었다. 돌과 나무를 이용하여 돌도끼를 만드는 아이는 돌도끼를 가지고 원시인 체험을 해보고 싶다 했다. 조형물 표현을 자유롭게 하면서 상상력도 맘껏 펼치는 것이다.

아이들이 활동하는 것을 지켜보며, 주변 돌 위에 앉아 쉬고 있는데 누군가 내 귀에 속삭인다. "업어주면 안돼요?" 혼자 고립되어 사는 다문화 아이다. 그동안 한 번도 먼저 말을 걸어오지 않았던 아이 말이라 아이에게 등을 내밀어줬다. "그래 업혀라." 처음 업힐 때 굳어있던 몸이 차츰 풀리고 내 등에 한 몸이 될 때까지 아무 말 않고 아이를 업고 주변을 몇 바퀴 돌았다. 그날 이후로 아이는 웃는 얼굴로 먼저 다가와 인사를 한다.

학교에 수생식물 컨설팅 간 적이 있는데, 점심시간이 되어 식사하러 급식실로 갔다. 밥을 먹던 아이가 숟가락을 놓고 나에게 반가이 다가와 하이파이브 인사를 건넸다. 다른 아이들과 교사들이 지켜보는 가운데서 한 이 행동을 모두 이상해했다. 학교 교사 말이 "학교에서 한 번도 남에게 지금 같은 행동을 한 적이 없는데 어떻게 된 일이냐."고.

마음의 문을 여는 것은, 매우 어려운 것이지만 어떤 경우는 아무것도 아닌 것에도 쉽게 문을 열기도 한다.

장흥교도소 재소자 교육

장흥에 군으로는 드물게 교도소가 있다. 2017년 장흥교도소에서 연락이 왔다. 재소자 인성교육 프로그램을 운영해달라는 요청이다. 프로그램을 몇 번 진행하다 보니 방식에 허점이 보였다. 교육이 1회로 그치니 교육 효과를 기대하기 어려운 상황이다. 교도소에 요구했다. 대상을 정하고 교육을 지속적으로 할 수 있게 해달라. 효과 있는 교육방식을 선택하자고….

다른 교육이라면 몰라도 한 번의 교육으로 인성이 바뀔 수 없다는 것은 누구나 다 알 것인데 바꾸려 하지 않았다. 규정에 정해진 시간만 채우면 되는 것으로 교육 효과에는 관심이 없었다.

노동자의 삶을 선택하다

복직하고 생활이 여의치 않아 연금을 포기한 탓에 퇴직 이후 삶을 일찍 준비했지만 자본주의 사회에서 자본 없는 경제활동은 자신의 노동력을 빼고는 뾰족한 대안이 없는 것을 잘 알기에 언제나 몸을 쓰는 노동을 마다하지 않았다.

그런 생활들이 학교를 나와서 쉽게 노동일에 적응했다. 시작은 어쩔 수 없는 선택이었지만 교직에 있을 때 벌었던 돈과 순수한 노동으로 버는 돈은 사뭇 다르다는 것을 퇴직하고 금방 알았다. 교직에 있을 때도 틀림없이 노동일을 했는데도 몰랐던 가치다. 다른 게 섞이지 않은 순수한 땀으로만 버는 돈의 가치는 사뭇 달라 훨씬 소중하고, 소중한 만큼 보람 있는 일에 썼다.

교육노동운동을 하면서 입으로는 수없이 노동자의 삶을 노래했지만 미쳐다 깨닫지 못했던 노동의 가치를 좀 더 이해하게 된 것이다.

구들 이야기

내가 구들장 장인이 된 것은 산에서 화석연료를 안 쓰려니, 자연히 나무 때는 구들이 필요했다. 어느 날 장흥 용산면에 보존되어 있는 백자 가마터 옆을 지나다가 퍼득 머리에 떠오르는 게 있어 발길을 돌려 가마를 들여다보게 됐다. 짧은 상식으로 그릇을 구울 때 가마 안 온도가 천몇백 도 이상으로 오르고, 입구나 안쪽 온도가 같아야 그릇이 제대로 구워진다고 하는데 무슨 원리지? 이걸 구들방에 결합하면 방에 높은 온도를 공급하고 윗목 아랫목 구별 없이 고루 따뜻하겠다는 생각이 들었다.

일단 구들 아래에 가마를 넣어 보자. 마침 그해 겨울은 몹시 가물어서 집 아래 저수지 수위가 바닥 뻘이 드러날 정도였다. 뻘을 파다가 계곡에 굴러다니는 막돌들로 구들을 놓는 실험을 해봤다. 몇 차례 시행착오를 거치면서 가능성을 확인하고 내 흙집에 시공해봤더니 결과가 만족스러웠다. 집에 놀러 왔던 지인이 시골 자기 집에도 시공해달랬다. 그렇게 시작된 것이다. 시공하면서 부족한 부분은 보완해갔다. 지인들 집에 시공했기 때문에 주인에게 생각대로 안 되면 재시공하겠

다는 양해를 구해 또 다른 기능들을 실험하면서 한층 효율 좋은 구들로 변신을 거듭해간 것이다.

파이프를 묻어 방 가운데 산소를 공급하고, 집 앞 개울물이 소용돌이치는 것을 보며 구들 속에 열이 대류하도록 하는 구조도 만들고, 높은 열을 이용하여 불이 흐르는 길을 없애, 마치 보온병처럼 가두는 공간을 만들어 오랫동안 열을 보존하게도 했다.

소문을 듣고 찾아와 구들을 배우고 싶다는 제자(?)들이 있어, 구들학교를 열기도 하면서 나도 모르는 사이 구들장 장인이 됐다.

내 구들은 지금도 변신 중이다. 시험해보고 싶은 게 더 있으니까….

자연의 품 산으로

일찍이 자연과 산을 좋아했던 나는 60년대부터 등산을 즐겨 다녔다. 그때는 등산이 대중화되지 않은 시기라 장비도 구하기 어려웠고 등산로도 없으니 산행을 하는 것은 언제나 도전의 연속이었다. 길이 없는 산길을 헤치고 불을 피워 밥을 짓고 텐트를 치기 어려운 곳에는 비박을 하면서 다녔으니까. 중고 밧줄을 구하여 암벽에 매달리기도 했다. 지금 생각하면 참 무모했다. 안전장비 하나도 없이 달랑 밧줄 하나만 가지고 절벽을 탔으니까. 그 덕으로 대안학교에서 생존프로그램을 운영할 수 있게 되었지만….

지금 산에서 사는 방식도 그때 경험들이 많은 도움을 준다. 남들은 원시적으로 산다고 하지만 문명의 이기를 거부할수록 인간은 자연과 가까워지고 자연과 함께 호흡하는 것이 편해짐을 잘 알기에 지금 삶을 편리하게 바꾸고 싶은 마음은 전혀 없다.

두려움은 자신의 의식에서 오는 것이다. 전기가 들어오지 않는 불빛 하나 없는 산에서 사니 사람들이 "무서울 텐데 어떻게 사느냐?"고 묻곤 한다. '왜 무서울까?' 반문해보면 어둡기 때문이다. 어두워서 사물이 보이지 않은 것이 두려운 것이다. 산이 무서운 게 아니다. 대신 별빛은 풍성하다. 물론 어둠 속에서 동물들이 나올 수 있지만, 우리나라 산에는 사람을 해할 동물은 거의 없다. 유일하게 멧돼지가 있지만, 산에 사는 식구들은 그들이 다니는 길이 있다. 그 구역을 피하거나 조심하면 된다. 동물들은 자기 영역을 지키려는 본능을 갖고 있음을 알면 된다.

농작물에 피해를 주는 멧돼지나 다른 동물들을 없애야 하는 몹쓸 대상으로 구분한다. 그들의 땅에 인간이 그들의 허락을 받은 바 없으니까, 무단으로 침범하여 농사를 짓는 것이다. 동물들은 그냥 자기 영역에서 먹이활동을 하는 것이다. 인간들의 탐욕으로 일어나는 현상일 뿐이다.

동물들이 가장 무서워하는 게 인간이라 인기척을 내고 다니면 먼저 알아서 피한다. 또 그들을 해하지 않고 오래 머물면 동물들은 같이 사는 식구로 받아들이면서 공존하게 된다. 실제로 내 집 마당에서 꿩이나 너구리 가족들이 새끼를 키우면서 살기도 한다. 야외 부엌 찬장에 둥지를 틀고 알을 낳아 키우는 새도 있었다. 새끼를 키우는 시기는 어미들이 가장 안전한 장소를 선택하는데 그 장소가 내 집 안과 밖이 되는 경우다. 짐승들도 자신을 배려해주는 것을 안다.

그래서 산사람들은 무서운 것은 짐승이 아니고 사람이라고 한다.

■엄밀히 따지면 멧돼지도 피해자다. 멧돼지는 포식자들이 산을 지배할 때 가장 좋은 먹잇감이어서 종족을 보존하기 위해 새끼를 많이 낳는 방식으로 진화한 것인데, 인간이 포식동물을 멸종시키면서 먹이사슬에서 벗어나 이제는 그 번식력 때문에 인간에게 유해하게 된 것이다.

어둠이 깊을수록 오감이 열린다. 어둠이 두려운 것은 시각에 많이 의존하는 현대인들의 특성상 시각 아닌 다른 감각기관 기능이 약해진 탓이다. 실제로 손님들이 밤에 내 집에서 묵을 때, 집 주변을 돌아다니는 산 식구들의 소리를 나는 선명히 듣는데 손님들은 듣지 못한다. 주변에 뱀이 있으면 뱀 냄새를 맡고 흙을 밟으면 길이 아닌지를 어둠 속에서 발바닥 감촉으로 구분하기도 한다. 어둠에 익숙하여 살다 보면 어지간한 어둠에도 사물 식별이 가능하다. 밤눈이 밝다고 할까? 다 적응력이다. 이런 오감들은 나에게 풍성한 상상력과 직관력을 선물한다.

산에서 마음 닦음(?)을 하며 살다 보니 종종 삶의 길을 잃어버린 사람들이 찾아오기도 한다. "어떻게 살아야 하는가?" 물으면 나는 "어둠 속에서 길을 찾으려면, 눈을 감고 보라."고 권유한다. 답은 밖에 있는 게 아니라 내 안에 다 있기 때문이다.

자연 속에서 오감을 열고 산다는 것은 축복이다. 자연 그대로를 받아들이고 이해하게 되면 삶에 지혜도 얻게 되는 너무 간단한 이치지만 자연을 지배할 수 있다는 인간의 오만함(?)이 이를 인정하지 않는다. 마음을 열고 오감을 따라가다 보면 자연의 이치를 쉽게 깨닫게 된다. 이 자연의 이치는 인간이 살아가는 가장 기본이 되는 지혜다. 이 깨달음을 버리고 인간이 자연을 떠나면서 생명의 조화를 잃어버린 탓으로 오늘날의 기후위기라는 재앙을 불러온 것 아닌가?

인간의 기준으로는 재앙일지 모르나 어찌 보면 지구라는 거대한 생명체가 인간의 자연 침탈을 막으려는 자정 작업이 시작된 것이 아닐까?

기후 변화를 최근에 와서 누구나 피부로 느끼고 있겠지만 이번 여름 폭우 하나만 보더라도 과거에 물길이 없는 곳에서 산사태가 나고 둑이 무너진다. 이는 이제까지 통계나 경험으로 방비할 수 없게 만들어버린다. 지금의 여러 안전 구조로 막아내지 못하고 어디서 일어날지 모르니 심각한 재앙이 아닐 수 없다. 안전지대가 따로 없는 것이다. 이런 자연재해는 수십, 수백 년 쌓아온 삶의 터전을 앗아가 버린다.

2년 동안 장흥 학교들을 돌면서 기후위기 강의를 다녔는데, 쓰레기 덜 버리고 분리수거 잘하면 된다는 정도의 수준이었다. 국가 차원도 경제가 우선이지 기후 변화에 대한 투자나 지원은 별로 눈에 보이지 않는다.

산에서 얻은 또 하나 교훈은 일찍부터 산을 자주 찾았기에 산에 대해서 많이 알고 있다고 생각했는데 산에 들어와 살다 보니 산(자연)을 안다고 생각하는 자체가 틀렸다는 것이다. 등산로를 따라 정상에 몇 번 올랐다고 그 산에 대해 얼마나 알 수 있을까?

터를 닦고 15년이 된 지금 사는 곳, 주변 산을 헤집고 다니다 보면 생각지도 않은 것들을 만난다. 산은 도로 길과 다르게 수천, 수만 개 헤아릴 수 없을 만큼 많은 길이 있다.

사람들은 길이 없으면 갈 수 없다고 하지만, 산에서는 힘은 조금 들지만 길을 닦으면 어디든 갈 수 있어 좋다. 새로운 만남을 기대하면서 가는 길은 즐거움이니까. 설렘으로 발길이 바빠지는 조급함을 버리기만 하면 된다.

밖에 일이 없는 시간은 고스란히 산에서 보낸다. 산 생활의 기본은 가능한 모든 것을 자급하고 자연과 함께 호흡하며 사는 것이라 부지런하지 않으면 한 끼 식사도 얻기 힘들다. 계절 따라 작물도 가꿔야 하고 먹을거리를 찾아 산을 다녀야 한다. 구들방에 불 넣고, 밥 짓고, 요리할 때 필요한 땔감도 틈틈이 마련해 두지 않으면 노동이 된다.

현대인들이 잊고 사는 도구인 지게도 내게는 없어서는 안 될 친구다. 땔감을 마련하는데 가장 요긴하게 쓰이는 도구는 지게이기 때문이다. 지게 없이 많은 양의 나무를 한꺼번에 옮길 방법이 없으니까. 지게를 메고 산을 타려면 한 걸음마다 신경을 써야 한다. 그렇지 않으면 나무뿌리나 돌에 지게 다리가 걸려 넘어지니까. 지게에 욕심 많게 나무를 많이 올려도 안 된다. 자칫 무게를 못 이겨 넘어지면 부상 위험이 곳곳에 도사리고 있으니까. 도움을 청할 사람이 없는 곳에서 혼자 산다는 것은, 조심하고 경계하는 것을 몸에 익혀야 하는 것이 필수 조건이니 지게를 사용하는 것도 하나의 좋은 수련이다.

일상 자체가 다 배움이고 깨달음이다.

언제부터인가 손에서 책을 놓았다

　책보다 삶의 경험 속에서 얻은 깨달음이 더 소중한 공부라는 생각
이 들어서였는데 자연 속에서 생활하다 보니 그 생각이 옳았다.
　자연의 이치를 내밀히 들여다보고 있노라면, 사람이 살아가는데
필요한 순리와 조화, 사랑, 깨달음, 자유 모든 이치가 다 그 속에 있
더라.

선택은 자신의 몫이다

　내가 사는 산골짜기는 남쪽 바다에서 올라오는 바람이 그대로 골
을 휘젓는다. 삼면이 산으로 막혀 있지만, 남쪽 바다 쪽은 열려 있기
때문이다. 그래서 여름 태풍이 올라오면 넘어지는 나무가 생겨 길이
막히는 경우가 많다.
　다른 사람이 다니지 않는 길이라 동네까지 2km 길을 홀로 뚫어야
한다. 부러지거나 넘어지는 나무는 가지 무성하고 키가 큰 나무들이
다. 외형으로는 키도 크고 가지가 많아 그럴싸하게 보이지만 가지가
많으면 바람에 쉽게 흔들린다. 덩치가 큰 만큼 다른 나무 햇빛도 가
리게 되고 자신도 덩치를 유지하는데 더 많은 에너지를 쏟아부어야
한다. 덩치 크다고 자랑할 것이 못 된다.
　보이는 것에 연연하지 말고 불필요한 욕심을 버려라.

쇠는 두드릴수록 단단해진다

계곡물을 끌어다 식수로 사용하다 보니 정기적으로 물길을 타고 올라가 물 호스 입구를 청소해야 한다. 물길을 오르다 보면 흐르는 물 속에 있는 돌들은 모가 없이 둥글지만, 물 밖에 돌은 모가 나고 날카롭다. 사람 역시도 시련과 고통, 고단함을 겪어야 단단하게 다듬어지는데, 사람들은 쉽고 편한 길을 먼저 찾는다.

그렇게 살다 보면 조그만 언덕이 앞에 보이면 갈 곳 없는 막장에 들어섰다고 착각하고 만다. 심한 경우 극단의 선택을 하기도 한다.

막다른 길은 없다. 당신이 막다른 길을 선택했다면 그 길에서 나오는 것도 당신 몫이다.

정해지지 않은 길을 가는 자가 더 많은 것을 얻는 이치를 안다면 당신을 옭아매는 모든 것들이 당신을 이끌어주는 스승이 된다.

살아갈 의지가 있다면 그 절박함이 절망을 이겨낼 힘이 되고 끝내는 새로운 출발점을 찾는다. 과거는 과거이고 오늘은 항상 새로운 시작이니 새로 시작하는 것이 답이다.

길은 헤아릴 수 없이 많이 있다. 어떤 선택인가의 몫은 자신뿐이다. 아무도 미리 최선의 길이라고 예단할 수 없다. 세상 그 누구도 같은 길을 걸어가는 사람은 없다.

나만의 길을 만들어 가며 살아보는 것도 의미 있지 않은가?

배고픔 모르고 편하게 사는, 축사에 배부른 돼지가 과연 행복할까?

물질적으로 더 풍요롭고 편안한 삶을 살 것인가. 좀 고단하더라도 영혼이 자유로운 삶을 살고 싶은가. 자신이 선택할 몫이다.

해충과 익충

인간의 기준으로 해충과 익충을 구분하고서는 해충은 마치 악마인 것처럼, 무조건 없애야 하는 존재로 인식한다. 해충도 익충도 생명의 순환 고리의 한 부분이라 해충이 없어지면 익충도 존재할 수 없는 것이다. 인간의 기준으로 생명을 인식하는 한 지구라는 생명체는 살아갈 수 없는 것이다. 인간이 자연과 생명체를 조절할 수 있다는 오만이 오늘날 지구상에 존재하는 모든 생명체를 공멸의 위기로 몰아간 것인데, 우리가 먹는 농작물 역시도 해충에 대항해 생명력을 끌어올릴 때 가장 건강한 식품이 된다.

자연의 순리를 무시하며 수확량을 높이려는 인간의 탐욕이 종자를 자꾸 개량하여 조그만 병에도 고사하는 지경에 이르니 농약 사용량은 계속 늘어난다. 자본의 기업이 운영하는 종자와 농약 회사만 배불리는 결과다. 과거에는 병충이 없었던 작물들도 이젠 병에 시달리는 걸 보면 이해가 될 것이다.

많은 자연인이 병을 이기고 건강을 회복하는 것도 같은 이치다.

멧돼지 올무에 걸린 개

몇 년 전 일이다. 면사무소 직원 두 사람이 찾아와 도움을 청했다. 산에서 이상한 소리가 난다는 민원이 들어와 확인했더니 멧돼지 올무에 개가 걸려 있는데 으르렁거리며 경계심을 풀지 않아 손을 댈 수 없단다. 동행하여 갔더니 덩치 큰 누렁 개 한 마리가 올무에 오른쪽 다리뼈가 허옇게 드러난 채 묶여 있었다. 개 앞에는 면사무소 직원이 가져다준 음식들이 있었지만 먹은 흔적은 없었다. 개와 잠시 눈을 맞추고 조심히 올무를 풀어줬지만 걷지를 못한다. 할 수 없이 보듬어 않고 수백 미터 산길을 내려왔다.

면사무소 직원들이 두려움 없이 어떻게 그런 행동을 하느냐, 왜 개가 나에게는 덤비지 않는가 의아해했다.

사람이나 짐승이나 마찬가지로 내가 경계심을 갖지 않으면 상대방도 이를 안다. 동물들은 본능으로 이를 알아차리는 것을 알기 때문에 행한 행동이다.

산에서 멧돼지를 자주 만나지만 이를 알기 때문에 피한 적은 없다. 조심해야 하는 시기가 있기는 하다. 한여름이면 봄에 태어난 멧돼지 새끼들이 어미 곁에서 먹이활동을 시작할 무렵이다. 이때 어미는 새끼들이 여기저기 천방지축으로 움직이기 때문에, 보호 본능으로 무척 예민해 있다. 이 시기는 조심해야 한다. 보통 때는 사람을 피해가지만, 이때는 새끼를 보호하려는 모성본능으로 사람에게 덤빌 수 있기 때문이다. 나뭇가지로 나무나 풀들을 툭툭 쳐 소리를 내며 움직이거나 땅에 진동을 주면서 이동하면 멧돼지들이 알아서 피해간다.

좋은 일자리와 나쁜 일자리

좋은 일자리는 힘들게 일하지 않으면서 돈을 많이 받는 것을 말하고, 반대로 나쁜 일자리는 힘들게 일하면서도 돈을 얼마 못 받는 것을 말한다. 여기에는 아주 중요한 것이 빠져 있다.

노동으로 얻어지는 결과의 가치에는 금액을 매기지 않는다. 돈으로 환산할 수 없는 가치는 어디서 찾을까?

식량위기

미래를 예견하는 과학자들은 가장 심각한 위기 하나로 식량문제를 꼽는다. 기후 변화로 인해 정상적인 경작이 어려워져 식량자원이 부족한 상황이 오면 우리나라처럼 수입에 의존하는 구조가 지탱될 수 있을 것인가? 지금처럼 돈이면 다 해결된다는 생각 자체가 송두리째 무너지는 것이다. 아무리 돈이 있어도 사 먹을 식량이 없다면? 상상만 해도 끔찍한 일이다. 이때쯤이면 농업 자원은 지금과는 달리 최고의 가치로 부상할 것인데, 묵혀놨던 땅은 물론 새로운 경작지를 파 뒤집는다고 해결될까?

조그맣고 소박한 소중한 것들

일상에서 얻어지는 조그맣고 소박한 것에 소중함이나 기쁨을 느끼지 못한다면 행복이나 자유를 얻을 수 없다. 낮추지 않으면 보이지 않는 것이 많으니, 자신 낮추기를 게을리하지 않아야 한다. 행복은 자신의 주변 가까이에 있다.

나를 스쳐가는 모든 인연, 사람뿐만 아니라 다른 사물들까지도 나를 만들고 가꿔주는 조건이니 인연을 소중히 해야 한다. 내가 설 자리는 나보다는 주변에서 만드니까.

인생은 망망대해에서 조그만 널빤지 하나 붙잡고 가는 것과 같다. 쓸데없이 보이는 널빤지 하나도 언제 쓰일지 모른다. 모두 소중한 자산이니 아끼고 닦아 필요할 때 사용할 수 있게 다듬어라.

눈이 맑지 않으면 티끌이 보이지 않는다

나이 들어가면서 불편해지는 것이 여러 가지가 있지만, 그중에 눈이 어두워지는 것은 생활 곳곳에서 불편하게 한다. 책을 보는 것도 돋보기를 쓰지 않으면 글씨가 얼른 눈에 들어오지 않으니 버벅거리게 되고 설거지할 때도 마찬가지다. 다행히 햇빛이 밝게 비치면 훨씬 낫지만, 하늘에 구름이라도 끼면 다시 마찬가지가 된다.

항상 마음의 눈을 닦아 엉뚱한 길로 가지 않도록 하는 노력이 필요하다.

육신의 나무는 20대에 멈추지만, 생각의 나무는 나이가 들어도 멈추지 않는다. 다만 그 나무를 가꾸는 사람에 따라 일찍 멈추기도 하고 끊임없이 성장하기도 한다.

주어진 대로 살았다

형편에 맞게 살다 보니 집도 땅도 갖지 않고 살았다.

차는 필요에 따라 학교에 있을 때는 12인승 봉고차를 몰았고, 학교를 떠난 이후는 봉고 트럭을 가지고 산다. 봉고 트럭은 생계 활동 수단으로 공구나 자재들을 실어날라야 하기 때문이다. 다행히 산에 살기 위해 공부한 구들 놓는 것이 조금 남달라 내 경제활동의 가장 큰 밑천이 되었다. 그 덕택에 마을학교 활동도 마음 편하게 할 수 있게 됐다.

내 경제활동의 기준은 필요한 만큼 최소한으로 버는 것이다. 전교조 해직 기간에도 최소한의 기본 생계비만을 벌고 그 이상 욕심을 부리지 않아서 전교조 상근 활동을 지속할 수 있었다. 그 원칙은 지금도 변함이 없다. 가진 게 없으면 잃을 게 없으니 두려움이 적어진다는 소박한 원칙을 지키며 살았다.

내가 항상 경계로 삼는 것은 마음의 문은 항상 열려있는지, 필요한 시기에 에너지가 고갈되지 않도록 항상 준비되어 있는가였다.

40년 동거 선풍기

우리 가족이 가지고 있는 물질에 관한 기준은 최소한 필요한 만큼 갖고 새로 장만하는 것을 피하고 아껴서 오래도록 쓰는 것이다. 그러다 보니 여러 집에서 가져온 물건들이 많이 있다. 처가 장인, 장모님

자갈밭을 새로 가는 사람

이 돌아가시며 남긴 것, 부모님이 남기고 간 것, 다른 집에서 가져온 것, 아직 쓸 만한 것은 수리해서 다 가져다 쓴다. 필요하다 싶으면 아파트 재활용 창고에서도 주워온다. 우리가 장만한 것, 하나 예를 들면 선풍기(골드스타)는 결혼하면서 구한 거라 42살 나이인데 손잡이 나사가 마모되어 벤치를 이용하지만 지금도 사용하고 있다.

옷가지는 기본 10년에서 30년 넘은 것도 손바느질로 기워 입고 산다. 내 기준으로 신발을 제외한 새 옷장만 10년 넘은 것 같다. 다행히 아들들이 안 입는 옷을 가져오니 앞으로도 옷 걱정은 없다. 나이 들어가면서 체중이 줄어 과거 옷들이 맞지 않는다. 옷이 커져 버려 요즈음 틈이 나면 손바느질로 수선한다. 손바느질은 오래된 습관이다. 어릴 적 할머님과 살았기 때문에 그때 어깨너머로 배운 것인데, 지금까지 요긴하게 써먹는다. 내가 사는 집은 산에 있는 흙과 나무, 돌을 주로 이용하고 나머지는 재활용 자재로 지어 집에 돈을 투자하지 않고 살고 있다. 생활 도구들도 그때그때 필요한 대로 만들어 쓰고 먹거리는 남의 땅을 빌어 경작하고 일부는 자연에서 얻어 자급 형태로 사니 경제적으로 쪼들리지 않고 산다. 제일 돈을 많이 잡아먹는 것은 봉고 트럭인데 현장 일을 해야 하니 필요악이다.

덜 가진 사람들의 특권인 작은 것에도 감사하고 기쁨을 얻는다.

인성교육

건물에 기초가 중요하듯이 사람에게는 품성이 기초이니 가정 교육도 출발점이 인성이 되어야 한다. 아이에게 행복한 삶을 주고 싶다면 자신이 삶의 주인이 되게 하고, 선택지 넓은 자유로운 삶을 더하고 싶다면 덜어내는 법을 알려주고 풍요로운 삶을 살려면 남과 나누는 것부터 가르쳐라. 짐이 가벼워야 발걸음이 가벼워져 자유인이 되고, 나누면 나중에 배로 다시 돌아오니까….

아하! 깨닫는 것

본 것으로 안다고 할 수 없다. 진정한 배움이란 '아하!' 깨닫는 것이다. 책이란 배움의 끝이 아니라 배움의 출발점을 찾는 가늠자이거나 경험하지 못하는 부분을 보충할 뿐이다. 상상력은 자신이 경험한 바를 토대로 저절로 일어나는 것이니 호기심을 일으켜주고 하고 싶어 하는 많은 것들을 할 수 있도록 기회를 줘야 한다.

성공은 먼저 실패를 경험해야 이루기에 기회와 시간, 기다림이 꼭 필요하다.

자존감이란?

자존감이 없는 자가 권력을 가지면 권력을 남용하여 남을 지배하려 들고 돈을 가지면 상대적 풍요를 가지고 우월감을 가진다. 이러한 사람들의 특성은 권력이나 물질적인 부분 등으로 자신을 포장하여 남에게 우월함을 과시하고 잘못된 것은 남의 탓으로 돌리려 한다.

세상에 자신이 존재함을 갖는 것은 나의 다름을 세상 속에서 펼치는 것이다. 통상적인 기준으로 잣대를 댈 수 없는 것이다.

죽음과 만남

살다 보면 누구나 몇 번의 위험한 순간을 넘겼을 것이나, 죽음과 대면한 사람은 흔치 않을 것이다. 죽음의 고비를 넘기면서 그 순간에 깨달았던 것들이 있다.

나주댐을 막고 얼마 되지 않아 댐에 물이 차고 있을 때 문득 이런 생각이 들었다. 물이 다 차버리면 다도 산길을 다시 걸을 수 없겠구나. 다도는 크게 높은 산은 없지만, 굽이굽이 산들이 이어져 있어 골들이 많은 곳이라 아기자기한 정감이 있는 곳이다. 다시 못 간다는 것이 아쉬워 물이 다 차기 전에 한번 가보고 싶었다. 그러나 시간이 여의치 않아 주말 오후를 잡아 중장터를 가는 막차에 올랐다. 중장터에서 나주댐 상류 다도까지 구간을 넘을 계획을 잡고 밤 산행을 하려고 한 것이다. 오후 5시 30분 중장터에 내려 길이 아직 잠기지 않은 곳은 길을 타고, 물이 차 길이 잠긴 곳은 산을 넘는 방식으로 산행을 시작했다.

난코스가 여러 군데다. 길이 끊겨 산을 타고 올라야 하는데 경사가 급한 곳이 많아 나뭇가지를 붙잡고 한 걸음씩 떼는데, 어둠까지 짙어져 시야가 좋지 못하니 발은 자꾸 미끄러진다. 밤 산행을 자주 했지만 예측할 수 없는 길을 개척하는 문제를 너무 쉽게 생각한 탓이다. 시간이 자꾸 지체되고 힘은 떨어지니 얼마나 더 가야 하는지 알 수 없는 상황이라 마음은 자꾸 조급해지면서 발이 허공을 밟았다. 나뭇가지에 마른 풀이 얹혀 있는 곳을 땅으로 착각하고 밟은 것이다. 몸이 허공에 떨어진다. 신체 타이머가 돌아가면서 높이를 가늠하니 20m가 넘는다. 순간 '아! 죽었구나.' 암벽등반을 한 경험으로 높이를 가늠할 수 있었고 20m 절벽이면 살 확률은 제로다.

이렇게 죽는구나 포기하는 순간 머리가 핑하니 비면서 살아왔던 생애 필름이 휙휙 돌아갔다. 떨어지는 몇 초 시간에 그때까지 살았던 일생 모두를 보았다. 기억에서 지워졌던 것까지… 순식간이었는데도 뚜렷이 기억됐다. 이상하게 죽음의 공포는 느껴지지 않았다. 아니 공포를 느낄 틈이 없었다는 말이 더 정확할지 모르겠다.

'내가 이렇게 살았구나.' 생각하면서 웃음이 나오는 대목도 있었고 잘못한 것, 후회스러운 부분도 보았다.

귓전에 '풍덩' 소리가 들렸다. 내 몸은 흙이 아니라 물로 떨어져 죽지 않고 살아나왔다. 물 밖으로 나오기 위해 헤엄을 쳐야 하는데 등에는 배낭이 있고 손에 등이 들려 있어 수영하기 힘들었지만, 손전등도 포기하지 않았다. 버린다는 것이 마치 배신행위를 하는 것 같아서였다. 10년 넘게 손때를 묻히면서 정이 들었던 것 같다. 마치 피붙이처럼….

동이 터 산을 넘어 나오니 다도중학교가 보였다.

내 삶을 되돌아보게 했고 어떻게 살아야 하는지 다시 생각하게 한 큰 경험이었다.

유체이탈

비몽사몽 어느 순간 숨과 심장이 멎어있는 나(육신)를 허공에서 바라보는 또 다른 내가 있다. 잠깐 혼란스러웠지만, 육신에서 혼백이 빠져나온 걸 알아챘다. 열리지 않던 곳에, 원인은 확실하지 않지만 근자에 기운을 억지로 돌리다 일어난 사고(?)였을 것으로 추측한다. 일생의 필름이 돌기 시작했다. 일찍이 한번 경험한 일이었는지라 당황하지는 않고 지켜보고 있는데, 휙휙 지나는 그림이 잠시 멈춰서기도 한다. 미련이 남아있거나 아팠던 장면들, 가족 모습이 보인다. 이번에도 죽음에 대한 두려움은 없었다. 한 사람 얼굴이 멈춰서 나를 물끄러미 바라보며 뭐라 말하는 것 같다. 갚아야 할 빚이 남아있다는 생각이 들어 아직 죽어서는 안 되겠구나, 살아야겠다고 숨을 다시 모으려고 몸부림을 치기 시작했다.

누워 있는 육신에 다가가 움직여도 보고 숨을 다시 쉬려는 몸부림이 한참 동안 진행됐다. 조금씩 숨이 쉬어지기 시작하고 몸이 더디지만 움직여진다. 깨어 보니 온몸은 땀으로 젖어 있었다.

다시 한 번 앞으로 어떻게 살아가야 할지를 일깨운 경험이었다.

2013년 늦은 가을에 있었던 일이다. 시간과 공간의 개념이 희박해지게 된 경험이다.

100년을 산다 해도 한순간에 지나지 않는 것을, 사는 매 순간이 시작이자 끝이니 소중히 생각하고 허비하지 않는 게 옳지 않은가?

도깨비불, 귀신

산을 좋아했던 나는 틈만 나면 무등산을 자주 찾았다. 나에게 무등산은 시내에서 가까운 곳이라 아무 때나 오를 수 있어 집이나 다름없었다. 시내에서 놀다가 늦어지면 학동 삼거리까지 뛰어갔다. 거기부터는 통금 위반 단속이 없으니까 그 길로 산에 올라 중봉에 있는 대피소 앞 인가에 가서 자고 내려올 정도로 자주 다녔으니까. 우리 세대는 어렸을 적 주변에 도깨비불을 봤다는 사람들도 많이 있었고 어른들에게 도깨비와 귀신 이야기를 많이 들으며 자랐다. 모험을 좋아했던 나는 도깨비는 자정 무렵 무덤 근처에서 많이 나온대서 일부러 늦은 밤에 공동묘지 무덤 뒤에 숨어서 지켜보기도 하고, 비 오는 날 밤에 '생애 집'에 간 적도 있을 정도로 두려움보다 호기심이 더 컸다.

> ■ 예전에는 초상이 나면 시신을 관에 담아 상여에 실어 사람들이 상여를 매고 장지로 옮겼다. 동네에는 공동으로 사용하는 상여가 있었고 이를 보관하는 집이 '생애 집'이다.

1972년 산에서 겨울을 지내려고 톱, 낫 등을 챙겨 무등산으로 향했다. 중봉 너머 샘골에 큰 바위를 의지 삼아 주변의 억세 풀과 나뭇가지들을 이용해 움막을 하나 지었다. 마침 유랑하며 살아가고 있는 사람이 무등산을 찾았길래 뜻이 맞아 그 사람과 함께 짓고 같이 지냈다. 끼니는 등산객들이 하산할 때 남은 식량 등을 남겨 준 것으로 대부분 해결하고, 부족하다 싶을 때는 산동네에 내려가 배급 밀가루

와 바꿨다. 당시까지 산동네에는 무상 밀가루 배급이 있어서 얻은 쌀 반되 정도면 밀가루 한 포대와 바꿀 수 있었다. 이 무상 밀가루는 미국에서는 사료로 쓰는 누런 밀가루다. 그날도 식량이 달랑달랑하여 산 아래 동네에 가서 남은 식량과 밀가루를 교환하러 한 사람이 내려가야 하는데, 그날은 방랑자가 내려가는 순번이다.

점심을 먹고 내려갔는데 늦은 오후가 되면서 갑자기 비가 내리기 시작했다. 시간이 지날수록 점점 더 거세지니 마중 갈 요량으로 비가림 할 우의를 챙겨 중봉 너머 대피소로 향했다. 마침 20대 초반 등산객 8명이 올라와 그 사람들 텐트를 같이 쳐주고 식사 준비도 거들면서 기다렸다. 날은 점점 어두워져 깜깜해지는데, 사람은 오지 않는다. 늦게라도 올라올까 싶어 등산객들과 담소를 나누며 짬짬이 밖을 내다봤다. 산에서 이야기를 나누다 보면 시간은 금방 지나간다. 텐트 지붕에 빗방울이 떨어지면 좀 시끄러운데 빗방울 소리 사이로 이상한 소리가 섞여 들려왔다. 다른 사람들도 소리가 들린다 했다. 이상한 생각이 들어 자세히 들어보자고 말을 멈췄는데 짐승 소리는 아니다. 모두 텐트 문을 열고 소리 나는 쪽을 지켜보는데, 불빛 하나가 보인다. 처음에는 손전등 불빛인가 싶었는데 이상했다.

처음에는 불티처럼 작았던 불이 차츰 커져 큰 불덩이로 변해갔다. 손전등과는 전혀 다른 불빛이라 언뜻 스치는 생각이 있었다. 혹시 도깨비불이 아닐까? 걱정 반 궁금증 반으로 사람들 보고 내려가 보자 했더니 '혹시 도깨비불이 아닐까?' 하는 내 말에 무섬증이 들었던지 아무도 나서지 않았다. 하는 수 없이 혼자 내려갔다. 한 손에는 몽둥이를 들고 한 손에는 손전등을 들고 혹시 몰라 허리춤에는 대검을 찼다. 거리로는 오백 미터 정도로 멀지 않았지만, 비가 내리고 좁은 산길이라 시간은 좀 걸렸던 것 같다.

그 사이 이상한 소리와 불빛은 사라지고 어둠뿐이다. 갑자기 어둠 속에서 뭔가 달려드는데 손전등 불빛에 반짝이는 것이 있다. 본능적으로 기합을 지르며 몽둥이를 치켜들어 방어 자세를 취했다. 달려들던 물체가 멈췄는데 불을 비춰보니, 병 요양 차 산에 와서 지내는 사람이었다. 얼굴은 새하얗게 변해있고 손에는 칼을 움켜쥐고 부들부들 떨고 있었다. 사람을 부축하여 산 아래까지 가기에는 멀어서 일단 텐트로 데려와 진정을 시킨 다음 무슨 일인지 물었다.

저녁을 먹고 산책을 나왔는데 뭔가가 자기 앞을 가로막아 서더란다. 무섬증이 들어 주머니에서 칼을 빼 들었는데 그 물체가 훌쩍 자기 키를 뛰어넘었단다. 도깨비가 3번 뛰어넘으면 혼을 빼앗긴다는 전설 같은 이야기를 믿는 사람들이 많았던 시절이라 그때부터 정신 줄을 놓지 않으려고 비명 같은 악을 쓰기 시작했다는 것이다. 집으로 가는 방향에 도깨비(?)가 가로막고 있어 할 수 없이 산 위로 계속 오르게 된 것이란다. 우리가 들은 것은 사람 소리였고, 그렇다면 남은 의문은 우리가 본 그 불빛은 무엇인가? 더 궁금증이 동하여 다시 길을 나섰다. 불빛이 보였던 근처와 뭔가 봤다는 근처를 샅샅이 뒤졌지만 아무런 흔적이 없다.

할 수 없이 다시 산으로 발길을 돌렸는데, 기분이 이상해진다. 뭔가 보였다는 곳에 등을 돌려야 하니 뒤에 나타나지 않을까 자꾸 고개가 돌아가고, 좁은 산길은 물이 넘쳐 질퍽거려 '철벅, 철벅' 발걸음 소리가 메아리로 울리니, 마치 뒤에서 누가 따라오는 것 같았다.

나도 모르게 발걸음은 점점 빨라져 가는데, 순간 손전등을 든 오른팔을 무언가 잡아끌었다. 본능적으로 왼손으로 잡아당기는 물체를 힘껏 잡아챘는데 손바닥에 찌르르 통증이 전해왔다.

길가 가시나무 넝쿨에 오른쪽 옷소매가 걸린 것인데, 발걸음이 빠르다 보니 마치 잡아당기는 것처럼 착각한 것이다. 머리끝이 일어서고 등줄기에 식은땀이 흐르는 공포를 순간 맛보았다. 텐트에 도착했는데 걱정하며 기다리던 사람들이 "당신 앞에 나타났던 불을 보지 않았냐. 무엇이더냐?" 나는 불을 보지 못했는데 내가 내려가고 있을 때 내 앞에 아까 보였던 그 불이 또 나타났다는 것이다. 그것도 3번씩이나. 말이 되지 않는다. 멀리서 내려다본 사람 눈에 보인 불이 가까이 다가가던 내 눈에는 보이지 않았다? 이 부분은 지금까지도 풀지 못한 수수께끼로 남아있다. 이후 도깨비불(?)을 두 번 더 봤고 추적도 해봐서 내가 내린 결론은 '도깨비불은 있다.'이다. 다만 무엇인지는 알 수 없다.

도깨비를 만나 밤새 산을 헤맸다거나 씨름을 했다는 사람들을 만나기는 했지만, 나는 귀신 같은 존재는 그 뒤로도 만나지 못했다.

소복을 입은 여인이 산 능선에 서 있어서 가까이 가 봤더니 억새 풀 더미였던 적도 있었고, 소리를 처음 들을 때는 틀림없이 사람이 곡하는 소리였는데 마음을 가다듬고 다시 들어봤더니 휘파람새 소리였던 적도 있었다. 산 생활을 하는지라 유사한 일이 종종 있어 이런 생각이 든다. 귀신은 '자기 마음 속에서 나오지 않았을까?' 가까이 가 보지 않았거나 다시 듣지 않았다면 "산 능선에 서 있는 소복 입은 여자 귀신 봤다." "사람이 살지 않은 산에서 귀신이 울었다."라고 하지 않았을까?

극락강 평동 들 수로

광주에서 송정리를 지나는, 사는 동네에서 멀지 않은 극락강은 좋은 놀이터였다. 고기 잡고 물놀이 하면서 수영 시합도 하고 극락강을 가로지르는 강 위에 기차 철교를 건너는 시합은 참 스릴 있었다. 수영을 잘하는 한 친구가 부러워 종종 혼자 극락강에서 수영연습을 하곤 했는데 그날은 평소 놀던 지역을 벗어나 물 따라 멀리까지 내려갔다.

그런데 갑자기 뭔가 물 밑에서 나를 잡아당기는 것이 있었다. 벗어나려 몸부림을 치지만 몸은 계속 물 속으로 끌려들어만 갔다. 숨이 차오고 물을 몇 모금 먹다 보니 '오매 죽는구나, 에라 물귀신 구경이나 하고 죽자.' 생각이 들어 얼굴을 처박고 잠수해 들어갔다. '어라 이게 뭐지?' 앞에 사람이 들어갈 만한 큰 구멍이 나타났다. 구멍으로 빨려 나가는 물 소용돌이가 나를 잡아당긴 것이다. 구멍 주변 돌 틈에 손가락을 집어넣으며 기어 나와 살았다.

계속 헤엄쳐서 나오려 했다면 수로로 끌려 들어가 죽음을 면치 못했으리라. 그 수로는 송정리 평동 들에 물을 대는 수로였다. 물 밖에는 위험 표지판이 있었지만, 평소 가지 않았던 곳이라 이를 보지 못한 탓이다.

살아나오기를 포기하고 물귀신 얼굴이라도 보고 죽자는 생각이 날 살렸다. 철없고 어렸던 좋은 추억 한 토막이다.

긍정과 부정의 마음

일찍이 건강을 잃고 방황하던 시절에 몸도 마음도 잠시만 내버려 두면 게으름과 무기력, 나태와 절망 같은 부정적인 방향으로 흘러가는 걸 알았다. 조건이 열악할수록 더욱 부정적으로 가려고 했다. 그 경험이 몸과 마음을 끊임 없이 깨우려고 노력하며 살도록 습관화시켰을 것이다. 무기력에서 벗어나 자발적으로 움직이는 힘을 얻기 위해서는 마지막에 꼭 행동으로 옮길 필요가 있었다. 걷는 것 하나도 하루하루 게으름을 피우지 않았을 때와 하루라도 건너뛰었을 때가 달랐으니까.

어떤 일을 해야 하는가를 항상 고민하여 찾고, 그 일을 하기 위해 준비를 열심히 했다. 준비과정에서 일의 성패는 대부분 결정 나는 것을 알기에, 내 마음이 같이 움직이고 있는지, 어떤 변수가 있을지, 도움을 받아야 할 것은 무엇인지, 꼼꼼히 따지고 그 준비가 됐다 싶을 때 실행에 옮기는데, 언제라도 시작할 수 있게 준비하고 있다가 외부 조건이 어느 정도 갖춰지면 움직이는 것이다. 마지막 행동은 우리가 실행하고 움직이는 모든 것이다.

몰라서가 아니라 무심히 지나치거나 무시하고 지나가기 때문에 이를 벗어나게 된다. 자주 일깨우고 살아야 한다. 항상 깨어 있어야 날마다 새로운 날을 맞는다. 마음과 몸이 항상 깨어 있게 어떻게 살 것인가?

■사람들 대부분은 통증을 두려워해 어떤 통증이든 얼른 지워버리려 진통제 같은 약에 의존해 버린다. 하지만 이 통증은 미리 불편함을 알려주는 고마운 메시지다. 왜 통증이 시작되는지 원인을 찾아보고 이를 개선시켜 불편함을 해결할 수 있는 것인데, 통증을 피해가려고 약에 먼저 의존해 버리니 그 기회를 포기하는 것과 진배없다. 사람이 살아가면서 불편함을 겪지 않을 수는 없다. 그 불편함을 미리 알려주는 적당한 통증은 어찌 보면 우리에게 축복이다.

■배움을 머리로 이해하는 것을 멈추고 실제로 행동으로 옮기지 않으면 쓸모없는 지식이 된다. 도리어 아는 것이 병이 된다.

통증과 동거하며 산다

허리디스크 증상으로 고생했던 15년을 생각하면 악몽(?)이기도 했지만, 한편으로 많은 것을 얻게 한 시간이다. 일상에서 쪼그려 앉아 일할 때, 머리를 감을 때, 반듯이 서 있거나 걸을 수 있을 때면 저절로 고맙고, 감사한 마음이 일어난다. 자유롭게 움직일 수 있다는 것 하나만으로도 행복감을 느낄 때가 많은 것이다.

오랫동안 통증과 수시로 대면하며 살다 보니 언제나 마음과 몸을 살피는 습관이 든 것도 나에게는 큰 복이다. 어떤 일이 닥쳐도 쉽게 포기하지 않으며 새로운 도전을 피해가지 않게 된 것도 큰 재산이다. 몸을 쓰고 노동을 하는 한 통증에서 완전히 해방될 수는 없다. 단지 통증이 오기 전에 이를 조절하는 요령을 터득하고 있을 뿐이다.

교사의 60%가 교직을 떠나고 싶다?

20년 전만 하더라도 가장 좋은 직업 3위 안에 들었던 교직이 왜 이렇게 됐을까?

아이들의 사고와 삶의 방식, 사회의 급속한 변화 등 따라가기 어려운 많은 변수에 입시 위주 교육, 교사양성 과정, 부적응학생들 문제 등등 교직이 어려워진 이유를 열거하자면 끝이 없다. 가르치는 게 과거의 역할이었다면 지식과 정보들이 인터넷에서 얻어지고 입시교육은 학원에서 이뤄지는 지금은 가르친다는 게 별 의미가 없어지기도 했고, 교사가 가르치는 게 별 의미가 없으니 보람도 역시 얻기 힘들다. 교사 역할이 재미가 없다고 해야 할까?

학교 부적응학생

대안학교 근무했던 경험을 바탕으로 부적응학생들에 대한 부분에 국한하여 교사의 역할 이야기를 조금 나눠 볼까 싶다. 순전히 나의 경험과 사견이니 해석은 각자의 몫으로 남기겠다.

공부에 흥미를 갖지 못하는 부적응학생 대부분은 교사에게 기대하는 게 별로 없는 상황에서 호응을 얻기 위해서는 교사와 학생이 함께 느끼고 배우는 과제를 찾아낼 필요가 있다. 교실을 떠나 야외라면 더욱 좋고 내용은 교과서와 조금 무관해도 상관없다. 인성과 자연에 대한 소재는 찾아보면 많이 있다. 흥미가 있는 것에서 시작해 알아가는 즐거움 속에 배움에 대한 흥미를 맛보게 하는, 교과서가 아닌 무엇에서라도 배움의 즐거움을 느끼게 해줘야 한다. 가장 좋은 배움은 배움이 즐겁고 재미있다는 것을 아는 것이다. 또 다른 각도에서 접근한다면, 집중력이 필요한 무엇인가를 찾아라. 집중력만큼 좋은 공부는 없다.

심신이 불안정한 학생들에게 좋은 치료제가 된다. 학생들이 좋아하는 것, 흥미를 느끼는 것, 충분한 소통 공간을 만들어주고, 그를 통해 지식을 주는 것이 아니라 지혜를 주는 교사가 되기를 고민해보면 어떨까? 소통이 어렵다면 상대를 이해하는 길은 상대에게서 얻어야(배워야) 한다. 즉 학생의 생각과 말을 끌어낼 조건을 만들어주고 들어야 한다. 그곳에서 공감대까지 얻는다면 답은 훨씬 쉽다.

배움에서 멀어져 버린 학생, 아무런 희망이 없는 무기력에 빠진 학생에 대한 교육은 교사에게는 새로이 공부해야 할 과제이다. 지금까지 교사가 배워온 공부로는 부족한 부분이기 때문이다.

걷기운동에 대한 생각

건강을 잃고 방황할 때 맺어진 인연이 걸음이다. 정확히 말하면 겨우 걷기밖에 할 수 없었던 때라 다른 선택 여지가 없어 걷기를 시작한 것이었다. 걸으면서 서서히 신경이 살아나고 몸에 힘이 붙으면서 희망을 찾은 것이라, 이 인연은 어찌 보면 새로운 삶을 선물한 것이라 여겨진다. 체중을 줄이고자 운동으로 걷기를 선택한 사람도 있고 병중을 치료하기 위해 걷기를 하는 사람들도 있다. 내가 얻은 결론은 발바닥과 신체는 모두 연결되어 있어 걸을 때 발바닥을 어떻게 자극하는가는 매우 중요하다.

발바닥 전면이 고루 지면에 닿아야 하는데 사람들의 걸음걸이를 분석해보면 자세가 바르지 못하여 체중이 한쪽으로 쏠려 있거나 척추나 골반 변형으로 좌우 발 한쪽에 충격이 가는 걸음을 걷고 있기도 한다. 또 체중 이동이 바르지 못해 발바닥 아치가 무너져 있는 사람도 있으니 무작정 걷기에 앞서 자신의 걸음 습관을 진단할 필요가 있다.

사람마다 얼굴 모양이 다르듯이 걸음 습관도 각기 틀리기 때문에 자신에 필요한 맞춤형 걸음이 필요하다. 자칫 문제가 많은 걸음을 걷고 있는 사람이 이를 무시하고 무작정 걷는다면 얻는 것보다 잃는 것이 더 많을 수 있기 때문이다.

요즘 맨발 걷기가 한참 유행으로 알고 있다. 발바닥을 자극하는 효과를 최대한 얻기 위해서는 맨발로 걷는 것이 좋다.

황토길, 흙길, 자갈길, 잔디밭 길, 모래길 등 여러 곳에 걸을 수 있는 길이 많이 생겨난 것은, 매우 고무적이라 생각한다. 백문이 불여일견이라고 직접 걸어 보면 왜 걸어야 하는지를 알 수 있으니까. 내가 걸음 운동을 50년 동안 해오면서 얻은 결론은 적응이 된다면 가능한 거친 길을 걷는 게 더 효과가 있다는 것이다. 산에서 사는 유리한 조건으로, 맨발로 길이 없는 산을 올라보면 발바닥에서 머리끝까지 전신에 짜릿짜릿 전해오는 쾌감 속에 몸이 절로 가벼워지는 것을 느끼니까.

20년 전에 걸음 법 책을 쓰고 걸음전도사 역할을 했었는데, 그 책을 구할 수 없냐는 사람들이 있어 시간과 기회가 되면 걸음 법 책을 다시 쓰려는 생각이다.

방바닥에 멍석을 깔고 사는 나는 아침에 방문을 나설 때면 빼놓지 않고 하는 동작이 있다. 울퉁불퉁한 멍석에 발바닥을 자극하여 몸을 깨우는 것이다. 방법은 벽면을 향하고 서서 두 손을 어깨높이로 하여 벽을 민다. 그러면 먼저 종아리가 스트레칭이 되고 제자리걸음을 걸으며 발을 서서히 뒤로 빼면 종아리 스트레칭도 되면서 발바닥은 발끝부터 뒤꿈치에 이르기까지 발바닥 전면이 울퉁불퉁한 멍석과 고루 만나게 된다.

힘을 더할수록 더 깊이 자극이 되고 이때 걸음을 걷는 두 무릎을 비비듯이 스치게 하면 무릎 위 넓적다리 네 갈래 근육도 함께 작동되니 일석이조(一石二鳥)다. 이 네 갈래 근육은 생식계를 관장하는 중요한 근육으로 남성들의 발기부전증, 여성들은 요실금 개선에 도움이 된다. 그냥 평면의 방바닥에서도 이 동작을 하면 장딴지 스트레칭과 네 갈래 근육 자극 효과는 있다.

산에 사는 불편함?

불편하다는 기준을 뭘까? 현대인들은 손가락 하나라도 덜 움직이는 게 편하게 사는 것으로 착각하며 사는 것 같다. 스포츠 의학에서 인체에는 650개가 넘는 근육군이 있다고 분석하는데 인간이 도구를 만들기 전으로 돌아가 보면 이보다 더 많은 동작이 인체에 들어있다고 생각한다. 일상에서 움직이는 모든 것, 전부 운동이라는 생각이다.

자질구레한 작은 동작 속에 들어있는 작은 근육들도 우리에게 빼놓을 수 없는 것들이다.

이 세밀한 작은 근육들에 혈액이 돌고 기운이 돌았을 때 몸은 진정한 해방 단계에 들어가는 것이다. 사람이 살아가는 것에는 힘만으로 해결되지 않은 것들이 많다.

예를 들어, 바느질할 때는 힘이 아니라 세밀함이 필요하지 않는가? 상대를 제압하거나 위급한 상황에서 급히 벗어나려 할 때는 강한 힘이 들고 땀을 흘려야 하지만, 이는 제한적인 상황이다. 매사에 힘들이고 땀을 흘릴 필요 없는 것이다. 땀도 과격한 운동으로 흘리는 것보다, 작은 동작들이 지속되면서 자연스럽게 흘러나오는 땀이 몸에 더 이롭다.

비만인이 체중을 줄이는 목적으로 힘든 운동을 선택하여 칼로리 소모를 높이지만, 이는 최선책이 아니다. 급한 체중 조절은 활성산소량을 증가시켜 한편으로는 몸에 무리를 주게 된다. 음식을 조절하고 일상생활 속에서 움직임을 늘려 기본적인 칼로리를 소모하는 것이 가장 좋은 방법이다. 산 생활에서 얻는 가장 좋은 것은 이 작은 움직임을 끊임없이 필요로 하는 생활이라 달리 운동 걱정이 필요 없다.

순리는 느림 속에 있는데 시간을 핑계로 자꾸 이를 어기려 한다. 몸에 순리는 힘을 뺄 줄 알아야 하는데 마음 역시도 마찬가지다. 게

으름과 느림은 전혀 다른데 이를 잘 구별하지 못한다. 예측하지 못한다 해서, 불분명하다 해서, 조급하고 불안해하는 것은 상황에 올바로 대처할 수 없게 만든다. 조급하고 불안함이 중요한 것을 놓치게 한다.

산밭, 자연농법

지금 내가 경작하는 밭은 본디 다랑논이었다. 옛날 부쳐 먹을 땅이 부족했을 때 동네 사람들이 울력으로 산을 개간하여 돌로 축대를 쌓아 논을 만들었단다. 이야기를 들어보면 온 동네 사람 전부 동원됐었다고 했다. 가까이 물고랑이 있어 다른 천수답보다 더 나을 거란 생각으로 개간을 했겠지만, 골이 깊은 곳이라 햇볕이 드는 시간이 짧아 수확량이 떨어지니 경작을 포기하고 묵혀 버렸다고 한다. 토질도 땅을 돋아 복토를 했다지만 쓸려내려 가버렸는지 삽 모가지 하나 이상 파려면 돌을 만나 처음 개간할 때 애를 먹었다.

내가 개간할 당시 23년을 버려둔 땅이었는데 작물을 심어 부지런히(?) 가꿔도 수확이 신통치 않았다. 그래서 4년 동안 잡목들을 걷어내고 토질 개선하는데 많은 공을 들였다. 처음부터 한꺼번에 개간하지 않았다. 나무를 뽑아낸 만큼 흙을 고르고 부엽토를 부어가며 작물을 심고 또 파낸 만큼 심고 조금씩 파 들어가다 보니 1,000평 개간에 4년 걸린 것이다.

장비를 동원하면 한나절이면 할 수 있을 것이지만 기계의 힘을 빌리지 않으려다 보니 조금 오래 걸렸다. 그런 노력으로 얻은 것이 있다. 힘과 공을 들이다 보니 거기서 나온 먹을거리는 나에게 돈으로 바꿀 수 없는 소중한 것이라 절로 피와 살이 됐고 또 한편으로 이를 본 동네 사람들이 보통 선생과는 다른 사람이라고 인정(?)받게 됐다.

시골에 살려면 근면하고 성실하다는 부분이 매우 중요하다. 주변 묵밭을 돌아다니며 풀을 베다가 두껍게 깔기도 하고 산을 돌아다니며 부엽토를 퍼 나르고, 가을이면 낙엽을 긁어다 땅에 씌웠다. 왕겨를 얻어다 깔아 보았지만, 왕겨는 썩는 시간이 너무 오래 걸렸다. 요즘은 정미소에서 정미하면서 나오는 쌀눈이 섞인 미강(?)을 얻어다 깐다. 풀과 전쟁은 없다. 작물이 풀과 경쟁할 정도가 되면 내버려 둔다. 초기에 뽑은 풀도 고랑에서 그대로 썩힌다. 대신 수확할 때 풀 속에서 보물을 찾아야 하는 불편함은 감수해야 한다. 다른 밭에서 나온 작물보다 거칠기는 하지만 향이 훨씬 진하다. 물론 해충을 잡는 약은 전혀 쓰지 않는다. 거친 음식이 보약이다.

햇볕이 짧은 곳이라 작물 배치에 신경을 쓴다. 평지 밭이면 어디나 볕이 같이 들지만, 골짜기라 위치 따라 다르다. 단 몇 분 조그만 그 시간만큼 볕이 더, 덜 드는 차이로 작물이 되기도 하고 잘 안되기도 하니까. 내 기준은 이렇다. 붉은색 채소 토마토, 당근, 고구마, 고추 등은 해가 제일 먼저 드는 곳에 심고 노란색 참외, 감자, 호박, 마늘, 양파, 생강, 대파, 쪽파, 들깨, 오이 순서로 심고 해가 제일 덜 드는 곳은 부추밭 자리다. 해가 뜨고 비가 오는 것은 인간의 힘으로 어쩌지 못하지만, 땅은 노력에 따라 바꿀 수 있으니까 땅에 시간과 공을 많이 들이며 경작한다. 자연을 망가트리지 않으면서….

아쉬운 것은 콩류는 재배하지 않는다. 새들이 하나도 남겨주지 않으니까.

자연인으로 삶, 친환경적으로 산다?

종종 자연과 더불어 사는 내 삶을 보고자 사람들이 찾아온다. 자연인 방송에 출연한 적도 있고 환경 단체에서 취재하여 기사화되기도 했다. 전교조 퇴직교사가 삶도 친환경적으로 산다고 책에 소개되기도 했다. 내 삶이 얼마나 친환경일까? 그냥 자연과 조화를 이루며 사는 삶이 좋아서 살고 있을 뿐인데, 남들은 특별한 삶을 사는 것처럼 이야기한다.

굳이 내가 사는 방식을 이야기해보란다면 먼저 전제되어야 하는 숙제들이 있다. 자연에서 사는 모든 생명에 대한 존중이 먼저 우선되고 그들의 삶의 방식을 알아야 한다. 인간의 기준에 맞춰 단순히 잘 먹이고 돌봐주는 방식이 아닌 것이다. 자칫 인간의 기준에 맞춰 배불리 먹이고 편하게 해주는 것이 그들을 위하는 것이라는 생각은 사뭇 위험한 생각이다. 예외가 있다면 인간으로 인해 멸종위기에 있는 생명은 제한적으로 번식과 돌봄의 필요성은 있지만 그렇지 않은 생명은 자연 그대로의 섭리에 맡겨야 옳은 것이다.

몇 사례를 들어보자. 흔히 하는 나무 가지치기를 통해 나무가 잘 자라는 것은 사실이지만 키 크고 잘 자라는 게 나무를 위한 것일까? 인간의 눈에는 키 크고 쑥쑥 자라는 것이 좋게 보일지 모르나 바람이

나 폭우 등에 잘 견딜까? 거름을 주는 것도 같은 이치다. 거름을 줘서 열매가 크고 많이 열린다면 인간은 좋을지 모르나 과실나무 입장에서는 자연조건에 맞게 생명을 유지하는 조화가 무너지고 지속적인 인간의 개입이 필요해진다. 자연의 생명력은 차츰 약해지고 어찌 보면 열매 맺기를 억지로 강요당하고 있다. 자연 속에서 자연 생명체와 인간 모두 한 생명으로 동등한 위치에서 살아가는 지혜가 더 필요하다. 인간의 기준에 맞춰왔던 과거의 사고방식을 버려야 하지 않을까?

산 식구들과 어울려 사는 방법을 조금 소개하자면 생명은 저마다 사는 방식이 있고 영역이 있다. 조금 주의를 기울이면 동물들의 이동통로를 확인할 수 있는데 가능한 이 이동통로(영역)를 침범하지 않아야 한다. 침범할 경우는 미리 경고(소리, 진동, 냄새 등)해 서로의 피해가 없도록 주의해야 한다. 가능한 침범하지 않는 것이 좋지만 피할 수 없을 경우는 동물들이 싫어하는 소리를 자주 들려주거나 사람의 기척을 남기는 방식을 취하면 된다. 필요하다면 오줌을 싸줘도 효과가 있다. 멧돼지 경우는 들어오는 길목에 개를 매 놓거나 자주 귀찮게 하면 길을 새로 만들어 알아서 피해간다. 그래도 종종 들어와 작물을 손상하지만, 동물들 영역에 들어온 값으로 상납(?)한다고 생각하면 마음 편하다.

먹이가 부족한 겨울철에는 나누는 즐거움을 누려 보면 어쩔까? 집 주변에 동물들 발자국이 자주 찍힌다면 그때가 나눌 시기다.

내 땅에다 뭘 심든지 무슨 약을 하든지 무슨 상관이냐는 말을 듣는다. 땅 주인이 사람인가? 땅은 자연에 사는 모든 생명의 것인데 인간들은 마음대로 선을 긋고 경계를 세워 주인 행세를 한다. 인간의 횡포다. 자연의 생명 그 누구도 인정한 적이 없는데 마음대로 침탈하여 파 뒤집어 상처를 낸다. 그리고는 인간의 영역에 침범한다고 마구 잡아 죽이기까지 한다. 해로운 짐승은 없다. 모두 다 지구라는 생명체가 유지되는데 필요한 존재인 것인데….

알팍한 기준 몇 가지를 정해 놓고 그를 어기지 않으면 환경을 보존하는 것으로 착각하는 오류를 범하지 않아야 한다. 좀 더 깊은 성찰이 필요하다.

사는 기준

10년 전부터 내가 입고 쓰는 것에 돈 들이지 않고 산다. 가재도구들은 수리하거나 남이 쓰지 않고 버린 것을 주워 오고 얻어서 쓴다. 가끔 아파트 쓰레기장을 둘러보면 쓸 만한 것이 있다. 관리인에게 물어 가져가도 된다면 트럭에 싣고 창고에 보관했다가 필요할 때 꺼내, 깨끗이 닦아 고쳐 쓴다. 옷이 떨어지거나 커지면 손바느질로 수선을 해서 입는다.

다행히 옷가지들은 자식들이 안 입는 옷을 가져다 입으니 별 문제가 없다. 체중이 계속 줄면서 예전에 입던 옷들이 다 커져서 손바느질을 자주 하는 불편함은 있지만, 손바느질하면 어떤 면에서 재미도 있다. 옛날 할머니와 살았던 어릴 적 추억도 즐길 수 있으니까.

단 하나 신발은 어쩌지 못하고 사서 신는데 주로 시장 패션이다. 내 발이 아들들 발보다 더 커서 신을 수 없다. 어차피 가재도구들은 전기가 없이 사니 산에 있는 재료나 작업하러 다니며 얻어진 재료를 재활용해 만들어 쓴다. 인간이 사용하는 모든 것들은 자원이라 생각하고 살기 때문에 자연과 환경을 중요하게 생각하는 나에게 적절한 방법이다.

먹을거리는 산과 밭이 주는 대로 그걸 먹고 산다. 일 년 동안 철 따라 먹을거리를 생각하며 작물을 재배하는 이유도 그 기준에 맞춘 것이다. 봄에는 산나물에 감자, 양파, 마늘 등을 먹고 여름에는 밭에서 나오는 채소가 풍성하니 그때 그때 밭에서 뜯어다 조리하고 남는 것은 겨울을 대비해 장아찌 등 장기 보관이 가능한 식품으로 바꾼다. 가을에는 가을에 수확하는 배추, 무, 부추(봄부터 가을까지 수확 가능), 고구마, 쪽파, 감, 산에서 수확하는 밤 등 산 열매들을 얻어먹고 늦가을부터는 삼십 년 이어온 청 호박이 식탁에 오른다.

호박은 반찬과 간식, 한 끼를 해결하는 주식(호박죽)도 되는데 수확량에 따라 봄에서 길게는 늦여름까지 이어진다. 수확하여 저장해 논 여러 식자재를 사이사이 이용하는 것은 물론이다. 먹고 사는 것에 거의 돈이 들지 않는 자급구조로 산다.

종종 이런 질문 아닌 질문을 받는다. "돈 벌어 다 어디다 쓰요?" 돈의 문제가 아닌 것을 잘 이해하지 못한다.

한계에 도전하는 운동

운동하는 사람들이 한계에 도전한다는 명분으로 많은 무리를 한다. 젊었을 때는 한계에 도전하며 단련할 필요가 있지만, 나이가 들어가면서는 이 원칙을 수정해야 한다. 자기 체력에 맞는 운동량을 파악하여 그에 맞는 적절한 운동이 필요해진다. 또 한편으로는 관절에 과도한 부담을 주는 운동은 피해야 한다. 관절은 접거나 회전하는 구조로 이루어져 있는데 서양 스포츠 중에는 이를 역행하는 동작으로 이루어진 운동들이 많다.

운동하면 할수록 관절을 망가뜨리는 결과를 가져오기 때문이다. 테니스를 오래 한 사람은 팔꿈치에 '엘보'가 온다거나, 야구 투수는 어깨가 망가지고, 농구나 배구 선수 등은 무릎 부상에 시달리게 되는 것들이 그 증거다. 중심이동이나 잘못된 자세가 부상으로 이어지는 경우도 많다. 가장 쉬운 운동이라는 걸음도 자세나 체중 이동이 바르지 못한 상태에서 오래 걸으면 부상으로 이어지기도 한다. 세상의 이치가 그렇듯이 관절이 약해져 가는 나이에 무리한 운동은 금물이다. 노화가 깊어질수록 관절의 변형을 살펴가면서 아껴 써야 한다.

일상에서 명상

20대에 단전호흡으로 시작한 전통 수련이 50년이 됐다. 중간에 게으름을 필 때도 있지만 수련이 게을러지면 탈(?)이 나니 자연스럽게 빼놓지 않고 수련하는 습관이 저절로 들었다. 지금은 수련을 빠트리는 날은 마치 끼니를 거른 것처럼 이상하니 잠 시간을 줄이더라도 수련을 한다. 수련하는 시간이 도리어 편안하고 즐겁다.

수련에는 단계가 있는 것 같다. 사람에 따라 성취는 각기 다르겠지만 기본적으로 한꺼번에 많은 시간을 투자한다고 해서 갑작스럽게 늘지 않고 시간이 필요하다. 처음에는 집중하여 의도적으로 힘들게 수련하는데, 익숙해지면 힘든 것도 차츰 줄어간다. 이 단계를 넘어서면 습관이 몸에 배는 것처럼 자연스러워지면서 수련하는 것이 편해지고 즐거워진다. 마지막 단계는 일상에서도 쉽게 몸과 마음이 수련하는 상태를 유지하게 되고 마지막은 일상이나 수련의 구분이 없어진다.

옛 어른들이 '10년 공부 나무아미타불'이라 했던 것처럼, 내 기준으로는 단계마다 10년 정도 걸렸던 것 같다.

3평 공간으로 부족함이 없다

살아오면서 내 집을 처음으로 마련한 것은 2009년이다. 산에 나무와 돌을 이용하고 재활용 자재로 내 손으로 직접 지은 6평짜리 흙집이다. 방은 3평인데 좁지 않냐고 묻는 사람들이 많이 있지만 3평으로 충분하다. 워낙 살림살이가 없어서인지 모르지만, 공간이 좁다는 생각은 별로 들지 않는다. 교직에 있으면서도 항상 종이상자 몇 개에 짐을 담아 봉고차에 실어 옮기면 이사는 끝이었으니까. 생각 나름이다.

문을 열고 나가면 눈에 보이는 곳 모두가 내 정원이고 놀이터인데 좁다고 할 것인가. 실내에서 조금 춥기는 덜 하겠지만 환풍기 틀어 놓고 요리하는 것보다, 바람 잘 통하는 난장에서 요리하면 건강에도 더 좋지 않을까? 방문만 열면 밖에 공기가 시원하게 들어오니 환기 걱정

도 없고 몸이 게으름을 피울 시간도 없다. 외풍으로 조금 춥다고 느끼는 것도 그렇다. 추우면 추운 대로 더우면 더운 대로 몸이 적응하도록 해줘야 몸이 조화를 잃지 않으니 주인인 내가 편하다.

보통 집에서는 바람을 쐬려면 문을 몇 개 열어야 한다. 바람도 통하지 않은 곳에서 조금 추위를 덜 느끼고 사는 게 편할지 모르지만, 몸도 마음도 금방 게을러지고 만다. 몸과 마음이 열려 있는 것을 택할 것인가 게을러지는 공간을 선택할 것인가? 두말없이 나는 전자를 선택하겠다. 편한 것이 좋은 것은 아니다.

인간이 편해진 만큼 자연에서 멀어지고, 지구는 파괴되고 자원을 고갈시킨 것이다.

여러 얼굴로 살았다

되돌아보면 다른 사람보다 여러 가지 일을 하며 살았던 것 같다. 그때그때 상황에 따라 닥치는 대로 살았기 때문인지 모른다. 중학교부터는 운동선수를 했는데 집안이 어렵게 되어 운동이 취미가 아닌 살기 위한 수단(?)으로 변했다. 도중에 몸이 망가져 방황하면서 인연을 만나 삶의 방식과 생활이 바뀌는 과정을 거쳤다. 교직에 들어와서는 88올림픽 꿈나무 특기 교사로 선수를 지도하고, 학교 비리나 부조리에 벌떡 교사로 항상 관리자들과 대립해 편할 날이 없었고, 교육운동을 접하게 되면서 해직의 아픔을 겪었는데 생활비를 마련하기 위해 광고 일도 했다.

부적응학생을 위한 대안학교 꿈을 이루기 위해 일반 학교를 벗어나 새로운 대안학교를 개설, 운영하는데 앞장을 섰고, 아이들과 함께 부대끼며 교직의 마지막을 보냈다. 퇴직 이후에도 지역공동체 활동가로 마을학교를 운영하면서 한편으로 생태건축과 구들 놓는 노동일을 하고 산다. 2000년 초 걸음법 책을 쓰면서 걸음전도사, 자연치유 처방도 하고 청람중에서 했던 '절 명상'에 대한 책을 쓰면서 절 명상법 소개도 하고 있다.

장흥 교육참여위원장(2020~2023년)

민선 교육감 시대라 지역민이 교육에 관련한 역할을 할 수 있는 문이 열려 교육단체, 교사, 교장, 군의회, 교육청, 학생, 학부모 등이 참여하는 교육참여위원회 위원장 역할을 4년 동안 하면서 학교를 돌며 기후위기와 학생자치를 주제로 토론 수업도 했다. 장흥 마을학교 컨설팅도 다니고 장흥 학부모연합회 지원팀에서 활동하면서 지역교육 문제에 관여하고 교사 대상으로 위기 학생 강의도 하면서 아직 학교를 크게 벗어나지 않으며 살고 있다.

'마을학교지원센터' 조례 제정을 위해 교육청과 함께 안을 만들어 군의회와 협의 중이다.

가족의 의미

천십만 원 아파트

    일반직 공무원으로 평생 사셨던 아버님은 80년 퇴직 이후부터 경제활동을 멈췄다. 최소한의 경제적인 부분은 연금이 있었지만, 형님의 사업 실패로 당신이 가진 모든 재산을 고스란히 형님 빚 갚는데 넣어버리셨다. '남에게 빚지고 살면 안 된다.' 평소 지론을 보여주신 것이다. 부모님이 경제적으로 쪼들리게 되었다. 교직에 막 들어와 있던 나에게 그 짐이 돌아왔다. 경제활동을 하는 사람은 집안에서 혼자였으니까.

    당장 부모님이 거처할 집도 없었으니, 전세를 얻어 이사했다. 그런데 이상하게도 전세가는 집마다 얼마 살지 않고 주인이 비워달라 했다. 노인들 살림이라 짐도 많은데 한 번 이사 하고 나면 몸살을 앓았다. 당시에도 몸이 허약하신 어머님은 거동이 원활하지 못했으니까. 염주동 주공아파트 단지가 들어오기 전 광덕고등학교 뒤에 민간인이 지은 오래된 아파트가 하나 있는데 주인이 아주머니였다.

남편이 선원 생활을 하다 사고로 죽어서 받은 보상금으로 산 아파트라 당신은 이용할 일 없다 하셨다. 이번에는 걱정 없이 오래 살겠구나 싶어 그 아파트로 이사를 했는데, 2년 만에 법원에서 경매 통지서가 날라왔다. 시동생이 사업을 한다고 아파트를 저당 잡힌 것이 경매로 넘어간 것이다. 전세금도 돌려받지 못할 상황인 것 같아 이리저리 알아봤더니 전세금 전액은 돌려받지 못한단다. 가장 좋은 방법은 우리가 최약자라 경매에 우선권이 있다고 지인이 알려줬다. 당시 전세금은 오백오십만 원으로 기억하는데 받을 수 있는 금액은 삼백삼십만(?) 원밖에 안된다는 것이었다. 아버님과 궁리 끝에 있는 돈을 몽땅 털어 아파트를 아예 사자는 쪽으로 의견을 모았다. 돈을 전부 모아보니 천만 원이 됐다. 경매가 팔백으로 시작한다니 가능하지 않겠냐는 소박한 꿈을 안고 법원으로 향했다.

팔백에서 시작한 금액이 구백, 구백오십으로 멈추지 않고 올라간다. 한 팀이 우리가 부른 금액에 계속 더 높여 부른다. 언뜻 머리에 스치는 게 있어서 아버님께 그만 포기하고 나가자 했다. 아무래도 상대가 '브로커' 같으니 우리가 해볼 방법이 없다고 말씀드렸다. 순간 아버님이 벌떡 일어나셔서 상대에게 다가가 다짜고짜로 멱살을 잡고 소리를 치셨다. "네 이놈, 돈을 얼마 받고 이런 짓 하는지 몰라도 네놈 때문에 내가 길거리로 나 앉게 생겼다. 너 죽고 나 죽자!" 돌발 상황에 판사도 아무 말 못 하고 아버님의 호통에 상대는 슬금슬금 밖으로 나가버렸다. 아버님 곁에 눈을 부라리고 있는 내 모습도 심상치 않았으리라. 경매는 경매라 상대가 천만 원을 불렀으니 우린 그 이상을 불러야 한다.

두 사람 주머니를 털어보니 십만 원이 나와 '천십만 원이요!' 낙찰을 받았다. 그렇게 해서 두 분이 사실 집을 장만했다. 그렇게 부모님 이사는 끝이 났다. 아버님이 돌아가실 때까지 거기서 사셨다.

어렸을 때는 어쩌다 한번 오시면 어김없이 꾸지람하시는 엄격함에 아버님이 오시는 날이 싫었다. 밥 먹을 때도 무릎을 꿇고 앉아야 했고 방에서도 벽에 등을 기대어 앉지 못하게 했다. 어쩌다 누워있으면 불호령이 떨어졌다. "허리 부러졌냐!" 매사가 살얼음판이니 오시는 날에는 무슨 핑계라도 대고 집을 비우기 일쑤였다.

내가 가장 노릇을 하면서 아버님 성장 과정을 알기 전까지는 그랬다. 할아버님이 일찍 돌아가셔서 아버님이 열세 살 적에 일곱 식구 가장이 되셨단다. 함평 시골에 재산을 정리하여 광주로 올라오셔서 동사무소 사환을 하시면서 가정을 꾸려 가셨으니 엄격하고 근검, 절약하지 않으면 안 됐던 것이고, 우리에게도 그걸 요구하셨던 것인데 알지 못했다. 40대에 들어서 돌아보니 아버님의 가장 싫었던 부분을 내가 그대로 따라 하고 있었다.

아버님은 4대 독자 집안 종손이라 집안일을 우선하셨고 큰 형님에게도 그 점을 항상 강조하셨다. 대신 형님이 하시는 일은 뭐든 다 들어주었던 것이 화근이 되었다. 경험 없이 사업을 한다고 해도 말리지 않고 밀어주다 실패하니 결국 집이 풍비박산이 난 것이다. 큰형님이 성공하여 집안과 가족을 돌보기를 바라셨던 것 같다. 온 가족이 경제적으로 어렵고 힘들게 된 것이다. 그 이후로도 형님은 평생 형편에 맞지 않는 헛꿈만 꾸면서 살다 가셨다. 크게 성공하여 가족에게 빚진 것을 갚으려 했던 것 같다. 충격으로 형수는 30대에 일찍 쓰러져 장애인이 됐으니 조카들이 돌보느라 힘들었고 지금은 요양원에 계신다.

그래도 다행인 것은 조카들이 건실하게 살고 있다. 둘째가 학교를 포기하고 방황하면서 휴학도 했지만, 우리 집에 와서 7년 살면서 다시 학교로 돌아가 교사가 되었다. 힘든 과정들이 있었지만 이겨내고 잘 살아주는 것이 고맙다. 가족이라는 게 힘들 때 서로 의지하고 도와줄 수 있는 것이란 생각이다. 작은 형님도 집이 어려워져 학교를 포기하면서 방황했지만, 지금은 가족과 함께 안정을 찾아 잘 살고 계신다. 내 아래로 여동생은 건강이 좋지 못했지만 잘 이겨내고 신앙생활 열심히 하며 살고 있고 내 속깨나 썩였던 막내도 별 탈 없이 사는 것 같아 지금은 집안 전체가 평온하다.

큰 형님은 갑자기 쓰러져 의식불명 상태에 있다가 돌아가셨는데 생전에 나를 대할 때 어려워했다. 당신의 짐을 내가 지고 사는 것으로 생각하신 것 같아 언젠가 그 오해를 풀려고 했는데 갑작스럽게 쓰러져 기회를 잃었다. 가시기 전에 병상에서라도 그 말을 꼭 전해야 싶어 귀에다 대고 그 짐 내려놓고 가시라고 말씀드렸더니 알아들으셨는지 눈가에 물기가 맺혔다.

자식 농사와 두 손주

두 아들을 뒀다. 한참 예민한 초등학교 시기에 해직당해 함께한 시간도 거의 없었고 고작해야 주말에 작업장에 데리고 가 조수를 시키면서 짜장면 한 그릇 사주는 정도로 아비 노릇을 대신했으니 아비가 교사인지 아니면 막일꾼인지 조금 혼란을 겪었으리라. 그런 환경에서도 두 아들은 속 썩인 적 없이 건강하게 잘 자란 것은 다 안식구 덕이다.

경제적으로 풍족하지 못해 시장 패션 옷과 신발을 신고 살았지만, 불만을 이야기한 적도 없었고 욕심 부리지도 않았다. 형편을 생각하여 일찍 속이 들지 않았나 싶다. 대학을 다닌 큰아들은 학비를 제 손으로 벌면서 힘들게 다녔다. 졸업하고 한시도 쉬지 않고 생활전선에 뛰어들어 한 번도 집에 손 벌리지 않았다. 힘들었던 1학년 때 늦은 밤 전화를 해 "강하게 키워줘서 고마워요."라고 하면서 스스로 강하게 채찍질하며 산 책임감 있는 아들이다.

명문 대학을 다닌 것보다 자신을 책임지며 부모에 의지하지 않고 열심히 산 게 고맙고 자랑스럽다. 인문계 고등학교 수학 교사로 사는데 그 스트레스로 지금 암에 걸려 힘든 시간을 보내고 있지만, 언제나처럼 굳건하게 이겨내고 다시 일어설 것이라 믿는다. 조금 늦게 결혼했지만 어여쁜 며느리와 손주를 둘이나 부모 품에 안겨준 것도 늘 그막에 큰 행복이다.

형이 책임감이 있고 믿음직스럽다면 둘째는 외향적이고 끈기가 있다. 초등학교 3학년 때 "아빠 어떻게 하면 강해져요? 운동 가르쳐 주세요."라고 물었다. 그때부터 운동 처방을 해주기 시작했는데, 게으름 피지 않고 열심히 했다. 체질을 바꿀 정도까지 끈기 있게 한 덕에 인연을 만나 헬스 트레이너가 됐고 격투기 선수가 돼 살아가고 있다. 중학교 2학년 여름방학 때 한 달 동안 집을 떠나 생활하는 것을 보면서 어떤 삶을 살더라도 자신을 책임질 수 있을 것으로 봤다.

학교를 포기하겠다 할 때도 결정을 존중했고 그 믿음대로 제 발로 일어서 서울에서 격투기 체육관을 운영하고 헬스 트레이너를 하면서 살아가고 있다. 체육관을 개설할 때도 손을 벌리지 않았다. 체육관 시설도 본인 손으로 직접 했는데 어려운 부분이 있다 해서 한나절 도와준 것 말고는 아무것도 해준 게 없다.

아이들이 5~6살일 때로 기억한다. 여름철 폭우경보가 내렸는데 가족 등반 가자고 배낭을 꾸렸다. 폭우경보 중에 야간 산행을 계획한 것이다. 아이들과 세운 원칙은 아무리 힘들어도 자기 짐은 자기가 지고, 넘어져도 스스로 일어나는 것들이었다. 우리 가족 모두 최악(?)의 상황에 함께 헤쳐나가는 체험을 해보자는 것이었는데 산은 가까운 무등산을 택했다.

마누라와 아들 둘 모두 각자의 배낭을 꾸리고 밤 8시 30분 증심사를 출발하여 중봉을 넘어 화순 이서로 무박으로 내려갈 계획으로 출발했는데, 칠흑같이 어두운 밤길에 폭우 상황이라 아이들이 미끄러져 넘어지기도 하고 걸음이 늦어지면서 자꾸 시간이 지체되기만 한다. 빗줄기는 그칠 줄 모르고 물에 젖은 몸은 한기가 들기 시작하니 계획을 변경해야 했다. 중봉 넘어 샘골에서 비박을 하면서 서로의 몸을 보듬어 체온에 의지하여 버텼다. 판초 우의를 4식구가 함께 뒤집어쓰고 하산하면서도 보듬어 않은 채였다. 하룻밤을 그렇게 보냈다.

둘째가 20대 성인이 돼서 "사람의 체온이 그렇게 따뜻하고 고마운지 알았다."고 했다.

가족 간의 사랑을 체온을 통해 '찐'하게 전했을 체험이었다.

거친 방법이었지만 험한 세상에 강하게 자랐으면 하는 마음을 담은 아비의 마음이었다.

가족여행

아이들이 30대가 돼서 "우리도 가족여행 갑시다." "아버님은 시간 내서 몸만 오십시오. 경비는 저희가 부담하겠습니다." 제안을 해왔다. 아이들을 키우면서 한 번도 가족여행이란 걸 가본 적이 없는 탓이다. 아무리 사는 게 바쁘고 여유가 없었다지만 다른 가족들이 여행 가는 것이 부러웠던 모양이다. 경비까지 저들이 다 대겠다는 조건이니 안 갈 도리가 없다.

동남아 쪽으로 자유여행을 가자 제안하고 꼭 한 군데 방문지를 넣으면 좋겠다는 조건을 달았다. '몽족' 거주지를 방문하여 어려운 아이들 돕자는 것이었다. 산에서 허름한 옷에 맨발로 돌아다니는 아이들을 직접 보면서 더 많은 학용품을 가져오지 못한 걸 안타까워했다. 두 번째는 땅이 없어 물 위를 떠돌며 수상가옥에서 사는 곳을 방문하여 힘들게 사는 그들의 생활을 직접 눈으로 같이 봤다. 나름대로 어려운 사람들에 대한 고민을 한 번쯤 해보라는 의미였다.

> ■ '몽족'은 산에 사는 소수부족이다. 베트남 전쟁 시 미군 길 안내를 한 탓에 국민으로 대우를 받지 못하고 기본적인 교육 혜택도 없이 어렵게 사는 부족이다.

마누라 집 마련

결혼하고 40년 넘게 살면서 마누라에게 집 한 채 마련해주지 못하고 살았다. 정확히 말하면 집 장만에 별 신경 쓰지 않고 살았다는 말이 맞겠다. 올해 초 살았던 아파트 임대 기간 10년이 끝나면서 다른 곳으로 옮겨야 했다. 가격에 맞는 적당한 집이 없어 난감했는데 분양가가 전세금이나 별 차이가 없어 그동안 현장 일(구들과 집 짓는)을 하면서 내 통장에 모인 돈을 탈탈 털고 일부 대출을 받아 분양을 받았다. 안식구는 기대하지 않았던 내 도움으로 집을 장만한 것에 매우 흡족해했다. 집이나 돈에 대한 소유 욕심이 없이 살아온 것이 안식구에게는 말 못 할 고통이었던 것 같다. 내 생각만 하고 살아왔던 잘못이다. 나이 70이 넘어 겨우 집을 마련한, 그렇게 자랑스럽지만은 않은 일이었지만, 가족뿐 아니라 주변 지인들도 많은 축하를 해줬다.

'여보! 사랑합니다.'

나는 진정 행복하게 살고 있는가?
- 진정한 행복을 누리는 사람
- 가식된 행복으로 착각 속에 사는 사람
- 행복이란 단어조차 생각 속에 없는 사람
- 행복이 무엇인지 생각할 겨를 없이 사는 사람
- 스스로 삶을 그나마라도 다행이라 위로하는 사람

식당 결혼식

큰아들이 결혼하겠다고 아가씨를 데려왔다. 평소 결혼식에 대한 나름대로 생각이 있어 예식장에서 결혼식을 올리지 않고 다른 곳에서 식을 올리면 어떻겠냐고 권유를 했다. 1980년에 내가 결혼할 때도 남에게 부담 주기 싫어 청첩장 없이 양가 인척들만 모시고 결혼을 했었다. 후에 친구들에게 많은 원성을 들었지만, 형식을 싫어하고 예식장 문화에 회의를 느꼈던 바라 그런 방법을 선택한 것이다. 많은 사람이 붐비고 돈 많이 들이는 예식장, 축의금 등이 사람들 입에 오르내리는 것이 싫었던 탓이다.

지금 예식장을 가보면 시간에 쫓겨 다음 예식 손님인지 우리 손님인지 구별이 되지 않고, 서로 왕래가 별로 없는 친척들도 자식 대에 이르러서는 누가 누군지 구별되지 않으니 사촌 간에도 그냥 지나치고 마는 세상이라 서로 인사도 나누면서 시간 여유를 갖고 대화도 나눌 수 있는 예식이 좋겠다는 생각이었다.

아들과 며느리도 동의하여 대전 외곽에 좀 넓은 식당을 잡아 결혼식을 올렸다.

식을 올릴 홀은 양가 식구와 인척이 앉을 좌석을 배치하고, 외부 손님들은 다른 층에서 식사하는 방식으로 했다. 식구들이 사용하는 홀은 오후 시간 내내 이용할 수 있도록 계약하여 인척들이 마음 놓고 담소를 나눌 수 있게 했다. 물론 주례도 없는 결혼식이다. 내가 대표로 덕담을 해주고 제자들이 축가를 불러주는 정도 최소한 형식만 갖췄는데, 오랜만에 만나는 인척들과 오후 시간을 여유 있게 보낸 덕으로 반응이 좋았다. 대한민국은 좁은 나라라 양가 인척 중에도 아는 사람도 있어 나중에는 신랑 신부 측 자리 구별도 없어졌다. 식장 분위기는 화기애애(和氣靄靄)했다.

며느리 사랑

아들만 둘인 집이라 항시 집안 분위기는 삭막(?)하다. 나부터 모두 표현을 잘 하지 않아 무뚝뚝하니 그렇다. 결혼식 때도 밝혔듯이 딸 하나 더 얻은 마음으로 며느리를 맞아 기쁘기 한이 없지만 내가 표현이 서투르다. 손주 둘을 낳아 키우고 학교생활을 하면서도 그동안 무심히 넘겼던 가족 생일도 잊지 않고 챙기는 것도 참 고맙고 지금은 남편이 암으로 투병 중이니 얼마나 더 힘들지 안타깝다. 내가 가까이 있으면 자주 가보기라도 할 텐데, 마음뿐일 경우가 많아 미안하다. 서로 따뜻하고 사랑하는 마음으로 의지하는 것이 가족이라 힘들 때 더 필요한 존재다. '은주'야 고맙고, 사랑한다.

자갈밭을 새로 가는 사람

글을 마치며

내가 살아온 것을 들여다보면 그때그때 닥치는 대로 살아왔던 것 같지만, 주어진 조건에 따라 열심히 살기는 한 것 같다.

사람들이 나에게 당신은 '반자본주의 삶'을 살고 있다고 말을 한다. 일찍이 자본주의에 대한 나의 부정적인 생각이 그렇게 됐는지 모른다. 자본의 논리에 세뇌당하지 않도록 끊임없이 고민하며 살아온 것은 부정할 수 없는 사실이니까.

새마을 노래 속에 '우리도 한번 잘 살아 보세.' 구절이 있다. 잘 살아 보자는 것이 잘 먹고 잘 입는 것인가? '초가집도 없애고 마을길도 넓히고' 초가 없애고 마을 길 넓혀서 과연 행복해졌는가? 묻는다면 당신은 어떤 대답을 할까.

내 삶이 반자본주의 삶인지는 잘 모르겠다. 그런 말을 듣게 된 것은 최소한의 금전으로 살아왔던 게 그 답이었던 것 같다. 적게 쓰고 재활용하고 아껴 써서 돈에 구애를 덜 받게 되어 봉사나 기부(?)를 할 수 있게 되니 행복감을 느끼고 삶에 만족도가 높아진 것이 아닌가, 생각해본다.

　교직 생활 내내 결혼 초 아내에게 약속 아닌 약속을 했던 것처럼 아이들 곁에서 어려운 아이들을 도와주는 교사로 살고 싶다고 말했던 것에 크게 벗어나지 않게 살았다고 생각하지만 부족했던 것이 많았다. 그 미련에 퇴직 후에도 마을학교를 하고 있는지 모르겠다. 가족과 함께한 시간이 너무 없었다는 것을 빼놓고는 후회는 없다. 다시 과거로 돌아가더라도 또 그 길을 밟을 것 같으니까….

　조금만 넓게 눈을 들어보면, 우리 주변에 각양각색의 얼굴들을 가지고 있는 수많은 생명이 있다. 우린 그 속에서 더 아름답고 자극적인 것에 쉽게 유혹되고, 눈에 잘 띄지 않는 다른 것들에 대해서는 대부분 이해를 하지 못한다. 하지만 그 무엇 하나도 우리의 삶에 영향을 주지 않는 건 없다. 그들에게 조그만 사랑과 관심을 준다면 그들은 언제든지 이야기를 들려줄 준비가 되어 있다. 그 은밀한 이야기들을 듣기 시작하면 곧 그들의 아름다움을 발견하고 그들에 삶의 방식을 이해하게 되며 그들의 아름다움을 사랑하게 되고 사람과 자연이 함께 사는 지혜를 자연스레 얻게 된다.

　강을 보호하는 것이 강물이 잘 흐르도록 장애물을 치워주고 직선으로 강줄기를 바꾸고 강변에 제방을 쌓는 것이 수원을 보호하는 것인 양 착각하는 사람들이 많다. 직선으로 파헤쳐져 힘차게 흐르는 강보다 굽이굽이 휘어 흐르는 강이어야 여러 생명이 살기에 더 쉽다. 넓고 훤하게 직선으로 뚫린 길도 필요하겠지만 산굽이 돌아 꼬불꼬불 길이 인간의 마음을 정겹게 한다. 온갖 풍상에 가지 휘어진 나무 한 그루가 우리에게 들려주는 아름다운 삶의 이야기를 듣지 못하는 삭막한 인간들만이 사는 끔찍한 세상을 상상해본다. 이 순간에도 인간의 손길이 더해진 많은 돈을 들여 세운 인공물들을 아름답다 여기고 찾는 발길들과 만난다. 자연 그대로인 자연미를 대부분 사람은 알지 못한다. 안타까운 일이다. 이런 시각이 바뀌지 않는 한 지구라는 생명체를 찢어발기는 자원 고갈은 멈출 수 없다.

다른 생명과 공존하기보다는 인간에게 맞춰 살라는 요구를 하면서 사라진 많은 생명체, 그로 인해 인간이 살아가는 조건이 차츰 열악해져 가고 있는 걸 깨닫는다. 어떤 생명도 인간과 함께 공존해야 하는 귀중한 존재이다. 우리 주변에서 멀어져 버린 자연을 다시 가까이 불러올 수 있다면 얼마나 좋을까? 우리가 쫓아 보낸 그 생명들을 다시 제자리로 돌려오기 위한 노력을 우리가 하지 않으면 누가 할까?

부끄럽지 않게 살려고 노력했지만, 뒤돌아보면 부족했던 것들이 많이 눈에 보인다. 앞으로 삶 속에서 그렇지 않기를 두 손 합장하여 빌어본다.

지난날에는 실수하고 부족했던 것들이 기회가 오면 만회할 수 있었지만, 지금부터는 만회할 날이 없으니 조심하고 낮추어 후회 없이 살도록 더 노력해야 할 것 같다.

아름답고 깨끗한 죽음을 준비하자. 앞서 가든, 뒤에서 가든 종착역은 같고 누구나 공평하게 빈손이니까.